AF388023

Bibliografische Information der Deutschen Nationalbibliothek: Die Deutsche Nationalbibliothek verzeichnet diese Publikation in der Deutschen Nationalbibliografie; detaillierte bibliografische Daten sind im Internet über dnb.dnb.de abrufbar.

Die automatisierte Analyse des Werkes, um daraus Informationen insbesondere über Muster, Trends und Korrelationen gemäß §44b UrhG („Text und Data Mining") zu gewinnen, ist untersagt.

www.becker-books.com

Lektorat: Christiane Geldmacher, www. textsyndikat.de

Cover: Andrea Becker

Herstellung und Verlag: BoD – Books on Demand, Norderstedt

Druck: Libri Plureos GmbH, Friedensallee 273, 22763 Hamburg

Bilder: 123rf

ISBN: 9783757892319

Alle Personen sind frei erfunden, Ähnlichkeiten rein zufällig.

ANDREA BECKER

DIE VOLL ENDETE

Psycho thriller

- - BECKER-BOOKS - -

Kapitel 1

Margret sah in den Spiegel und fing an zu zittern. Karl streichelte lächelnd ihre Hand. „Alles ist gut, meine Liebe. Du wirst dich daran gewöhnen. Hauptsache ist doch, dass du lebst." Seine näselnde Stimme drang kaum zu ihr durch.

Er nahm ihr vorsichtig den Handspiegel ab, den sie ihm nur widerstrebend überließ.

Sie kannte das Gesicht, das sie gesehen hatte. Es war nicht ihr Eigenes.

Ein halbes Jahr zuvor
Der Ton verklang, doch sie versuchte, so lang es ging, ihn festzuhalten, denn es war ihr Letzter. Der letzte Ton, den sie in der Öffentlichkeit auf einem Flügel spielen würde. Noch war sie ganz bei sich und ihrer Musik, da erscholl donnernder Applaus. Margret sah auf und wandte sich den Menschen zu, die sie feierten. „Danke", flüsterte sie und legte die Hände aneinander. Das Publikum erhob sich von den Plätzen und jubelte ihr zu. Fast zweieinhalbtausend waren in den großen Saal der ausverkauften Alten Oper gekommen, um sie ein letztes Mal live zu hören und zu sehen. Kameras waren auf sie gerichtet, die das Ereignis übertrugen und ein Dutzend Fotografen knieten und standen vor der Bühne, um den Moment festzuhalten.

Ein Regen roter Rosenblätter schwebte auf sie nieder, während sie aufstand und sich verbeugte. Sie schwitzte im Licht der heißen Bühnenscheinwerfer unter der Perücke, die den inzwischen kahlen Kopf bedeckte, bemühte sich um ein strahlendes Lächeln, was ihr schwerfiel, da die Schmerzen nach dem Sitzen zu heftig waren. Medikamente vor diesem Konzert waren für sie nicht in Frage gekommen.

Sie hatte ein letztes Mal ihr Bestes geben wollen, alles noch einmal hautnah erleben, den Geruch nach Staub und trockenem Holz, das Murmeln der Mitarbeiter hinter der Bühne. Sie wollte dieses Kribbeln auf der Haut spüren in den Sekunden, bevor sie hinaus trat in den Schein der hellen Lampen. Dieser Moment, in dem sie so klein und verloren in dem riesigen Saal vor all den Menschen stand, den kurzen Anflug von lähmender Angst zu versagen aushalten und ihn vorbei ziehen zu lassen. Und dann alles geben, um die Musik zu feiern. Das war ihr Leben gewesen, über fünfzig Jahre lang, seit sie, das einstige Wunderkind, das erste Mal in der Grundschule vor großem Publikum Klavier gespielt hatte.

Jetzt sah sie neben der Begeisterung Trauer in den Gesichtern der vorderen beiden Reihen, wo ihre Eltern und engste Freunde saßen, in der Mitte ihr Mann Karl. Nicht mehr lange, und er würde mehr Zeit für seine Geliebte haben.

Adelina, ihre Managerin, kam tränenüberströmt zu ihr und fiel ihr um den Hals. „Bitte bleib", schluchzte sie. „Geh nicht, es wird bestimmt wieder besser."

Margret drückte sie kurz an sich und küsste sie auf die Wange. Dann sah sie ihr in die Augen und schüttelte den Kopf. „Es war gut, was wir hatten. Danke für alles." Sie drehte sich wieder dem Publikum zu, verbeugte sich an Adelinas Hand und schritt unter dem anhaltenden Applaus hinter die Bühne. Dort ließ sie sich auf einen Stuhl fallen und nahm zwei Tabletten, die den ärgsten Schmerz endlich ausschalten würden.

Denn noch war der Abend nicht vorbei. Nach einer kurzen Pause verließ sie den Raum hinter den Kulissen und trat unbemerkt von den hinausströmenden Gästen in den Flur vor den Künstlergarderoben.

„Komm hier rein." Adelina, die schon auf sie gewartet hatte, zog sie mit sich in einen der kleinen Säle, öffnete die Tür und schob sie hinein. Dort empfing sie ihre engsten Mitarbeiter, Kollegen und Freunde. Was hatte sie nicht alles mit ihnen erlebt, an Glück und Dramen, Intrigen und Erfolgen. Diese Menschen jeden Alters, Herkunft und Temperaments hatten ihr so viel bedeutet, war sie doch für die meisten eine Vertraute gewesen, die aufmerksam zuhörte und darauf geachtet hatte, nie ungefragt Rat zu geben.

Am Rand saßen ihre Eltern, ihre Mutter strahlend und mit feuchten Augen, ihr Vater mit zusammengepressten Lippen, nickte ihr zu. Sie hielten sich an den Händen und wirkten verloren unter den jüngeren, agilen Menschen, die um sie herumliefen.

Etwas abseits stand ihre beste Freundin Patricia, genannt Patte. Sie kaute so nachdrücklich ein Kaugummi, als ob es sich wehren würde, und musterte die Leute um sich herum. Sie trug den schwarzen kurzen Rock, den sie meistens im Café anhatte, wenn sie dort bediente, und eine dunkelgraue Bluse wie zu einer Beerdigung, aber mit einer Kette um den Hals, die aussah, als wäre sie aus silbernem Stacheldraht gefertigt. Margret hatte ihr diese geschenkt, kurz nachdem sie sich kennengelernt hatten. Damals hatte sie noch gut zu ihr gepasst, inzwischen hatte Patte alles daran gesetzt, dass sie nicht mehr passte. Und doch trug sie sie heute.

Der Raum war mit bunten Sommerblumen dekoriert, auf den zusammengeschobenen Tischen stand ein kleines Buffet, daneben Getränke wie zu einer Geburtstags-Party.

„Du warst phantastisch, Liebes." Ihr Mann Karl kam auf sie zu und nahm sie kurz vorsichtig in den Arm.

Beifall erklang. Der Dirigent des Abends, ein alter Freund aus Studienzeiten, gab ihr mit einer Verbeugung ein Glas Sekt und prostete ihr zu. „Auf die größte Künstlerin, die diese Hallen je gesehen haben." Er leerte es auf einen Zug und ließ sich ein weiteres reichen. Margret senkte verlegen lächelnd den Blick und setzte an zu widersprechen, doch alle anderen hoben ihre Gläser und tranken. Sie hielt ihnen ihres entgegen, tauschte es aber gegen Wasser und schluckte erneut eine Tablette, die den noch immer tobenden Schmerz im Unterleib ausschalten sollte.

„Alles, alles Gute, gnä' Frau. Ich muss mich leider schon verabschieden. Wir geben die Hoffnung nicht auf, dass Sie bald genesen und zurück auf die Bühne kommen werden." näselte ihr Dr. Magnus Herbst ins Ohr, Manager des Hauses, verbeugte sich und küsste ihre Hand. Die anderen Gäste warteten darauf, dass sie die mehrstöckige Torte in Form eines runden Podestes mit einem schwarzen glänzenden Flügel anschnitt.

Entschlossen ergriff sie das Messer, schnitt zwei Stücke heraus und reichte sie ihren Eltern.

Es gab noch mehr Blumen, Sekt und Abschiedstränen, Anekdoten und Geschenke.

Umringt von Kollegen und mit Patte an ihrer Seite, die sie zu sich gezogen hatte, war sie abgelenkt. Doch schon bald fehlte ihr die Kraft und sie verließ das Gebäude durch den Bühneneingang mit ihrem Mann, der sie nach Hause fuhr, nachdem sie sich zum Schluss von Patte verabschiedet hatte, die sie gar nicht mehr loslassen wollte.

Schweigend saß sie im Auto, die Stirn an das kühle Fenster gelehnt und weinte hemmungslos.

Kapitel 2

Nur sechs Wochen später hätte kaum einer der Gäste sie wiedererkannt.

„Karl, ich will in ein Hospiz. Du hast doch so viel Arbeit und dort wird man für mich sorgen und auf meinem letzten Weg begleiten." Margret saß in einem Pflegebett, das Rückenteil hochgestellt und gestützt von einem dicken, weichen Federkissen in ihrem eigenen abgedunkelten Schlafzimmer. Tiefe Schatten lagen unter den grauen Augen, in denen die Lebensfunken einer nach dem anderen verloschen. Sie trug jetzt ein lose gebundenes Kopftuch aus dunkelblauer Seide und wärmte ihre Finger an einer Tasse Minz-Tee, die vor ihr auf einem Tablett stand.

Aber Karl schüttelte nur den Kopf. „Nein, meine Liebe, das können wir auch alles hier zu Hause haben. Du brauchst eine vertraute Umgebung und nicht irgendwelche Betschwestern. Du hast mich, und wenn es dir schlechter geht, verlege ich dich zu mir ins Institut, wo du alles bekommst, was du benötigst. Mach dir keine Sorgen. Ach ja, ich habe hier eine neue Patientenverfügung vorbereitet. Könntest du sie bitte unterschreiben?"

Er drückte ihr einen Stift in die magere Hand, schob die Tasse beiseite und legte einen Bogen Papier vor sie.

Sie hatte keine Kraft mehr, ihrem Mann zu widersprechen. Sie unterschrieb und sank seufzend zurück in ihr Kissen. Er tat es ja nur aus Liebe zu ihr, das wusste sie. Der Gedanke brachte sie zum Lächeln. Aus Liebe. Was hatten sie nur alles aus Liebe getan? Als sie sich kennenlernten, lebte er im Priesterseminar und war auf dem direkten Weg, ein wunderbarer Seelsorger zu werden, wie diese kaputte Welt ihn jetzt brauchte. Gebildet und mitfühlend, fest verankert in seinem Glauben und seiner Zuneigung zu seinen Mitmenschen. Und dann kam sie. Was hatten die Nonnen damals gesagt? Sie solle keine Berufung zerstören.

Sie hatte es sich nicht leicht gemacht, erst als Karl ihr signalisierte, dass er etwas für sie empfand, das über reine Nächstenliebe weit hinausging, konnte sie sich nicht mehr von ihm abwenden. Sie wurden ein Paar und er verließ das Kloster. Für sie. Aus Liebe. Gegen den Rat seiner Familie, seiner Lehrer und seiner Freunde.

Karl fing wieder von vorne an. Er studierte Medizin, wurde ein hoch angesehener Wissenschaftler auf dem Gebiet der Gehirnchirurgie und der Entwicklung künstlicher Intelligenz, welche die doch sehr diffizile Arbeit mit dem Skalpell wesentlich präziser ausführte, als eine menschliche Hand es jemals vermocht hätte.

Aber alles hat seinen Preis. Margret war davon überzeugt, dass Gottes Strafe für sie der Krebs war, der ihre Knochen und Organe zerfraß. Er ließ sich nicht so einfach einen Sohn der Kirche wegnehmen. Und schon gar keinen so fähigen und charismatischen wie Karl.

Der lachte nur über ihre Theorie, aber sie blieb dabei. Und es störte sie nicht. Sie hatte ihren Frieden mit ihrem bevorstehenden Tod gemacht. 25 erfüllte Jahre an seiner Seite waren es ihr wert. Denn Karl hatte sie so geliebt, wie sie es sich immer gewünscht hatte.

Sie war ein Star gewesen, eine Konzertpianistin, wie es sie nur einmal in einem Jahrhundert gab. Sie wurde gefeiert und bejubelt. Aber sie machte sich nichts vor, man feierte nicht sie, sondern ihre Kunst. Der Rest von ihr wurde nicht wahrgenommen, höchstens verwöhnt und gepflegt, damit der musikalische Teil sein Bestes geben konnte.

Ein Mensch, der ganz geliebt wird, kann allein sein, weil er sich der Liebe sicher ist, die ihn ausfüllt. Ein Künstler wird vom Publikum nur für das verehrt was er leistet, egal, wieviel das von ihm ausmacht. Und wenn der Moment des Gebens vorbei ist, das Feiern der Leistung, ist er allein und fühlt die Leere in sich, die nicht wenige zum Absturz bringt.

Karl hatte diese Leere gefüllt und sie das Abebben des Applauses leicht ertragen lassen, da er alle Seiten an ihr kannte und liebte.

Jetzt wünschte sie sich nur noch, in Frieden einzuschlafen und in einem Jenseits aufzuwachen, das hoffentlich mehr für sie bereithielt als das Fegefeuer.

Wenige Tage später hatte sich ihr Zustand so verschlechtert, dass ihr jede Bewegung unerträgliche Schmerzen bereitete, ihre Gelenke waren so geschwollen, dass die Haut spannte wie ein Luftballon. Sie wünschte sich an einen anderen Ort, dachte zurück an ihr letztes Konzert, an die vielen Menschen, die ihr zugejubelt hatten, an die Musik. Mit der Fernbedienung, die in ihrer kraftlosen Hand lag, schaltete sie die Stereoanlage ein und lauschte Bachs Orgelkonzert, das ihr wie ein erstes Versprechen auf die himmlischen Klänge schien, die sie hoffentlich bald hören würde. Ihre Finger zuckten, während sie einige Passagen in Gedanken mitspielte.

Karl gab ihr ein höher dosiertes Morphium-Pflaster, das den Wirkstoff kontinuierlich abgab und sie dämmerte dahin, ohne ihre Umgebung bewusst wahrzunehmen. Endlich.

Sie hatte sich kurz nach dem Konzert auch von ihrer Familie verabschiedet, als sie es noch mit klarem Kopf konnte und darum gebeten, danach nicht mehr besucht zu werden. Damit sie sie in Erinnerung behielten, wie sie stark genug war, zu lächeln und sie nicht geschwächt und leidend sahen. Nur ihre Freundin Patte wollte dieser Bitte nicht nachkommen, musste sich dann aber geschlagen geben.

Patte war erst vor zwei Jahren aus dem Gefängnis entlassen worden und Margret hatte sich um sie gekümmert, um alles, was ihr überlasteter Bewährungshelfer nicht leisten konnte. Bei einem Konzert im Frauengefängnis hatten sie sich kennengelernt und gleich einen Draht zueinandergefunden, obwohl sie so unterschiedlich waren, wie zwei Menschen nur sein konnten.

Nach ihrer Entlassung hatte Margret Patte motiviert, einen Beruf zu erlernen, hatte ihr in einem Umfeld eine Bleibe beschafft, das bürgerlicher war als eine Schrebergartensiedlung, und die Wohnung mit aufgearbeiteten Möbeln eingerichtet. Am Anfang war es beinahe ein Vollzeitjob für beide, Patte im Alltag zu begleiten und jede Kleinigkeit ihres Verhaltens zu hinterfragen, jeden Satz, Wortwahl, Bewegungen und Assoziationen neu zu trainieren. Aber es war Pattes eigener Wunsch, den sie mit eisernem Willen verfolgte. Sie wollte ein komplett neuer Mensch werden, ihren Tag strukturieren, den Jargon der Straße ablegen und nicht mehr mit geballten Fäusten durchs Leben gehen. Sogar mit Messer und Gabel essen, eine Serviette benutzen und eine gerade Körperhaltung musste sie mühsam erlernen. Margret schenkte ihr neue Zähne, da ihre durch Vernachlässigung seit Kindesbeinen und spätere Drogenexperimente verwüstet waren.

Und Patte? Patte war ihr zutiefst dankbar. Sie wollte raus aus ihrem alten Umfeld, sie ertrug es nicht mehr in der schmuddeligen Aussichtslosigkeit des Frankfurter Hauptbahnhofs zu leben, wo jeder noch so geniale Coup früher oder später doch wieder im Knast endete.

Der entscheidende Auslöser aber war eine Zellengenossin namens Edna gewesen, die knapp 20 Jahre älter war als sie. Sie saß zum vierten Mal ein, ihre beiden Kinder hatte das Jugendamt in Obhut, sie selbst war im Rollstuhl, da sie von einem Gangmitglied angeschossen worden war, während ihr Partner vor ihren Augen getötet wurde. Kurz vor ihrer Entlassung schnitt sie sich nachts die Pulsadern auf und war tot, als Patte morgens wach wurde und den Geruch des Blutes wahrnahm, in dem Edna lag.

Patte wollte so sein wie die Menschen in den Vorabendserien. Das waren ihre Vorbilder, die sie akribisch studierte und imitierte. Das Leben von Margret, die in ihren Augen alles hatte, was man sich nur wünschen konnte: eine Villa mit Garten, einen erfolgreichen Mann, der ihr Blumen schenkte, und Schmuck, einen Beruf, der ihr Bewunderung einbrachte, gerne auch Interviews für Zeitschriften und Fernsehsendungen.

Margret hatte immer wieder versucht sie davon zu überzeugen ihre Erwartungen nicht zu hoch zu stecken, doch sie ließ sich nicht beirren und nun hoffte Margret, dass sie nicht rückfällig würde, wenn sie nicht mehr da wäre. Patte musste jetzt ihren Weg allein weiter gehen. Seit Beginn ihrer Krankheit hatten sie nach und nach die Rollen getauscht und so war eine echte Freundschaft entstanden. Patte hatte sich um sie gekümmert, hatte ihr zugehört, sie mit ihrem Pragmatismus aus so manchem Tief geholt. Sie hatte keine Angst über den Tod zu sprechen, wie andere Menschen, die sich seit der Diagnose von ihr entfernt hatten, da sie den schleichenden Verfall nicht ertragen konnten. Sie war an ihrer Seite geblieben, bis sie sich voneinander verabschiedet hatten.

Es war Margrets eigene Idee gewesen, dass alle sie so in Erinnerung behalten sollten, wie sie selbst es noch beeinflussen konnte und nicht als hilflose Hülle, die ihre Körperfunktionen nicht mehr im Griff hatte. So durfte sie niemand sehen.

Kapitel 3

Aufgestützt auf das Fußende des Pflegebettes betrachtete Karl seine bewusstlose Frau. Viel war nicht mehr von ihr übrig: von der zierlichen, mädchenhaften Schönheit, die bis vor ein paar Jahren aussah wie Schneewittchen aus dem Märchenbuch. Jetzt war sie zu einem dürren Ast abgemagert. Ihre Knochen überspannte gelbliche Haut, mit grotesk geschwollenen Gelenken und tief in den Höhlen liegenden Augen. Das Tuch, das den haarlosen Kopf verbarg, war leicht verrutscht. Alt sah sie aus, älter, als sie sowieso schon war. Aber in ihrem Inneren war sie immer noch jung, war sie immer noch die gleiche. Ihren Mut, ihr Lachen und ihre bedingungslose Liebe zu ihm hatte der Krebs nicht zerstören können. Er lächelte und streichelte die Bettdecke über ihren Füßen. Dann wandte er sich ab und griff zum Telefon. „Kevin? Ja, es ist soweit. Ich will sie ins Institut verlegen. Bitte kommen Sie vorbei."

Minuten später stand ein junger Pfleger vor der ebenerdigen Tür der Villa und schob eine fahrbare Liege hinein. Vorsichtig, als ob er Angst hätte, sie zu zerbrechen, griff er unter sie und hob zusammen mit Karl die federleichte Gestalt aus dem Bett.

„Können Sie noch was für sie tun, Chef?"

Karl schüttelte den Kopf. „Nein, mit ihrem Gehirn ist alles in Ordnung, das andere kann ich nicht beeinflussen."

Schweigend fuhren sie zu dem stadtteilgroßen Klinikgelände, wo in einem kleinen einzeln stehenden Gebäude das Zentrum für Gehirnchirurgie lag, das Karl schon vor Jahren gegründet hatte. Es war weltberühmt für die bahnbrechenden Erfolge in der Behandlung von Hirn- und Wirbelsäulenschäden nach Unfällen. Kevin fuhr langsam, vor allem in den Kurven.

„Geben Sie Gas, sie merkt das nicht. Ich will sie heute noch auf Station haben", sagte Karl unwirsch.

Margret stöhnte leise, als er und Kevin sie auf das frisch bezogene Bett in dem großen Einzelzimmer hoben. Der Pfleger zuckte zusammen und sie wäre beinahe seinen Händen entglitten.

„Passen Sie doch auf! Verschwinden Sie! Sagen Sie Schwester Irmgard, sie soll kommen und einen Katheter und eine Magensonde legen." Karl sah besorgt zu seiner Frau. Er zog das Morphin-Pflaster ab, stattdessen hängte er sie über den Zugang in ihrer Hand an einen Tropf.

Die Tür des Zimmers öffnete sich erneut und Karl fuhr mit einem bissigen „Was ist jetzt schon wieder?" herum, sah dann aber einen Mann im Arztkittel eintreten.

Er war ein paar Jahre jünger als er, hatte schütteres helles Haar, das an Pampasgras erinnerte und schmale farblose Lippen. Um seine dünnen Beine schlackerten braune Cordhosen, von denen Karl vermutet hätte, dass sie selbst im Secondhand Laden eine Rarität gewesen wären.

„Ach, Pfeiffer! Wie geht es unserer Patientin? Wie haben Sie sie genannt? Klara? Hat sich irgendetwas verändert?" Karl drehte sich wieder zu seiner Frau.

„Unverändert, obwohl ihre Vitalfunktionen immer schwerer aufrecht zu erhalten sind. Angehörige wurden übrigens noch nicht gefunden", raunte der Arzt verschwörerisch und lächelte, als er Margret anschaute. „Wie geht es ihr? Schläft sie?"

Karl schüttelte den Kopf. „Nein es ist zu Ende. Sie erhält jetzt transdermales Buprenorphin und wird wohl nicht mehr wach werden."

Doktor Pfeiffer schluckte und das Lächeln erstarb auf seinem schmalen Gesicht.

„Doch so schnell. Wie unendlich traurig. Und Sie bleiben bei Ihrem Vorhaben? Das war wirklich der Wille Ihrer Frau?" Seine Stimme klang etwas heiser.

Zitternd strich er sich eine helle Locke aus der Stirn und schob die goldumrandete Brille nach oben, beides rutschte, wie immer, wieder zurück.

„Natürlich war es das! Glauben Sie, ich würde eine solche Entscheidung ohne sie treffen? Dort in der Schublade liegt ihre unterschriebene Einverständniserklärung. Und jetzt lassen Sie mich mit ihr allein. Morgen bereiten wir den Eingriff vor, aber diese letzte Nacht soll sie in Ruhe verbringen."

Zögernd verließ Pfeiffer das Zimmer, offensichtlich zum weiteren Gespräch aufgelegt, aber Karl folgte ihm bis vor die Tür.

„Gibt es noch etwas, worüber Sie jetzt unbedingt mit mir sprechen wollten?"

„Unbedingt nicht, nur wegen der letzten Messungen."

Obwohl er leicht gebeugt wie über einem OP-Tisch stand, war er nicht klein genug, um mit Karl auf Augenhöhe zu sein, er sah immer ein wenig auf ihn herab.

„Schön, das hat Zeit bis morgen, dann machen Sie Schluss für heute. Ich werde mich noch um den Bürokram kümmern. Gute Nacht." Damit ließ der Professor seinen ehemaligen Doktoranden stehen und eilte den Flur hinunter in sein Büro.

Kaum hatte er die Tür zu dem hellen Raum mit dem rötlichen Holzboden hinter sich geschlossen, atmete er durch. Sein Reich, sein Refugium, größer als so manches Wohnzimmer, geschmackvoll eingerichtet mit nur wenigen Möbeln bekannter Designer und Künstler. Den meisten Platz nahm eine dunkelgraue Couch mit zwei passenden Sesseln ein, auf denen schon viele Tränen vergossen worden waren, aus Angst, Verzweiflung und schließlich Erleichterung. Der Blick hinaus auf den Parkplatz und das Sandsteingebäude der Forensik wurde von seidenen Gardinen verschleiert. Hier fand sich alles, was ihn ausmachte, seine Auszeichnungen, seine Diplome, Geschenke und Briefe von dankbaren Patienten, denen er ein selbstständiges Leben voller Bewegung geschenkt hatte.

Morgen würde sich zeigen, ob es eine Steigerung gäbe. Morgen war es soweit, sein Lebensziel, sein Lebenssinn würden seinen Höhepunkt erreichen. Wenn alles gut ging. Wenn nicht, wäre er aber schon einen erheblichen Schritt weiter und die Fachwelt würde gespannt warten, was er an Ergebnissen präsentierte. Mit fahrigen Bewegungen ordnete er an seinem Schreibtisch mit der schweren Glasplatte einige herumliegende Papiere. Darauf legte er einen über 3000 Jahre alten Schädel mit Trepanationsöffnung, daneben seinen Autoschlüssel, den er wie ein Schmuckstück immer sichtbar drapierte, wenn er ihn nicht in der Hand hielt.

Sein Besuch, den er erwartete, würde dafür keinen Blick haben.

Wichtiger war, dass die Couch frei, die türkisen Kissen aufgeschüttelt und der Weißwein kalt war. Schnell stellte er Gläser bereit, als er durch das geöffnete Fenster ein tintenblaues BMW-Cabrio sah, das auf den Parkplatz hinter dem Klinikgebäude einbog. Drei Monatsgehälter hatte es ihn gekostet. Zufrieden bemerkte er eine Gruppe Studenten, die dem Wagen bewundernd hinterherschaute.

Ein Blick in den Spiegel seines kleinen Badezimmers zeigte einen lückenlosen Drei-Tage-Bart, er verpasste seiner etwas biederen Frisur mit ein bisschen Wasser einen Hauch Wildheit und öffnete den oberen Hemdknopf. Kurz gewährte er sich ein paar Sekunden, um den Anblick seines tiefgründigen Lächelns und einen Blick aus grauen Augen zu inspizieren, der nur selten seine Wirkung auf die Frauen verfehlte.

Dann stand sie vor der Tür. Sophie. Wie eine 25 Jahre jüngere Version von Margret, nur zusätzlich von der Natur gesegnet mit einem gebärfreudigen Becken und rundem Gesäß, denen ein begnadeter Kollege die passenden Brüste hinzugefügt hatte. Ihre Augen, Wangen und Lippen würden in absehbarer Zeit einer Korrektur bedürfen, aber noch bildeten sie ein ansprechendes, sinnliches Ensemble. Was nach dem heutigen Abend kam, war nicht mehr sein Problem.

Sophie saß mit offenem Mund neben ihm auf dem Sofa, mit geröteten Wangen, zerzaust. Ein Tropfen Sperma lief ihr Kinn herab. „Du verlässt mich? Echt jetzt? Das sagst du mir jetzt?"

Als die Erkenntnis zu ihr durchgesickert war und sie Karls Miene entnahm, dass er es ernst meinte, holte sie aus und versuchte, ihn ins Gesicht zu schlagen. „Du ... du Schwein!"

Er war schnell an das Ende des bequemen Sofas zurückgewichen. Sie nahm ihr Glas und warf es ihm vor die Brust, dann sprang sie auf, sein Glas folgte, während sie ihre Bluse anzog und kaum die Knöpfe schließen konnte vor Wut. Dabei schrie sie ihn unentwegt an. „Sie ist fast tot, ich hab ein Jahr darauf gewartet, dass sie endlich stirbt!"

Er konnte gerade eben der Flasche ausweichen, die einen gelblichen Fleck auf der glatten weißen Wand hinter ihm hinterließ, als sie klirrend zerbrach.

„So hör doch, Sophie, es ist nicht deine Schuld. Ich bin noch nicht bereit für eine neue Beziehung, für etwas Ernsthaftes. Ich muss erst Margrets Tod verarbeiten. Du hast jemand Besseres verdient."

Jetzt stürzte sie sich auf den Schreibtisch und umklammerte den 3000 Jahre alten Schädel, ohne zu bemerken, was sie in der Hand hielt. Ein unersetzbares Stück, ein Vermögen wert, sollte eigentlich in einem Museum stehen. Unschlüssig stand er hinter dem Sofa, mit offenem Hemd, baumelndem Gemächt und angespannter Muskulatur.

Sie holte langsam aus, fixierte ihn. „Jetzt plötzlich? War ich dir nur zum Vögeln gut genug? Willst du nicht, dass deine Freunde und Kollegen erfahren, dass du deine todkranke Frau betrogen hast? Willst du es abstreiten? Sag schon! Sag, dass ich nicht gut genug bin, dass du dich schämst. Los! Sag es!"

„Sophie, Liebling, bitte. Lass uns Freunde bleiben", flehte er und ließ den Schädel nicht aus den Augen, während er hinter den Möbeln hin und her lief, um kein Ziel abzugeben.

Sie war erstaunlich nah an der Wahrheit, doch das konnte er nicht zugeben. Aber sein Image würde leiden, wenn sein Umfeld von einer Geliebten erfahren würde, mit der er den beliebten Star internationaler Bühnen betrogen hatte. Unverzeihlich.

Mit einem Sprung, der dem eines Baseball-Profis würdig gewesen wäre, hechtete er über das Sofa und fing den kostbaren Schädel auf, als dieser ihre Hand verlassen hatte. Dabei stieß er sie um. Mit dem Hinterkopf knallte sie gegen die Kante seines Schreibtisches.

Schwer atmend stand Karl vor ihr und starrte sie entsetzt an. Unter ihrem Kopf bildete sich eine Blutlache, die allmählich größer wurde.

„Sophie? Liebling? Das war nicht so gemeint, Sophie? Das wollte ich nicht. Lass uns reden, ja?"

Er trat näher, sah aber sofort, dass sie nicht bei Bewusstsein war. Das Blut floss weiter, sie schien noch zu leben. Ihr Kopf stand in einem unnatürlichen Winkel zu den Schultern, fast wie bei dem Gemälde von Klimt, auf dem eine Frau in goldenem Kleid geküsst wurde.

Eine kurze Untersuchung reichte aus, um zu sehen, dass die Verletzung sehr ernst war. Nicht so ernst, als dass er es nicht hätte richten können, doch soweit er wusste, niemand sonst. Ihr Genick war gebrochen, tragisch, aber nicht unbedingt ein Todesurteil. Bei jedem anderen Arzt würde sie vom Hals ab gelähmt bleiben, aber nicht bei Karl. Trotzdem zögerte er. Er betrachtete nachdenklich ihren kurvigen Körper, ihre feinen Gesichtszüge, die keinen Schaden genommen hatten. Er könnte sie jetzt sofort in den OP bringen und mithilfe der von ihm entwickelten Roboter und Künstlichen Intelligenz operieren. Dann würde sie wieder geheilt und leben.

Aber sie würde ihn anzeigen können und sie würde ihre Beziehung publik machen und seinen Ruf schädigen. Andererseits machte es einen schlechten Eindruck, wenn er sie hier in seinem Zimmer sterben ließ. Vielleicht könnte er sie irgendwo hinbringen? Auch keine gute Idee. Egal wohin er sie brächte und wie geschickt er einen Unfall inszenierte, er würde seine DNA in und an ihr niemals so restlos entfernen können, dass er nicht mit ihr in Verbindung gebracht werden würde. Zumal sicherlich einige Leute bezeugen konnten, dass sie kurz zuvor bei ihm gewesen war.

Ratlos strich er sich über den Bart. Eine andere Idee reifte in ihm heran. Eine abwegige Idee, undenkbar eigentlich. Unmöglich.

Er verließ sein Zimmer und holte eine fahrbare Liege. Es war nicht leicht, sie darauf zu heben, schließlich wog sie doch einiges mehr als Margret und ihr schlaffer Körper glitt ihm immer wieder aus den Armen. Aber dann hatte er sie dort, wo er sie haben wollte.

Ihre Augenlider fingen an zu flattern, sie stöhnte leise, schlug die Augen auf. Karl schob sie schnell aus dem Zimmer und den Gang entlang zum Bettenaufzug.

„Alles gut, meine Liebe alles gut." Er keuchte vor Anstrengung und versuchte, ihr Wimmern zu ignorieren.

Sie fuhren in den OP im Keller, hinter der unscheinbaren Brandschutztür, die immer abgeschlossen war, zu der niemand außer ihm und Pfeiffer einen Schlüssel hatte.

Der Raum roch streng nach Desinfektionsmitteln und war voller Maschinen und Computer. Von der Decke hingen Greifarme über zwei verchromten Tischen mit erhöhtem Rand, die flachen Schalen ähnelten, in der die Patienten vollkommen bewegungslos fixiert werden konnten. Er zog die weinende Sophie in eine der Schalen, wobei er ihrem verletzten Hals besondere Aufmerksamkeit schenkte, schloss sie an diverse lebenserhaltende Systeme und verließ den Raum.

„Karl!", schrie sie ihm hinterher.

Die Nacht würde bahnbrechend werden, ein Game-Changer, ein Triumph der Wissenschaft und die Erfüllung seines Daseins.

Kapitel 4

Als Margret erneut zu sich kam, sah sie in der Dunkelheit nur Schemen. War sie Wochen, Tage oder Monate durch einen kühlen Wald gelaufen? Sie spürte noch die weichen Tannennadeln unter ihren bloßen Füßen und hatte den Duft des Harzes in der Nase. Es war grün gewesen, unendliches Grün, über ihr an wenigen Stellen durchbrochen vom tiefen Blau des Himmels. Vogelgezwitscher und klassische Musik waren zu hören gewesen. Wenn sie müde geworden war, war sie weiter geglitten, immer weiter. Manchmal war sie Wanderern, Förstern oder Waldarbeitern begegnet. Schwerelos war sie an ihnen vorbeigeschwebt, hatte sie angelächelt und gewinkt. Sie hatten zwar mit ihr gesprochen, aber sie hatte sie nicht verstehen können, da die Vögel gesungen hatten und in diesen Momenten lauter wurden.

Sie hatte es geschafft. Keine Schmerzen mehr, keine unvollkommene Welt um sie herum. Sie lächelte leise. Kein weißes Licht, in das sie gegangen war, auch kein bärtiger Petrus, der auf einer Wolke stehend sie vor der Himmelstür abfing.

Dann wurde der Wald dunkler. Immer wieder verschwanden die Bäume. Musik schwebte durch die Dunkelheit, Vivaldi. Nicht ihr Lieblingskomponist, aber wer würde schon das himmlische Orchester kritisieren, sie war schließlich neu hier. Ein Kichern schob sich ihre Kehle hoch, die rau und trocken war. Sie hatte Durst. Man hatte Durst, wenn man tot war? Das war ihr neu. Sie wollte umkehren und zurück in ihren Wald. Dort hatte sie nichts gespürt außer Leichtigkeit und Freiheit.

„Hallo, Liebes." Karls Stimme drang zu ihr durch.

Karl war nicht tot, wie kam seine Stimme hierher, an diesen friedlichen Ort? Warum tat ihr der Hals weh? Panik ballte sich in ihrem Bauch zusammen, zu einem harten Klumpen, der sich ihre wunde Kehle hochschob und ihr die Luft nahm. Ihre Hände tasteten, bewegten sich fahrig über das glatte Laken, bis sie an ihrer Seite herunterrutschten, sich an den Nähten der Decke verkrallten und kraftlos daran zogen. Sie war nicht tot, sie hatte es nicht geschafft. Ein stechender Kopfschmerz bohrte sich hinter ihrer Stirn in ihren Schädel, wurde stärker, schriller, glühend.

Margret kniff die Augen zusammen und tastete nach ihrem Kopf. Ein krächzender Laut kam aus ihrem Mund. Zurück, sie wollte zurück, weg von hier, weg von Karl, weg vom Schmerz. Wo waren ihre duftenden Bäume? Hier roch es nach Desinfektionsmittel, die Schwerkraft presste sie auf das Bett, es war zu warm, viel zu warm. Jede Bewegung kostete sie Kraft wie ein Versuch, sich aus einem Sumpf zu befreien.

„Sch sch sch … ganz ruhig. Du bist noch schwach. Willst du etwas trinken?"

Karls Stimme war viel zu laut, obwohl er fast flüsterte. Margret nickte und drehte dann mühsam ihren Kopf zu ihm. Sie konnte Umrisse erkennen. Sie lag in einem Zimmer, das nicht ihr Schlafzimmer war, in einem fremden Bett mit einem Gitter an den Seiten.

Karl beugte sich über sie und hielt ihr eine Schnabeltasse mit lauwarmer Flüssigkeit an den Mund. Schon von dem Geruch wurde ihr übel, trotzdem trank sie einen Schluck, um ihren Hals anzufeuchten.

Nach einigen Anläufen gelang es ihr, Worte zu formen. „Was ist passiert?", krächzte sie.

Eine Erinnerung an einen Spiegel durchzuckte sie, ein sehr schlechter Traum. „Wo ist der Wald?" Ihre Stimme klang fremd in ihren Ohren.

„Du warst nicht im Wald, Liebes, du lagst einige Wochen im künstlichen Koma. Hast du etwas Schönes geträumt?" Karl lächelte sie an.

Margret schüttelte vorsichtig den Kopf. „Kein Traum. Ich war im Wald."

Sie versuchte, immer wieder zu schlucken und trank erneut den Tee. Zimt dachte sie. Sie hasste Zimt.

„Ja, das passiert nach einem Koma oft. Die Patienten halten ihren Traum für Realität, an die sie sich erinnern, als ob es wirklich geschehen wäre. Ich schick dir einen Spezialisten, der dir hilft, das zu verarbeiten. Aber du lebst, Margret, ist das nicht großartig? Du lebst! Du bist gesund!"

Margret sah sein strahlendes Gesicht über sich schweben, wie einen Luftballon und überlegte, wie sie es zum Platzen bringen könnte und ob sie dann in den Wald zurückkehren durfte.

„Wie?", fragte sie nur, dabei drängten sich eine Million weitere Fragen in ihrem schmerzenden Kopf.

Wieder blitzte die nur schwer zu fassende Erinnerung auf. An den Spiegel, an das Bild einer Frau ohne Haare. Sie war sich sicher, die Person erkannt zu haben. Es war Karls Geliebte.

Er wusste nicht, dass sie sie kannte, sie schon zusammen bemerkt hatte. Er hatte sich stets bemüht, sie vor ihr verborgen zu halten. War sie deshalb verärgert gewesen? Oder enttäuscht? Nein, ihre Zeit war ja nur noch begrenzt und dass ein Mann wie er nicht lang allein bleiben würde, war ihr klar. Aber warum hatte sie sie im Spiegel gesehen? Es war zwecklos, Träume deuten zu wollen, sie ergaben nur selten einen Sinn. Trotzdem.

„Spiegel", krächzte sie.

Der schüttelte nur lächelnd den Kopf. „Nicht alles auf einmal, Liebes. Schlaf noch ein bisschen, ruh dich aus. Du wirst eine Zeit brauchen, wieder ins Leben zu kommen."

Aber er irrte sich. Schon am folgenden Tag konnte sie sich aufsetzen und bestand darauf, dass er Licht ins Zimmer ließ. Sie kam sich fremd in ihrem Körper vor und wollte etwas sehen. Ihre Haut fühlte sich merkwürdig an, glatt und weich. Mit ihren Brüsten stimmte was nicht, sie waren viel zu groß, geschwollen, als ob Tumore darin wüchsen. Sie war nicht gesund, der Krebs war noch da. Unter ihren tastenden Händen und in dem wenigen Licht erschien es ihr, als ob sie eine Fremde anfassen würde.

Karl zog einen kleinen Reflexhammer aus der Kitteltasche und klopfte auf ihre Ellenbogen und Knie, die zuckend reagierten. Diese Ergebnisse trug er in ein Tablet ein, dass auf ihrem Beistelltisch lag, dann legte er es wieder beiseite, setzte sich an ihr Bett und räusperte sich. „Mein Engel, ich muss dir etwas erklären. Du weißt doch, wie sehr ich dich liebe und ich wollte dich auf keinen Fall verlieren. Das kannst du dir ja sicher vorstellen."

Fahrig wickelte er sich einen Zipfel ihrer Bettdecke um den Finger. „Ich hab all mein Wissen und die neueste Technik dazu verwendet, dich zu retten, wenn auch nicht … wie soll ich sagen? Nicht ganz. Also, ich meine, ich habe dein … dein, also ich habe dein Gehirn sozusagen …"

Er sah sie nicht an, sondern widmete sich konzentriert seinen eingewickelten Fingern.

„Karl! Sag mir, was los ist!" Trotz der Halsschmerzen klang ihre Stimme fest und bestimmt. Ihre Stimme klang falsch in ihren Ohren, viel zu hoch. Mit einem Ruck zog sie die Decke zu sich.

Karl rieb sich die malträtierten Finger. „Ich habe dein Gehirn in einen anderen Körper transplantiert. Ist das nicht wunderbar? Das gab es noch nie! Margret, du bist die Erste! Eine wissenschaftliche Sensation! Und es funktioniert!" Er strahlte sie an, als ob er ihr ein Geschenk gemacht hätte.

Margret Wangen glühten und ihr wurde schwindelig. Der Alptraum! Er war kein Traum gewesen, in ihren Brüsten wuchsen keine Tumore, sie war gefangen in einem neuen Körper, in einem Körper, der jemand anderem gehörte.

Unfähig etwas zu sagen, knetete sie ihre Hände und Arme, rieb über ihr Gesicht. Sie befühlte vorsichtig die frische Narbe, die um ihren geschorenen Kopf verlief, auf dem bereits die Haare wieder wuchsen, die sich wie das Fell eines kurzhaarigen Hundes anfühlten.

Karl schaltete das Licht über ihrem Bett an, suchte in ihrem Gesicht nach Anzeichen von Freude und klopfte ihr sanft und aufmunternd auf die Schulter.

„Das kann nicht sein. Warum, Karl, warum? Ich wollte doch sterben. Das durftest du nicht." Tränen liefen ihr über die Wangen.

„Nicht weinen, Liebes, alles wird gut. Das ist jetzt ein bisschen zu viel, das versteh ich. Morgen wirst du dich freuen, wieder den Himmel zu sehen und bald wieder Klavier spielen zu können. Hast du noch Kopfschmerzen? Dann geb ich dir was dagegen." Er beugte sich zu ihr und wollte ihr einen Kuss auf die Wange geben, aber sie wehrte ihn mit einer entschiedenen Handbewegung ab.

„Geh, lass mich allein. Und mach das Licht aus."

Verständnisvoll nickend beugte er sich über sie und knipste die Lampe aus, dann drehte er sich um, warf ihr eine Kusshand von der Tür zu und schloss sie leise hinter sich.

Margret lag schwer atmend in der wohltuenden Dunkelheit. Sie schloss die brennenden Augen, wagte nicht mehr, ihren Körper zu berühren voller Scheu vor dem, was sie schon längst wusste. Sie war ein Monster, ein Zombie. Plötzlich überwältigte sie eine panische Angst, Angst vor sich selbst, vor dem, was sie war. Schweiß rann ihr das Gesicht hinunter und in die Augen. Ihr eigener Schweiß? In wessen Augen? Ihr Hals war wie zugeschnürt und ein schweres Gewicht lastete auf ihrer Brust, nahm ihr den Atem. Schwindel drückte sie auf das Bett, Übelkeit stieg in ihr hoch. Mit letzter Kraft fand ihre tastende Hand den Notfallknopf am Bett und drückte zu.

Eine Pflegerin kam herein, rannte sofort wieder raus und rief nach Karl. Ein Rauschen in den Ohren wie von einer Flutwelle am Meer und Flimmern im Blick verhinderten, dass sie sah, was er als nächstes tat. Was es auch war, es ließ sie wieder in einen tiefen Schlaf sinken.

Ihr Frühstück bestand aus einem faden Brei und lauwarmem Tee, was sie nicht von ihren Gedanken ablenken konnte. In ihr schrie und tobte es, Fragen, Wut und Verzweiflung versuchten abwechselnd in ihr Bewusstsein einzudringen, die Vorherrschaft zu übernehmen und sich Luft zu verschaffen. „Unmöglich!", schrie ihre innere Stimme immer wieder. „Du bist tot! Du träumst!" Aber eine andere Stimme flüsterte: „Es ist wahr. Du lebst. Du bist sie."

Karl kam gleichzeitig mit einem leisen Klopfen ins Zimmer, im Arm eine Kristallvase mit kleinen roten Rosen und Schleierkraut, einem zaghaften Lächeln auf dem Gesicht.

„Geht es dir heute besser, Liebes?"

Ohne auf seine Frage einzugehen, sah sie ihn an. „Wo ist sie?"

„Wen meinst du?"

„Sophie. Das ist doch Sophies Körper, in dem ich bin, oder? Wo ist Sophie?"

Karl stellte die Blumen ab, setzte sich auf den Stuhl neben das Bett. Die Ellenbogen auf die Matratze gestützt, ließ er seine Stirn auf die gefalteten, feingliedrigen Hände sinken.

„Ist sie tot? An meiner Stelle? Du hast sie ermordet, damit ich leben kann?"

So hatte er sich dieses Gespräch nicht vorgestellt. Wer konnte schon ahnen, dass sie von der Gespielin wusste? Aber sollte ihre Dankbarkeit nicht überwiegen? Er verstand sie nicht.

„Du lebst, Margret, das ist alles, was zählt. Du lebst weiter."

„Ich? Ich bin doch nicht mein Gehirn! Mein Gehirn lebt, aber mein Körper, meine Seele, mein altes Leben. Das ist doch alles fort! Meine Seele …" Ihre Stimme wurde immer leiser.

„Niemand weiß, was eine Seele ist, und wo sie sitzt. Du bist dir deiner bewusst, also wird sie schon mitgekommen sein."

Aber Margret schüttelte langsam den Kopf. „Meine Seele war das, was mich zusammenhielt, was mein Leben ausmachte, Körper und Geist verband und nach meinem Tod weiterleben wird. Meine Gefühle und Gedanken kommen doch nicht nur aus dem Kopf!"

„Ach, Liebling. Denk lieber an deine Zukunft, an unsere Zukunft, was noch alles kommen wird. Du hast wieder eine Zukunft! Unter einem anderen Namen. Wir müssen das geheim halten, was passiert ist, das kannst du dir ja denken, oder?"

„Was für eine Zukunft? Wie stellst du dir das vor? Soll ich jetzt Sophies Leben leben mit ihrer Familie? Ich habe keine Freunde mehr, keine Familie. Sie würden mich nicht mehr erkennen. Was glauben sie eigentlich, wo ich bin?"

Diese neue Stimme klang nervtötend schrill und auf ihrer Stirn fühlte sie eine senkrechte Falte, die sie irritiert betastete.

Hastig zog sie die Hand wieder weg, schloss die Augen und versuchte zu verstehen, welche Tragweite das Geschehene hatte.

Karl lehnte sich zurück, sah auf seine Schuhspitzen und murmelte: „Wir haben dich beerdigt."

„Ihr habt mich beerdigt. In einen Sarg gelegt, in ein Loch hinabgelassen und mit Erde bedeckt."

„Ich meine, wir haben deinen Körper beerdigt."

Margret schloss die Augen und fragte leise: „Wir? Wer war denn dabei?"

„Es war ein großes Begräbnis. Du warst, ich meine, du bist eine bedeutende Künstlerin. Also deine Eltern, sogar deine Schwester ist aus der Schweiz angereist, unsere Freunde, deine Kollegen, viele aus der Musikbranche, obwohl die Feier nur im allerengsten Rahmen stattfinden sollte. Das war schon ergreifend, muss ich sagen." Als ihm auffiel, was er von sich gab, verstummte er.

„Alle waren da. Und alle, die da waren, kann ich nie mehr treffen. Sie haben endgültig Abschied von mir genommen. Alle, die mir etwas bedeutet haben, alle, denen ich etwas bedeutet habe. Ich bin nur noch eine medizinische Sensation und du ein Mörder. Was macht dich eigentlich so sicher, dass ich niemandem verrate, was du getan hast?" Sie sah ihn herausfordernd an.

Bevor er antworten konnte, klopfte es und eine junge Pflegekraft in weißer Hose und hellblauem Oberteil kam herein. Als sie ihren Chef sah, stoppte sie kurz und strahlte ihn voller Bewunderung an.

„Darf ich, Herr Professor?"

„Natürlich."

Schweigend sah er zu, wie sie Margrets Blutdruck und Fieber maß, und die Werte eintrug, ihr ein Schälchen mit Tabletten und ein Glas Wasser reichte und das Kissen aufschüttelte. Dabei klopfte er mit dem Reflexhammer auf den Daumennagel seiner zur Faust geballten freien Hand, eine unbewusste Geste, die ihn schon seit Studienzeiten begleitete.

Ohne die Anspannung im Raum zu bemerken, plauderte die Krankenschwester in einem fort. „Geht es Ihnen schon besser,

Frau Kaminski? Ist es nicht ein Wunder, was unser Professor vollbracht hat? Ohne ihn wären Sie gelähmt. Können Sie sich denn inzwischen an den Sturz erinnern?"

Bei dem Namen zuckte Margret erst zusammen, dann schüttelte sie den Kopf.

„Kein Wunder, Sie Arme. Das kann auch noch ein bisschen dauern. Aber es ist gut gegangen. Spüren Sie ihre Beine? Ja? Das haben Sie alles ihm zu verdanken. Bald werden Sie wieder tanzen können. So, jetzt nehmen wir die Tabletten und später bringe ich Ihnen ein Schälchen Brühe. Erstaunlich, wie schnell Sie sich erholen, aber Sie sind ja auch noch jung. Da geht das ratzfatz."

Margret murmelte einen Dank und die Schwester verschwand.

Als ob sie nicht unterbrochen worden wären, schlug Karl mit beiden Händen auf seine Schenkel und stand wieder auf. „Hast du das gehört? Ich hatte ehrlich gesagt auch von dir mit etwas mehr Dankbarkeit und Anerkennung meiner Leistung gerechnet. Schließlich hab ich das alles nur aus Liebe zu dir gemacht. So bahnbrechend die Ergebnisse auch sein mögen, ich kann nichts davon veröffentlichen! Denn ja, juristisch korrekt war es womöglich nicht, wenn man es genau nimmt. Aber bitte, verrate mich doch. Ich kann dich nicht daran hindern." Jetzt klang er eingeschnappt.

Ärgerlich schnippte er gegen den Schlauch ihrer Transfusion.

„Ach, Karl, das hab ich doch gar nicht gesagt. Ich will nur eins wissen: War sie tot? Hast du mich in ihren toten Körper gesteckt oder lebte sie noch?"

„Das spielt doch keine Rolle ..."

„Hat! Sie! Noch! Gelebt!" Sie legte so viel Nachdruck in ihre Stimme, wie ihr Hals es zuließ.

„Nein, sie war tot." Er sah sie nicht an.

„Du lügst. Ich sehe, wenn du lügst. Sie hat noch gelebt!"

„Sie war so gut wie tot, sie war nicht mehr bei Bewusstsein!", schrie er.

„Sie hat gelebt", flüsterte Margret. Sie war müde und wollte ihn loswerden.

Aber er ließ sich nicht mehr bremsen und sprach weiter. „Angenommen, jemand glaubt dir, was unwahrscheinlich ist, schließlich sieht jeder, dass Sophie lebt, und die todkranke Margret war aufgebahrt und wurde begraben. Mal angenommen, was dann? Vermutlich komme ich ins Gefängnis. Was glaubst du, was aus dir wird? Denkst du, du kannst in dein altes Leben zurück? Weitermachen, als wenn nichts passiert wäre, nur mit einem neuen Körper? Einem neuen Gesicht?“

Erregt lief er vor ihrem Bett hin und her und räumte Pillenschälchen und eine Tasse von einem Platz zum anderen und wieder zurück. „Vergiss das ganz schnell. Selbst einem ... einem Alien würde man mehr Ruhe gönnen als dir. Fachleute aus aller Welt würde dich untersuchen wollen. Mein Erfolg wäre dann öffentlich, auch wenn ich ihn nicht in Freiheit erlebe, aber will ich das? Nein! Ich will dich und das Leben mit dir zurück.“

Er blieb stehen und stützte sich auf das Fußende des Pflegebettes. „Weißt du, was manche bezahlen würden, um an deiner Stelle zu sein? Sie würden alles dafür geben. Das, was du bist, ist der Schlüssel zur Unsterblichkeit.“

Margret drehte den Kopf zur Seite und schloss die Augen. Das Gespräch strengte sie an. Karl strengte sie an. Nach nur wenigen Minuten hörte sie, wie er das Zimmer verließ.

Ihre Schwester war zu ihrer Beerdigung gekommen. Sie hatte sie seit ihrer Hochzeit, bei der sie es ablehnte, die Trauzeugin sein, nicht mehr gesehen, nichts mehr von ihr gehört. Sie war der ungeplante Nachkömmling, als Margret schon zehn und ein kleiner Bühnenstar war. Für ihre Mutter brach damals die Welt zusammen, da sie befürchtete, sich nicht mehr ausreichend um ihre Älteste kümmern zu können. Ihre Schwester Katrin, die kein Wunderkind, sondern immer im Weg war, die nur Betriebswirtschaft studierte und die eine Bankerin wurde, wanderte aus und brach den Kontakt mit den Eltern ab. Was diese erschreckend wenig störte.

Margret fiel in einen leichten Dämmerschlaf und träumte vom Wald.

Kapitel 5

Margret arbeitete verbissen daran, sich zu erholen und die Gewalt über ihre Sinne zu erlangen. Der Geruchsinn setzte gelegentlich aus, lieferte ihr manchmal falsche Signale. Dann schmeckte das Steak nach Vanille und die Äpfel nach Pappe. Auch ihr Tastsinn ließ sie von Zeit zu Zeit im Stich, und es fühlte sich unerträglich an, zu sitzen oder einen Stoff auf der Haut zu haben. Schon nach wenigen Tagen bestand sie darauf, nach Hause verlegt zu werden. Der Krankenhausablauf, das ständige Lächeln der Pfleger und dass man sie mit Sophies Namen ansprach, war ihr unerträglich.

Mit der fadenscheinigen Geschichte, dass ihre Amnesie ihr nicht erlaubte, allein zu leben und Karl ihr aus reiner Menschenfreundlichkeit ein Zimmer bei sich zu Hause anbot und so auch die Einsamkeit nach dem Tod seiner Frau besser verkraftete, begründete er vor den Kollegen und dem Klinikpersonal, dass Margret bei ihm einzog.

Stundenlang fuhr sie dort auf ihrem Trainingsrad, hörte dabei Musik und versuchte, sich völlig auf die Übungen zu konzentrieren. Das Laufen bereitete ihr ebenfalls Probleme, da sie manchmal die Gewalt über ihre Beine verlor und plötzlich stürzte. Doch alle anderen Fähigkeiten kamen nach und nach wieder.

Karl hatte ihr eine Pflegerin engagiert, die sie sofort wieder entlassen hatte. Sie war lieber allein und froh, wenn ihr Mann morgens zur Arbeit fuhr

Dann saß sie an dem weißen Küchentisch ihrer großen Landhausküche, schrieb sich Listen mit Aufgaben, die zu erledigen waren und erwischte sich dabei, wie sie den Milchkaffee genoss. Sofort schoss ihr die Röte ins Gesicht. Das durfte nicht sein. Sie durfte diese gestohlenen Tage nicht genießen, sie gehörten ihr nicht. Sie existierte, mehr nicht.

Entschlossen stand sie auf und kippte den Rest aus ihrer Tasse in den Ausguss. Stattdessen schenkte sie sich ein Glas Wasser ein und ging damit ins Wohnzimmer, das ebenfalls im noblen Landhausstil eingerichtet war: Pinienholzmöbel und ausladende Sessel und Sofas, bespannt mit rustikalen Leinenstoffen, standen verteilt in dem geräumigen Zimmer.

Hier hatte sie früher schon mal für enge Freunde kleine Konzerte gegeben auf dem polierten Konzertflügel, der den Raum beherrschte. Langsam ließ sie sich auf den Hocker gleiten und starrte die Tasten an. Nur einmal hatte sie versucht zu spielen, aber die Finger gehorchten ihr nicht. Seitdem spielte sie alle Stücke, die sie hörte, auf dem Tisch, dem Sofa, ihrem Bein mit.

Nachdenklich ließ sie einen Daumen über die Tonleiter gleiten, ohne sie anzuschlagen. Die Finger ihres neuen Körpers waren etwas kürzer und längst nicht so beweglich wie ihre eigenen.

Ein plötzlicher Schwindel erfasste sie und im Reflex hielt sie sich an der Klaviatur fest. Die lauten Töne ließen fast ihr Herz stehen bleiben. Zu schnell stand sie auf, schwankte ein wenig und hangelte sich dann an dem Bücherregal mit Karls Fachliteratur entlang zu ihrem Lieblingssessel. Von hier aus überblickte sie die Terrasse mit den geflammt gebrannten Terracotta-Fliesen und dem gepflegten Garten. So blühend und lebendig, für sie aber inzwischen ohne Bedeutung. Was sollte sie nur mit diesem Leben anfangen?

Bisher hatte sie Karls Drängen, eine neue Schichtaufnahme ihres Gehirns zu erstellen, nicht nachgegeben. Sie wollte nicht mehr Teil seines Experimentes sein und für seine Dokumentation zur Verfügung stehen.

Auch seinen Reaktionstests verweigerte sie sich vehement.
Er war ein Mörder. Sophie hatte gelebt, als er sie operierte.
Sie verstand nicht im Ansatz, wie das Verfahren genau funkti-
onierte, aber wenn der Blutkreislauf erstmal still stand, war er
nicht mit einem neuen Gehirn wieder in Gang zu bringen. Das
Herz schlug die ganze Zeit weiter.

Mithilfe eines Physiotherapeuten baute sie Muskeln auf
und trainierte anschließend allein in ihrem Zimmer weiter,
bis sie ihr vor Erschöpfung übel wurde. Niemand wurde ein
Weltstar am Klavier, der nicht so ausdauernd übte, bis der eigene Körper dem angestrebten Ziel nicht mehr im Weg stand.

Die Spiegel im Haus hatte sie schon bei ihrem erneuten Ein-
zug vor drei Wochen abgehängt, bis auf einen in einem der
Bäder, auf den Karl bestand. Dieses Bad mied sie von diesem
Zeitpunkt an. Wenn sie sich in einer Fensterscheibe spiegelte,
war es aber trotzdem wie ein Schlag in die Magengrube und
warf sie für Stunden in tiefste Depressionen.

Grübelnd saß sie auf dem Sofa und starrte hinaus in den Son-
nenschein. Dabei spielte sie Beethoven auf der Sofalehne, denn
selbst an das Gefühl, das weiche Kinn auf die Hand zu stützen,
hatte sie sich nicht gewöhnt.

Es musste weitergehen oder sie würde diesem Leben ein
Ende setzen. Und weitergehen konnte nur heißen, dass Karl
nicht davonkommen durfte. Das Dumme war nur, dass eine
Anzeige ihn zum Genie verklären und sie zum Objekt reduzieren würde. Denn was er geschafft hatte, war bahnbrechend.

Für einen Ausweg aus diesem Dilemma fehlte ihr jegliche
Idee.

Aber erstmal musste sie duschen, auch wenn sie es hasste.
Mit ihrer Strategie, sich im Dunkeln auszuziehen und einen
Waschlappen zu verwenden, scheiterte sie immer wieder
an den Schwindelgefühlen und gefährlichen Stürzen, da sie
nicht rechtzeitig einen Halt fand. Aber Sophies Körper war
ihr zuwider, sie ekelte sich davor, das fremde Gesäß abzuwi-
schen, die kleine operierte Nase zu putzen und vor zerkau-
tem Essen in dem Mund, der Karl geküsst hatte, als sie schon
längst todkrank war. Sie wollte diese Hülle nicht pflegen,

nicht akzeptieren. Es war ihr auch egal, wenn sie sich stieß und dabei Schrammen und blaue Flecken davontrug.

Seufzend tappte sie ins spiegellose Bad, wusch sich notdürftig und zog sich im Schlafzimmer ein weites Kleid an. Ein Punkt weniger auf ihrer To-Do-Liste für diesen Tag. Erst gestern Abend hatte sie sich mit Karl gestritten, der immer ungeduldiger wurde, sie wieder mit in seine Klinik nehmen und ausgiebig untersuchen wollte. Wie eine Laborratte.

Außerdem war da noch ein anderes Problem: Sophies Familie. Schon im Krankenhaus hatten sie sie besuchen wollen. Solang sie im Koma lag, hatte Karl das zugelassen. Er hatte für sie und das Personal der Klinik eine Geschichte erfunden, dass sie als Fremde gekommen sei, auf der Treppe ausgerutscht und gestürzt sei. Daraufhin habe er sie so schnell wie möglich operiert. Durch die umfassende Technisierung sei das zum Glück machbar, er habe alles getan, um bleibende Schäden zu vermeiden, aber eine Amnesie nicht verhindern können. Sophie könne sich an ihre Familie nicht erinnern. An nichts vor dem Unfall.

Nach ihrem Aufwachen hielt er Margret von der Familie fern, so gut es ging, angeblich, um sie nicht zu sehr aufzuregen. Was er ihnen erzählt hatte, warum sie jetzt bei ihm lebte und nicht, wie es dem Wunsch der Mutter entsprach, bei ihrer Familie, war Margret ein Rätsel. Es kümmerte sie aber auch nicht, da sie Sophies Angehörigen nicht in die Augen sehen konnte. Einmal war es den Eltern gelungen, in ihr Zimmer in der Klinik zu kommen. Eine kräftige, gepflegte Frau mit kurzen grauen Haaren, dahinter ein durchtrainierter, braungebrannter, älterer Mann. Sie konnte den Blick in den Augen der fremden Frau nicht vergessen, der in ihrem Gesicht eine Spur des Wiedererkennens suchte und dabei unablässig voller Liebe lächelte und ihre Hand streichelte. Die Umarmung des Mannes, der sich als ihr Vater bezeichnete, ließ sie steif zu, wobei sie tiefe Scham empfand.

Als die Putzhilfe kam und das Radio einschaltete, nahm sie ihre Tasse Tee mit auf die Terrasse und setzte sich im Bademantel in einen der Korbsessel. Ohne Musik war ihr Leben leer.

Jetzt ein Buch zu lesen oder den Fernseher einzuschalten, kam ihr absurd vor. Sie brauchte nichts weniger als Zeitvertreib, die Nachrichten waren ihr völlig egal. Aber sie war einsam, sie wünschte sich jemanden, mit dem sie ihre Gedanken teilen konnte, und das war nicht Karl. Was würde passieren, wenn sie sich ihren Eltern anvertraute? Ihr Vater würde die Nerven verlieren und die Polizei benachrichtigen. Ein braver Beamter, der sein Leben lang nicht mal eine Strafe für eine Geschwindigkeitsübertretung bekommen hatte, würde so eine Tat nicht hinnehmen. Und ihre Mutter? Angeblich war sie an ihrem Tod fast zerbrochen. Was, wenn die verlorene Tochter wieder auftauchte? Was, wenn ihr Gehirn den Organismus abstieß und sie erneut starb? Das durfte sie ihren Eltern nicht antun. Die beiden waren über achtzig und weder mental noch körperlich belastbar.

Seufzend beobachtete sie zwei Bienen, die unverdrossen in die Petunienblüten krabbelten und staubig wieder herauskamen, um die nächste in Angriff zu nehmen. Der Duft der Blüten wurde am Abend so intensiv, dass sie nicht draußen sitzen konnte, ohne heftige Kopfschmerzen zu bekommen. Aber sie nahm ihn wieder wahr.

Freunde? Weggefährten? Sie schrieb eine neue Liste. Wem konnte sie so weit vertrauen? Bei wem war sie sicher, dass derjenige mit dieser sensationellen Geschichte nicht an die Öffentlichkeit ginge. Das Wichtigste war, dass sie selbst es weiterhin in der Hand hatte, was mit ihrem Leben passierte. Adelina? Ihre Managerin war ihr zutiefst verbunden. Aber der Kitt ihrer Beziehung war die Musik gewesen, das Business. Wie bei allen anderen. Sie strich sämtliche Namen wieder durch, außer einem: Patte.

Patte war eine Chance. Aus der anfänglichen Betreuung und Begleitung nach dem Gefängnis war eine Freundschaft entstanden wie zu einer jüngeren Schwester oder Tochter, die auf Augenhöhe herangewachsen war. Ihr traute sie zu, mit dem Geschehen fertig zu werden. Sie würde die Medizintechnik nicht hinterfragen, die Sensation nicht bewundern. Diese zumindest nicht über sie als Menschen stellen. Der Mord an Sophie würde sie vermutlich nicht sonderlich schockieren. Es wäre nicht der Erste, mit dem sie konfrontiert würde. Sie unterstrich den Namen mehrmals.

Laut Karl hatte Patte ihr Tod zwar schwer mitgenommen, aber sie hatte sich wieder gefangen und besuchte weiter die Abendschule. Tagsüber bediente sie im Café Pumpkin auf der Zeil.

Kapitel 6

Margret bestellte sich ein Taxi und ließ sich in die Innenstadt bringen. Schweigend saß sie auf dem Beifahrersitz, zuerst überrascht, dann genervt von den anzüglichen Blicken des Fahrers und gab keine Antworten auf seine Fragen nach ihrem Namen und ob sie vergeben sei.

Früher als beabsichtigt stieg sie aus dem nach Rauch stinkenden Fahrzeug, gab demonstrativ wenig Trinkgeld und schritt dann über den Goetheplatz hin zu den Geschäften und Lokalen. Einige Burgerrestaurants waren ihr neu, schon vor ihrem Tod war sie lange nicht hergekommen.

Der Alten Oper drehte sie demonstrativ den Rücken zu, sie hätte den Anblick nicht ertragen, die Erinnerungen an die Menschen, an ihr altes Leben, das dort so wunderbar gewesen war. Der Ort so nah, dass sie in Minuten dort gewesen wäre und das Leben weiter weg als der Himmel.

Eigentlich wollte sie sich Zeit nehmen und langsam flanieren, doch sie verfiel immer wieder in einen flotten Schritt, war doch ihr altes Leben geprägt gewesen von einem vollen Kalender mit Proben, Terminen und Verabredungen gewesen. Aber zwei Straßenmusiker mit Klarinette und Geige zauberten ein Lächeln auf ihr Gesicht. Sie ließ sich auf einer Bank im Schatten nieder und hörte ihnen einige Minuten zu. In ihrer Jackentasche spielten ihre Finger die bekannten Melodien mit und sie gab ihnen ein paar Münzen.

Aber ihre Anspannung trieb sie weiter und sie näherte sich dem Reiffenstein-Platz, der von alten Bäumen beschattet wurde. Dahinter überragten die Türme der Banken alles, was noch vom alten Stadtkern übrig war oder wieder aufgebaut worden war. Auf der Zeil vor ihr saßen auf Bänken und Mauern Obdachlose und Banker, Jugendliche und alte Menschen aus allen Ländern der Welt, Punks mit Hunden, Prediger und Luftballonverkäufer. Das war es, was Frankfurt ausmachte, diese Mischung, die Internationalität, die sie immer geliebt hatte. Heute fühlte sie sich fremd, als ob sie an einem Ort wäre, an dem sie nicht sein durfte. Seufzend riss sie sich zusammen und bog in die kleine Seitenstraße, an der der Platz lag.

Wie die sprichwörtliche Katze um den heißen Brei umkreiste sie den schmalen Bereich, wo ein Café seine leuchtend orangen Tische und Stühle arrangiert hatte. Eine lebhafte Mischung aus Frauen mit Kinderwagen, plappernden Schülern und Rentnern, die von einer Vielzahl von Einkaufstüten umgeben waren, hatte sich dort niedergelassen.

Die entspannte und unbekümmerte Atmosphäre stand in scharfem Kontrast zu Margrets innerer Unruhe, während sie ein wenig abseits wartete und nach dem Servicepersonal Ausschau hielt. Denn hier arbeitete Patte.

Kurze Zeit später sah sie sie aus der offenen Tür eilen, mit einem Tablett beladen mit Kuchen und Getränken. Voller Konzentration presste sie die Lippen aufeinander, um die schwankenden Colaflaschen nicht umzuwerfen. Ihr Gang in den flachen Ballerinas wirkte wie ein Balanceakt auf nassen Flusskieseln. Margret wusste, dass sie bis vor ein paar Monaten nie etwas anderes als Turnschuhe getragen hatte. Aber die passten jetzt nicht mehr ins Leben. Sie warteten in den Tiefen ihres Kleiderschranks darauf, entsorgt zu werden. Eines Tages, wenn Patte sich von ihnen trennen konnte.

Zaghaft setzte sie sich an einen freien Tisch, an dem eine Kollegin von Patte bediente und sie die frühere Freundin unbemerkt beobachten konnte. Sie war routiniert, benötigte keinen Zettel, um sich die Bestellungen zu merken, nahm bei jedem Gang leeres Geschirr mit. Doch Margret erkannte das falsche Lächeln, das einen Tick zu spät einsetzte, und die Bewegungen, die sie vor dem Spiegel geübt hatte. Die immer noch ein bisschen hölzern wirkten.

Als Patte eine Pause einlegte, sich setzte und geziert die Beine ineinander verschränkt zur Seite lehnte, musste sie beinahe lachen. Das war neu, vermutlich von einer Vorabendserie abgeschaut. Allerdings um Längen besser als der breitbeinige Sitz mit den auf den Schenkeln abgestützten Ellenbogen. Es sah aus, als ob ihre Gelenke dafür nicht ausgelegt wären. Margret bekam schon vom Zusehen Wadenkrämpfe.

Patte entspannte sich für einen Moment, sah auf ihr Handy und knabberte an den Fingernägeln, der Rücken wurde immer runder und ein Blusenärmel rutschte hoch, wodurch das Tattoo eines hochfliegenden Vogels zu sehen war. Aber sobald neue Gäste kamen, glitt sie in die antrainierte Rolle zurück, straffte sich, lächelte eisern und zog die Ärmel wieder über die kräftigen Handgelenke.

Margret bewunderte sie, ihren immensen Willen, mit dem sie sich von ihrer Vergangenheit löste und neuen Halt in der Gesellschaft suchte. Wie einsam musste sie immer noch sein, was das Fernbleiben von den alten vertrauten Verbindungen um einiges schwerer machte.

Margret würde sie treffen. Ob sie sich dabei zu erkennen gab oder versuchen würde, sich neu mit ihr anzufreunden war erstmal egal. Sie vermisste sie schmerzlich. Pattes Schulbildung war lückenhaft, aber ihr gesunder Menschenverstand und ihre Intuition so ausgeprägt, wie sie es bei keinem anderen Menschen erlebt hatte.

Kapitel 7

Patte ging durch die schmale Feuerschutztür hinaus auf das Flachdach. Vor Jahren war sie ins eins der Büros in der Etage darunter eingebrochen, seitdem wusste sie, dass sich die meisten Schlösser in diesem Hochhaus mit üblichen Dietrichen öffnen ließen.

Vorsichtig überquerte sie das wellige Bitumen, ohne auf die wulstigen glänzenden Kanten der Flicken zu treten. Vor ihr lag die Stadt in der Abendsonne und Wärme stieg zu ihr auf, während ein kühler Wind vom Taunus zu ihr herüberwehte.

Sie setzte sich auf die niedrige Mauer am Rand, ließ die Beine baumeln und zündete sich eine Zigarette an. Knapp siebzig Meter über der Straße verschaffte ihr der Blick nach unten einen kurzen Adrenalinkick, der aber schnell wieder verebbte. Sie spuckte einen Fitzel Tabak zwischen ihren Knien durch. Dann kramte sie in ihrer Jackentasche nach mitgebrachten Kuchenkrümeln, die sie den schon gurrend neben ihr wartenden Tauben zuwarf.

Sofort flatterten weitere Vögel aus allen Richtungen auf sie zu. Ungeduldig versuchte Patte die dicken Täuberiche zu vertreiben, die die kleineren wegpickten, dann streute sie Krümel auf ihre andere Seite, wo die schwächeren, zerzausten abseits standen und doch noch eine Mahlzeit bekamen. Schweigend beobachtete sie die Tiere, die sonst unten auf der Straße im Dreck und Staub etwas zu fressen fanden oder zumindest so taten. Die sich angepasst hatten und stolz einherschritten, selbst wenn sie verkrüppelt, vergiftet und voller Flöhe waren.

Sie hatte ihren Job heute behalten, wie seit einem halben Jahr, auch wenn es manchmal knapp war. Aber Patte hatte beharrlich an sich gearbeitet und es geschafft, alten Damen nicht auf den Kuchen zu spucken, nur weil sie beim letzten Mal kein Trinkgeld gegeben hatten. Sie blieb freundlich und zählte innerlich bis fünfzehn, bis fünfzig, bis hundert, wenn es sein musste, wenn sich ein Gast nicht entscheiden konnte, was er nehmen sollte, und ihre Empfehlungen klangen immer weniger wie Befehle.

Sie sah über die Stadt, deren Lärm hier oben nur als Rauschen ankam, gelegentlich hörte sie Hupen und eine Fehlzündung eines Auspuffs, was sie zusammenzucken ließ, weil es wie ein Schuss klang; sah in die Ferne, das Bahnhofsviertel in ihrem Rücken, vor sich das Bankenviertel, daneben der Stadtteil, in dem sie bis zu Margrets Tod gewohnt hatte. Dort standen ihr Sofa, ihr Tisch in ihrem Zuhause, bezahlt von ihrem Geld, das sie als Kellnerin verdient hatte. Die Wohnung war klein gewesen und hatte ein Viertel ihres Monatslohns gekostet, weniger als ein Tankstellenraub samstagabends einbrachte, günstig für die Gegend.

Margret hatte ihr eine Eigentumswohnung hinterlassen in einem besseren Viertel, was in ihrem Fall hieß: keine Dealer und andere Kriminelle auf dem Weg zur Bahn, keine Prostituierten vor der Tür. Sie konnte abends aus dem Haus gehen, ohne in eine Schlägerei verwickelt zu werden. Jetzt hatte sie etwas mehr Geld und kaufte sich manchmal eine Schachtel Zigaretten, statt selbst zu drehen. Den Rest legte sie beiseite. Wofür? Sie wusste es noch nicht, aber es machte ihr Spaß, darüber nachzudenken, was damit möglich war. Eine Reise ans Meer, ein eigenes Café, ein Auto, was auch immer sie wollte.

Sie sah das Café von hier oben, die orangenen Möbel leuchteten zwischen dem Grün der Bäume durch, wie Halloweendeko. Sie fand sie scheußlich, behielt ihre Meinung aber für sich. Sie passten zu dem Namen.

Aus ihrer Umhängetasche holte sie eine Papiertüte mit Resten. Der Apfelkuchen war göttlich, allein dafür lohnte es sich, in dem Laden zu arbeiten. Aber das war nicht der einzige Grund. Karin, ihre Chefin, war geduldig, hatte sich immer wieder mit ihr und Margret zusammengesetzt, wenn es nicht rund lief. Am Anfang war Patte nie pünktlich gekommen. Eine Viertelstunde später, was machte das schon? Termine vergaß sie regelmäßig und den Umgang mit den Gästen, die manchmal anstrengend waren, musste sie erst lernen. Bitte und Danke, anschauen, lächeln, begrüßen, nach den Wünschen fragen, Patte lernte am Anfang alle Floskeln auswendig und übte vor dem Spiegel oder mit Margret.

Ihr Handy klingelte, als sie das Dach verlassen wollte. Eine Mitarbeiterin der Abendschule teilte ihr mit, dass der Unterricht heute ausfalle. Seufzend ließ sich Patte zurückfallen. Während sie sich eine neue Zigarette drehte, rief sie ihre jüngere Schwester an, die bei ihrer Mutter wohnte.

Sie war die Einzige aus ihrem früheren Leben, zu der sie noch Kontakt hatte. Andere Leute aus der Zeit mied sie, um nicht wieder in alte Muster zu verfallen. An Geld zu kommen war damals für sie leichter gewesen und sie hatte deutlich mehr besessen. Aber bei allem, was sie sich jetzt nicht leisten konnte, fragte sie sich immer, ob es ihr so viel wert war, dass sie dafür ihre Freiheit riskieren würde. Dann hatte sich der Wunsch für gewöhnlich erledigt.

Allein der Gedanke an die Gefängniszelle, den Geruch des Essens, der anderen Frauen, die Erinnerung an den Lärm, den sie machten, die Enge und die Gewalt schnürten ihr die Luft ab. Sie war taff, schnell, sie konnte kämpfen, sich verteidigen, aber sie würde nicht jeden Kampf gewinnen. Irgendwann war eine schneller, hatte eine Waffe oder erwischte sie in einem schlappen Moment. Dann wäre Ende.

„Hi, Babsi, was geht?" Sie sah ihre Schwester vor sich, wie sie wahrscheinlich in dem ehemals gemeinsamen Zimmer auf dem Bett saß und sich die Nägel lackierte oder durch Instagram scrollte.

„Patti! Hi, alles gut! Und bei dir? Läufts?"

„Klar man." Patte lächelte. Nach ein bisschen Geplänkel

kam sie aber auf den wesentlichen Punkt. „Und was macht die Schule? Du gehst doch hin, oder?"

„Meinst du, ich will hier verrotten? Kennst du noch Jenifer? Von gegenüber? Die ist jetzt schwanger. Kann sich aber nicht an den Namen von dem Typ erinnern, der es ihr geschossen hat. Ey, wie Assi ist das? Ihr Vater hätte sie fast totgeschlagen."

„Krass. Und du? Nicht in love?"

„Nein, kein Bock auf die Typen hier, ich will mal so einen mit ‚nem schicken Anzug, so'n hohes Tier bei ‚ner Bank oder so." Patte hörte sie lachen und ein Feuerzeug, mit dem sie sich eine Zigarette anzündete. „Und dann, wenn der so richtig voll verknallt ist in mich ...", sie hustete kurz, „... geh ich mal mit dem hier hin und rette den dann, wenn die Jungs ihn überfallen wollen. So ganz cool. Dann verlässt der mich nie wieder, weil er mir sein Leben verdankt. Dann gibts voll die geile Hochzeit auf Sylt, ohne Ehevertrag und so."

„Ja genau und wenn sie nicht gestorben sind, dann leben sie noch heute." Patte grinste und klemmte sich das Telefon unter das Kinn, um sich auch eine Zigarette zu drehen.

„Wo ist denn der Spruch her? Klingt total schräg." Babsi nuschelte und kaute etwas sehr Knuspriges.

„Friss später! Das is voll eklig. Der Spruch ist aus ‚nem Märchen. Bist du sicher, dass du noch zur Schule gehst?"

„Ja. Ich muss Schluss machen. Mum ruft. Soll ich sie grüßen?" Babsi kaute ungerührt weiter.

Patte zögerte nur kurz. „Nein, sag ihr nicht, dass ich angerufen hab. Sonst will sie Kohle."

Eine Weile saß sie da und sah zu, wie die Sonne langsam unterging. Sie vermisste ihre Schwester, war einsam, auch wenn sie es so nicht genannt hätte. Die Buddies von früher hatte sie hinter sich gelassen, doch bisher keine neuen gefunden.

In der Schule machten die anderen einen Bogen um sie. Warum? Womöglich hatte sie anfänglich ein bisschen zu hart reagiert, wenn ihr etwas nicht passte, schließlich war sie schon kurz nach dem Gefängnis dorthin gegangen. Die Notwendigkeit, sich sofort zu behaupten und sich zügig einen der vorderen Plätze in der Hierarchie zu sichern, saß in ihren Knochen und hatte ihre Mitschüler schon einige Male in Angst und Schrecken versetzt.

Die Einzige, die sich von ihr nicht hatte einschüchtern lassen, war Margret gewesen. Jetzt wurde es Zeit, nach Hause zu gehen, denn an Margret konnte sie immer noch nicht denken, ohne dass ihr Magen sich krampfhaft zusammenzog. Und das führte zu nichts.

Sie brauchte Freunde, Menschen, die ihr etwas bedeuteten und die sie so mochten, wie sie war, sonst würde sie nicht mehr lange durchhalten.

Kapitel 8

Auf der Rückfahrt von Margrets Besuch im Café war der neue Taxifahrer mit ihr vor ihrem Elternhaus stehengeblieben. Zufällig kamen die beiden gerade aus der Tür und gingen zu ihrem Auto. Sie liefen gebeugt, mit versteinerten Gesichtern, wechselten kein Wort miteinander. Ihr Vater hielt ihrer Mutter wie immer die Autotür auf und schlurfte dann auf die Fahrerseite, um selbst einzusteigen.

Margrets Inneres zog sich bei dem Anblick so schmerzhaft zusammen, dass sie nach Luft rang und der Taxifahrer sie besorgt durch den Rückspiegel beobachtete. Schnell setzte er sie zu Hause ab, wo ihr die Putzhilfe eine Tasse Kaffee brachte.

Freunde wollte sie erst gar nicht besuchen. Das Gefühl der Einsamkeit und Abhängigkeit von Karl überwältigte sie auf der Stelle so sehr, dass sie laut aufschluchzte, die Putzhilfe erschrocken den Lappen fallen ließ und zu ihr rannte, um sie ins Bett zu geleiten.

Am folgenden Morgen nach einer schlaflosen Nacht machte sie sich auf den Weg zur Kirche. Der Glaube hatte ihr immer Halt gegeben, eine Struktur, hatte wichtige Fragen beantwortet und Frieden geschenkt. Doch jetzt konnte sie nicht mehr beten. Sie war so sehr davon überzeugt, ein lebendiger Frevel zu sein, eine Sünde, dass ihr die Worte fehlten. Die Rituale, die ihr sonst Trost gespendet hatten, erschienen falsch.

Zögerlich drückte sie die Kirchentür auf, wo sie gleich der vertraute Duft nach Weihrauch, Stein und Putzmitteln empfing. Eine Mischung, die es sonst nirgendwo gab und den nur die Kirchen auf der ganzen Welt gemeinsam hatten. Die Morgenandacht war noch nicht beendet und sie setzte sich in die hintere Bank, mit gesenktem Kopf und verschränkten Händen. Sie murmelte mechanisch die vertrauten Worte, Gebete und Lieder mit. Endlich verließen die drei Besucher den Raum durch den Mittelgang, nicht ohne einen längeren Blick auf sie geworfen zu haben, da sie sonst unter sich waren.

Pfarrer Josef Gerber räumte die liturgischen Geräte nach genau festgelegten Ablauf zusammen. Als er beinah fertig war, ging Margret zu ihm, beugte kurz das Knie vor dem Kreuz über dem Altar und räusperte sich.

„Ich habe Sie schon eben bemerkt. Sie sind neu in unserer Gemeinde. Kann ich Ihnen helfen?" Mit einem freundlichen Lächeln drehte der Kirchenmann sich um und sah sie an.

Margret nickte. „Können wir uns irgendwo ungestört unterhalten?"

Sie gingen ins Gemeindezentrum, wo ein Kaffeeautomat stand und setzten sich in das gemütliche Büro, das ihr so vertraut war, da sie früher sehr aktiv am Gemeindeleben teilgenommen hatte. Hier wurden Weihnachtsfeiern geplant, Ostergottesdienste, der Weiße Sonntag und andere Kirchenfeste. Oft hatte sie Orgel gespielt, zur Freude der Gemeindemitglieder, die dann kamen, auch wenn sie sonst eher selten auftauchten.

Der Blick aus dem Fenster auf den kleinen Spielplatz, wo eine Gruppe Kindergartenkinder tobte, beruhigte sie. Sie fing an zu erzählen, allerdings ohne ihren wahren Namen zu nennen, denn Karl war hier bestens bekannt und sie wollte nicht das Risiko eingehen, dass ihr die Situation entglitte. Schweigepflicht hin oder her. Außerdem hatte Pfarrer Gerber sie erst vor ein paar Wochen beerdigt.

Um sich nicht zu verraten, verschränkte sie die Hände ineinander, damit ihre Finger sich nicht selbstständig machten und begannen, Bach auf dem Tisch zu spielen. Er hörte ihr aufmerksam zu, ohne sie zu unterbrechen. Dass sie in einem fremden Körper steckte, nachdem sie beinahe gestorben sei und dass ein Arzt das zu verantworten habe. Dass die ursprüngliche Besitzerin dieses Körpers tot sei und sterben musste, damit sie leben konnte, dass sie dem nicht zugestimmt hatte, dieses Arrangement nicht wollte, dass sie ihren Tod akzeptiert hatte, aber jetzt in diesem Zustand leben musste und nicht wusste, ob ihre Seele mitgekommen sei. Als ihre Stimme anfing zu zittern, gab er ihr ein Taschentuch und stellte ihr ein Glas Wasser hin.

Nachdem sie geendet hatte und ihn aufatmend ansah, schwieg er eine Zeitlang und sah mit gefalteten Händen nur vor sich auf die Tischplatte, als ob er nicht wüsste, wie er seine Gedanken formulieren sollte.

„Frau Schmidt, ich denke mal, das ist nicht ihr wirklicher Name, doch wie auch immer. Ich glaube, ich bin nicht der richtige Ansprechpartner für Sie. Bitte verstehen Sie mich nicht falsch, aber ein unabhängiger Arzt wäre da vermutlich die bessere Wahl. Vielleicht ein guter Psychologe oder Psychiater, womöglich ein Neurologe. Jemand, der ihnen helfen kann, ihren Köper wieder als ihren anzuerkennen ...“

„Sie glauben, ich bin schizophren? Nein! Das bin ich nicht.“ Margret rang nach Luft und Worten. „Hier sind die Narben an meinem Kopf, sehen Sie die denn nicht?“

Gerber nickte langsam. „Doch, aber ich bin nicht dazu in der Lage, ihre Situation ausreichend zu beurteilen, um Ihnen einen hilfreichen Rat geben zu können. Ich könnte Ihnen höchstens anbieten, Ihnen bei der Arztwahl behilflich zu sein und sie zu dem ersten Gesprächstermin zu begleiten. Aber selbst das überschreitet schon fast meine Befugnisse.“

Margret sank in sich zusammen. Die Erleichterung, sich endlich jemandem anzuvertrauen, löste sich in Luft auf. Wut und Frustration stiegen in ihr auf, wie bitterer Saft. „Ich brauche keinen Arzt! Verstehen Sie das nicht? Ich brauche ...“

Ja, was? Was hatte sie sich von dem Pfarrer erhofft? Einen Verbündeten zu finden? Auf dem Weg hierher hatte sie nur das erlösende Gespräch vor sich gesehen. Den Zuhörer. Aber jetzt merkte sie, dass das nicht reichte.

Sie brauchte einen Menschen, der ihr glaubte, der ihr zur Seite stand. Einen Sparringspartner, um den Mord an Sophie

zu sühnen. Und jemanden, der ihre Daseinsberechtigung bestätigte. All das fand sie hier nicht.

Der Pfarrer nahm ihre Hände und drückte sie sanft. „Überlegen Sie, was ich konkret für Sie tun kann. Sie können jederzeit
zu mir kommen und ich höre Ihnen zu. Wir können gemeinsam beten, wir können nach anderen Menschen suchen, die
Ihnen zur Seite stehen und wenn Sie sich einsam fühlen, freue
ich mich, wenn Sie uns an unseren Senioren-Nachmittagen unterstützen."

Enttäuscht kehrte Margret heim.

Kapitel 9

Kurze Zeit später kam ihr Mann nach Hause, früher als sonst und mit einem Strauß Rosen für sie.

„Entschuldige, Liebes, ich werde dich nicht mehr bedrängen, mit in die Klinik zu kommen. Sag mir einfach, wenn du soweit bist." Den Kuss auf den Mund verhinderte sie, indem sie den Kopf wegdrehte, so dass er auf der Wange landete. Sie würde niemals soweit sein, aber um den Streit nicht erneut zu entfachen, nickte sie.

„Hast du noch Kopfschmerzen? Ist dir schwindelig?" Er konnte es nicht lassen.

Schweigend ging sie ins Wohnzimmer.

„Hast du schon gegessen? Schauen wir mal, was der Kühlschrank hergibt."

Er drängte sich näher als nötig an ihr vorbei und erzählte die ganze Zeit von seinem Arbeitstag und wie er eine komplizierte Fraktur von irgendjemandem, der sie nicht interessierte, irgendwie wieder zusammengeflickt hatte. Er lachte, machte dramatische Pausen, fragte sie etwas und beantwortete die Frage dann selbst. Dabei deckte er den Tisch mit unzähligen Schälchen aus dem italienischen Feinkostladen, den Margret früher geliebt hatte, legte Baguette dazu und öffnete eine Flasche Rotwein, die er aus einer Tüte zauberte, die er mitgebracht hatte. Er trank ihn allerdings allein, da sich ihre Medikamente nicht mit Alkohol vertrugen, wie er bedauernd bemerkte.

Sie hatte zu dem Gespräch nichts beizutragen, sondern aß nur schweigend, was er als Zuhören interpretierte, dabei schwenkte er sein Baguette über dem Tisch und tunkte es in einen Rest Sauce, der auf seinem Teller lag. Margret hasste diese Angewohnheit. Der Anblick von aufgeweichtem Brot verursachte ihr Übelkeit. In ihrem Beisein hatte er in der Vergangenheit immer Rücksicht darauf genommen. Etwas zu spät bemerkte er ihre angeekelte Miene und stellte schnell die Rotweinflasche zwischen sie und den Teller.

„Entschuldige, ich hab …. Vermutlich hab ich in den letzten Wochen zu oft allein gegessen."

Verlegen grinste er sein Grinsen, dass sie früher ausgesprochen anziehend gefunden hatte. Jetzt wirkte es schmierig. Dummerweise reagierte ihr Körper ganz anders darauf, wie sie mit Erstaunen feststellte. Der Moment der Erregung ging vorbei, Karl hatte ihn aber bemerkt. Natürlich, er kannte den Ausdruck in diesem Gesicht, wenn es Verlangen ausdrückte.

Erfreut beugte er sich zu ihr, streichelte ihren Hals und seine Stimme klang wie das Schnurren eines Straßenkaters. „Wollen wir es uns nebenan noch etwas gemütlich machen, Liebes?"

Nichts weniger als das, doch er nahm an, dass sie so hastig aufstand, da sie es nicht mehr erwarten konnte, dass er sich ihr näherte. Sie wollte aber nur aus dieser Situation fliehen. So schnell wie möglich. Ihr Stuhl fiel um, er kam mit leicht geöffnetem Mund auf sie zu, sie wich zurück, ein Schwindel erfasste sie und er fing sie im richtigen Moment auf.

Als sie in seine Arme sank, wurde ihr übel, während er ihren Hals mit Küssen bedeckte und sich ihrem Ohr näherte. Sie hatte an diesen Stellen nie etwas empfunden, jetzt kribbelte es auf ihrer Haut, als seine Zunge sich ihren Weg zu ihrem Ohr suchte.

„Das gefällt dir, nicht wahr? Das spür ich doch. Oh, wie sehr hab ich das vermisst"

Das war keine vertraute Geste zwischen ihnen, das war nichts, was ihr früher gefallen hätte. Das war eine Liebkosung für Sophie. Mit heftigen Bewegungen schüttelte sie ihn ab.

„Lass mich sofort los! Weißt du überhaupt, wer ich bin? Wessen Hals du da gerade ableckst? Du ekelst mich an!"

Sie stolperte über die Kante des Teppichs, der unter dem Esstisch lag, strauchelte und fing sich an einem der Stühle auf. Einen Moment stand sie verloren im Raum und wünschte sich, schreien zu können.

Stattdessen lief sie schluchzend in ihr Schlafzimmer. Hier stand das Pflegebett von der Zeit ihrer Krebserkrankung, aber sie hatte das Gefühl, immer noch dort hinein zu gehören. Erschöpft warf sie sich auf die Matratze und trommelte mit den Fäusten auf das Kissen, bis sie zur Ruhe kam. So konnte es nicht weitergehen. Sie konnte nicht hierbleiben.

Jetzt war ihr klar, was sie wollte. So schnell wie möglich ausziehen und ihn dann büßen lassen für das, was er ihr angetan hatte. Ihr und Sophie. Das hatte niemand verdient. Sobald Karl das Haus verlassen hatte, holte sie ihren Notizblock heraus und setzte sich wieder an den Tisch. Eine Hand hielt den Stift, die andere drückte unsichtbare Klavier-Tasten, wenn sie nachdachte.

Über den Vorfall hatten sie kein Wort mehr verloren, nur die Stimmung zwischen ihnen war merklich abgekühlt. Karl hatte sich wiederholt dafür entschuldigt, so unbedacht Sophies Körper gewählt zu haben, aber er hielt es für entschuldbar, da er gerade zur Verfügung stand, frisch und gesund war.

Die geplante Alternative sei ein bisschen älter und deutlich unattraktiver gewesen. Ja, es habe eine Alternative gegeben. Doktor Pfeiffer habe die Vitalfunktionen einer hirntoten Patientin ohne Angehörige aufrecht erhalten, um sie als Körper für Margrets Gehirn zu verwenden. Er war eingeweiht in die Pläne gewesen, sie nicht sterben zu lassen, sondern ihr ein neues Leben zu ermöglichen. Von Karls Alleingang wusste er nichts. Pfeiffer dachte, sie sei in der Nacht verstorben, als Karl sie in Sophies Körper setzte.

Margret erstellte eine Aufstellung von Sachen, die sie brauchte, um ausziehen zu können. Dinge, an die sie denken musste, um sie einzupacken, eine To-do-Liste, um ihre Gedanken zu sortieren. Listen gaben ihr ein gutes Gefühl, an den durchgestrichenen Posten konnte sie sehen, dass ihr Vorhaben voranschritt, dass sie ihr Schicksal in die Hand nahm und Aufgaben hatte.

Die Medikamente, um die Abstoßung des Gehirns zu verhindern, sie waren das Wichtigste und gleichzeitig Schwierigste.

Geld. Ihr eigenes Konto hatte Karl nach ihrem Tod aufgelöst und sie war sich nicht sicher, wie sie ein neues eröffnen sollte, schließlich hatte sie keine Papiere.

Eine Wohnung, Möbel. War sie versichert?

Sophie hatte das alles gehabt, aber in ihre Wohnung wollte sie auf keinen Fall einziehen, zu viele Geister lauerten dort und die Vergangenheit einer Frau, die sie nicht kannte und doch verkörperte.

Erschöpft ließ sie sich auf ihrem Stuhl zurücksinken. Jetzt erlaubte sie sich, den Kaffee zu genießen. Sie brauchte Energie, um dieses Vorhaben umzusetzen, und dazu konnte sie sich jetzt hin und wieder etwas Gutes tun.

Aber wie sehr sie sich auch bemühte, den Gedanken an Sophie zu verdrängen, sie kam nicht drumherum, der Tatsache ins Auge zu blicken, dass sie sich mit ihr intensiv beschäftigen musste. Denn das war ihre neue Hülle. Ihre Existenz nach außen. Sie brauchte ihre Papiere, Konto, Unterlagen und Zeugnisse. Ihre Geschichte.

Die Frage war, ob sie das Unternehmen heimlich beginnen sollte oder offensiv.

„Karl, würdest du mir bitte ..." Falscher Anfang. Ohne Bitte, „Karl, ich bräuchte mal ..." Zu unverbindlich.

„Wo ist Sophies Schlüssel? Und wo sind ihre Papiere?" Schon besser. Margret übte das Gespräch mit ihrem Mann, dachte über seine möglichen Rückfragen und Einwände nach, notierte sich Antworten wie vor einer mündlichen Prüfung. Scheitern kam nicht in Frage.

Als er beim Abendessen davon berichtete, wie er einem kleinen Mädchen, das unglücklich von der Schaukel gefallen war, Knochensplitter aus dem Rückenmark gezogen hatte, ohne nennenswerte Schäden zu verursachen, unterbrach sie ihn.

„Sag mal, was ist eigentlich aus meinem Konto geworden? Da müsste doch einiges an Geld drauf gewesen sein."

Perplex ließ er die Gabel mit dem Salatblatt sinken. „Naja, das hab ich geerbt. Es ist aufgelöst. Warum fragst du? Brauchst du etwas?"

„Ich werde Sophies Konto übernehmen. Und ich brauche ihren Ausweis. Wo finde ich den?" Margret schob sich eine Silberzwiebel in den Mund und sah ihrem Mann in die Augen, bis er sich räuspernd abwandte und einen Schluck Wasser trank. „Ja, also, der Ausweis liegt noch im Tresor in der Klinik ..."

„Gut", unterbrach sie ihn, „dann bring ihn morgen mit. Genauso wie ihren Wohnungsschlüssel. Mein Auto?"

„Das hab ich verkauft. Allein schon wegen der Nachbarn. Es musste ja alles echt aussehen."

„Was ist mit Sophies Auto? Das hast du doch gekauft, oder? Ich werde es fahren, es ist ja auf meinen Namen angemeldet."

„Liebes, du kannst noch nicht ..."

„Doch, ich kann. Mir wird nur beim Laufen schwindelig, nicht im Sitzen."

Ohne ein weiteres Wort stand Margret auf und ging. Adrenalin rauschte durch ihre Adern, sie hatte das Steuer übernommen. Ihre Finger flogen über ihren Schreibtisch, als sie ihre Lieblingssonate summte und nachspielte. Dann strich sie die ersten erledigten Punkte auf der heutigen Liste und fühlte sich ungewohnt gut dabei.

Kapitel 10

Mit wild klopfendem Herzen schloss sie Sophies Wohnungstür auf. Karl hatte ihr nur widerwillig den Schlüssel übergeben, damit sie nach Papieren, Ausweisdokumenten und Versicherungen schauen konnte. Seine Begleitung hatte sie so strikt abgelehnt, dass er es nicht erneut wagte, sie danach zu fragen.

Sie hatte keine Ahnung, was sie erwartete, wusste nicht viel über den Menschen, dessen Körper sie bewohnte. Das würde sich ändern. Das, was diese Frau ausgemacht hatte, zu dem Zeitpunkt, als sie starb, würde nun näher rücken. Sie würde sie kennenlernen.

Der Briefkasten war von Karl regelmäßig geleert worden, damit ihre Abwesenheit nicht auffiel, das Mietshaus war groß genug, um ansonsten anonym zu sein. Sie hatte ihm erzählt, dass sie ihre Nachbarn noch nicht einmal kannte.

Ein rumpelnder Aufzug fuhr sie in den 12. Stock, bis wohin sie niemandem begegnete, nur im Erdgeschoss hatte sie ein Baby schreien gehört, das glücklicherweise die ebenfalls laute Volksmusik übertönte.

Ein erster Blick in alle Zimmer war eine Enttäuschung. Schwedische Möbel, ein dünner Teppich, Dekoration und Poster, wie sie Frauenzeitschriften als Trends beschrieben. Weiß, grau und beige dominierten. Margret stand mitten im Raum und überlegte, was sie sich erhofft hatte. Nachdenklich schritt sie am Regal entlang, in dem ein paar Liebesromane der letzten beiden Jahre als Taschenbücher aufgereiht waren.

Ein Bilderrahmen enthielt ein Familienfoto mit Sophie in der Mitte, eine weitere Aufnahme vermutlich mit zwei Freundinnen und – Margret schluckte – eine zeigte sie mit Karl, eng aneinandergeschmiegt, wie sie mit erhobenen Weingläsern in die Kamera prosteten. Halb verdeckt ein Foto, auf dem ein junger Mann mit attraktiv verwuschelten dunklen Haaren sie im Arm hielt, während sie ihn anschmachtete, offensichtlich im Urlaub aufgenommen. Margret grinste. Ob Karl davon wusste?

Sie hatte Füchse gesammelt, in jeder Form, ob aus Messing, Holz, als Bild, kitschige Keramik oder Stofftier auf dem Sofa.

Ihr Kleiderschrank quoll über, die Küche war aufgeräumt, in der Waschmaschine müffelten stockfleckige Handtücher vor sich hin. Im Bad standen mehr Parfümflakons, Duschgels und Haarpflegemittel als in einer durchschnittlichen Drogerie, penibel sortiert ein ganzes Arsenal an Make-up. Auf einem Wäscheständer hingen winzige Dessous und halterlose Strümpfe.

Sie seufzte. Hätte es sich besser angefühlt im Körper einer interessanteren Person zu leben? Oder schlechter? War es nicht egal? Hätte sie sich in einem anderen Körper wohler gefühlt?

Es half nichts. Sie hatte in den letzten Wochen mühsam gelernt sich mit der Situation, die sie nicht verschuldet hatte, abzufinden. Systematisch begann sie die Räume nach brauchbaren und wichtigen Unterlagen abzusuchen und in einen mitgebrachten Karton zu packen. Ordner mit Schulzeugnissen, Verträgen und Rechnungen, ein Laptop, Sicherungsdaten und Sticks, eine Digitalkamera, ein altes Fotoalbum und ein kleiner Stapel Briefe kamen zum Vorschein. Neben einer beachtlichen Menge Modeschmuck einige teure Stücke, denen sie Karls Geschmack ansah.

Anfangs widerstrebte es ihr zutiefst, die Schubladen zu öffnen und in den Ordnern zu blättern, da sie das Gefühl hatte, etwas Verbotenes zu tun, die Privatsphäre zu stören, die sie nichts anging. Jeden Moment rechnete sie damit, dass jemand auftauchte, und sie fragte, was sie da mache.

Sie selbst hatte vor ihrem Tod dafür gesorgt, dass niemand etwas fand, was nicht gefunden werden sollte. Alte Liebesbriefe ihres ersten Freundes und die kleinen bunten Aquarelle, die er ihr gemalt hatte, Post ihrer Verehrer. Das alles hatte sie noch einmal gelesen und verbrannt. Verträge hatte sie gekündigt, Rechnungen beglichen. Was Karl benötigte, hatte sie zusammen in eine Mappe gepackt und ihm gegeben, inklusiv ihrem letzten Willen, der ihm alles übergab mit dem Wunsch, es in der Klinik zu verwenden und mittellosen Menschen die Behandlung ebenfalls zu ermöglichen.

Das Haus gehörte jetzt ihm allein, sie hatte keinen Anspruch mehr auf ihren Anteil. Was besaß sie? Das, was sie hier in dieser Wohnung vorfand. Und knapp tausend Euro auf einem Konto.

Ohne von den Nachbarn bemerkt zu werden, fuhr sie mit ihrer Kiste zurück und ging alles noch einmal genau durch. Sophie hatte als Empfangsdame in einer Werbeagentur gearbeitet. Sie hatte eine Berufsausbildung zur Bürogehilfin und war im Sommer gern mit ihrer besten Freundin nach Ibiza geflogen. Ihr Gehalt investierte sie in Kleidung, Cocktails und Urlaub. Gelegentlich steuerten die Eltern etwas bei, wenn eine größere Anschaffung anstand. Sie hatte einen Bruder, zu dem sie keinen Kontakt pflegte und als Kind Ballettunterricht gehabt. Karl hatte sie anscheinend in einem Club kennengelernt.

Das reichte. Mehr musste sie nicht wissen. Sie würde dieses Leben nicht weiterführen, sich eine andere Wohnung suchen und diese entrümpeln lassen, bevor sie sie kündigte.

„Du kannst die Lebensversicherung und das Guthaben meines alten Kontos auf Sophies Konto überweisen. Hier sind die Daten, solltest du sie verlegt haben. Mein Testament ist ja wohl mit meinem Überleben hinfällig." Beiläufig schob Margret einen Zettel mit Zahlen über den Tisch, den Karl langsam an sich nahm.

„Wozu brauchst du so viel Geld?" Seine Stirn war gerunzelt und sein Blick wachsam.

„Ich will es haben, oder willst du mein Eigentum behalten? Wenn du willst, kannst du meine Beerdigungskosten davon abziehen."

Sie sprach so unbeteiligt wie möglich, obwohl in ihrem Inneren ein Sturm tobte.

Wie konnte er es wagen, ihr auch nur einen Cent vorzuenthalten? Sie hatte keine rechtliche Handhabe gegen ihn, das wusste sie, aber sie brauchte das Geld um von ihm loszukommen. Also entspannte sie ihre verkrampften Kiefermuskeln, öffnete die geballte Faust und zauberte ein Lächeln auf das Gesicht.

„Nein." Karl senkte den Blick. „Natürlich nicht. Ich habe davon das Haus abbezahlt, das war im letzten Monat möglich. Ich dachte, das wäre auch in deinem Interesse, aber ich kann auch wieder einen Kredit aufnehmen, wenn du das willst."

„Ja, bitte mach das. Die Zinsen sind so niedrig, dass es Verschwendung wäre. Ich will mich ein bisschen mit Geldanlagen beschäftigen und mein Geld gewinnbringend anlegen. Schließlich habe ich Zeit. Es müsste ja recht viel sein."

„War es nicht immer unser Geld?" Jetzt sah er sie wieder an.

„Ja, und es war unser Haus. Nun ist das alles deins. Ich würde mich wohler fühlen, wenn ich mich nicht abhängig und mittellos fühlen würde." Sie lächelte ihn freundlich an.

„Aber das bist du doch gar nicht."

„Gut, dann sind wir uns ja einig. Hast du heute die Nachrichten gehört? Der Klimawandel nimmt immer bedrohlichere Ausmaße an. Ich denke, ich werde in regenerative Energiegewinnung investieren. Was denkst du?"

Zufrieden mit sich und dem Gesprächsverlauf ließ sie sich auf ihrem Stuhl zurücksinken und wartete auf Karls Vortrag, den er zu jedem beliebigen Thema parat hatte. Dabei spielten ihre Finger einen schwierigen Lauf auf ihren Beinen, der ihr immer besser gelang. Und wieder ein wichtiger Punkt auf der Liste, den sie abhaken konnte.

Waren die Abendessen bisher für sie eine Tortur gewesen, zu denen sie sich zwang, hatten sie jetzt die Rollen getauscht. Karl schlich jeden Abend an den Tisch in Erwartung einer neuen Mitteilung seiner Frau, die immer selbstbewusster auftrat.

„Ich habe nächste Woche einen Operationstermin", sagte sie, als ob sie vom Besuch des Gärtners reden würde und schnitte einer Stange grünem Spargel den zarten Kopf ab, um ihn in einen Klecks Sauce Hollandaise zu tupfen.

Klirrend fiel Karls Gabel erst auf seinen Teller, dann auf seine Hose und schließlich auf den Boden. „Wie bitte? Wozu das denn?"

„Ich lasse die Implantate aus den Brüsten nehmen. Sie fühlen sich wie Fremdkörper an." Ungerührt aß sie weiter und genoss das Aroma des Schinkens, den es zum Sommergemüse gab.

„Ach so. Das ist ein kleiner Eingriff. Das kann ich auch im Institut machen, dann sparst du dir das Geld." Erleichtert hob er sein Besteck auf, legte es beiseite, holte sich ein frisches und aß weiter.

„Nein, du wirst mich nicht mehr operieren. Einmal reicht." Die Schärfe, mit der sie das Gesagte hervorstieß, ließ ihn innehalten. „Glaubst du, ich weiß nicht, dass du mich als Erstes in Narkose ins MRT schieben würdest?"

„Nein! Ich wollte doch nur ...", hob er an und verschluckte sich.

Aber sie schnitt ihm das Wort mit einer Handbewegung ab, wie eine Dirigentin, die das Orchester zum Verstummen brachte. „Der Termin steht fest. Nächste Woche Mittwoch."

„Bei wem, wenn ich fragen darf?", fragte er, nachdem er aufgehört hatte zu husten.

„Das geht dich nichts an."

Nicht jeder Abend verlief harmonisch.

Die Medikamente waren ein Problem. Sie nahm sie täglich ein, um zu verhindern, dass der Körper das fremde Organ beziehungsweise dass das Organ den fremden Körper abstieß.

Konnte sie sich die Tabletten von ihrem Hausarzt verschreiben lassen? Sie hatte sich notgedrungen einen neuen gesucht, da sie den alten so gut kannte, dass sie sich früher oder später verraten hätte. Welche Folgen zog das nach sich? Ärzte unterlagen der Schweigepflicht, aber unter Kollegen? Sie wollte es nicht ausprobieren.

Der neuen Ärztin könnte sie vielleicht sagen, dass sie ein fremdes Organ hatte, jedoch welches? Leber? Niere? Herz? Es fehlten die entsprechenden Berichte und Narben und die

Krankenkasse hätte sich gemeldet. Zur Not würde hochdosiertes Cortison funktionieren, hatte sie gelesen, aber das wäre nur eine Übergangslösung.

Ab sofort verringerte sie die Dosis ein wenig und legte einen Vorrat an. Eine Packung ließ sie ganz verschwinden mit der Begründung, sie verlegt zu haben.

Laut Beipackzettel wurde eines bei schweren Hauterkrankungen eingesetzt. Die Möglichkeit, diese zu simulieren, wollte sie sich ebenfalls durch den Kopf gehen lassen. Einige Dosen konnte sie bei einem Online-Händler ersteigern, vielleicht ergab sich eine Chance, die Medikamente im Ausland zu bestellen.

Mit dem Laptop von Sophie, das sie gründlich gereinigt und mit einem Passwort versehen hatte, erkundete sie den Wohnungsmarkt. Der erwies sich als ungeahnte Katastrophe. Nicht nur, dass die Preise exorbitant hoch waren, es waren kaum Wohnungen zu haben und wenn, dann bewarben sich so viele Menschen dafür, dass sie als allein lebende Frau ohne Arbeitsvertrag und Referenzen von vorherigen Vermietern kaum eine Chance hatte. Die meisten schienen unter der Hand weiter gereicht zu werden und selbst ihr ungeschickter Versuch, einen Makler zu bestechen, endete mit einem Fiasko. Sie hatte mit solchen Angelegenheiten keine Erfahrung.

Aber sie hatte noch Zeit. Zunächst musste sie die Implantate loswerden, dann die Schwindelanfälle und dann erst kam die Wohnung. Karl hatte ihr inzwischen ihr altes Guthaben überwiesen und ihr angelegtes Geld auf sie überschreiben lassen. Damit würde sie die nächsten Monate schon mal keine finanziellen Probleme haben.

Der Job in der Werbeagentur war mit einer kleinen Abfindung gekündigt worden. Der dortige Chef versicherte ihr zwar, man würde sie sofort wieder einstellen, sobald sie sich fit genug fühle, aber Margret wollte damit nicht ihre Zeit vergeuden. Ihre Aufgabe war es jetzt, Karl zum einen seinen Erfolg vorzuenthalten, ihn für den Mord an seiner Ex-Geliebten einstehen zu lassen und künftige Verbrechen zu verhindern.

Kapitel 11

Müde und schlecht gelaunt schlurfte Patte zur Bushaltestelle. Es lag viel zu wenig Müll herum, den sie frustriert hätte zur Seite kicken können. Im Bus belagerte sie zwei Plätze und verscheuchte jeden, der es wagte, sich zu nähern, mit einem Blick, der Löcher in Autoreifen brennen konnte.

Sie hatte am Morgen versucht, Kontakt zur Nachbarin aufzunehmen und zu einem Kaffee eingeladen. Aber diese hatte lächelnd verneint und die Tür ihrer Wohnung wieder geschlossen, obwohl sie auf dem Weg hinaus gewesen war. Heute würde Patte definitiv nicht Mitarbeiterin des Tages werden.

Karin merkte sofort, dass etwas nicht stimmte und fragte, ob was passiert sei, aber Patte schüttelte nur den Kopf, nahm das Tablett mit den Zuckerstreuern und verteilte sie auf allen Tischen. Ihre Chefin würde ihr nicht helfen können. Um neue Freunde musste sie sich selber kümmern.

Sie brachte das leere Tablett wieder zurück und stellte es hinter der Kuchentheke ab. Draußen setzten sich die ersten Gäste, meist Geschäftsleute, die schnell frühstückten und ihre Handys checkten, bevor sie ins Büro eilten. Später trudelten einige Frauen ein, die hier gern ihren Stadtbummel starteten, Freundinnen trafen oder sich nur etwas Besonderes gönnten. Der Kuchen hier war einmalig. Nur wenige Männer kamen um diese Zeit und wenn, dann allein, um in Ruhe eine Zeitung zu lesen und draußen zu rauchen.

Stammkunden versorgte sie ohne Bestellung, was diese schätzten. Die Übrigen bekamen schnell, was sie wünschten. Die Karte gab keine komplizierten Gerichte her. Später überließ sie Karin den Außenbereich und kümmerte sich lieber um das Geschirr, packte Ware aus und schmierte Brötchen. Der Umgang mit Menschen war heute definitiv nicht das Richtige für sie, dazu war Patte zu schlecht drauf.

Trotzdem bemerkte sie, dass draußen Unruhe entstand. Schnell ging sie nachsehen und sah einen gebeugten, zotteligen Mann mit dreckiger Jeans und abgewetzter Lederjacke, der vor einem der Tische stand und zwei Frauen anblökte. Bei jedem Wort spuckte er kleine Tröpfchen und kam den verschreckten Gästen immer näher.

„Ich hol die Polizei", murmelte Karin, die hinter ihr aufgetaucht war.

„Nee, lass, mal, das dauert zu lange, ich mach das schon."

Patte ging mit großen Schritten auf den aufdringlichen Typ zu, der gerade dabei war, ein paar Münzen einzusammeln, die eine der Frauen ihm hingeworfen hatte, um sich dem nächsten Tisch zuzuwenden. Sie packte seinen Arm und zog ihn zu sich herum.

Einen Moment blieben die beiden voreinander stehen, ohne etwas zu sagen. Patte kannte ihn, er brauchte zwar einen Augenblick, dann taumelte er rückwärts und sah sie sich von oben bis unten an.

„Patte? Du?" Er fing an zu lachen, lauthals, künstlich, übertrieben, bis es in ersticktem Husten überging. „Alte, wie siehst du denn aus?" Er rang nach Luft und konnte kaum grade stehen bleiben. „Schläger-Patte im schwarzen Röckchen und weißen Blüschen? Ich kann nicht mehr!"

Wieder schüttelten ihn abwechselnd Husten und Lachen. Tränen liefen ihm über das schmutzige Gesicht und ein Speichelfaden hing ihm von der Lippe. Er drehte sich um und stützte sich an einem Stuhl ab. „Wenn ich das den anderen erzähle, pissen die sich die Hosen voll. Bist du jeden Tag hier? Dann machen wir mal 'nen Betriebsausflug. Kannst uns ja einladen. Hier, bring mir doch mal 'n Schnaps. Los, beweg deinen Arsch."

Patte verdrehte die Augen, schob sich die Ärmel der Bluse hoch, packte den Mann an seiner offenen Jacke und zog ihn zwischen den Tischen hindurch in die Hauseinfahrt nebenan. Stolpernd und brummelnd folgte er ihr wie ein unwilliger Esel am Strick. Dort zerrte sie ihn hinter die Garagen im Hof und stieß ihn gegen die Mauer.

Immer noch lachend rutschte er die Backsteinwand runter, bis er kichernd auf dem schmutzigen Asphalt saß und sich zur Seite lehnte, um unter ihren Rock zu schauen.

Patte stellte einen Fuß auf seine Hand, woraufhin aus dem Kichern ein Wimmern wurde. „Nichts wirst du tun. Du wirst hier nie wieder auftauchen."

Sie zog ihn an seiner Jacke hoch, roch seinen fauligen Atem, den billigen Schnaps und abstoßenden Körpergeruch. Seine Augen waren zusammengekniffen in Erwartung der Schläge, nicht Angst lag in seinem Gesicht, nur Resignation vor dem Unvermeidlichen. Selbstaufgabe und Schmutz mischten sich in seinem Gesicht zu einem fahlen Grau, wie aus einem alten Schwarzweiß-Foto ausgeschnitten, bis auf den gelblichen Schimmer seiner Augäpfel.

Sie fand keine Anzeichen von Hoffnung, nur die Spuren eines Lebens, das sich niemand wünschte. Ein Gefühl regte sich in ihr, das sie nicht zuordnen konnte. Es löschte die Wut aus. Zögernd ließ sie ihn los, so dass er nach hinten taumelte. Erstaunt, dass er keine Prügel bezog, betastete er sein unversehrtes Gesicht. Sie kramte in ihrer Rocktasche und zog einen zerknitterten Zehner heraus, warf ihn ihm zu. Der Schein flatterte zur Seite, ungläubig sah er ihm hinterher und bückte sich danach.

„Kauf dir 'ne Pulle Schnaps und tauch nie wieder hier auf, kapiert? Nie wieder. Und auch sonst keiner deiner Kumpel. Hier gibt es nichts zu holen. Und es gibt auch nicht zu erzählen. Sonst vergess ich meine guten Manieren."

Ungläubig sackte er in sich zusammen und blieb auf einem struppigen Grasbüschel sitzen, das sich durch die Fugen gekämpft hatte. In den umliegenden Häusern öffnete jemand ein Fenster und rief etwas zu ihnen herunter.

Sie wischte sich die Hand an ihrem Rock ab und ging, ohne sich noch einmal umzudrehen, zurück zum Café.

Karin kam ihr entgegen. „Kanntest du den?"

Patte schüttelte den Kopf. „Nein, war 'ne Verwechslung. Aber keine Sorge, der kommt nicht wieder."

„Okay, danke. Hier Trinkgeld von Tisch 10 und Tisch 7. Die fanden dein Eingreifen sehr beeindruckend."

20 Euro für die Wiederherstellung der heilen Welt.

Aber die Begegnung ließ sie nicht los. Nach Feierabend nahm sie die erste Straßenbahn, die kam, ohne darauf zu achten, ob es die Richtige war. Sie lehnte ihr heißes Gesicht an die kühle Scheibe. Das war knapp gewesen. Nicht nur für den lästigen Besucher, sondern auch für sie. Ihre Reflexe waren immer noch die alten, aber sie hatte es geschafft, sie unter Kontrolle zu halten. So gesehen ein Erfolg.

Kapitel 12

„Wann ist deine OP nochmal?" Karl aß sein Müsli zum Frühstück und studierte dabei die Verpackung. „Viel zu viel Zucker drin. Eine Schande, dass das so verkauft werden darf."

Margret rührte in ihrer Tasse Milchkaffee, versunken in die Wohnungsanzeigen auf ihrem Tablet, von denen er glaubte, es wären die Tagesnachrichten. „Übermorgen. Es ist alles organisiert. Du musst dich um nichts kümmern."

„Gut, gut." Er stocherte wieder in dem milchigen Brei und ließ dann den Löffel hineinfallen. „Sag dem Kollegen bitte, dass er darauf achten soll, dass du noch stillfähig bist und er die Brüste strafft. Die Implantate sind recht groß und du willst ja keine Hängebrüste haben."

Margret versteinerte in ihrer Bewegung und sah ihn irritiert an. „Wie bitte?"

Er wollte ansetzen und seine Ansprache wiederholen, aber sie unterbrach ihn.

„Schon gut. Warum sollte er – warum eigentlich er, warum nicht sie? – darauf achten, dass ich stillfähig bleibe?" Jetzt stellte sie die Tasse betont langsam zurück auf den Tisch.

Karl räusperte sich und kratzte die letzten Bröckchen aus der Schale. „Wollen wir das nicht heute Abend besprechen?

Ich muss in die Klinik, heute ist ..."

„Wir müssen das gar nicht besprechen. Meine Brüste müssen nicht stillfähig sein. Karl, wir wollten nie Kinder, hast du das vergessen? Dieser Körper ist vielleicht noch jung genug, aber das spielt keine Rolle!" Sie war mit jedem Satz lauter geworden und merkte, dass ihre Stimme hysterisch klang.

„Margret, bitte, das hab ich auch gar nicht gemeint, wir sollten uns nur alle Optionen offen halten. Du wolltest auf Kinder verzichten, deiner Karriere zuliebe. Und weil du mir immer am wichtigsten warst, habe ich zugestimmt. Aber jetzt haben wir doch eine neue Chance und vielleicht wollen wir sie ja nutzen. Irgendwann. Nicht heute und nicht morgen, aber wer weiß, in ein, zwei Jahren denkst du womöglich anders darüber."

Margret war auf ihrem Stuhl zurückgesunken und hielt sich am Tisch fest, bemüht, ihre Stimme im Griff zu behalten. „Weil ich dir am wichtigsten war? Was bitte soll das heißen? Du wolltest es genauso wenig! Geh! Du wirst in der Klinik gebraucht. Verschwinde!" Jetzt war sie erst recht laut.

„Heute Abend nehmen wir uns Zeit und sprechen über unsere Zukunft. Und auch über diese OP. Das ist eigentlich ein unnötiges Risiko, das du eingehst. Ich komme früher und wir finden bestimmt eine Lösung." Karl erhob sich und kam mühsam lächelnd auf sie zu. Seine Stimmung war in den letzten Tagen zunehmend gereizter geworden. Hatte er ihr anfangs noch zugestanden, dass sie sich an die neue Situation gewöhnen musste, verlor er jetzt immer öfter die Geduld.

Schnell wich sie im Stuhl zurück. „Nicht heute und auch sonst nie. Das ist ja wohl die Krönung dieses ganzen Arrangements! Raus!"

Kaum war er aus der Tür, lief Margret aufgeregt durch das Haus, im Wohnzimmer strauchelte sie kurz, konnte sich aber am Sofa festhalten. Zitternd blieb sie stehen und versuchte nachzudenken. Langsam beruhigte sich ihr Atem, sie ging ein paar Schritte zum bodentiefen Fenster und sah hinaus. Vögel badeten in der Tränke, vertrieben sich gegenseitig und kehrten nach einer kurzen Runde zurück. Als irgendwo eine Tür zugeschlagen wurde, flogen alle gleichzeitig auf und davon.

So ging das nicht weiter. Nach der OP wäre sie erstmal wieder geschwächt, wenn auch nur für ein paar Tage. Der Gedanke daran, nicht vor ihm fliehen zu können, verursachte ihr Übelkeit und brachte sie ins Schwitzen.

Unfähig, sitzen zu bleiben, lief sie in den Keller, trug einen Koffer in ihr Zimmer und begann ihre Sachen zu packen. Dann holte sie noch eine Kiste, in der sie Bücher, Unterlagen und weitere persönliche Gegenstände unterbrachte. Viel war nicht mehr da, da sie sich von den meisten Dingen getrennt hatte, als sie davon überzeugt war, sie würde sterben.

Erschöpft sank sie gegen Mittag auf einen Stuhl am Esszimmertisch. Wohin auf die Schnelle? Ins Hotel, ein Frauenhaus? Egal, erstmal weg. Nach einem kleinen Imbiss, der ihr etwas Energie zurückgab, stand sie auf, ließ ein letztes Mal den Blick durch das Wohnzimmer und die Essecke gleiten. Schon einmal hatte sie sich hiervon verabschiedet. Endgültig. Und jetzt wieder.

Mit aller Kraft zerrte sie ihr Gepäck in das kleine Auto und fuhr los. Raus aus der gepflegten Villensiedlung, vorbei am Haus ihrer Eltern, an ihrer früheren Musikschule. Im CD-Player lag Beethoven, ihre eigenen Aufnahmen, knapp zwei Jahre alt und füllte die Leere in ihrem Inneren, während sie auf dem Lenkrad mitspielte.

Sie hielt kurz am Opernhaus und versuchte, ihr wild klopfendes Herz zu beruhigen, indem sie angenehme Erinnerungen heraufbeschwor. Hier war sie vor gar nicht langer Zeit gefeiert worden. Der gleißend hell erleuchtete Flügel, vor dem das Publikum nur zu ahnen war, wie ein warmes, murmelndes, atmendes Wesen, das man mit seiner Kunst beherrschen konnte. Es lauerte in der Dunkelheit, um nach den Momenten der Ekstase und Leidenschaft sie, die Künstlerin, in die Höhe zu heben und jubelnd zu tragen.

Sie fuhr ziellos durch die Stadt, bis es dämmerte. Immer wieder hielt sie vor Hotels, konnte sich aber nicht entschließen einzuchecken. Die Vorstellung, allein auf einem Bett zu sitzen, in einem anonymen Raum, ohne jemanden zum Reden schreckte sie ab. Und dann stand sie vor dem Mehrfamilienhaus, in dem Patte wohnte.

In Würfel geschnittene Büsche und ein Betonunterstand für Mülltonnen rahmten die Haustür ein, hinter der bürgerliche

Rechtschaffenheit so unverhohlen lauerte, dass es ihr im ersten Moment schwerfiel, sich zu erinnern, warum sie ausgerechnet hier eine Wohnung für Patte gekauft hatte. Dieses Haus war so weit weg von ihrem alten Zuhause wie eine Jurte in der mongolischen Steppe. Sie war gespannt, ob Patte sich hier wohlfühlte.

Das flackernde blaue Licht in dem oberen Fenster, von dem sie wusste, dass ese das Wohnzimmer war, verriet, dass der Fernseher lief.

Sie war wie ferngesteuert vor dieser Tür gelandet. Ihr Herz schlug gegen ihre Rippen und brachte die fremden Brüste zum Beben. Sie spürte sie, hasste sie und wünschte sich, endlich jemandem zu erzählen, was in ihr vorging, all die Gefühle und Gedanken, die sie bisher nicht ein einziges Mal aussprechen konnte.

Entschlossen packte sie ihre Handtasche, stieg aus und ging zur Tür. P. Hahn stand neben dem Knopf, den sie jetzt drückte.

Sie klingelte zwei weitere Male, bis der erwartete Summton erklang, mit dem sie die Tür öffnen konnte. Stufe für Stufe stieg sie in den zweiten Stock und stand schließlich Patte gegenüber, die am Türrahmen lehnte mit einer Mischung aus Ärger und Neugier im Gesicht. „Ich kauf nichts, ich glaub nichts und ich spende nichts. Sonst noch was?"

„Hallo, Patte. Ich würde gern mit dir reden. Kann ich rein kommen?"

„Schlechte Masche. Verpiss dich." Sie zögerte. „Woher kennst du meinen Namen?"

„Patrizia Hahn, genannt Patte, 28 Jahre alt, seit vierzehn Monaten aus dem Gefängnis entlassen, verurteilt wegen schwerer Körperverletzung und Raub. Du hast ein Muttermal auf der linken Pobacke und eine Narbe am Rücken. Du erzählst allen, die sei von einer Messerstecherei, aber in Wirklichkeit hat deine Mutter dir eine zerbrochene Bierflasche hinterhergeworfen. Deine Lieblingsserie heißt „Westfalen Sippschaft" und deine Schwester Babsi."

Patte kniff die Augen zu schmalen Schlitzen zusammen. „Wenn du mir nicht sofort sagst, wer dir das alles gesteckt hat, prügel ich es aus dir raus. Also. Wer bist du?"

„Ich bin Margret. Auch wenn ich nicht mehr so aussehe.“ Sie versuchte ein Lächeln und trat verlegen von einem Fuß auf den anderen.

„Ist das so ein Wiedergeburtsscheiß?“

„Nein, Patte. Ich erklär's dir drin, okay? Ich hab deinen Lieblingswein mitgebracht. Kröver Nacktarsch, der dir nicht schmeckt, aber du findest den Namen gut.“

Patte schluckte, trat wortlos einen Schritt zurück und ging hinter ihr vom kleinen Flur durch die Wohnküche in das dahinterliegende Wohnzimmer, wo Margret sich aufs Sofa fallen ließ, das sie selbst mit einem blaugrau gestreiften Stoff bezogen hatte. Schweigend saßen sich die beiden gegenüber und sahen sich an, bis Patte aufstand, zum Regal ging und eine CD einlegte.

Nach dem ersten Takt lächelte Margret. „Das war das Stück, das ich im Gefängnis gespielt habe, als wir uns kennenlernten. Du hast so gestrahlt.“ Versonnen schloss sie die Augen, legte den Kopf zurück und spielte die Töne auf dem Kissen neben sich mit.

„Du bist es wirklich. Margret hat auch immer Klavier ohne Klavier gespielt. Ey, ich war auf deiner Beerdigung. Das kann doch gar nicht sein!“ Aufgedreht rutschte Patte auf dem Sessel herum.

„Das, was du hier siehst“, Margret tippte auf ihre Brust, „ist Karls Werk. Klingt ein bisschen verrückt, aber er hat mein Gehirn in einen anderen Körper verpflanzt, kurz bevor ich gestorben bin. Gestorben wäre mein ich.“

Patte musterte sie von oben bis unten. „Ich wusste gar nicht, dass das geht.“

„Gab es auch noch nie vorher. Ich bin die Erste.“

„Wem sein Body ist das? Sieht nicht schlecht aus.“

„Tja, das ist der Körper seiner Geliebten.“

„Echt? Ist ja schräg. Und du bist wirklich Margret da drin? Irgendwie krieg ich das nicht übereinander.“

Aufseufzend ließ Margret sich zurücksinken und legte sich eines der Sofakissen auf den Bauch. „Dann mach die Augen zu oder schalt das Licht aus. Kann ich eine Nacht oder so hier schlafen?“

„Ja sicher." Nach einer Pause fuhr sie fort. „Ich kannte mal
'ne Edelnutte, die hat sich rundum erneuern lassen, Lippen
aufgespritzt, Wangenknochen auch, Extensions in die Haare,
geliftet und blaue Kontaktlinsen. Die sah auch total anders aus,
blieb aber im Inneren die gleiche Bitch, die sie vorher war."

„Wie bitte?" Margret sah sie entrüstet an.

„Naja, du bist im Inneren die gleiche Margret, auch wenn
du anders aussiehst. Ach Mensch, ich hab keinen Schimmer
von diesem Wissenschaftszeugs. Ich tu einfach so, als wär das
Normal und ich hab nichts davon mitgekriegt, okay?"

„Gut, aber bitte versuch, einen anderen Vergleich zu finden.
Sowas wie Raupe und Schmetterling oder Schaf und Pullover."

Am nächsten Morgen gingen sie zusammen frühstücken. Es
war einer von Pattes freien Tagen und sie genoss es, sich von
anderen bedienen zu lassen. In dem traditionsreichen Café saßen sie auf samtbezogenen Stühlen und das Essen wurde auf
kleinen Etageren gebracht. Patte war froh, nicht hier zu arbeiten, da die Bedienungen alle Spitzenschürzen, die an Küchen-
gardinchen erinnerten, trugen und bei fast jedem Gang eine
Treppenstufe überwinden mussten. Das ging auf die Knie.
Außerdem würde die leise Musik und die schrille Stimme der
Thekenkraft ihr mit der Zeit auf die Nerven gehen.

Zufrieden schnitt sie ihr Brötchen horizontal in zwei Hälf-
ten und dann noch einmal senkrecht. Eines der langen Viertel
bestrich sie mit Butter und tunkte die Spitze in ihr weiches Ei.
Margret beobachtete sie lächelnd dabei. „Das ist neu. Kam das
bei ‚Westfalen Sippschaft' vor?"

„Nein, einer unserer Gäste macht das so", antwortete Patte
kauend und leckte sich Eigelb von Finger. „Sah praktisch aus."
Sie wischte sich die Hände an der Serviette ab wie ein Auto-
mechaniker nach dem Ölwechsel und lehnte sich zurück. „Ich
fass mal zusammen: Kurz bevor du gestorben bist, hat dein
Alter dich in einen jüngeren Body verpflanzt. Quasi wie beim
Obstbaum veredeln. Der Stamm ist okay, aber der Kopf nicht."

„Was weißt du denn vom Baumveredeln?"

„Haben wir mal im Knast gemacht. Er nimmt das Hirn von
der Frau, mit der er verheiratet ist und steckt es in die Birne

von 'ner scharfen Tussi, die aber dumm wie ein Sack Bohnen ist und die er schon mal gevögelt hat."

Margret wiegte den Kopf hin und her. „Dumm weiß ich nicht, der Rest stimmt." Sie rührte in ihrem Milchkaffee.

„Gut, also: Er hat dich nicht gefragt, sollte 'ne Überraschung sein. Und die scharfe Tussi hat er für dich abgemurkst."

„Ich würde es anders ausdrücken, aber unterm Strich läuft es wahrscheinlich darauf hinaus, ja", sagte Margret und trank einen Schluck.

„Ey, sag mal, wo ist dein Problem? Du hast 'nen Kerl, der für dich eine umgebracht hat und dich nicht sterben lassen wollte? Wie geil ist das denn? Ich kapier nicht, warum du dich nicht freust! Du lebst! Du bist hier! Und die Alte, mit der er dich betrogen hat, ist weg vom Fenster." Herzhaft biss sie wieder in einen Brötchenstreifen, der mit Lachs belegt war.

Margret sah sie konsterniert an. „Ich weiß gar nicht, wo ich anfangen soll. Also zum einen weißt du ja wohl, dass man niemanden umbringt, oder etwa nicht?"

„Natürlich. Aber wenn ich die Wahl hätte zwischen sterben und jemanden, den ich nicht kenne um die Ecke bringen ..." Sie zuckte nur mit den Schultern.

„Denk doch mal weiter. Jemand will nicht, dass seine geliebte Mutti stirbt und wählt als Körper den deiner Schwester Babsi aus. Fändest du das dann immer noch okay?", fragte Margret und zerkrümelte ihr Croissant beim Versuch, es durchzuschneiden.

Patte zögerte. „Wenn du es so siehst, natürlich nicht."

„Eben. Und ich glaube nicht, dass es Karl um mich ging. Ich war eine gute Gelegenheit, um diese Technik auszuprobieren. Im Grunde bin ich nichts weiter als sein Geschöpf, sein Triumph. Du glaubst ja nicht, wie sehr es ihn juckt, dass ich mich nicht von ihm untersuchen lasse. Er will seine Dokumentation fertig stellen, damit er sehen kann, ob alles so verläuft wie geplant damit es wiederholbar ist." Margret klopfte beim Reden mit dem Croissant so fest auf den Teller, dass es endgültig in kleine Teile zerfiel.

„Versteh ich nicht."

„Ich bin der Prototyp, das erste Modell. Karl ist Wissenschaftler, er will alle Einzelheiten an mir erforschen, seinen

Sieg über den Tod feiern. Er hat Gott gespielt! Er hat entschieden, wer leben darf und wer stirbt. So und jetzt stell dir mal vor, wenn so eine Entwicklung in die falschen Hände gerät, dann können die Reichen die Gehirne derer, die sie erhalten wollen, weiter transplantieren und die, die ihnen egal sind, werden dafür ermordet."

„Wow, die sind dann unsterblich!" Patte klang immer noch bewundernd.

„Nein, auch das Hirn altert. Aber wer krank oder verletzt ist, kann so in einen gesunden Körper gesetzt werden." Margret seufzte. „Stell dir mal vor, das Experiment hätte nicht geklappt. Ich wäre eine sabbernde Idiotin geworden, oder noch schlimmer, gefangen in diesem Körper ohne mich bewegen zu können. Klar bei Verstand, aber ohne Möglichkeit, was zu sagen, was zu tun. Oder wenn ich schreckliche Schmerzen hätte."

Langsam ließ Patte ihre Tasse sinken. „Echt jetzt? Hätte das passieren können?"

„Natürlich, ich sagte doch, dass er das noch nie zuvor gemacht hat. Noch niemand. Das, Patte, macht mir Alpträume, und das macht mich so unfassbar wütend auf ihn. Er hat Gott gespielt und mich gleichzeitig wie eine Laborratte behandelt. Ohne Rücksicht auf mich, ohne zu fragen, und vor allem, ohne über die Konsequenzen nachzudenken. Das macht man mit niemandem, den man wirklich liebt. Er ist ein egoistisches Arschloch!" Wütend köpfte sie ihr Ei mit dem Messer und stieß den Löffel in das Innere.

Patte zuckte zurück. „Mensch, Margret! So hab ich dich noch nie fluchen gehört. Bist du es wirklich?" Ihr schiefes Grinsen erstarb sofort wieder.

Ihre Freundin ließ das Besteck fallen und vergrub das Gesicht in beiden Fäusten. „Ich wollte das nicht. Ich hätte niemals zugestimmt. Meine Zeit war abgelaufen. Was ist das jetzt für ein Leben? Ich kann keine Musik mehr machen, meine Hände sind zu klein. Ich kann nicht mehr spielen. Meine ganze Welt bestand aus Konzerten, Auftritten, Aufzeichnungen, Künstlern, Kollegen, Proben, Herausforderungen. Alles ist weg! Ein Musiker, der nicht spielen kann, wird depressiv, das ist viel qualvoller für mich als sterben. Meine Familie ist weg, meine

Freunde. Und mein Mann. Ich vermisse meine Liebe zu ihm, die Unwissenheit, wer er wirklich ist."

Margret schluchzte. Was sich in ihr aufgestaut hatte, brach aus ihr heraus, ihr Ängste und Gedanken, die sie nicht hatte aussprechen können.

Patte streichelte ihr hilflos über den Rücken. „Ich bin noch da."

Margret sah auf. „Entschuldige", schniefte sie und schnäuzte in ihre Serviette. „Du hast recht. Und du bist meine beste Freundin, deshalb bin ich zu dir gegangen."

„Echt?" Patte wurde rot. Sie hatte nie eine beste Freundin gehabt. Jemandem zu vertrauen, war ihr nicht in die Wiege gelegt worden. „Du ... du bist auch meine beste Freundin. Ich hab dich echt vermisst."

Ihre Verlegenheit löste sich in Lächeln auf und sie setzten ihr Frühstück fort.

„Was willst du als Nächstes machen?", fragte Patte.

Margret biss sich auf die Unterlippe. „Kann ich für ein paar Tage bei dir bleiben? Ich zahl auch gern Miete. Ich muss ..."

„Auf keinen Fall! Das ist deine Wohnung. Und du bleibst, so lang du willst!"

Mit einem verlegenen Lächeln sprach sie weiter. „Das ist nicht meine Wohnung, sondern deine. Ich hab sie dir vererbt und sie läuft auf deinen Namen. Aber lassen wir das. Ich will nur ins Krankenhaus und die Brustimplantate entfernen lassen. Danach brauch ich Ruhe und ein bisschen Pflege. Geht das?"

„Sicher!", sagte Patte nachdrücklich. „Du musst mir nur sagen, was ich machen muss. Und danach?"

„Das sehen wir dann. Aber ich lasse ihn auf keinen Fall davonkommen. Er darf nicht weitermachen."

„Du nimmst das Schlafzimmer und ich das Wohnzimmer, wir müssen nur mein Bett umstellen." Patte war voller Energie und Tatendrang.

„Langsam, Patte, ich nehm das Wohnzimmer, das ist kleiner und ich schlaf auf dem Sofa. Bitte mach keine Umstände, das wäre mir unangenehm. Wie wäre es, wenn wir den Fernseher in die Wohnküche stellen und ich besorg mir von irgendwoher einen Schrank und einen kleinen Tisch für mein Laptop? Mehr brauch ich nicht. Und für dich kaufen wir was Schönes für dein Zimmer. Ich hab gesehen, dass da noch ein gemütlicher Sessel Platz hätte. Und ein eigener Fernseher, wenn du mal allein was schauen willst." Margret sah Patte auffordernd an. „Komm schon, du hast lang genug Zeit in kleinen engen Zellen verbracht. Es ist deine Wohnung und ich bin dein Gast."

Kapitel 13

Erst kam die Zeitung, dann der Müllwagen und schließlich der Paketbote für die Nachbarn über ihnen in dem Mehrfamilienhaus, das wie ein Schuhkarton in dem gepflegten Vorgarten stand.

Immer wieder hatte Sabine am Küchenfenster gestanden, das auf die Straße ging und wie jeden Mittag auf ihren Mann gewartet. Sie winkte, als die alte Frau von gegenüber ihre Mülltonne ins Haus zog, obwohl diese nie zurückwinkte, lächelte den Schulkindern zu, die nach Hause trödelten und als Michael Kaminski die Wohnung betrat, stand sie im Türrahmen, knetete ihre Hände vor dem Bauch und sah ihn erwartungsvoll an. „Und? Hast du sie gesehen?"

Ihr Mann schüttelte nur den Kopf und zog die Schuhe aus. „Nein, wieder nicht. Das ist jetzt der vierte Tag. Ihr Auto ist auch nicht da. Der Quacksalber sprang da rum, die Putzfrau kam, aber von Sophie war weit und breit nichts zu sehen."

Verdrießlich schnaubend setzte er sich an den Küchentisch und trank den kalten Kaffee, der noch vom Morgen dort stand.

„Und jetzt? Wir müssen doch was unternehmen! Wo kann sie bloß sein?"

Sie ließ sich ebenfalls nieder, presste die Hand vor den Mund und starrte auf die Straße vor dem Fenster, wo Schulkinder in kleinen Gruppen und unter großem Geschrei vorbei zogen.

„Ach, Bine, das hatten wir doch schon gestern. Wir können gar nichts machen. Wir dürfen nicht fragen, wir können nicht zur Polizei, wir haben kein Geld für einen Detektiv. Ich dürfte doch noch nicht mal das Haus beobachten. Wenn der Quacksalber uns erwischt, müssen wir auch noch Strafe zahlen."

Sabine schüttelte nur verständnislos den Kopf. Der Arzt bei dem ihre Tochter seit dem Unfall wohnte, hatte in ihrem Namen per Gerichtsbeschluss erwirkt, dass sie sich ihr nicht mehr nähern durften. Angeblich, um sie nicht aufzuregen. So ein himmelschreiender Unsinn! Wie sollten ihre eigenen Eltern Sophie denn aufregen? Nur weil sie sie nicht erkannte? Deshalb könnten sie sie doch trotzdem besuchen, sich um sie kümmern, sie wenigstens hin und wieder sehen. Sie war ihr ein und alles gewesen.

„Der hat Dreck am Stecken. Der hat was zu verbergen." Sie murmelte diese Sätze vor sich hin, wie schon seit Wochen. Warum sonst sollte dieser Arzt ihnen den Umgang verboten haben?

„Lass gut sein, Bine. Das bringt uns nicht weiter. Jetzt müssen wir sie erstmal finden." Michael tätschelte ihre Hand und schenkte ihnen beiden Kaffee nach.

„Vincent muss helfen. Sie ist doch seine Schwester. Er kann mir nicht erzählen, dass ihm das nicht nahegeht." Sabine sah ihren Mann an.

„Dann ruf ihn an. Frag ihn. Aber sei nicht enttäuscht, wenn er nein sagt." Gedankenverloren rührte Sophies Vater in seiner Tasse. Zwei Jahre bevor seine Tochter zur Welt gekommen war, hatten sie Vincent adoptiert, da sie sich inzwischen sicher gewesen waren, keine eigenen Kinder bekommen zu können.

Und dann war es doch noch gekommen, das Wunschbaby, das so lange Zeit auf sich hatte warten lassen. Sie hatten sich mit aller Kraft bemüht, beiden Kindern die gleiche Liebe zu schenken, aber Vincent hatte es ihnen nicht leicht gemacht und hatte immer wieder seine Grenzen ausgetestet, war eifersüchtig auf jeden Blick und jede Geste gewesen, die in Sophies Richtung gegangen waren.

Leider hatte sich dieses Verhältnis nie gebessert. Im Gegenteil, Sophie hatte ihn, seit sie drei Jahre alt gewesen war, spüren lassen, dass sie die Nummer eins im Haus war.

Als Vincent die Schule beendet hatte, war er ausgezogen und hatte seine Eltern nur noch besucht, wenn seine Schwester nicht da war.

Entschlossen griff Sabine zum Hörer. „Vince? Ich bin's Mama. Gehts dir gut? Nein, wir haben immer noch keine Fahrräder. Ja? Nein uns nicht. Hör mal es … ja es geht um deine Schwester. Bitte hör mir zu, nur zwei Minuten. Sie ist verschwunden, weg, nicht mehr in dem Haus von diesem … Kannst du nicht heute Abend kommen? Wir brauchen so dringend deine Hilfe. Ja? Oh, das ist prima. Danke. Bis später!"

Sabine legte auf und sah Michael an, der mit hochgezogenen Augenbrauen das Gespräch verfolgt hat. „Er kommt wirklich?"

Sie nickte. „Ja, klang seltsam. Ich hätte nicht gedacht, dass er dazu bereit ist. Komm, lass uns einkaufen fahren. Ich koch uns was Schönes."

Als Vincent die Wohnung betrat, zog er so automatisch den Kopf ein, um nicht an die Deckenlampe zu stoßen, als ob er immer noch hier wohnen würde. Seine Jacke landete mit einem geschickten Wurf an seinem angestammten Haken und sein Fahrradhelm direkt darüber. Kurz, aber liebevoll umarmte er seine Eltern und folgte ihnen in die geräumige Küche.

Dort ließen Vater und Sohn sich auf der Eckbank nieder, jeder auf dem gleichen Platz wie seit fünfundzwanzig Jahren. Sabine rührte am Herd in den Töpfen.

Vincent nahm den Salzstreuer auf dem Tisch und fing an ihn auf und zu zuschrauben.

„Ich hab sie gesehen", sagte er. „Eure Prinzessin. Vorgestern in der Stadt. Hab mich ihr in den Weg gestellt, um's mal auszuprobieren, aber sie hat mich echt nicht erkannt." Er blickte zur Seite und stellte den Salzstreuer wieder hin. „Echt gruselig. Ihr habt's mir ja erzählt, aber ich konnte es kaum glauben. Sie hat mich angelächelt und entschuldigt, guckte ein bisschen schüchtern aus der Wäsche. Ich wünschte, ich hätte sie früher mal so gesehen." Er sah seine Mutter an, die vor Schreck den Kochlöffel in den Topf hatte fallen lassen.

„Du hast sie gesehen? Wo genau? Wir suchen sie seit Tagen! Wie sah sie aus? Ging's ihr gut?" Langsam ließ sie sich auf einen

Stuhl sinken, den Blick auf Vince geheftet. Michael stand auf und übernahm das Rühren.

„Sie schien okay zu sein. Keine Verletzungen oder so, nur ziemlich kurze Haare und 'n bisschen blass. Hätte sie ohne Make-up fast nicht erkannt. Aber sie hatte diese Narbe unterm Ohr."

Er grinste breit und tupfte Salzkristalle von der Tischplatte. Die Narbe hatte Sophie von ihm, als er ihr einen Schrauben-zieher an den Kopf geworfen hatte. Sie hatte ihn beim Kiffen erwischt und verpetzt.

„Sie war mit einer Frau unterwegs, die wie eine Kellnerin verkleidet war. Irgendwie zum Anbeißen, nur ein bisschen bie-der. Ein Stück größer als Sophie, dünn, lange dunkelblonde Haare. Kennt ihr die?"

Seine Eltern sahen sich an und schüttelten beide den Kopf. „Kellnerin? Hm, nein." Sabine überlegte. „Wir können ja mal Jutta, ihre Freundin, fragen ob sie weiß, ob Sophie eine Kell-nerin kennt."

Vincent verdrehte die Augen. „Oh nein, die gibts ja auch noch. Aber die müsste es wissen. Die wusste ja immer alles, sogar dass die Erde 'ne Scheibe ist."

Sabine hatte sich wieder dem Herd zugewandt, während Michael den Tisch deckte. Er stellte seinem Sohn einen Teller mit Suppe hin. „Sag mal, könntest du uns nicht helfen? Wir wissen uns keinen Rat mehr."

„Ich? Was soll ich denn machen? Leute ich hab 'ne Fahrrad-werkstatt, wisst ihr, was da grad los ist?", fragte Vincent und nahm seinen Löffel.

„Na ja, wir dachten, du könntest wenigstens rausbekom-men, wo sie jetzt wohnt", antwortete Michael und begann ebenfalls zu essen.

„Wir glauben, da stimmt was nicht", ergänzte Sabine, die sich auf seine andere Seite gesetzt hatte. „Unfall hin oder her. Aber dass man danach seine Eltern nicht mehr sehen will, ist doch nicht normal. Und dass man sie dann auch noch anzeigt, erst recht nicht. Da steckt dieser Arzt dahinter, dieser Quack-salber, bei dem sie gewohnt hat."

„Aha", sagte Vincent und schlürfte seine Suppe. „Was soll

denn schon dahinterstecken? Sie hatte einen Unfall, hat ihr Gedächtnis verloren und erinnert sich nicht an euch. Kommt doch auch oft genug in Filmen vor. Irgendwann sehen oder riechen die dann was und zack ist es wieder da. Vielleicht müsste Jutta sie mal zwei Stunden vollquatschen. Das macht das kaputteste Hirn mürbe."

„Das ist kein Film! Es geht um deine Schwester!" Sabine war laut geworden, holte dann aber tief Luft und riss sich zusammen. „Bitte Vince, bitte such sie, damit wir wenigstens wissen, wo sie ist und dass es ihr gut geht. Machst du das?" Sie sah ihn flehend an und griff nach seiner Hand.

Verlegen zog er sie zurück und nickte. „Jaja mal sehen, passt halt im Moment überhaupt nicht. Seit wir auch die E-Bikes reparieren, haben wir volles Haus. Und die Saison geht gerade erst los." Zögernd legte er den Löffel neben den Teller. „Aber das gestern war wirklich schräg. Es interessiert mich schon, was da genau los ist."

Kapitel 14

„Willste zur Bank? Haben wir Ärger?" Wilson stand vor einer Werkbank, auf der ein filigranes Rennrad eingespannt war und sah seinen Kompagnon Vincent misstrauisch an.

„Nein, ich will eine Frau kennenlernen. Schien ein bisschen spießig zu sein." Vincent stand in der gemeinsamen Werkstatt vor dem Waschbecken und rasierte sich sorgfältig.

„Und beim Friseur warst du auch für die Lady? Muss ja was sein." Wilson wandte sich der Gangschaltung zu und drehte langsam den Pedalarm.

Vincent warf ihm nur einen Seitenblick zu und schabte weiter über sein Kinn. Er zog den Blaumann aus, eine dunkle Hose und ein weißes Hemd an.

„Mann, Digga, triffst du die auf 'ner Beerdigung? Kann die was Besonderes, was die anderen nicht können?"

Vincent legte sich eine Krawatte unter den Hemdkragen. „Die kann mir sagen, wo meine Schwester ist. Hoffen meine Eltern zumindest."

Klimpernd fiel ein Schraubendreher auf den Boden. „Die Prinzessin? Was willst du von der? Uns gehts doch gut hier. Hast du Sehnsucht nach Beef, oder was?"

Vincent verdrehte die Augen und kämpfte mit dem Krawattenknoten, der aussah, als ob er ein Schiff am Steg halten sollte. „Nein ... ach so'n Scheiß, ich konnte die Dinger noch nie binden."

Wilson stand auf, stellte sich wortlos vor ihn und zauberte im Handumdrehen einen Windsor und zog ihn zu, während Vincent den frisch rasierten Hals reckte.

„Hab ich dir doch erzählt. Die erkennt keinen mehr. Hab sie vor ein paar Tagen mir 'ner Frau mit weißer Bluse gesehen und die such ich jetzt. Die sah nicht so aus, als ob sie mit mir reden würde, wenn ich im Blaumann ankomm. Die soll mich für 'nen Banker oder Versicherungsfuzzi oder so halten. Warum kannst du so ein Ding knoten?"

„Sag ich nicht. Und wenn du das einem steckst, zieh ich dir einen Scheitel mit 'ner Rohrzange. Ich hab einen Ruf zu verlieren. So, jetzt sieh zu, dass du bald wieder um die Ecke kommst. Allein schaff ich das hier nicht lange."

Vincent stieg in den Golf, der ihnen gemeinsam gehörte und nur bei Blitzeis, einem halben Meter Schnee oder Anlässen mit Anzugpflicht gefahren wurde.

Am Vortag hatte er nach einer Umfrage unter Frankfurts Fahrradkurieren die Namen von Cafés in der Innenstadt zusammengestellt, in denen die Kellnerinnen weiße Blusen und schwarze Röcke trugen. Die überschaubare Liste fuhr er anschließend ab und fand nach kurzer Zeit nicht nur das Café, sondern auch die Frau, die er zusammen mit seiner Schwester gesehen hatte.

Schon von weitem sah er sie, wurde langsamer und beschloss, sie erstmal aus sicherer Entfernung zu beobachten. Im Eingangsbereich eines Kaufhauses blieb er stehen, erklärte dem misstrauischen Securitymitarbeiter, dass er auf jemanden warte und versuchte mit dem Hintergrund zu verschmelzen. Der Plan war, ihr zu sagen ‚Hey, ich kenn dich doch irgendwo her. Bist du nicht eine Freundin von Sophie?' Aber ein Schritt nach dem anderen. Erstmal kennenlernen.

Aus der gegenüberliegenden Bank schlenderten zwei plaudernde Männer direkt auf einen der freien Tische zu, der eine zog sein Jackett aus und krempelte die Ärmel ein Stück hoch. Eine Überlegung wert bei der Wärme.

Die Bedienung ging zu ihrem Platz und nahm mit einem breiten Lächeln die Bestellung auf. Aber sobald sie ihnen den Rücken zukehrte, knipste sie es aus und erst wieder an, als sie den nächsten Gast ansteuerte. Ihr Gang hatte etwas von dem einer Löwin, die sich der Beute näherte, ihr Blick huschte überall hin, nicht nur über die Tische. Der Griff, mit dem sie das volle Tablett nach draußen trug, hätte eine Gazelle erwürgen können, ihre Oberarmmuskeln waren deutlich unter dem dünnen, eng anliegenden Stoff der Bluse zu sehen. Vincent bekam Schweißtröpfchen auf der Nase.

Er räusperte sich und ging zu einem frei gewordenen Tisch. Wie der Mann soeben zog er seine Jacke aus, schlug lässig ein Bein über das andere und lehnte sich zurück. Die Kellnerin kam auf ihn zu, jetzt war er die Beute.

Er wollte sie doch nur fragen, wo seine Schwester war. Warum machte sie ihn so nervös?

Der Blick aus ihren schmalen, grauen Augen traf ihn, sie strich sich eine dunkelblonde Strähne aus dem Gesicht, unter der weißen braven Bluse blitzte ein Tattoo hervor. Er sah sie an, ohne etwas zu sagen, hielt ihr stand, vergaß cool und gleichzeitig galant zu sein, wie er es geplant hatte.

„Alles klar mit Ihnen? Wollen Sie was bestellen?" Sie zog fragend eine Augenbraue hoch und ihre rauchige Stimme gab ihm den Rest.

„Ähm, ja, ich dachte nur, ich kenn … könn … können Sie … einen Kaffee bitte. Schwarz. In einer Tasse, oder Kännchen, wenn draußen nur Kännchen. Haha, also, ja. Kaffee und Kuchen. Mit Käse. Ich bin Vegetarier, wissen Sie, also nichts mit Fleisch. Nur Käse. Käsekuchen bitte."

Sein Kopf war so leer, dass er das Echo seiner Stimme darin hören konnte. Die Speisekarte fiel auf den Boden. Er hob sie auf und als er wieder aufsah, war sie schon auf dem Weg zum nächsten Gast. Vincent legte die Karte auf den Tisch, stieß dabei den Zucker um und sah aus dem Augenwinkel, wie sie mit einer anderen sprach und beide zu ihm hinübersahen. Konnte man einen ersten Eindruck mehr versauen? Er wischte seine verschwitzten, klebrigen Hände an der Stoffhose ab. Nein, konnte man nicht.

Sie stellte ihm wortlos das Bestellte auf den Tisch. „Warum haben Sie mich eben beobachtet?"

„Ich hab was?", erwiderte Vincent.

„Sie haben mich beobachtet. Da vorne, von dem Kaufhaus aus. Dachten Sie, ich merk das nicht?"

„Oh, da, nein, da hab ich nur auf einen freien Tisch gewartet. Ich wollte genau diesen hier. Der ist so schön ... am Rand. Ich sitz nicht so gern in der Mitte." Er lächelte nervös.

„Ich mag das nicht. Wenn Sie was von mir wollen, sagen Sie es."

„Na ja, ich würde Ihre Telefonnummer haben wollen."

„Warum?"

„Was?"

„Warum wollen Sie meine Telefonnummer haben?"

„Um ... um Sie anzurufen. Und um Sie einzuladen, zum Italiener zum Beispiel."

Nach nur kurzem Zögern schrieb sie ihm eine Nummer auf die Serviette.

„Hier. Ich heiße Patte." Sie drehte sich um und ging wieder ins Café.

Sprachlos starrte Vincent auf das Papiertuch vor ihm und konnte kaum glauben, was soeben passiert war.

„Jetzt nochmal ganz langsam. Was genau hast du zu ihr gesagt und was gemacht? Warte, ich schreib das mit." Wilson nahm einen alten Briefumschlag und schrieb auf die Rückseite.

Vincent wiederholte Wort für Wort das kurze Gespräch zwischen ihm und Patte, immer noch erstaunt, dass sie ihm ihre Telefonnummer gegeben hatte.

„Bist du sicher, dass das überhaupt ihre Nummer ist und nicht die von ihrer alten, zahnlosen Tante?"

Vincent zuckte mit den Schultern. „Ich hab sie heute Morgen angerufen. Sie hat mich zwar angeblafft, weil es zu früh war, aber sie geht morgen Abend mit mir ins ‚Al Capone'."

Wilson schraubt kopfschüttelnd ein Vorderrad in die Gabel. „Komische Frau. Was kann die von dir wollen? Du hast Haare wie der Labradoodle meiner Mutter, Muskeln und Rhythmus wie ein Besenstiel. Schau mich an, ich bin Espresso, braun und heiß und in meinen Bewegungen ist sogar Musik, wenn ich über 'ne Bordsteinkante stolper. Aber gibt mir 'ne Tussi am ersten Abend ihre Nummer? Nie! Nicht ein einziges Mal." Mit einem Ruck zog er die Flügelschraube fest. „Was machste jetzt mit der? Außer ihr 'ne Pizza zu spendieren. Du willst doch gar nichts von ihr, nur wissen, wo dein Schwester-Drachen ist."

Vincent schmierte eine Kette mit Fett ein. „Na jaaa", sagte er gedehnt. „Also die ist nicht ganz unscharf. Ich frag nach Sophie und dann sehen wir mal weiter. Spießig ist sie jedenfalls nicht, da hab ich mich getäuscht. Ich glaub, die ist eine Mogelpackung."

„Aahhh, eins deiner Bad-Girls. Ich verstehe. Ein verkleidetes böses Mädchen. Echt Alter, du hast ein Radar für dein Beuteschema wie die Schwulen füreinander. Die Mädels tun dir nicht gut, aber wer bin ich schon, dass du auf mich hörst?"

„Du hast einem wildfremden Mann deine Telefonnummer gegeben? Warum das denn?" Margret sah Patte verblüfft an, während sie gemeinsam Salat schnippelten. Zwei Tage zuvor waren ihre Implantate entfernt worden, sie hatte keine nennenswerten Schmerzen mehr, nur der Kompressions-BH juckte fürchterlich am Bund, da sie ihn Tag und Nacht tragen musste.

Die Freundin zuckte nur mit den Schultern und schnitt eine Salatgurke in hauchdünne Scheiben. „Weiß nicht. Der sah ganz nett aus, nicht wie ein Dealer oder Lude und ich muss ja irgendwo anfangen, mal ein paar Leute kennenzulernen. Außerdem gibts Pizza. Und wenn er mir blöd kommt, geh ich einfach. Wenn ich gegessen habe."

„Na gut, du kannst dich ja im Notfall wehren. Ist noch Tee da?" Sie nahm eine Schüssel aus dem Schrank, doch als sie sie zum Tisch bringen wollte, glitt sie ihr aus der Hand und knallte auf den Fliesenboden. Erschrocken sprang sie ein Stück zurück, taumelte ein bisschen und ließ sich auf dem Küchenstuhl nieder.

Patte stand im Türrahmen und sah von den Scherben zu ihr. „Macht nichts, in der Give-Box gibt es noch ganz viele. Eine hässlicher als die Nächste. Alles okay mit dir?"

„Ja, klar. Der Rand war nass und da ist sie mir aus der Hand gerutscht. Tut mir leid." Margret wollte sich schon bücken und die Reste aufsammeln, aber Patte hielt sie zurück.

„Das stimmt nicht. Der Rand war trocken und das war nicht das erst Mal. Was ist los? Gestern war es eine Tasse und heute Morgen im Bad eine Shampooflasche."

Ihre Freundin sah auf die Tischplatte vor sich und schob ein paar Gurkenschalen hin und her. „Ich muss mehr Übungen machen und vielleicht auch mal wieder zur Physio."

Patte setzte sich vor sie, klopfte auf den Tisch. „Ey, verarsch mich nicht. Was ist los?"

Margret seufzte und sah auf. „Ich weiß es nicht. Vielleicht hab ich die Medikamente zu sehr reduziert, damit sie noch lange halten. Mir fehlt manchmal das Gefühl in den Händen. Das ist neu. Aber was solls? Sie sind eh zu klein, um damit zu spielen." Die spreizte die Finger und ballte sie zu Fäusten, dabei sah sie sie angewidert an.

„Mein Gott, nu hör doch mal mit dem Gejammer auf wegen der kleinen Hände. Du hast Hände, okay? Du kannst damit nicht mehr Klavier spielen, aber dich anziehen, 'nen Mückenstich kratzen und meistens auch irgendwas festhalten. Das ist besser, als unter der Erde zu liegen und von Würmern gefressen zu werden."

„Ist es nicht! Musik war mein Leben, Klavierspielen war mein Leben, hat mich alles spüren lassen wie ein Rausch, Freude, Verzweiflung, Erkenntnisse, Ekstase, alle Gefühle, die du dir vorstellen kannst, nur viel stärker. Das, was ich jetzt hab, ist ein armseliges Einerlei." Schwer atmend sah sie zur Seite aus dem Fenster.

„Du klingst wie ein Junkie, wenn er seinen ersten Crack-Trip beschreibt. Wärst du zufrieden, wenn dein Alter dich in einen Körper mit Händen wie Schneeschaufeln gesteckt hätte? Ist das dein Problem? Dann geh und frag ihn, ob er dich nochmal umtopfen kann. Ich kenn da einen Typen, der eh nichts im Kopf hat. Du müsstest nur lernen, im Stehen zu pinkeln und dich im Gesicht zu rasieren."

Knurrend nahm sie eine andere Schüssel und stellte sie mit Nachdruck auf den Tisch.

Margret zuckte zusammen und hob den Salat hinein, griff mehrmals nach den Champignons, ohne sie festhalten zu können. „Du hast ja recht", sagte sie leise. „Aber was soll ich denn machen? Ich vermisse es so sehr."

„Mach das, was du mir geraten hast. Setz dir ein Ziel und sieh zu, dass du den Arsch hochkriegst, um es zu erreichen."

„So hab ich das nicht gesagt."

„Aber so hast du es gemeint. Und war ja auch richtig. Den Junkies wird 'n Ersatz angeboten. Such dir einen. Meine Güte, dass ausgerechnet ich dir das alles sagen muss. Als ob ein Affe Bananen verschenken soll." Kopfschüttelnd sammelte sie die Scherben unter dem Tisch auf und klopfte Margret ein bisschen hilflos auf die Schulter.

„So, wie war das jetzt? Du hast nicht genug Pillen? Sag das doch! Die kann ich besorgen. Hier schreib mal auf, wie die heißen." Sie schob Margret einen leeren aufgerissenen Briefumschlag zu und einen Kuli und tat sich erneut von dem Salat auf.

Margret nahm beides, sah aber Patte fragend an. „Die sind rezeptpflichtig, wo willst du die denn besorgen? Du wirst ja wohl nicht ..."

„Sicher werde ich. Auf der Kaiserstraße gibt es unterschriebene Rezepte. Wir müssen nur noch den Namen eintragen. Und Apotheken, die nicht so genau hinsehen. Denk nicht drüber nach, das geht schnell. Schneller, als jeden Tag neues Geschirr zu kaufen." Sie lächelte.

Margret schüttelte den Kopf und stocherte auf ihrem Teller herum, ohne etwas zu essen. „Auf keinen Fall gehst du dahin! Wann warst du das letzte Mal da? Vor eineinhalb Jahren? Zu gefährlich für dich. Nein, ich muss mir einen Arzt suchen, das hab ich viel zu lang vor mir her geschoben."

„Echt jetzt, und was willst du dem erzählen? Guten Tag, ich hab 'nen Body, der nicht zu meinem Hirn passt, und brauch Pillen, damit die sich verstehen. Hat mein Ex gemacht." Sie ließ die Gabel fallen und verschränkte die Arme vor der Brust. „Und ja, ich war lange nicht dort. Umso besser. Ich geh hin, kauf die Rezepte, hol die Tabletten und hau wieder ab. Ist weniger gefährlich als das, was du da gerade machst. Also besorg lieber ein bisschen Bares. Versichertenkarten nehmen die nicht. Und denk nicht weiter darüber nach. Ach ja, lass die Vase da auf dem Regal stehen, die hab ich von Karin geschenkt bekommen."

Margret lächelte und nickte und sagte nichts von der dumpfen Angst, dass etwas in diesem Körper vor sich ging, das nicht funktionierte.

Nachdenklich sah Patte auf ihr Handy. Sie hatte schon lang nichts mehr von ihrer Schwester gehört. Sonst schieb sie immer mal wieder eine Nachricht oder hatte eine Statusmeldung von ihrem neusten Outfit oder Treffen mit Freundinnen. Kurzentschlossen rief sie sie an.

„Hi, Babsi, alles klar?"

„Patte! Ja, alles bestens und bei dir?"

„Auch. Sag mal, ich bin morgen in deiner Gegend. Wollen wir uns treffen? 'Nen Burger essen oder so? Dann erzähl ich dir von ‚nem total süßen Typen, den ich kennengelernt hab."

„Ist grad schlecht. Ich kann nicht. Hab zu tun."

„Du hast zu tun? Hast du 'nen Job? Was machst du? Ey, was ist mit der Schule?" Ein unangenehmes Kribbeln breitete sich in Pattes Magen aus. Sie hatte ihre Schwester vernachlässigt, seit Margret wieder aufgetaucht war.

„Ja, nein, alles in Ordnung, ich hab jetzt einen Freund. Theodore. Also der ist wirklich toll, hat total viel Kohle und wir sind zusammen oft unterwegs, weißt du? Für morgen hat er irgendwas geplant und er hat es nicht so gern, wenn ich ihm wegen jemand anderem absage."

„Ich bin deine Schwester, was soll er dagegen haben? Der kann dir doch nichts vorschreiben."

„Nein, natürlich nicht, er ist ein ganz Lieber aber ... ich glaub, morgen geht echt nicht. Er kommt grad. Ich muss auflegen, machs gut, Patte."

Patte sah irritiert ihr Handy an, bevor sie es zur Seite legte. Ihre Schwester hatte sehr merkwürdig geklungen, piepsig und hektisch. Vielleicht bekam sie ihre Tage. Oder sie steckte in Schwierigkeiten. Wer konnte das bei einer Sechzehnjährigen schon genau sagen?

Nachdenklich schaltete sie ihr Licht aus, konnte aber lange Zeit nicht einschlafen. Theodore und die fehlenden Medikamente ließen ihre Gedanken nicht zur Ruhe kommen. Vielleicht konnte sie morgen beides unter einen Hut bekommen.

Patte hatte am folgenden Tag frei und wollte gleich nach dem Frühstück los. Margret hatte Bargeld abgehoben und saß jetzt in sich zusammengesunken am Tisch.

„Ich könnte mitkommen, damit ich beim nächsten Mal allein hingehen kann." Erwartungsvoll sah sie Patte an und machte Anstalten aufzustehen.

Wortlos schüttelte diese den Kopf und hielt sie zurück, verteilte die Geldscheine, die vor ihr lagen in verschiedenen Taschen ihrer Jeans und ihrer alten Jacke.

„Du hast da nichts zu suchen. Wenn du allein hingehst und irgendjemand spitz kriegt, dass du Kohle hast, ziehen die dich schneller ab, als du Rezept sagen kannst. Und jetzt lass mal gut sein, ich bin in zwei Stunden wieder hier. Kannst du was einkaufen gehen? Wir haben keine Milch mehr. So viel, wie du in den Kaffee kippst, lohnt sich bald 'ne Kuh auf dem Balkon."

Aber Margret blieb ernst, biss sich auf die Unterlippe und sagte: „Patte, ich hab Angst, wenn du dahin gehst, dass du wieder Kontakte knüpfst. Wenn du die ganzen Leute von früher siehst, willst du vielleicht nicht mehr zurück, obwohl du schon so viel erreicht hast."

Langsam beugte sich Patte über den Tisch und nahm ihre Hände. „Guck mich an. Ich komm zurück und ich werd nicht rückfällig, okay? Du hast 'ne Menge für mich getan, ich bin froh, dass ich jetzt mal was zurückgeben kann, dass ich nicht immer so nutzlos bin. Ich werde dich nicht enttäuschen."

Die Tür fiel hinter Patte ins Schloss und Margret war allein in der Wohnung. Nervös lief sie herum, staubte ein bisschen ab, räumte ihr Laken vom Sofa ins Schlafzimmer, blieb vor dem Bett stehen und starrte ins Leere. In ihren Gedanken sah sie Patte auf der Kaiserstraße, umringt von ihren alten Bekannten, lachend und mit Bierdosen anstoßend.

Einen Moment blinzelte sie ins helle, warme Licht, schüttelte den Kopf und holte einen Beutel und ihre Jacke. Das würde sie nicht tun, nicht nach all der Zeit, und hatte sie nicht immer gesagt, dass sie keine Freunde dort hatte, dass kaum jemand dort echte Freunde hatte? Dass sich alles nur um Geld, den nächsten Schuss, den nächsten Freier, die nächste Brieftasche, die man klauen konnte, drehte?

Die Wohnung wurde immer enger um sie herum, sie musste raus. Hastig lief sie aus der Haustür, holte tief Luft, als ob sie sich einem Kokon befreit hätte.

Sofort sah sie auf der anderen Straßenseite Karl in seinem Auto sitzen. Es fühlte sich an wie ein Schlag in die Magengrube und ihr wurde übel. Er sah sie im gleichen Moment und öffnete die Tür, wobei er beinahe einen Radfahrer erfasst hätte. Sein Blick ließ sie nicht los, ihr war, als brannte er auf ihrer Haut. Kurz gaben ihre Knie nach. Trotzdem rannte sie los, ohne zurückzusehen, um die nächste Ecke, in einen offenen türkischen Lebensmittelladen. Sie kauerte sich hinter ein Regal, erklärte atemlos der erstaunten Frau an der Kasse „Er darf mich nicht finden", und atmete tief den typischen Geruch kleiner Läden ein, die man sonst nur in den Mittelmeerländern in Strandnähe fand: Knoblauchwurst und Waschmittel, gemischt mit frischen Backwaren und feuchtem Gemüse. Draußen hörte sie Karl ihren Namen rufen, als er am Geschäft vorbei rannte. Kurz darauf kehrte er zurück und starrte durch das Schaufenster. Margret spürte ihr Herz klopfen und schnappte nach Luft. Sie war jetzt nicht bereit, mit ihm zu reden, nicht, bevor Patte wieder da war. Wie ein Kind, das sich versteckt, schloss sie die Augen, Schweiß lief ihren Rücken hinunter und versickerte im Hosenbund. Als sie erneut aufsah, war er verschwunden.

„Alles gut?", fragte die Kassiererin besorgt und half ihr, sich aufzurichten, bis sie, zitternd am Regal festgeklammert, stehen konnte.

„Ja, danke, alles in Ordnung. Das war ... ich wollte nicht mit ihm reden. Nicht jetzt." Sie versuchte ein Lächeln in Richtung der fremden Frau.

„Versteh schon. Setzen Sie hin, trinken Tee bis Mann ganz weg." Sie deutete auf einen Stuhl, den Margret bereitwillig nahm und gab ihr ein Glas mit dem dunklen aromatischen Getränk.

Nach einer Weile sah sie sich um. Sie könnte gleich hier einkaufen, wenn sie schon wartete. Neben dem Eingang stand ein Stapel Drahtkörbe, von denen sie einen nahm und füllte ihn mit Obst, Gemüse, Milch und dem Tee, den sie soeben bekommen hatte.

„Soll ich gucken, ob weg?", fragte die Kassiererin, nachdem Margret bezahlt hatte.

„Das wäre sehr lieb von Ihnen, vielen Dank." Sie sagte ihr, welches Auto er fuhr und das Kennzeichen und nur wenige Augenblicke später kehrte die Frau zurück und gab ihr grünes Licht.

„Ist eingestiegen und weggefahren. Luft ist gut jetzt."

Immer wieder um sich blickend, hastete sie zu Pattes Wohnung, bereit, in den schützenden Laden zurückzurennen und sich hinter der Kassiererin zu verstecken. Aber niemand lauerte ihr auf.

Oben angekommen, ließ sie sich erschöpft auf das Sofa fallen und wartete, bis das Rauschen in ihren Ohren nachließ, damit sie einen klaren Gedanken fassen konnte.

Karl hatte sie also entdeckt. Das war zu erwarten gewesen, sie hatte sich nicht an einem geheimen Ort versteckt und die Adresse kannte er aus der Testamentseröffnung.

Nachdem sie zuhause geflohen war, hatte sie die unweigerlich folgende Auseinandersetzung mit ihm vor sich hergeschoben, wollte ein bisschen Kraft tanken und ihre OP durchstehen. Aber jetzt musste sie sich ihm stellen. Am besten noch heute Abend, damit sie es hinter sich hatte.

Müde griff sie nach ihren Notizzetteln, strich den Einkauf und setzte das Telefonat mit Karl darunter. Lustlos blätterte sie sie durch und legte sie beiseite, ohne die Motivation zu finden, eine der Aufgaben anzugehen. Alles, was sie darauf gesetzt hatte, waren Belanglosigkeiten, nichts, was sie weiter gebracht hätte.

Seufzend stand sie auf und holte aus einer der Schubladen, die Patte ihr für ihre persönlichen Sachen überlassen hatte, ihren Notizblock und einen Stift.

„WAS JETZT?", schrieb sie in großen Buchstaben oben auf eine leere Seite.

1. Karl stoppen.

2. …

Ein Schlüssel drehte sich im Türschloss. Patte kam grinsend rein und stellte eine Tüte auf den Tisch. „Tadaaa! Hier, für die nächsten drei Monate sollte das reichen." Sie zog ihre Jacke aus. „Wie siehst du denn aus? Hast du was nicht vertragen?“ Besorgt kam sie näher.

„Nein, schon gut.“ Margret rieb sich die Augen. „Ich ... ich bin nur Karl begegnet. Er hat mich gefunden.“ Sie erzählte kurz, was passiert war.

Während sie sprach, packte Patte die Tüte aus und räumte die Packungen im Bad in den Schrank. „Soll ich den mal besuchen, und ihm deutlich machen, dass er dich in Ruhe lassen soll?“

Aber ihre Freundin schüttelte den Kopf. „Mit Gewalt erreichst du nichts bei ihm. Ich ruf ihn heute Abend an und rede mit ihm, sage ihm, dass es aus ist und er mich nicht mehr belästigen soll. Das wird er schon verstehen. Muss er ja.“ Sie nahm Patte in den Arm. „Danke. Für alles. Dafür, dass du für mich da bist.“

„Kein Ding. Hier, ich hab dir noch was mitgebracht.“ Verlegen löste Patte sich aus der Umarmung, zog eine weitere Schachtel aus der Jackentasche und stellte sie auf den Tisch.

„Haarfarbe?“

„Ja. Dann siehst du nicht mehr aus wie sie, sondern ... naja, neu. Wie ein anderer Mensch.“

Kapitel 15

„Nein, Karl, ich komm nicht zurück. Bitte akzeptier das doch."

„Akzeptieren? Was glaubst du eigentlich, wozu ich das alles auf mich genommen habe? Ich hab mich strafbar gemacht, hörst du? Damit wir wieder zusammen sein können, damit du bei mir bist, an meiner Seite. Ich hab das Menschenmögliche getan und weit mehr, damit wir eine Zukunft haben, eine neue Chance!"

Sie hörte ihn am Telefon schwer atmen vor Wut. Er war es nicht gewohnt, dass man ihm widersprach. Mit einer solchen Situation konnte er nicht umgehen.

„Jetzt beruhig dich mal. Du hast mich nicht gefragt, ob ich ..."

„Was hab ich dich nicht gefragt! Ob du leben willst? Das muss man nicht fragen! Jeder will leben! Und ich hab dir dieses Leben geschenkt, auf einem Silbertablett, und was machst du? Schlägst es aus? Niemals, meine Liebe, niemals. Du gehörst zu mir. Wo willst du denn die Medikamente herbekommen? Ohne die wird es dir nämlich ganz schnell sehr beschissen gehen. Ja, beschissen!"

„So stellst du dir unsere Zukunft vor? Mit Drohungen und Erpressungen? Das kann doch nicht dein Ernst sein."

„Nein, Liebes, nein. Entschuldige, ich bin nur so aufgebracht. Ich will, dass alles wieder harmonisch wird zwischen uns. Ich bin nur so enttäuscht, dass du mich verlassen hast. Bitte komm zurück. Ich hab mich erkundigt, wir können einen Flügel bauen lassen mit schmalerer Klaviatur, dann kannst du wieder spielen, wie früher."

„Lass uns das Gespräch verschieben, ja? Gib mir etwas Zeit, dann reden wir nochmal. Ich hab jetzt keine Kraft." Das Handy glitt ihr aus der Hand, fiel polternd auf den Tisch und sie nahm es mit der anderen wieder auf.

„Was heißt das, du hast keine Kraft? Was war das für ein Geräusch? Hast du Probleme? Wo? Was ist passiert? Ich muss das wissen!"

„Nein, alles gut. Ich bin nur müde."

„Es ist sechs Uhr, da ist man nicht müde. Margret, nun rede doch! Hat sich dein Zustand verschlechtert? Hast du Kopfschmerzen? Hast du kein Gefühl in den Händen? Oder Beinen?"

Margret hielt inne. „Warum sollte ich kein Gefühl in den Händen haben?"

„Das weiß ich doch nicht. Du lässt mich dich ja nicht untersuchen. Aber wenn es so ist, müssen wir ganz schnell etwas unternehmen." Karls Stimme überschlug sich. „Ist das so? Fühlen sich deine Hände taub an? Margret?"

Sie legte das Handy neben sich und drückte die Fingernägel ihrer rechten Hand in den Handballen. Nichts. Sie spürte nichts.

Sie tippte auf das Lautsprechersymbol und bemühte sich um eine feste Stimme. „Nein, alles in Ordnung. Meine Hände sind ganz normal. Wir reden später, ja? In ein paar Tagen."

Patte nahm ihr das Gerät ab und drückte auf den Knopf, der das Gespräch unterbrach, obwohl sie Karls Stimme zetern hören konnte. „Was war das mit den Händen?"

Margret zuckte die Schultern, wandte aber den Blick nicht von den vier kleinen roten Halbmonden, die ihre Fingernägel auf der Haut hinterlassen hatten. „Er fragte immer wieder, ob mit meinen Händen alles in Ordnung sei. Als ob er wüsste, was passiert ist." Doch bevor ihre Freundin weiter auf das Thema eingehen konnte, trommelte sie einen kurzen Rhythmus auf den Tisch. „Los jetzt, wir müssen dich für dein Rendezvous mit Vincent schick machen. Komm, wir schauen mal, was du anzuziehen hast." Ohne die Antwort abzuwarten, ging sie in das Schlafzimmer und öffnete den Kleiderschrank. „Okay, das ist eine Herausforderung.“

Nach einer Stunde probieren, diskutieren und improvisieren, schminken und wieder abwischen stand eine Frau vor ihr, die gut ins Vorabendprogramm gepasst hätte.

„Fühlst du dich wohl so? Das ist das Wichtigste“, fragte Margret.

Patte drehte sich vor dem Spiegel, zupfte an den Ärmeln des Shirts und strich vorsichtig über die zu Locken gedrehten Haare. Sie nickte bedächtig. „Das ist gut. Das ist sehr gut. So will ich aussehen.“ Eine weitere Drehung, in die Hüften gestemmte Hände. „Und wie findest du es?“

„Nicht schlecht. Die Hose ist vielleicht ein bisschen eng und du brauchst neue Schuhe. Aber sonst sehr vorteilhaft. Und denk dran zu lächeln, lass deinen Charme spielen.“

„Meinen was?“

„Charme. Das gewisse Etwas. Schau ihm in die Augen, sag was Nettes und hör zu.“

„Ich hab mal auf dem Sperrmüll ein Buch gefunden, wie die Frauen sich nach dem Krieg zu Hause benehmen sollten. Kann es sein, dass du das geschrieben hast?“ Sie zupfte immer noch an sich herum.

„Also wirklich. So alt bin ich jetzt auch nicht. Aber wenn du punkten willst, hat sich in den Jahrhunderten nicht viel geändert. In jedem Mann steckt noch ein Neandertaler, der abends ein warmes Feuer braucht, wenn er von der Mammutjagd nach Hause kommt und bewundert und gelobt werden will.“

„Na toll. So, ich muss los. Rechne nicht vor morgen Mittag mit mir. Mal sehen, was der Mammutjäger noch so drauf hat.“

„Was? Doch nicht am ersten Abend! Patte! Du musst ihn hinhalten! Er muss sich anstrengen, dich erobern!“

Patte klopfte ihr auf die Schulter. „Das mach ich beim Nächsten. Der hier ist fällig, ich hatte schon zu lange keinen Matratzensport mehr. Guck nicht so, wünsch mir lieber viel Spaß.“

Margret verdrehte die Augen. „Hast du wenigstens Kondome dabei?“

„Ja sicher, 'ne ganze Packung. Ciao und mach keinem die Tür auf.“

Das italienische Restaurant auf der Bergerstraße hatte, wie fast alle Lokale dort, Tische auf der Straße stehen. Patte sah Vincent schon von weitem und als sie näher kam, stand er formvollendet auf und schob ihr den Stuhl zurecht, als sie sich setzte.

Patte zuckte nur kurz, da sie befürchtete, er wollte ihn ihr wegziehen. Aber in ihrer Lieblingsserie kam das nicht vor, sondern es war ein Ding aus alter Zeit, als ob die Frau nicht allein dazu in der Lage wäre, sich zu setzen. Sie ordnete es in der Kategorie Türaufhalten ein.

Der Tisch war weiß gedeckt, es standen eine Blume und eine Kerze zwischen ihnen. Das machte sie ganz nervös, genau wie sein Blick, der auf ihr statt auf der Karte ruhte. Eine seiner blonden Locken war ihm in die Stirn gerutscht und sie hatte das dringende Bedürfnis sie zurückzustreichen, nur um zu wissen, ob sie sich so seidig anfühlte, wie sie aussah. „Was isst du?", fragte sie und schlug den Ledereinband vor sich auf.

„Ähm ... ich weiß es noch nicht", sagte er hastig und fing an, die Pizzaliste zu lesen. „Ortolana vielleicht." Ihr fielen seine schönen Hände auf, groß, mit hellem Flaum am Ansatz.

Ein Kellner näherte sich und fragte nach den Getränken. „Rotwein", antwortete Patte. „Trocken." Sie mochte keinen Rotwein und hätte lieber ein Bier getrunken, aber die Frauen bestellten in Pizzerien immer trockenen Rotwein, vor allem wenn es romantisch werden sollte.

Er zwinkerte ihr lächelnd zu und wandte sich wieder ernst an Vincent, der das mitbekommen hatte. „Und der Signore?"

„Was? Ach so. Das Gleiche bitte", sagte Vincent und lächelte sie ebenfalls an.

Bis die Getränke kamen, lasen sie schweigend die Speisekarten, als ob sie später einen Test darüber zu absolvieren hätten, und sahen sich darüber immer wieder an. Ein leichter Duft seines Rasierwassers wehte zu ihr und sie versuchte so unauffällig wie möglich ihm nach zu schnuppern, bis es sich in den verschiedenen Essengerüchen um sie herum verlor.

„Die Zwölf", bestellte Vincent.

„Für mich auch", sagte Patte, obwohl sie nicht wusste, was die Zwölf überhaupt war. Sie war völlig irritiert von ihrem Gegenüber und grübelte, woher das kam.

„Bist du hauptberuflich in dem Café angestellt?", fragte Vincent und strich über die geschlossene Karte.

„Ja, oder nein, ich lern abends noch Tischlerin. Und du? Was machst du so?" Sie spielte mit der Serviette.

„Ich hab Jura studiert", antwortete Vincent, ohne sie direkt anzuschauen.

„Echt? Dann bist du Anwalt oder sowas? Ich schau im Fernsehn manchmal ‚Anwälte der Toten', obwohl ich immer denk, dass die ja eigentlich keinen mehr brauchen und die lieber die Lebenden verteidigen sollten."

„Da hast du bestimmt recht. Was machst du als Tischlerin? Möbel bauen?"

„Auch. Ich lern 'ne Menge über Holz und wie man die Maschinen bedient, ohne sich die Finger abzusägen. Und was für ein Anwalt bist du? Für Scheidungen? Oder für Straftäter? So'n Pflichtverteidiger?" Gerade noch rechtzeitig bremste sie sich. Er musste ja nicht wissen, wie viel sie von Anwälten in ihrem Leben mitbekommen hatte.

„Was für …? Ach, mehr so alles Mögliche. Was hast du vorher gemacht? Nach der Schule?" Er rutschte unbehaglich auf seinem Stuhl herum.

„Och, nichts Besonderes. Hier und da gejobbt."

Zum Glück kam die Pizza. Sie würde ihm auf keinen Fall von ihrer Vergangenheit erzählen, leider wollte er anscheinend ebenfalls nur sparsam über sich reden. Dabei hatte Margret ihr mit auf den Weg gegeben, dass man Männer immer über sich und ihren Beruf reden lassen sollte. Vincent schien eine Ausnahme zu sein oder Frauen wie Margret nicht zu kennen.

Keine Salami, kein Schinken auf der Pizza, sie hätte Hawaii bestellen sollen, wie sonst auch. Überhaupt wurde das Ganze hier langsam anstrengend, denn nach dem ersten Schluck Wein konnte sie sich kaum beherrschen, ihn nicht wieder auszuspucken. Er hinterließ ein pelziges Gefühl im Mund und am liebsten hätte sie die Blumenvase geleert, um nachzuspülen.

Lächelnd kaute sie mit langen Zähnen auf dem weichen Teig mit dem noch weicheren Gemüse herum. Es musste entweder unfassbar gesund sein oder Superkräfte verleihen, sonst würde das doch kein Mensch freiwillig bestellen, wenn es Alternativen gab.

„Hallo, Vince!", rief jemand von der anderen Straßenseite. „Da bist du ja. Wilson sagte, dass du ab morgen wieder in der Werkstatt bist. Ich bring dir dann mein Bike zum Durchchecken. Ist irgendwas mit der Gangschaltung, hab mich letztens beim Downhill fast auf die Omme gelegt. Brauch auch keine Rechnung. Alles klar sonst?" Der Mann war näher gekommen. Seine hautenge Radlerhose zeigte mehr, als man während des Essens sehen wollte, er ging klackernd und eirig, da er Klickpedalschuhe trug, und stützte sich mit einer behandschuhten Rechten auf Pattes Stuhlrücken ab.

Hinter ihm erschien eine junge Frau mit dem gleichen Rad und ähnlich muskulösen Waden.

Vincent wurde dunkelrot und nickte nur. „Komm einfach, ich bin da. Ciao." Er sah ihn so intensiv an, als ob er ihn mit seinem Blick wegschieben wollte. Der Mann verstand endlich, dass er störte.

Seit Beginn dieses Gesprächs hatte Patte das Essen unterbrochen und aufmerksam zugehört. Sein flehender Blick und die peinliche Stille, nachdem das Paar weitergezogen war, sagten ihr alles. Betont langsam legte sie ihr Besteck zur Seite, wie sie es von Margret gelernt hatte und winkte nach dem Kellner. „Reparierst du die Räder in der Kanzlei oder vor Gericht?", fragte sie.

„Hör zu, ich hab nicht gesagt, dass ich Anwalt bin, nur dass ich Jura studiert habe und das stimmt auch."

„Natürlich."

Der Kellner war inzwischen am Tisch.

„Packen Sie mir das bitte ein, ich esse zu Hause weiter." Sie stand auf und ging.

„Patrizia, bitte ...", hörte sie ihn noch hinter ihr herrufen, aber sie drehte sich nicht mehr um. Im Restaurant wartete sie kurz, nahm die Schachtel und lief zügig die Straße entlang. Sie verschwand im Gedränge der Leute, die an dem lauen Abend auf draußen flanierten.

„Das ging aber schnell." Margret saß mit einem alten Handtuch um den Kopf gewickelt im Wohnzimmer und sah fern. An ihrer Stirn und in den Ohren waren Farbreste zu sehen, die sie noch nicht ausgewaschen hatte.

„Hier ist Pizza mit öligem Gemüse. Den miesen Wein hab ich da gelassen." Patte warf den Pizzakarton auf den Tisch und verschwand in ihrem Schlafzimmer. Kurz darauf kam sie in Jogginghose und einem alten Shirt wieder raus und fläzte sich auf das Sofa.

Minuten vergingen, in denen sie beide so taten, als ob sie die Rateshow sähen, ohne dass eine wie sonst die Antwort möglichst vor den Kandidaten rief. Ein Wecker klingelte und Margret ging ins Bad, um die Farbe aus den Haaren zu waschen, Patte folgte ihr und zündete sich eine Zigarette an.

„Der Blödmann hat mich angelogen. Hat gesagt, er sei Anwalt, dabei arbeitet er in einer Fahrradwerkstatt." Sie knibbelte an einem erstarrten Farbtropfen am Türrahmen, an dem sie lehnt.

„Hast du ihm von deiner Vergangenheit erzählt?", fragte Margret unterm Wasserhahn.

„Nein, aber ich hab ihn auch nicht belogen. Nimm ihn jetzt bloß nicht in Schutz, das brauch ich grad nicht."

Das trübe Wasser lief gurgelnd in den Ausguss und Margret wusch mit Shampoo die Reste aus den Haaren. „Mach ich ja nicht. Was hat er denn gesagt?"

„Er hätte Jura studiert und dann kam ein Typ vorbei, der ihm morgen sein Bike bringt zum Reparieren. Wenigstens war es ihm peinlich. Ich bin dann gegangen." Sie schnippte ihre Asche in die Toilette, wo sie zischend langsam versank.

„Naja, vielleicht hat er ja Jura studiert und jobbt da nur."

„Ach, hör auf, dann sagt man das doch gleich." Sie ging mit einem Aschenbecher in die Wohnküche und zappte durch die Kanäle, ohne lang genug zu schauen, ob etwas Interessantes dabei war.

„Scheint dich ganz schön zu stören, dafür, dass du nur eine Nacht mit ihm verbringen wolltest." Jetzt mit blonden Haaren setzte sich Margret wieder zu ihr. „Wie gefällt es dir?"

Nach einer gründlichen Musterung nickte Patte bedächtig. „Nicht schlecht. Besser als vorher." Das war ein Kompliment. „Und ja, der hatte was, dachte ich. Kam irgendwie cool rüber. Und es hat gekribbelt, als ich ihn gesehen habe. Davon hab ich bisher nur in den Serien gehört." Sie senkte den Blick. „Das hat sich krass gut angefühlt."

Margret sah sie ungläubig an. „Du warst noch nie verliebt?"

Kopfschütteln. „Nein. Scharf auf einen ja, aber ohne Kribbeln. Und du? Warst du so richtig in Karl verknallt? Hat es da gekribbelt?"

„Und wie!" Margret kratzte sich am Kinn. „Er sah toll aus, hat gestrahlt, wenn er mich sah. Er war klug und witzig. Sogar die leichteste Berührung hat mich unter Strom gesetzt. Am Anfang, als er noch Priester war, sind wir ja nur ganz züchtig unter Aufsicht der Nonnen im Klostergarten spazieren gegangen. Aber er hat mir trotzdem das Gefühl gegeben, allein mit ihm zu sein, in einem geschützten Raum, der nur uns gehört.

Ich hab mir monatelang die Augen ausgeheult, weil er so unerreichbar war. Und dann stand er eines Tages vor meiner Tür, mit einer Tasche, und der Ankündigung, dass er jetzt bei mir einzieht und wir für immer ein Paar sein werden."

„Wow, das ist ja voll romantisch! Und da hat es noch gekribbelt?"

„Ehrlich gesagt klang das eher bedrohlich als romantisch, aber das hatte ich sofort verdrängt. Der Wunsch, mit ihm zusammen zu sein war noch da. Er war übermächtig geworden. Das Kribbeln hält nicht so lange. Das muss man genießen, solange es geht. Als er einzog, wurde er erstmal anstrengend. Er hatte alles aufgegeben, selbst seine Familie hatte sich von ihm abgewandt, und er erwartete von mir einen Ausgleich dafür. Ich verdiente zum Glück genug, dass er studieren konnte und wir uns um Geld keine Sorgen machen mussten."

„Echt jetzt, ich kenne niemanden, der das von sich sagen kann. So hab ich mir immer ein perfektes Leben vorgestellt."

Margret lächelte nur.

Kapitel 16

Es hatte keinen Sinn. Egal, wie lang sie übte mit der linken Hand ein Blatt Papier aufzuheben, eine Schere zu packen, ein Schälmesser zu halten, eine volle Tasse, es ging nicht. Der Schnitt, den sie sich dabei zuzog, bemerkte sie erst, als Blut floss, und mit einer Nadel konnte sie sich an fast allen Stellen in die Haut stechen, ohne Schmerzen zu spüren. Die kamen erst ein Stück oberhalb des Handgelenks.

Am Morgen hatte sie festgestellt, dass ihr kleiner Zeh links sich wie ein Gummibärchen anfühlte und keine spürbare Verbindung zum Fuß hatte. Er war nicht gebrochen, nur gefühllos. Die anderen Zehen hatten Gefühl, ließen sich aber kaum bewegen.

Wie gelähmt saß sie im Schneidersitz im Sessel, strich über ihre Füße und Beine und versuchte dabei, die aufsteigende Panik nieder zu atmen. Ging das jetzt so weiter? Laufen, sie musste laufen. Vielleicht half ja die Durchblutung, dass sie wieder Gefühl in die toten Gliedmaßen bekam. Noch betraf es hauptsächlich die Haut, wenn sie tiefer stach oder sich fest stieß, merkte sie etwas und konnte Hand und Fuß bewegen.

Eilig verließ sie mit Walking-Stöcken zur Unterstützung das Haus, nicht ohne sich zuerst zu vergewissern, dass Karl nicht draußen lauerte.

Am nahe gelegenen Mainufer atmete sie tief durch und schritt gleichmäßig aus. Das Grün, die Enten, Gänse und Schwäne und der Anblick des gemächlich fließenden Wassers beruhigten sie. Frauen mit Kinderwagen, Rentner und Jogger, mit denen sie sich den Weg teilte, bildeten eine idyllische Atmosphäre, die sie von ihren düsteren Gedanken ablenkten. Wieder kam einer von hinten angekeucht und automatisch wich sie ein bisschen aus, um ihm Platz zu machen. Der Läufer zog aber nicht an ihr vorbei, sondern bremste schnaufend und grinste sie an. „Na, da hab ich ja mein Runner's High doch noch gefunden. Hi, ich bin der Jan."

Irritiert machte sie einen kleinen Sprung zur Seite und stützte sich mit den Stöcken ab, um nicht aus dem Gleichgewicht zu geraten. „Hallo, Jan. Kennen wir uns?"

„Noch nicht. Aber wir haben die gleiche Laufschuhfarbe, das ist doch ein Grund, dich anzusprechen, oder nicht?" Er grinste breiter und wischte sich den Schweiß von der Stirn.

Margret wich den kleinen Tröpfchen aus und sah wieder nach vorne. Kurz hatte sie befürchtet, dass er Sophie kannte, aber mit der neuen Haarfarbe war das unwahrscheinlich. „Wenn du meinst. Hast du noch mehr Gemeinsamkeiten entdeckt? Bisher ist es ein bisschen dürftig."

„Hm, wollen mal sehen." Er senkte übertrieben nachdenklich die Mundwinkel. „Wenn du mir deine Telefonnummer gibst, kann ich überprüfen, ob wir gleiche Zahlen haben."

Jetzt musste sie lachen. „Du ...", betonte sie. „... lässt aber auch nicht locker. Ich heiße Margret und man begegnet sich immer zweimal, heißt es. Also, Jan. Wenn wir uns noch einmal begegnen, geb ich dir die Nummer." Sie zwinkerte ihm gut gelaunt zu. „Ich muss jetzt hier abbiegen. Einen schönen Tag noch."

Beschwingt stieg sie die Treppen zur Straße hoch. Das war ja nett gewesen, ein sympathischer junger Mann, der ihr für einen kurzen Augenblick gezeigt hatte, wie unbeschwert das Dasein sein konnte. Das hatte sie schon während ihrer Krebserkrankung vergessen.

Nach dem Erwachen aus dem Koma hatte sie sich noch verboten, diese neue, falsche Existenz zu genießen, aber jetzt freute sie sich über kleine Glücksmomente, darüber jung zu sein,, attraktiv und beweglich. Vielleicht gab es ja doch eine Zukunft und sie würde einen Sinn finden, für den es sich zu leben lohnte.

„Der Typ war wieder da, dieser Vincent." Patte wollte gleichgültig klingen, hatte den Satz wie beiläufig fallengelassen. Aber Margret kannte sie gut genug, um zu sehen, dass sie das sehr genoss.

„Ach", antwortete sie. „Und was wollte er?"

„Eine zweite Chance. Ohne Verkleidung und ohne Heimlichkeiten."

„Und? Bekommt er die?"

„Mal sehen. Heute bekam er erstmal die Erlaubnis sich zu entschuldigen, am Tisch sitzen zu bleiben und ein Stück Kuchen zu essen. Trinkgeld hab ich von ihm nicht angenommen, sondern einem der Penner gegeben, die bei uns immer rumlungern. Mich kann man nicht kaufen."

„Was heißt denn ohne Verkleidung und ohne Heimlichkeiten? Hatte er sich vorher verkleidet?"

„Oh ja. Heute hatte er Jeans an, ein Schlabbershirt und Turnschuhe. Nix mehr mit Hemd und Krawatte. In 'ner Serie wäre er höchstens noch der verkommene Sohn vom Hausmeister, der die Tochter des Hauses verführt hat. Nicht ganz mein neues Beuteschema. Vor allem nicht mit dem peinlichen ‚Go Green' Aufkleber auf dem abgefuckten Fahrradhelm." Stöhnend ließ sie den Kopf in den Nacken fallen und starrte an die Decke. „Aber irgendwas hat der. Diese Augen. Und wenn ich seinen knackigen Hintern seh, könnte ich ihn glatt in die nächste ..."

Margret lachte. „Schon gut, mehr will ich gar nicht wissen. Aber denk dran, Hintern ist nicht alles." Sie wurde wieder ernst. „Patte, ich brauch einen Rat."

„Von mir? Nu geht's dir aber echt bescheiden."

Sie nickte. „Ja, geht es mir wirklich. Ich hab dir doch heute Morgen erzählt, dass ich in der einen Hand das Gefühl verloren hab. Das ist ein bisschen schlimmer geworden. Im Moment nur in der Haut und komplett in einem Zeh. Und das macht mir ehrlich gesagt Angst. Karl wusste irgendwas. Er erwähnte die Hände. Meinst du, ich sollte mich doch mal von ihm untersuchen lassen?" Sie zitterte so sehr, dass sie ihre Arme um den Oberkörper schlingen musste, um sich kontrollieren zu können.

Patte schüttelte nachdenklich den Kopf. „Dann hätte er gewonnen. Aber ich versteh dich schon. Sag mal, glaubst du, diese ganze Transplantiererei ist nur auf seinem Mist gewachsen? Ich kann mir das nicht vorstellen. Der muss doch Leute gehabt haben, die ihm geholfen haben. Das kann einer allein gar nicht schaffen."

„Keine Ahnung. Bei seiner Arbeit an den Rückenmarksverletzungen hatte er immer einen weiteren Arzt an seiner Seite, einen unangenehmen Menschen namens Pfeiffer. Der hat sogar bei ihm studiert. Meinst du, den könnte ich fragen? Der würde aber sofort zu Karl rennen. Er ist ihm wie ein Hund ergeben."

„Wird dieser Pfeiffer auch irgendwo erwähnt und mitgefeiert?"

„Nein, nie. Ich kenn ihn nur von Klinik-Veranstaltungen, wo er um Karl herumschwirrte und von Konzerten, wo er mir zu Füßen lag. Unangenehmer Typ. Blass und starre Augen, die immer gleich blieben, egal ob er gelächelt, geredet oder zugehört hat, wenn Karl ihn in den Senkel stellte. Ich weiß nicht, warum der mir nie leidtat, mir tun selbst Fliegen leid, die an ein Fenster prallen. Aber er nicht." Margret schüttelte sich bei der Erinnerung an die Anbetung, die er ihnen beiden entgegengebracht hatte.

„Naja ..." Patte runzelte nachdenklich die Stirn. „Auf Dauer ist keiner gern die Nummer zwei. Im Knast wurden die Anführer immer genau im Auge behalten und wenn einer 'ne Schwäche zeigte, dann war der zack weg vom Fenster. Wer was drauf hat, will die Nummer eins sein und wenn dieser Pfeiffer nichts drauf hätte, würde dein Karl nicht mit ihm arbeiten. Karls wunder Punkt ist, dass du ihn nicht an dich ran lässt und keiner von dir weiß."

Margret entspannte sich ein bisschen und grübelte. „Du meinst, ich soll zu ihm gehen, ihm sagen, wer ich bin und er soll Karls Fehler aufdecken?"

„Genau, und ich bleib dabei, damit er keine Fotos oder so macht. Der wird einen Mordsspaß haben, seinen Meister vom Sockel zu stoßen. So und jetzt muss ich zur Schule. Bretter hobeln."

Es war heiß draußen, trotzdem musste Margret raus, sich bewegen. Sie ging diesmal zum Hauptfriedhof, einer grünen Oase, schattiger und ruhiger als dass Mainufer, wo sie auch früher gern spazieren gegangen war. Sie verspürte wieder den Frieden dieses Ortes, genoss die Blumen und den Anblick der vertrauten Statuen. Langsam schlenderte sie zwischen den Grabreihen unter alten Bäumen umher, beobachtete die meist betagten Damen, die sich mit großen Gießkannen abmühten, die Grabbepflanzungen ihrer Angehörigen vor dem Vertrocknen zu bewahren.

Kein Vogel zwitscherte, dazu war es zu warm, auch Insekten schienen sich ein schattiges Plätzchen gesucht zu haben, so dass nur das Murmeln der Frauen und ferner Autoverkehr zu hören waren.

Ein tiefes Loch im Boden neben einem frischen Erdhügel kündigte eine bevorstehende Beerdigung an, die Totenglocke der Trauerhalle erklang und Margret ging in eine andere Richtung.

Nur wenige Schritte neben der Grabstätte ihrer Großeltern lag ihr eigenes Grab. Zuerst taxierte sie es aus einiger Entfernung, dann ging sie langsam darauf zu. Ein zweigeteilter Grabstein aus poliertem Granit, eine Grabskulptur ragte an seinem Kopf empor. Eine geschwungene Klaviertastatur, die sich elegant aus dem Sockel erhob, neben einer schlichten Tafel mit ihrem Namen und ihren Daten. Wie hatte Karl das angestellt? Es musste ihn einiges gekostet haben, denn ein Stein durfte sonst erst frühestens nach einem Jahr aufgestellt werden.

Das Grab selbst war mit Lavendel und Rosen bepflanzt, drumherum Steckvasen mit frischen Blumen und vertrockneten Kränzen, einzelne Rosen lagen vor dem Stein und auf der Umrandung.

Es sah sehr geschmackvoll aus, dachte sie und ging näher. Sie wischte die dünne Staubschicht von der Oberseite und legte ihre Wange an den glatten Stein, der so warm war wie ein lebendiger Organismus. Dann aber fiel ihr ein, dass ihr Körper unter diesen Blumen lag, dass jetzt sie dort sein sollte, in einer Kiste mit zugenageltem Deckel und einer Tonne Erde darauf.

Unvermittelt schnappte sie nach Luft und zog sich ein Stück zurück, bis sie eine Bank fand, die im tiefen Schatten stand und dem zentralen Denkmal zugewandt war. Müde ließ sie sich nieder.

In ihren Kopfhörern lief leise Bach und sie dachte darüber nach, sich mit Pfeiffer in Verbindung zu setzen. Ihr graute davor, sich von ihm anfassen zu lassen, aber noch mehr graute ihr vor der einsetzenden Gefühllosigkeit.

Was konnte passieren? Pfeiffer könnte Karl benachrichtigen. Dann würde sie einfach gehen.

Pfeiffer könnte Karl die Untersuchungsergebnisse mitteilen. Das würde sie zwar nicht wollen, aber da sie sich nicht von Karl behandeln lassen würde, wäre das keine Katastrophe.

Pfeiffer würde nichts finden. Dann würde sich auch nichts für sie ändern und sie bräuchte einen neuen Plan.

Pfeiffer würde es verpfuschen. Das wäre tragisch, aber unwahrscheinlich. Was könnte noch bitterer sein? Höchstens, dass er den Prozess beschleunigte. Nein, sie benötigte ja nur eine Diagnose und eine Perspektive. Oder?

Seufzend spielte sie mit einem trockenen Blatt, das vom Baum auf die Bank gefallen war. Was wollte sie eigentlich? Was hinderte sie daran, sich selbst das Leben zu nehmen, von dem sie glaubte, es nicht verdient zu haben, weil jemand dafür seines verlieren musste? War es ihre zweite Chance? Wozu? Hatte Gott doch noch einen Plan für sie? Vielleicht den, der ihm da ins Handwerk pfuschte, aufzuhalten? War das der Sinn ihres ungewollten Daseins?

Nachdenklich zerrieb sie das Blatt zwischen den Fingerspitzen. Wenn sie ehrlich zu sich selbst war, würde sie sich nicht trauen, sich umzubringen. Das war schon ein Thema gewesen, dem sie sich stellen musste, als der Krebs immer unerträglicher wurde. Es war nicht ihre Religion allein, die sie davon abhielt. Es war ein Restschimmer von Hoffnung, die winzige Aussicht auf Heilung, der Wunsch nach einem letzten schönen Erlebnis, einer Erkenntnis, einer Einsicht in etwas, was das Ende erträglich und zu einem logischen Schlusspunkt werden ließ.

Womöglich auch das, was man bei Tieren Instinkt nannte, wobei sie sich selbst immer weit von der Natur entfernt verortet hatte mit ihrem Intellekt, ihrer Kultur und ihrem künstlerischen

Dasein, das von der Zivilisation getragen wurde. Trotzdem musste sie sich eingestehen, dass sie die fast gleiche DNA hatte wie ein Schimpanse.

Und jetzt? Auf keinen Fall durfte Karl ihren Körper in die Hände bekommen. Er würde sie auseinandernehmen wie einen defekten Motor und untersuchen wie ein Versuchstier.

Erstmal abwarten, erstmal zu Pfeiffer und darauf vertrauen, dass er ihr helfen würde. Ihr und sich selbst und nicht Karl. Bestimmt würde alles gut und die Ausfälle waren nur ein kurzzeitiges Problem. An diesen Gedanken klammerte sie sich, suchte aus der Playlist ihres Handys ein anderes Stück und ließ sich von Beethovens Klaviersonate Nummer 17 in eine bessere Welt tragen. Die Krümel des Blattes überließ sie dem leichten Wind, ihre Hände spielten auf ihrem Bein jeden Ton mit und sie lächelte in der Erinnerung an den bombastischen Erfolg, den sie mit diesem Stück in New York gefeiert hatte.

Auf ihrem Weg zum Ausgang sah sie schwarz gekleidete Menschen, die einem Handwagen folgten, auf dem ein geschmückter Sarg lag und der in Richtung des frischen Grabes gezogen wurde. Eine tiefe Traurigkeit überkam sie plötzlich und Tränen rannen über ihre Wangen. Schluchzend lief sie nach Hause.

Kapitel 17

Der nächste Tag begann mit Kaffee und Kopfschmerztabletten. Patte saß vor ihrer Tasse und hatte die Augen wieder geschlossen. Margret wusste, dass ihre Freundin morgens absolut kein Gespräch und kein lautes Geräusch vertrug. Die Ausbildungsabende in der Werkstatt waren fast immer ohrenbetäubend und die Dämpfe mancher Lacke waren nicht ganz so verträglich, wie die aufgedruckten Umweltzeichen es glauben machen wollten.

Sie versuchte, so leise wie möglich den Kühlschrank zu öffnen, um ihre Milch herauszuholen, aber die Tür ignorierte ihre Anstrengungen beharrlich und quietschte so penetrant, dass die Vögel vor dem Fenster aufflatterten. Mit beiden Händen hielt sie die Packung und trug sie zum Tisch.

„Wie gehts dir?", fragte Patte, ohne sie anzusehen.

„So lala. Es kribbelt seit heute Morgen in den Beinen, als ob ich auf einem Ameisenhaufen stehen würde. Ich ruf gleich bei Doktor Pfeiffer an. Karl fährt mittwochs vormittags für zwei Stunden ins Altersheim, um sein soziales Engagement zu demonstrieren. Und dir?"

Schulterzucken. „Schon okay. Wir haben gestern Farbe aufgepinselt und nach der Schule noch was getrunken. Ich hab 'nen fetten Kater und keinen Schimmer von was von beidem. Mach 'nen Termin mit dem Typ aus, wenn ich frei hab. Du solltest da nicht allein hingehen. Wer weiß, auf welche Ideen der kommt." Sie biss in ihr Brötchen und kaute lustlos darauf herum.

Margret nickte. An der Wand hing ein Terminkalender und sie versuchte, die freien Zeiten rauszusuchen. „Sag mal, du weißt, dass ich nicht gerade arm bin. Könntest du nicht die Stunden im Café reduzieren und ich übernehm dafür die laufenden Kosten?"

Patte schüttelte vorsichtig den Kopf. „No. Wir kriegen das auch so hin. Ich kann mir ja mal frei nehmen, hab noch Urlaubstage. Aber ich werde dir nicht auf der Tasche liegen. Halt mal deine Kröten zusammen, wer weiß, was da kommt."

Damit war die Diskussion beendet, bevor sie angefangen hatte.

„Gut, ich ruf jetzt an." Sie sah das Telefon an, als ob es eine Bombe wäre, die es zu entschärfen galt und griff beherzt zu. Nach nur wenigen Sekunden wurde sie verbunden. „Doktor Pfeiffer? Hallo, Sie kennen mich unter dem Namen Kaminski, Sophie Kaminski. Ja, Professor Nieß' Patientin. Nein, ich will ihn nicht sprechen, ich weiß, dass er nicht da ist. Deswegen ruf ich Sie ja an. Ich brauche dringend einen Termin bei Ihnen, von dem Nieß nichts wissen darf. Am besten noch heute. Nein, ich sage Ihnen persönlich, worum es geht. Nicht am Telefon. Jetzt gleich?" Sie sah zu Patte, die langsam nickte und dabei ihren Kopf festhielt, als ob er runterzufallen drohte. „Ich bin in einer Stunde bei Ihnen. Und bitte! Zu keinem ein Wort, ich werde mich dafür erkenntlich zeigen, glauben Sie mir."

Endlich wirkte die Tablette und eine ausgiebige Dusche tat ein Übriges, um Patte wieder auf die Beine zu bringen. Margret hatte in der Zwischenzeit die Küche aufgeräumt und sich einen Zettel geschrieben mit den Angaben, was sie preisgeben wollte und was nicht. Dass Sophie Karls Geliebte gewesen war, musste sie nicht erzählen, ebenso wenig von ihren Gefühlen, in diesem Körper zu stecken. Nur die Fakten waren wichtig. Der zeitliche Ablauf der Genesung, die ersten Ausfälle und vor allem die absolute Geheimhaltung vor Karl. Ihre Schrift war kaum lesbar, so sehr sie sich auch bemühte, aber der Stift rutschte immer wieder durch die tauben Finger.

„Er wirkte aufgeregter als ich. Oh, Patte, glaubst du, ich tu das Richtige?"

Ihre Freundin legte ihr eine Hand auf die Schulter. „Ja, tust du. Und außerdem hast du keine andere Wahl."

Margret lächelte resigniert und nahm den Autoschlüssel.

„Stopp, den nehm ich." Patte pflückte ihn ihr aus der Hand. „Du solltest vorläufig nicht mehr fahren. Wer weiß, welches Organ als Nächstes ausfällt und dann Crash." Ohne eine Antwort abzuwarten, ging sie aus der Tür und die Treppe runter.

Margret folgte ihr mit zusammengebissenen Zähnen. Sie wusste, dass sie recht hatte, aber ihr Auto war ihr Fluchtfahrzeug vor Karl und ihre Beute.

Und dass Patte so das Kommando übernahm, nachdem sie jahrelang ihre Mentorin gewesen war, widerstrebte ihr zutiefst. Sie stieg auf den Beifahrersitz, schnallte sich an und sah angestrengt aus dem Fenster.

„Alles in Ordnung?" Patte sah nur kurz zu ihr rüber und fädelte sich in den Verkehr.

„Ja. Alles gut." Sie zögerte und polierte das Glas neben sich mit dem Ärmel. „Es ist nicht einfach für mich, wenn du bestimmst, was getan wird. Das hat Karl schon mit einer Selbstverständlichkeit gemacht, die mich aufgeregt hat. Lass uns über die Dinge reden."

Patte sah erstaunt aus. „Wolltest du denn wirklich lieber fahren? Das ist doch gefährlich."

„Ja, natürlich. Aber glaub ja nicht, dass das eine Dauerlösung ist. Nur, solange ich behandelt werde. Danach fahr ich wieder." Sie nahm ein Taschentuch, schnäuzte sich und sah entschlossen nach vorne. „Nicht so schnell und blink bitte, bevor du abbiegst. Da kommt ein Radfahrer."

Sie erreichten das unscheinbare Gebäude am Rand des Klinikgeländes, das so groß wie ein eigener Stadtteil war, fanden zügig einen Parkplatz und wurden von Doktor Pfeiffer, der sie bereits erwartete, durch einen Hintereingang am Empfang vorbei geschleust.

Der Geruch nach Desinfektionsmittel, Allzweckreiniger und zerkochtem Essen für die Patienten, die hier lagen, weckte in Margret Erinnerungen an ihre Zeiten hier, und sie wäre am liebsten sofort wieder hinaus gelaufen. Doch sie folgte Pfeiffer den kurzen und zum Glück leeren Flur entlang.

Sein Zimmer, das nur halb so groß wie das von Karl war, sah aus wie eine Kulisse für einen Film über einen Wissenschaftler aus dem vorletzten Jahrhundert. Völlig aus der Zeit gefallen, die Möbel dunkel und wuchtig, die meisten Bücher in Leder gebunden und vor den Fenstern hingen schwere Samtvorhänge. Der Geruch nach altem Papier und Bienenwachs lag in der Luft. In einer Vitrine waren historische medizinische Instrumente ausgestellt, die vermutlich auf keinen Patienten beruhigend wirkten und auf dem Tisch stapelten sich Papiere neben einem Laptop, das wie ein Fremdkörper anmutete.

Pfeiffer hatte bemerkt, dass sich die beiden erstaunt umsahen.

„Das hier ist dem Untersuchungszimmer meines Großvaters väterlicherseits nachempfunden. Er war ein Pionier auf dem Gebiet der Hirnforschung und ich laufe in seinen großen Fußstapfen. Sozusagen bildlich gesprochen." Liebevoll strich er über die dunkelrot gemaserte Platte des Schreibtischs. „Aber setzen Sie sich doch, was kann ich für Sie tun?"

Er rückte seine goldumrandete Brille zurecht, ließ sich auf dem mit grünem Leder bezogenen Stuhl nieder und sah aufmerksam von einer zur nächsten.

Die beiden Frauen nahmen auf zwei Holzstühlen vor ihm ebenfalls Platz. Patte lehnte sich an, legte einen Fußknöchel über das andere Bein und sah sich um.

Margret saß kerzengerade auf der vorderen Kante und zog ihre Notizen aus ihrer Tasche. „Herr Doktor Pfeiffer, Ihre Schweigepflicht ist Ihnen sicher bekannt. Auch Professor Nieß gegenüber. Niemand darf ein Wort von dem erfahren, was ich jetzt erzähle. Kann ich mich auf Sie verlassen?"

Pfeiffer lehnte sich zurück, legte die Fingerspitzen aneinander und nickte bedächtig. „Sie haben mein Wort als Arzt."

„Gut. Dann machen Sie sich auf eine Überraschung gefasst." Sie holte tief Luft, „Ich bin nicht Sophie Kaminski, ich bin Margret Nieß. Mein Mann hat ..."

„... Ihr Gehirn transplantiert!", beendete Pfeiffer aufgebracht ihren Satz. Mit seiner blassen schmalen Hand schlug er auf die Tischplatte und lief so tiefrot an, dass seine Kopfhaut durch die feinen Haare schimmerte. Nach ein paar schweren Atemzügen sprang er auf. „Dieser ... dieser Mistkerl, ich wusste es doch!"

Aufgeregt rannte er durch das Zimmer, raufte sich die schütteren Locken und blieb keuchend vor dem Schreibtisch stehen. „Dass er das allein gewagt hat. Er hat mich übergangen!"

Irritiert blinzelte Patte. „Übergangen? Wollten Sie denn mitmachen?"

Margret sah sie an, drückte ihre Hand und schüttelte leicht den Kopf, um ihr zu signalisieren, ihr das Reden zu überlassen. „Karl hatte angedeutet, dass es da noch einen anderen Körper gab. Hatten Sie damit etwas zu tun?"

Pfeiffer stellte sich vor das Fenster, mit einer Hand gegen den Rahmen gelehnt und klopfte mit einer Fußspitze schnell auf den Boden. „Was? Ja, der war für Sie bestimmt. Ich hab eine hirntote Patientin am Leben erhalten, bis Ihre Zeit, liebe Frau Nieß, gekommen war. Aber das wussten Sie ja sicherlich. Ich gehe mal davon aus, dass Sie dem Eingriff sonst nicht zugestimmt hätten." Er drehte sich zu ihr und sah sie mit schräggelegtem Kopf an.

„Ich hab dem Eingriff nicht zugestimmt. Wie kommen Sie darauf?" Margret konnte ihr Erstaunen nicht verbergen.

Pfeiffers Brauen rutschten ein Stück höher. Kopfschüttelnd nahm er seine Brille ab, setzte sich wieder und begann die Gläser zu putzen. „Doch, natürlich haben Sie. Ich hab Ihre Unterschrift auf dem Dokument gesehen. Ein bisschen zittrig, aber unverkennbar Ihre Signatur. Wissen Sie denn nicht mehr, dass Sie mir seinerzeit ein Autogramm gaben? Ich war ... ich meine, ich bin ein großer Verehrer Ihrer Kunst."

Sie straffte die Schultern und schnappte nach Luft. „Niemals hätte ich so einer Sache zugestimmt. Niemals! Er muss mir irgendwas untergeschoben haben. Meine letzten Tage hab ich unter Schmerzmitteln verbracht und keine Erinnerung mehr. Dieser ... also wirklich." Fassungslos starrte sie ins Leere und versuchte, diese neue Information zu verarbeiten.

Pfeiffer gab ihr einen Moment Zeit, in der er die Sauberkeit seiner Brille prüfte und wieder aufsetzte, anschließend stellte er lapidar fest: „Es hat funktioniert. Bei allem berechtigten Ärger, er ist ein Genie. Sie sind vollendet, wenn ich das mal so sagen darf. Wunderschön und ganz bei Verstand. Seit wie vielen Tagen jetzt? Ach was, es sind ja schon Wochen."

Patte, die in der Zwischenzeit mit einer antiken Knochenzange hantiert hatte, die neben anderen alten Instrumenten auf dem Schreibtisch lag, sah ihn scharf an. „Nicht ihr Ernst, oder?"

„Warum nicht? Ganz phantastisch. Vertragen Sie die Medikamente gut? Wie geht es Ihren Händen?"

Klirrend fiel das alte Gerät zu Boden.

„Lass gut sein, Patte. Bitte." Margret wandte sich mühsam beherrscht an den Arzt. „Das heißt doch, dass ich nicht die Erste bin und dass es mit den Händen schon vorher Probleme gegeben hat. Richtig?"

Pfeiffer lächelte erstaunt. „Natürlich hat es schon andere gegeben. Ein solcher Eingriff wird doch nicht von jetzt auf gleich durchgeführt ohne Versuchspersonen vor ..." Er unterbrach sich selbst, als er bemerkte, was er da sagte. „Ich dachte, Sie hätten davon gewusst."

Margret verbarg ihr Gesicht in beiden Händen. Mit gesenktem Kopf saß sie einen Moment still da, bis Patte ihr langsam den Rücken streichelte und die Frage zuflüsterte, ob sie gehen wolle.

„Nein, noch nicht. Das war bestimmt noch nicht alles", murmelte sie. Das schwarze Bakelit-Telefon auf dem Tisch klingelte, Pfeiffer griff danach, aber Patte hielt den Hörer auf der Gabel fest und schüttelte den Kopf. „Erst die ganze Geschichte." Sie sank wieder zurück, diesmal mit einem römischen Skalpell in der Hand, das eine bemerkenswert intakte Klinge besaß.

Seufzend schloss Pfeiffer die Augen. „Meine Mutter saß, seit ich denken kann im Rollstuhl und schon als kleiner Junge träumte ich davon ..."

Patte schlug mit der Hand auf den Tisch. „Keine rührseligen Storys. Fakten!"

„Ich habe bei Professor Nieß promoviert mit einer Arbeit über die Medulla Spinalis und ..."

„Auch kein Fachchinesisch."

Hilflos hob Pfeiffer die blassen schmalen Hände. „Das ist aber schwer zu erklären, ohne Fachbegriffe zu verwenden."

„Strengen Sie sich an.“

Mit zusammengepressten Lippen sah er einen Moment zur Seite und fing erneut an zu reden. „Professor Nieß forschte an der Schnittstelle vom Rückenmark zum Gehirn. Ein Aspekt davon war das Thema meiner Doktorarbeit. Ich suchte unter seiner Anleitung nach Möglichkeiten, die Nerven dazu anzuregen, sich nach einer Unterbrechung wieder zu verbinden. Ich darf in aller Bescheidenheit darauf hinweisen, dass ich sehr erfolgreich dabei war und maßgeblich beteiligt an den folgenden Entwicklungen zur Heilung Querschnittsgelähmter. Auch da hatten wir anfänglich mit Rückschlägen zu tun, aber glauben Sie mir, wenn eine solche Diagnose gestellt wird, sind viele Menschen bereit, das Risiko einer Versuchsanordnung einzugehen, sobald die geringste Chance besteht, dass sie geheilt werden. Schlechter konnte es für die meisten nicht werden.

Wir hatten letztlich Erfolg und ihr Mann wird dafür auch irgendwann den Medizin-Nobelpreis erhalten. Da bin ich mir sicher.“

„Aber Sie gehen leer aus“, bemerkte Patte.

„Ja, vermutlich. Es nicht unüblich, dass Professoren die Forschungsergebnisse ihrer Studenten als die ihren veröffentlichen. Schließlich lief das Ganze ja unter seiner Federführung. Wir hatten vereinbart, dass ich bei den nächsten Schritten mehr im Fokus stehen würde. Bei der Hirntransplantation. In den Geräten und der Software stecken viele meiner Ideen. Wir haben eine GmbH gegründet, um das Verfahren patentieren zu lassen. Uns fehlte nur noch ein gelungener Versuch, um sicher zu sein, dass die letzten Schwächen beseitigt waren. Das wäre unser, das wäre mein großer Triumph.“ Er strahlte sie an. „Das sind Sie.“

Margret hatte sich während des ganzen Vortrags nicht von der Stelle gerührt. Ihre Kiefer fühlten sich so verkrampft an, als würden sie von einem Schraubstock zusammengehalten. Wie betäubt versuchte sie, das Gehörte mit dem abzugleichen, was Karl erzählt hatte. Um sie herum wirbelten Staubkörnchen in der von draußen einfallende Sonne und Kopfschmerzen gruben sich von ihrem Nacken bis zur Stirn und legten einen engen Ring um ihren Kopf.

„Könnten Sie bitte ...", krächzte sie und schluckte trocken, „... das Fenster. Könnten Sie bitte das Fenster öffnen und mir ein Glas Wasser bringen?"

Pfeiffer sprang auf und kam ihren Wünschen nach. „Ich wusste nicht, dass Sie nicht eingeweiht waren. Das tut mir jetzt aufrichtig leid." Sein Blick war aber nicht mitfühlend, sondern vielmehr neugierig auf sie gerichtet, als ob er versuchen würde, durch ihre Augen in ihr Inneres zu sehen.

Ein hoher Ton, als ob ein surrendes Insekt sich in ihrem Ohr eingenistet hätte, überdeckte die Geräusche der Umgebung. Sie nahm alles andere nur noch gedämpft wahr, die Stimme des Arztes klang wie ein dumpfes Dröhnen und der Raum begann sich um sie herum aufzulösen. Das Schluchzen kam von ihr selbst. Sie spürte, wie eine Hand sie festhielt und ein Arm sich um sie legte. Das Zimmer nahm wieder deutlichere Konturen an. Patte war nah bei ihr und drückte sie an sich. Sie vergrub ihr Gesicht in ihren Haaren und atmete langsam tief ein und aus. Das Insekt wurde leiser und sie konnte verstehen, was Pfeiffer versuchte ihr zu sagen.

„Ihr Mann kommt gleich. Hören Sie mich? Wenn Sie ihm nicht begegnen wollen, sollten Sie jetzt gehen. Ich habe mit ihrer Begleitung schon einen neuen Termin vereinbart."

Wie betäubt ließ sie sich von Patte aus dem Raum führen und ins Auto verfrachten. Sie verließen zügig den Parkplatz, passierten die Schranke des Klinikgeländes, fuhren aus der Stadt und hielten erst auf einem Feldweg außerhalb, von wo aus sie einen Blick über die blühenden Rapsfelder und die Silhouette des Bankenviertels hatten. Während der ganzen Fahrt hatten sie geschwiegen.

Patte drückte auf einen Knopf am Armaturenbrett und das Dach des Wagens erhob sich mit einer eleganten Bewegung, um hinter dem rudimentären Rücksitz zu verschwinden. Jetzt konnte man Vögel hören, zwitschernde Feldlerchen, die hin und her schossen. Bienen verirrten sich kurz ins Auto, bis sie ihren Irrtum erkannten und sich wieder in das unendlich gelbe Meer vor ihnen stürzten.

„Wow, da weiß man nicht, wo man anfangen soll." Patte ließ sich tiefer in den Sitz sinken und hielt das Gesicht in die warme

Sonne. „Kannst du wieder reden? Ich hab 'nen Termin für heute Abend ausgemacht, damit du untersucht wirst. Kannst du aber auch absagen, wenn du nicht willst. Zumindest hat er genug Ahnung, um sehen zu können, was nicht stimmt. Das mit den Händen scheint nicht neu zu sein.“

Margret schwieg immer noch. Ihre Gedanken drehten sich wild im Kreis, keiner greifbar und ohne Ziel. Schließlich legte sie eine CD ein und lauschte der Musik, ihrer Musik. Das letzte Album, das sie vor ihrer Krankheit aufgenommen hatte. Auf ihrem Bein spielte sie die Töne mit und kam langsam wieder zu sich. „Es ist so schwer, das zu trennen, das alles zu sortieren. Das, was die beiden gemacht haben, das, was sie mit mir gemacht haben, vor mir, nach mir, das, was Karl mit mir gemacht hat, was hätte sein können, was jetzt ist, was sein wird.“ Sie stockte kurz. „Ich muss die beiden stoppen. Egal, wie.“

Kapitel 18

Er war wieder da. Patte sah ihn sofort, als sie um die Ecke bog und auf das Café zulief. Lässig in seinen Stuhl gelehnt, sah er ihr entgegen und lächelte sie an, als ob sie eine gute Fee mit drei freien Wünschen im Sack wäre. Zu spät bemerkte sie, dass sie zurücklächelte. Verdammt, das hatte er nicht verdient. Nicht so schnell, er hätte noch ein bisschen zappeln sollen. Wenigstens schaffte sie es, einigermaßen cool an ihm vorbei zur Theke zu laufen und Karin abzufangen.

„Du, tut mir leid, ich werde heute früher gehen. Meine Mitbewohnerin muss zum Arzt und ich will mit hin. Sie hat Schiss."

„Kein Problem. Mach vier Stunden und komm morgen wieder."

Auf Karin war Verlass. Patte nickte nur, band sich eine Schürze um und fing an, Tische abzuräumen. Als Letztes steuerte sie Vincents an. „Wie lange arbeitest du heute?", fragte er, während sie die Platte abwischte. „Kann ich dich abholen?"

„Bis halb fünf. Fährst du mich auf dem Gepäckträger nach Hause? Wie in den alten Filmen?"

Als er lachte, sah sie seine weißen Zähne, von denen die unteren etwas schief standen. „Gepäckträger am Mountainbike ist ungefähr so cool wie ein Porsche mit Anhängerkupplung.

Nein, ich werde es schieben. Hoffentlich wohnst du weit weg, damit wir ein bisschen Zeit zusammen haben. Bin dann um Viertel nach vier wieder hier." Ohne eine Antwort von ihr abzuwarten ließ er einen Schein neben seiner Tasse liegen und ging. Einen Moment sah sie ihm hinterher, bis er sich umdrehte und ihr zuzwinkerte. Sie fühlte sich ertappt und wischte den Tisch ein zweites Mal ab. Hastig lief sie an der grinsenden Karin vorbei und murmelte: „Guck nicht so, da ist nichts." Trotzdem war ihre Stimmung so gut, dass sie mehr Trinkgeld bekam als üblich.

Um Viertel nach vier stand Vincent neben dem Eingang des Cafés und wartete geduldig darauf, dass sie abrechnete, die letzten Gäste abkassierte und die Schürze ablegte. Schnell schrieb sie eine Nachricht an Margret, um anzukündigen, dass sie gebracht würde. Sollte sie also neugierig sein, müsste sie in etwa einer Stunde runter auf die Straße kommen, um den Frosch zu sehen, der sich langsam als Prinz entpuppte.

Als sie endlich mit allem soweit war, zauberte er hinter seinem Rücken eine etwas zerzauste pinkfarbene Rose hervor, die eindeutig nicht aus einem Geschäft, sondern einem Vorgarten stammte. Patte spürte, dass sie rot wurde. Das mit den Rosen kannte sie nur aus dem Fernseher.

Etwas ungeschickt nahm sie sie entgegen und roch daran. „Die duftet ja richtig."

„Klar, ist ja auch 'ne echte Blume, nicht so ein Treibhausgewächs."

„Tja dann. Wir müssen quer durch die Stadt."

Sie marschierten los, das Fahrrad zwischen sich, und Patte hatte die Hände tief in den Jackentaschen vergraben. Angestrengt schaute sie auf den Boden. Ihr fehlten die Worte für so eine Situation, die sie auf keinen Fall verbocken wollte und die sie so nicht erlebt hatte. In ihrer Vergangenheit hätten sie längst im Bett gesessen und die Zigarette danach geraucht, in ihre Handys geschaut und vielleicht Pizza bestellt. In den Serien war auch nicht viel zu holen, da ging man Hand in Hand am Strand entlang oder ließ was fallen, bückte sich gleichzeitig und kam Nase an Nase wieder hoch.

Die Frauen fröstelten und bekamen von den Männern

Jacken umgelegt, die bei der Gelegenheit auch gleich den Arm um deren schmale Schultern legten. Sie stolperten und starke Hände fingen sie auf, sie trugen schwere Taschen, die ihnen abgenommen wurden. Oder saßen sich gegenüber und er ergriff ihre Fingerspitzen, als sie mit dem Salzstreuer spielte. Nichts davon passte und sie hatte auch keine Lust, schwach zu sein. Wenn er sich das wünschte, war sie die Falsche.

Er erzählte von Fahrrädern, wie es dazu kam, dass er eine Werkstatt hatte und von Wilson, seinem Kumpel, mit dem er den Laden zusammen betrieb. Als sie ankamen, wusste Patte mehr von Wilson als von Vincent. Sie selbst hatte wieder vermieden, etwas von sich zu erzählen und war seinen Fragen mit Gegenfragen ausgewichen.

Vor der Tür stand Margret und wartete schon. Sie hatte einen Lappen dabei und tat so, als würde sie die Haustür putzen. Trotz der unscheinbaren Klamotten sah sie sehr hübsch aus, wie Patte jetzt auffiel, wie Aschenputtel. Sie hatte immer nur die ältere Frau in ihr gesehen, die sie mal war, und gar nicht auf die neue Optik geachtet. Das freundliche Lächeln, mit dem sie ihnen entgegensah, wirkte so attraktiv, dass sie sie am liebsten in den Flur geschoben hätte. Sie behielt Vincent genau im Auge, als sie sich der Tür näherten. Seinen Gesichtsausdruck konnte sie allerdings nur schwer deuten. Entweder er war völlig von den Socken oder ...

„Kennt ihr euch?" Ihre Frage war schärfer ausgefallen als geplant.

Margret schüttelte nur immer noch lächelnd den Kopf. „Nein, willst du uns nicht vorstellen? Ich bin Margret. Pattes Mitbewohnerin. Und Sie sind?"

Vincent blieb erst stumm, starrte sie nur weiter an, fing sich dann und sagte: „Vincent, ich heiße ... ähm ... Vincent."

Aber Patte ließ sich nicht so leicht täuschen. „Was ist los? Du kennst sie. Rück raus mit der Sprache."

Verlegen polierte er einen Wasserfleck am Lenker und sah zur Seite.

„Du hast noch zehn Sekunden, dann sagst du, was los ist. Hat Karl dich geschickt? Bist du mir deswegen auf die Pelle gerückt? Eins, zwei ..."

„Karl? Ich kenn keinen Karl." Er stieß die Luft aus, sah Margret an und sagte: „Ich bin dein Bruder, Sophie. Unsere Eltern schicken mich, weil sie sich Sorgen machen. Was ist das hier für ein Spiel?"

Zutiefst verletzt stand Patte mit offenem Mund da und war sprachlos. Seine Aufmerksamkeit hatte nicht ihr gegolten, sondern er hatte seine Schwester gesucht und sie dafür benutzt. Langsam ging sie einen Schritt rückwärts, sah beide abwechselnd dabei an und spürte, wie eine ungeheure Wut in ihr aufstieg. Wie konnte er es wagen, sie so auszunutzen, solche Gefühle in ihr zu wecken.

Margret sah, was in ihr vorging und mischte sich schnell ein. „Da scheinen ein paar Missverständnisse vorzuliegen. Ich geh jetzt ans Mainufer spazieren und ihr zwei sprecht euch aus, ja?"

Hastig legte sie den Lappen beiseite und wollte die Straße hinunter laufen, aber Vincent stellte sich ihr in den Weg und sah wieder Patte an. „Erklärt ihr es mir? Ich geh nicht weg, bevor ihr mir sagt, wer Margret ist."

„Was? Was sollen wir dir denn noch erklären? Du hast doch bekommen, was du wolltest, also kannst du jetzt auch verschwinden." Patte drehte sich um, damit er nicht ihr enttäuschtes Gesicht sah, und zündete sich eine Zigarette an.

Margret zog sie zu Seite und flüsterte: „Er ist ihr Bruder, das können wir nicht einfach ignorieren. Wenn wir ihn gehen lassen, informiert er seine Eltern und was die dann alles unternehmen, weiß ich nicht."

„Willst du ihn etwa einweihen? Dann werden wir den nicht mehr los." Patte wirkte skeptisch und schnippte Asche auf den Boden.

„Ich komme jeden Tag", rief er ihnen zu, „bis ich Antworten habe."

„Wir werden ihn auch so nicht mehr los. Glaubst du, er lässt jetzt locker? Schau ihn dir an, der ist nicht dumm. Wir sagen, was Sache ist, und leugnen notfalls, wenn er es nicht für sich behält, als dass er selbst weiter forscht. So haben wir ihn besser unter Kontrolle."

„Erinnerst du dich noch, Sophie, als Papa behauptete, ich

hätte die Beule in sein Auto gefahren? Du warst das. Und du weißt, was passiert ist. Richtig? Komm, sag schon. Erklär Patte, wie ich dich zermürbt habe, bis du alles heulend zugegeben hast."

Margret sah erst zu ihm, danach zu ihrer Freundin. „Er kann nichts beweisen, aber er kann uns wahnsinnig auf die Nerven gehen und bei allem stören, was wir vorhaben. Und weißt du was? Ich bin mir sicher, er würde Karl auch stoppen wollen. Wir hätten vielleicht einen Verbündeten."

Schließlich nickte Patte zögernd. „Ja, schon. Aber eigentlich will ich ihn nicht mehr sehen." Sie zog noch einmal an der Kippe und warf sie in den Rinnstein. „Ach, Scheiße. Du hast recht."

Sie kehrten zu Vincent zurück, der an der Hauswand gelehnt auf sie gewartet hatte. Pattes Blick war eisig, als sie an ihm vorbeiging und die Haustür aufschloss.

„Kommen Sie mit, ich will ehrlich sein." Margret lächelte ihn zögerlich an, die Finger ihrer linken Hand spielten einen schnellen Lauf auf dem rechten Oberarm.

„Verdient hast du es nicht", blaffte Patte über ihre Schulter, während sie die Treppen hochstieg.

„Warst du denn immer ehrlich zu mir? Ja, die Geschichte um Sophie interessiert mich. Aber deine genauso. Glaubst du, ich hab nicht gemerkt, dass du allen Fragen nach deiner Vergangenheit ausweichst?"

„Du auch, Herr Anwalt." Patte fühlte sich ertappt. „Wir gehen jetzt hoch und spielen Wahrheit oder Pflicht. Aber ohne Pflicht. Und wenn einer von uns nochmal lügt, schmeiß ich dich raus."

Ein leises Grinsen schlich sich in seinen Mundwinkel. „Abgemacht."

„Schön habt ihr es hier." Vincent sah sich ein paar Minuten später um und ließ sich auf dem Sofa nieder, das Margret nachts als Bett diente.

„Keine Schleimereien. Ich fang an. Du hast deine Schwester gefunden. Wie gehts weiter?"

Er hob die Schultern. „Ich werd meinen Eltern sagen, wo ihr wohnt und dass es dir gut geht." Dabei sah er Margret an.

„Was die aus der Info machen, bleibt ihnen überlassen. Ich schätze mal, sie werden mit dir reden wollen. Der Arzt steht ja nicht mehr im Weg." Er wandte sich Patte zu. „Danach werde ich mir ein weißes Pferd besorgen und einen Samtumhang und ..."

„Hör mit dem Mist auf. Margret, du bist dran."

Margret hatte ihn interessiert beobachtet. Aber ihre Menschenkenntnis war sehr begrenzt, daher kam sie zu keiner befriedigenden Einschätzung. „Was vermuten Sie denn, was passiert ist?"

Vincent antwortete mit einer Gegenfrage. „Warum nennt sie dich Margret?"

„Du bist nicht dran. Und du musst erst antworten." Patte stellte drei Gläser und eine Flasche Wasser auf den Tisch und ließ sich in einen der Sessel fallen.

„Gut, also was vermute ich? Der Arzt sprach von Amnesie durch das Koma und ich schätze mal, dass du dir einen neuen Namen gesucht hast, der zu der Person passt, die du jetzt bist."

Margret nickte schweigend.

„Ich bin dran." Er nahm einen Schluck Wasser und räusperte sich. „Das, was ich vermute, stimmt aber nicht, richtig?"

Margret schloss die Augen und nickte wieder. Wahrheit oder Pflicht ohne Pflicht. Nicht nur er, auch seine Eltern hatten ein Recht darauf, endlich zu erfahren, was mit ihrer Tochter geschehen war. Sie wusste nicht, wie es sich anfühlte, ein Kind zu haben, ahnte aber, dass es einen zutiefst verzweifeln ließ, wenn es einen nicht erkannte und wie einen Fremden behandelte.

„Ich bin nicht Sophie. Das hier ist nur ihr Körper. Der Arzt, den Sie erwähnt haben, hat in diesen Kopf ein anderes Gehirn transplantiert. Mein Gehirn."

Vincent wurde blass und schluckte. „Das geht nicht. Das kann nicht sein.

„Es ging nicht. Bis jetzt. Ich bin angeblich die Erste, mit der es funktioniert hat. So richtig geklappt es auch nicht. Ich hab ..."

„Stopp!", funkte Patte dazwischen. „Keine Unterhaltungen. Eine Frage, eine Antwort, dann ist der Nächste dran."

„Moment noch, ich bin noch nicht soweit." Er starrte Margret an, als ob sie von einem anderen Planeten käme.

„Hey! Weiter geht's, wundere dich später, du wirst eh noch brauchen, bis du es glauben kannst. Also! Warum hast du behauptet, Jura studiert zu haben? Nur, um mich zu beeindrucken?" Patte stupste ihn ungeduldig an und Vincent blinzelte.

„Nein, weil es stimmt. Ich hab Jura studiert. Hab aber abgebrochen." Er schluckte kurz. „Ich hab abbrechen müssen, weil ich mich strafbar gemacht habe und so nur unter größten Schwierigkeiten hätte Anwalt werden können."

Pattes sah ihn mit großen Augen an. „Du hast was? Was hast du getan?"

„Alles. Ich hab mich an Bäume gekettet, Denkmäler mit Farbe verziert, hab auf der Straße geklebt und am Schluss eine brennende Barrikade errichtet, um einen Naziaufmarsch aufzuhalten. Naja, das waren die Aktionen, mit denen ich aufgefallen bin. Bei den anderen hat mich keiner erwischt. Jedenfalls bin ich jetzt vorbestraft und auf Bewährung frei. Und deswegen hab ich die Fahrradwerkstatt mit Wilson zusammen aufgemacht."

„Ach so." Patte sah fast enttäuscht aus. „Du bist so'n ganz Guter. Hätte nicht gedacht, dass man dafür verknackt wird."

Vincent zuckte mit den Schultern.

„Ich bin dran", sagte Margret. „Haben Sie vor irgendwas zu unternehmen? Ich mein, wegen mir."

„Das weiß ich nicht. Das geht mir hier alles viel zu schnell. Könnte ich denn?", fragte er und sah sie herausfordernd an. „Soll ich?"

Sie schüttelte den Kopf. „Nein, ich würde einfach sagen, dass der Unfall eine Schizophrenie ausgelöst hat und Sie sich den Rest ausgedacht haben."

„Könnte das nicht tatsächlich sein? Es wäre eine naheliegendere Erklärung." Er wirkte neugierig und zugleich hoffnungsvoll.

„Nein, kann's nicht", antwortete Patte. „Ich erkenn sie auch mit der neuen Fassade."

Vincent schluckte und wurde blass, das Lächeln und die Neugier waren wie weggewischt. „Das heißt, dass meine Schwester tot ist", sagte er leise. Seine Augen wurden feucht und er holte tief Luft. Margret nickte nur.

„Unwiderruflich? Da ist nicht noch ein Rest von ihr irgendwo verborgen?"

„Nein, nichts mehr da. Ihr Gehirn ist mit meinem Körper beerdigt worden."

Patte stand auf und holte ihm ein Taschentuch. Mit einer Faust vor dem Mund sah er schweigend zur Seite.

„Mochten Sie sie sehr? Hatten Sie ein gutes Verhältnis?" Mitfühlend streichelte Margret seine Hand, nahm sie aber zurück und überließ es Patte, ihn zu trösten.

Er schüttelte den Kopf. „Nein, überhaupt nicht. Wir konnten uns beide nicht ausstehen und haben uns ewig nicht gesehen. Trotzdem. Sie war meine Schwester, wir sind zusammen aufgewachsen. Naja, meine Adoptivschwester. Sie war das leibliche Kind und das hat sie mich ihr ganzes Leben lang spüren lassen. Oh Gott, meine Eltern werden daran zerbrechen." Er stützte die Stirn mit beiden Händen.

„Erzähl ihnen doch die Geschichte mit der Schizophrenie. Ist vielleicht leichter für sie." Patte versuchte, das Problem pragmatisch anzugehen.

Er nickte verhalten. „Ja, erstmal schon. Aber ob ich sie auf Dauer belügen kann, weiß ich nicht. Und wer hat sie jetzt umgebracht? Dieser Arzt?"

„Sie war seine Geliebte." Nach kurzem Zögern setzte Margret hinzu. „Und er mein Mann."

„Was machen Sie dann hier? Warum sind Sie nicht mehr bei ihm? Tut mir leid, können wir uns duzen? Ich kann nicht in Sophies Augen sehen und Sie sagen, das hab ich noch nicht abgespeichert."

Margret nickte und nahm ihr Glas mit dem Wasser, das ihr aber aus der Hand rutschte. Hastig wischte sie mit einem neuen Taschentuch die Pfütze weg. Sie erzählte, wie ihr Leben an der Seite von Karl ausgesehen hatte, dass sie als Pianistin sehr erfolgreich gewesen war und Konzerte gegeben hatte. Von ihrer Krankheit – und von Sophies Tod. „Ich will ihn stoppen. Er muss daran gehindert werden, weiter zu machen. Ich wollte das hier nicht. Ich hatte meinen Frieden damit gemacht zu sterben und er hat mich nicht gefragt. Und dass für mich jemand ermordet wurde, ist unerträglich." Sie konnte ihn kaum anschauen.

„Was heißt denn weitermachen? Was hat er noch vor?"

„Ich bin das Ende einer Reihe von Experimenten. Er wird nie aufhören. Er ist Forscher, besessen, ihm fehlt ein moralischer Kompass, der ist ihm schon vor langer Zeit abhandengekommen. Das Problem ist, sollten wir an die Öffentlichkeit gehen, wird meine Existenz sein Triumph und andere führen seine Arbeit fort, selbst wenn er im Gefängnis landet. Wenn nicht, wird es bald die nächsten Opfer geben."

Vincent nickte langsam.

„Ich schätze mal, das Spiel ist vorbei, oder?", fragte Patte.

„Ja, ich muss das alles erstmal verarbeiten. Aber eins kann ich euch jetzt schon sagen. Ich werde was gegen ihn unternehmen. Meine Schwester war zwar der Alptraum meiner Kindheit, aber das hier hat sie nicht verdient. Das hat niemand verdient." Er sah Patte an. „Und morgen frag ich dich, wer du wirklich bist. Mit Sicherheit keine Kellnerin. Richtig?"

Sie nickte. „Morgen."

„Wir müssen los." Margret sprang auf. „Ich bin leider kein ganz so erfolgreiches Experiment, wie er sich das eingebildet hat. Ich hab ein paar Ausfallerscheinungen und die werden jetzt von seinem Kollegen untersucht und hoffentlich behandelt."

„Ich begleite euch", sagte Vincent kurz entschlossen. „Je eher ich mich mit der ganzen Sache beschäftige, desto besser. Wie kommen wir dahin? Habt ihr ein Auto?"

Sie fuhren zum zweiten Mal an diesem Tag auf den Parkplatz der Klinik und wieder schleuste Pfeiffer sie durch den Hintereingang ins Gebäude. Er sah Vincent misstrauisch an. „Wer sind Sie? So viele Leute sind nicht nötig."

„Er ist jemand, der ...", fing Patte an.

„Ich interessiere mich brennend für Medizin-Technik und das hier ist ja wohl der Gipfel!" Er brachte einen kleinen begeisterten Kiekser heraus. „Sie müssen mir alles zeigen, bitte! Das ist eine Sensation und ich will alles darüber wissen! Das ist ja der Wahnsinn, was Sie da geschaffen haben! Unglaublich!" Vincent strahlte plötzlich und drängelte sich vor. „Ich hoffe, viel dabei zu lernen, wenn Sie sie untersuchen.

Sie müssen ein Genie sein, wenn Sie das alles mitentwickelt haben!"

Margret und Patte sahen sich erstaunt an, zuckten aber nur mit den Schultern.

Irritiert nickte Pfeiffer und führte die kleine Gruppe die breite Treppe hinauf und in ein Zimmer am Ende eines leeren Ganges. Der Raum dahinter war größer und heller als erwartet, in seiner Mitte stand eine einzige Liege, darauf ein flaches Chrom-Becken mit menschlichem Umriss.

Darüber eine mehrarmige Konstruktion aus blitzendem Metall, die aus einem weißen Gehäuse ragten. Das Gerät hockte wie ein riesiges Insekt an der Decke, bereit jederzeit die zusammengefalteten Gliedmaßen auszustrecken und sein Opfer anzuspringen.

„Was ist das?", fragte Margret mit einem leichten Zittern in der Stimme.

„Das ist die Konstruktion, mit der wir getrenntes Rückenmark wieder zusammenfügen. Wenn Sie sich jetzt bitte ausziehen und hier hinein legen würden." Pfeiffer machte eine einladende Handbewegung zu dem Becken.

„Sind Sie noch ganz bei Trost? Ich ziehe mich nicht aus und ich lege mich nicht in dieses Ding! Dann hätte ich mich ja auch gleich von Karl untersuchen lassen können. Hier, meine Hände können Sie auch so sehen und ich habe Kopfschmerzen, an meinen Füßen hab ich nicht überall Gefühl. Das ist alles."

Pfeiffer nahm ihre Hände in seine, drehte sie vorsichtig und führte sie in den Nebenraum, der wie ein normales Untersuchungszimmer aussah. Patte und Vincent folgten den beiden. Dort untersuchte er sie gründlich, überprüfte die Reflexe und stellte ein paar Fragen nach ihrem anfänglichen Genesungsfortschritt und wann die ersten Ausfälle aufgetreten waren.

Als er die Ergebnisse in seinen Computer eintragen wollte, ging Patte sofort dazwischen. „Der bleibt erstmal aus. Hier ist ein Stift, Sie haben bestimmt irgendwo Papier."

Sichtlich genervt gehorchte Pfeiffer und notierte in krakeliger Schrift seine Beobachtungen.

Als Nächstes tippte er mit einem Metallstift, den er mit einem Spray vereiste, auf verschiedene Hautregionen Margrets, um die Bereiche zu erkennen, die gefühllos waren oder falsche Signale an das Gehirn sendeten.

Patte und Vincent saßen schweigend dabei. Sie beobachtete ihn heimlich von der Seite, bis er sich zu ihr drehte und sie anlächelte, woraufhin sie sich ertappt fühlte, die Arme verschränkte und sich wieder Margret zuwandte.

Schließlich war Pfeiffer fertig und richtete sich seufzend auf. „Also, gnädige Frau, Ihre Synapsen sind …" Ein Blick von Patte brachte ihn zum Verstummen, er räusperte sich und fing erneut an. „Das Problem ist vereinfacht gesagt Folgendes: Ihr Gehirn sendet Signale, die für Pianistenhände gedacht sind, die Hände der jungen Dame hier können dem aber nicht nachkommen und sind davon ständig überlastet. Das hat in den Nervenbahnen quasi lauter kleine Kurzschlüsse verursacht, weshalb sie lahmgelegt sind. Umgekehrt ist es ähnlich, nur dass der junge Körper von dem reifen Gehirn Signale empfängt, die ihn entweder unterfordern oder völlig irrelevant sind."

Er machte eine kurze Pause und fuhr erst fort, nachdem alle genickt hatten. „Auch die Hormone des Körpers senden an das Gehirn einer Frau in oder nach den Wechseljahren unverständliche Signale. Eigentlich müsste ich Sie dort auf diesem speziellen Untersuchungstisch komplett durchmessen lassen. Das ist das, was die Geräte hier machen. Sie messen die Ströme in den Nervenbahnen und verbinden die, die zusammenpassen. Dann wird eine Lösung gespritzt, die die Nervenbahnen dazu anregen, sich miteinander zu verbinden. In Ihrem Fall kommen noch Medikamente dazu, die dafür sorgen, dass die körperfremden Nervenzellen trotzdem erkannt und nicht abgestoßen werden."

Alle sahen durch die offene Tür hinauf zu dem reglosen Metallinsekt und von dort zu dem Becken auf dem Tisch.

„Diese Schale", Pfeiffer ging in den anderen Raum und deutete auf den Untersuchungstisch, „besteht aus vielen kleinen Metallsegmenten, die sich fest um den Köper schließen und minimalste Reaktionen weiterleiten. Oben am Hals, also hier", er zeigte auf eine Öffnung in der Platte, die unter dem Genick war, „werden elektrische Sonden in das verletzte oder getrennte Rückenmark eingeführt, die dann die Messungen durchführen."

Margret schwankte. Sie war blass und Vincent nahm ihren Arm und führte sie zu einem Stuhl.

„Das ist ja schrecklich. So den Maschinen ausgeliefert zu sein. Ein kleiner Fehler und …"

„Keine Sorge, das spüren Sie gar nicht. Das geht nur in tiefster Narkose. Alles andere wäre unmenschlich." Pfeiffer lächelte aufmunternd. „Eine solche Untersuchung wäre in ihrem Fall am erfolgversprechendsten."

Sie konnte die nicht zu verbergende Gier in seinen Augen sehen. Den unbändigen Wunsch, in ihr Innerstes zu schauen und Karls Fehler zu finden, um selbst zu triumphieren.

„Was schlagen Sie noch vor?"

„Alles andere ist nur zeitlich begrenzt von Nutzen." Seine Enttäuschung konnte man ihm deutlich ansehen. „Ich könnte Ihnen das Mittel spritzen, das die Nervenbahnen dazu anregt, sich mit den Nerven des fremden Organs zu verbinden. Vielleicht lassen sich so die beschädigten Teile reparieren. Aber das Grundproblem, die Ursache ist damit nicht gelöst. Notfalls könnten wir den Vorgang wiederholen. Ich habe von einem sehr vielversprechenden hirntoten Körper gehört, der in ihrem Alter …"

„NEIN!" Margret war rot angelaufen und konnte sich nur mühsam beherrschen. „Wir probieren die Spritze. Wie viele Jahre habe ich damit noch?"

Pfeiffer lächelte unsicher. „Jahre?" Er lehnte sich mit verschränkten Armen seitlich gegen die Liege. „Tut mir leid, wir sprechen gerade von Wochen, maximal Monaten. Wenn der Schaden unbehandelt bleibt, kann das Nervensystem jederzeit kollabieren und … naja, Sie würden daran nicht sterben. Das könnte man mit Beatmung und einer Magensonde noch sehr lange hinauszögern. Aber Sie wären sozusagen unbeweglich. Sie könnten vermutlich noch sehen und, wenn das Beatmungsgerät das zulässt, eine Zeitlang noch reden, riechen und fühlen, was in ihrem Gesicht vor sich geht, aber alles unterhalb ihres Halses wäre größtenteils gelähmt. "

Der Schock war wie ein in die Länge gezogener Donnerhall, lähmend und beinahe unwirklich. Pfeiffer blickte von einem zum anderen und sah das Entsetzen in den Gesichtern. „Sie wussten auch davon nichts?" Er nahm seine Brille ab und rieb sich die Augen. „Bei den vorangegangenen Experimenten kollabierten die Nervensysteme meist schon nach wenigen Stunden. Und selbst das haben wir als Erfolg gefeiert. Die Ersten haben erst gar keinen Kontakt zu ihrem Wirtskörper aufbauen können. Nur die Hirnströme konnten wir messen und damit feststellen, dass sie lebten und ihre Umgebung wahrnahmen."

Die darauffolgende Stille wurde von einem Würgen unterbrochen, als Margret sich in einen neben ihr stehenden Papierkorb erbrach.

„Und mit der Spritze?", fragte Vincent. Ihm fiel es zusehends schwer, die gespielte Begeisterung aufrecht zu erhalten.

Pfeiffer zuckte mit den Schultern und hob die Hände. „Wer weiß das schon? Ich vermute mal ein paar Wochen oder Monate länger. Einzelne Extremitäten bleiben vielleicht dauerhaft beweglich. Wer kann das voraussagen?"

„Geben Sie mir die Spritze." Margret sah entschlossen aus, sie hatte den Kopf leicht gesenkt wie ein Stier, der sein Ziel anpeilt. „Ich will noch so lange wie möglich leben."

„Das kann ich gut verstehen, gnädige Frau. Ich vermute mal, Sie sind guter Hoffnung?" Pfeiffer sah sie mit schräg gelegtem Kopf an und entspannte sich ein wenig.

„Ich bin was?", fragte Margret pikiert. „Wie kommen Sie denn schon wieder darauf?"

„Naja, ich bin dreimal Vater geworden und bilde mir ein, die Anzeichen zu erkennen. Wann war Ihre letzte Monatsblutung?"

„Ich bin bereits in den ..." Wechseljahren wollte sie sagen, bemerkte aber den Fehler. „Oh nein, das kann gar nicht sein, wir haben gar nicht ... er hat doch wohl nicht etwa, als ich im Koma lag ..." Sie konnte die Worte nicht aussprechen, geschweige denn ihre Befürchtung zu Ende denken. Als ob jemand die Luft aus ihr gelassen hätte, sackte sie in sich zusammen.

Pfeiffer nickte wissend. „Ja, das dachte ich mir. Das war einer der Pläne, die der Kollege Nieß hatte, die wir aber aus ethischen Gründen verworfen haben. Die Frau, die ursprünglich für die Transplantation vorgesehen war, war bereits Mitte 40 und es hätten gewisse Risiken bestanden, zumal sie die Geburt ja gar nicht bewusst erlebt hätte. Ich sehe schon, auch darüber wurden Sie nicht informiert. Na, macht ja nichts ..." Er hatte sich umgedreht.

„Reden Sie!", rief Margret mit erstaunlich fester Stimme. „Ich will alles wissen. Wie kann das sein?"

Pfeiffer rang unbehaglich die Hände und sah zu der Metallkonstruktion unter der Decke, als ob die ihn aus der unangenehmen Lage befreien könnte. „Na gut, die Idee stammte ja nicht von mir, sondern von Ihrem Mann. Also, ähm, Professor Nieß hat Sie wohl schon während Ihrer Krebserkrankung einer Hormontherapie unterzogen und einige Eizellen entnommen. Der Plan war, diese in ihren neuen Uterus zu pflanzen und austragen zu lassen. Wie gesagt, wenn das Nervensystem kollabiert, können Sie noch lange Zeit am Leben erhalten werden, bis der Fötus reif genug ist, um außerhalb des Körpers lebensfähig zu sein. Sie könnten zu einem gewissen Grad die Schwangerschaft auch selbst noch erleben. Und Ihr Kind sehen."

Kapitel 19

Margret lag in einem der Krankenzimmer und schlief. Die Spritze hatte unter einer leichten Narkose verabreicht werden müssen und sie sollte danach zwei bis drei Stunden möglichst bewegungslos ruhen, damit das Mittel an Ort und Stelle blieb und wirkte. Patte saß an ihrem Bett und sah auf ihr Handy, während Vincent Professor Pfeiffer mit Fragen löcherte. Scheinbar technisch hoch interessiert, tat er sein Bestes, seine Fassungslosigkeit zu verbergen, angesichts der Pläne und Vorkommnisse in dieser Klinik. Geduldig hörte er sich Pfeiffers Vortrag an.

Die Forschung an der Reparatur zerstörten Rückenmarks war öffentlich und zog Fachleute und Studierende aus der ganzen Welt an. Die Ergebnisse waren bahnbrechend und wurden regelmäßig in Fachzeitschriften besprochen. Die Patienten erlangten zum größten Teil ihre Beweglichkeit wieder zurück, je nachdem, wie frisch der Bruch oder die Verletzung war.

Aktuell war das Verfahren nicht reif für die breite Anwendung aber die Forschung, die hier unter der Aufsicht der beiden Professoren stattfand, kam zu immer neuen Erkenntnissen. Langzeitstudien standen noch aus, aber es war nur eine Frage der Zeit, wann Querschnittsgelähmte nach einer Routineoperation wieder laufen können würden.

Die Transplantation des Gehirns dagegen fand im Verborgenen statt. Pfeiffer berichtete davon erst zögerlich, aber dann immer begeisterter, schließlich brauchte er vor Vincent kein Blatt vor den Mund zu nehmen. Er war ja eingeweiht.

Sie saßen in seinem muffigen Büro und tranken sehr alten Cognac. Der Arzt genoss es sichtlich, endlich mit jemandem über die Forschung reden zu können und es sprudelte nur so aus ihm heraus. Vincent blieb still, hörte zu, nickte wissend und versuchte, so viel es ging zu behalten. Die Jurasemester machten sich bemerkbar, die hauptsächlich aus Auswendiglernen bestanden und seine Merkfähigkeit enorm trainiert hatten. Er blendete alles andere aus und konzentrierte sich ausschließlich auf die mitgeteilten Fakten, fragte so freundlich wie möglich nach, gab sich enthusiastisch, wenn er eine unerwartete Antwort bekam und bat schließlich um eine Besichtigung.

Pfeiffer schüttelte erst den Kopf und stellte die Flasche vom Tisch zurück in seinen Schreibtisch. Aber Vincent bettelte förmlich und schmeichelte ihm, nutzte seine Schwachstelle aus. Und die war brüchig. Zu lang hatte er im Schatten gestanden, nie doziert, sich gebrüstet mit dem Erfolg, er hatte wenig Dank bekommen und keine Aufmerksamkeit. Er dürstete regelrecht nach Bewunderung und offenen Ohren, die ihm lauschten, sah sich auf einer Stufe mit Conrad Roentgen und Paul Ehrlich. Angeregt durch Vincents nicht abebbenden Fragestrom, sein Hochgefühl, hatte er doch die Frau seines Doktorvaters auf dessen Fehler hin behandelt. Nicht zuletzt durch den ungewohnten Alkohol ließ er alle Vorsicht fahren und führte ihn schließlich durch die im Keller verborgenen Räume.

Hier gab es einen ähnlichen Operationsraum wie oben, nur dass hier zwei Liegen eng nebeneinanderstanden, um die Gehirne schnell vom einen Köper in den anderen transferieren zu können. Das war ebenfalls die Aufgabe der gleichen Konstruktion unter der Decke, da laut Pfeiffer eine solche diffizile Arbeit von menschlichen Händen nicht mehr bewerkstelligt werden könnte.

Das Herauslösen aller Gehirnteile, der saubere Schnitt und das nahtlose Einfügen wurden von computergesteuerten Robotern übernommen.

„Aber das kostet ein Vermögen, oder nicht? Konnten Sie so viel von den zur Verfügung gestellten Mitteln abzweigen?", fragte Vincent, der wider Willen tatsächlich zutiefst beeindruckt war und sich alles genau anschaute.

„Bei weitem nicht. Hier stehen Millionenwerte und in dem Serverraum nebenan genauso. Wir haben einen sehr wohlhabenden Sponsor, der die reguläre Forschung unterstützt, aber unter der Hand auch das alles hier bezahlt."

Mit einer ausholenden Geste drehte sich Pfeiffer um und verlor beinah das Gleichgewicht.

„Einfach so? Ohne Gegenleistung?" Vincent zwinkerte Pfeiffer verschwörerisch zu.

„Er, seine Frau und in vielen Jahren auch seine Kinder werden kurz vor ihrem Ableben neue Körper erhalten. Das wurde in der Vereinbarung festgelegt."

„Ist die gültig? Das ist doch alles … ich meine, das ist illegal."

Pfeiffer zögerte einen Moment, lächelte aber wieder. „Wenn wir so weit sind, dass die Leute wirklich Jahre weiter leben können, fragt niemand mehr nach legal oder illegal. Dann will jeder leben. Gegen diese Bestechung, sollte sie noch nötig sein, ist keiner immun, glauben Sie mir."

„Wie konnte Professor Nieß das alles allein bewerkstelligen? In eine solche Operation müsste doch eigentlich ein ganzes Team eingebunden sein? Heerscharen von Programmieren müssten wissen, was Sie hier machen."

Pfeiffer schüttelte lächelnd den Kopf. „Die meiste Technologie haben wir von der Reparatur der Halswirbelsäulen verwendet, für die wir eine eigene IT-Firma in Indien gegründet hatten. Alles Weitere habe ich in einzelne Abläufe aufgesplittet und hier selbst zusammen gefügt. Ich bin Medizin-Ingenieur. Das war mein Part an der Entwicklung. Mithilfe von KI ist die Überwachung der Körperfunktionen und der entsprechenden Gabe der Narkotika kein Problem. Die Robotik, die die Transplantation übernimmt, konnte ebenfalls in einzelne Abläufe gesplittet werden." Zufrieden lehnte er sich an den Türrahmen und strich über den Monitor neben sich.

Margret wachte langsam auf und nahm ihre Umgebung verschwommen wahr. Panik stieg kurz in ihr hoch, als die Gerüche und das Gefühl, in einem Krankenbett zu liegen, Erinnerungen wach riefen. Aber Patte ergriff sofort ihre Hand und redete beruhigend auf sie ein. Nach einem tiefen Atemzug war sie im Hier und Jetzt. Die Einstichstelle am Genick fühlte sich taub an und ihre Glieder lagen schlaff neben ihr.

Nach und nach fiel Margret wieder ein, worüber Pfeiffer kurz vor der Narkose gesprochen hatte: Hormontherapie, Schwangerschaft und eine mögliche Geburt mit einem künstlich am Leben erhaltenen Körper. Die aufsteigende Fassungslosigkeit wurde von einer ungeheuren Wut abgelöst. Früher hatte sie solche Emotionen beherrschen können, aber jetzt reagierte sie so stark, dass eine ungekannte Energie ihre Arme und Beine flutete. Sie sah buchstäblich rot, setzte sich ruckartig auf, sprang aus dem Bett und hielt sich leicht schwankend an Patte fest.

„Hey, alles okay, ich bin bei dir. Mach mal langsam."

Aber Margret hörte sie nicht. Ein Wutschrei kam aus ihrer Kehle, der sie selbst erstaunte. Sie griff nach dem Plastikbecher Wasser neben dem Bett und warf ihn mit aller Kraft an die Wand. Schwer atmend sah sie das unbefriedigende Ergebnis an und fuhr herum, trommelte mit den Fäusten auf das Bett und ließ sich wieder darauf fallen.

Patte war überrascht ein Stück zurückgewichen. Schritte näherten sich der Tür und Pfeiffer, dicht gefolgt von Vincent, stürmte herein.

„Was ist los? Alles in Ordnung? Gnädige Frau, reden Sie mit mir." Er sah Patte an. „Hat sie eine allergische Reaktion gezeigt?"

„Das weiß ich nicht. Ich glaube, sie hat eher eine wütende Reaktion gezeigt."

„Frau Nieß?" Pfeiffer näherte sich vorsichtig der immer noch reglos halb auf dem Bett kauernden Margret. „Frau Nieß? Wie geht es Ihnen?"

Sie stand mit einem Ruck auf. Die Haare lagen wirr in alle Richtungen, ihre Augen waren zu schmalen, hasserfüllten Schlitzen zusammen gekniffen. „Wie es mir geht?" Sie wurde lauter. „Wie es mir geht? Das fragen Sie? Wirklich? Raten Sie mal! Ich bin ein Zombie! Ein lebender Brutkasten!" Sie ging auf Pfeiffer zu, der zurückwich. „Ich wollte nie Kinder!" Sie stieß ihn vor die Brust, dass er zurücktaumelte. „Ich war fertig mit meinem Leben." Sie riss ihm ein Klemmbrett aus der Hand. „Ich wollte sterben! Denkt ihr Mistkerle nur an euch selbst? Denkt ihr darüber nach, was ihr anderen antut? Ihr habt Sophie ermordet …"

„Ich nicht, das war Ihr Mann …", stammelte Pfeiffer.

„Und was ist mit der Frau, in deren Kopf ich ursprünglich sollte? Die haben Sie doch auf dem Gewissen! Glauben Sie wirklich, dass Sie auch nur einen Deut besser sind?" Sie schlug mit dem Klemmbrett auf ihn ein. „Einen! Einzigen! Deut!"

Schwer atmend ließ sie von ihm ab, sank wieder auf dem Krankenbett zusammen und legte die Hände auf ihren Bauch. Wenn man genau hinsah, konnte man erkennen, dass er leicht gewölbt war. Ihre beiden Begleiter hatten nur zugeschaut und nicht eingegriffen. Patte war zu perplex, da sie sie nur äußerst beherrscht kannte.

Einen Moment sagte niemand etwas, bis Margret aufsah und erstaunt die Augenbrauen hochzog. „Das ist mir noch nie passiert."

Pfeiffer hüstelte und kam zögerlich einen Schritt näher. „Ist schon in Ordnung. Ihre Wut entsteht im Gehirn, aber gleich darauf wird ihr Körper von Hormonen geflutet, Adrenalin, Noradrenalin, Dopamin …"

„Das ist mir egal." Margret streckte sich. „Es hat gut getan." Sie wandte sich an ihre beiden Begleiter. „Wollen wir los?" Ohne auf eine Antwort zu warten, stand sie auf, zog ihre über einem Stuhl hängenden Sachen an und ging zur Tür. Patte folgte ihr,

Vincent wartete einen Moment und wandte sich noch einmal an den perplex mitten im Raum stehenden Pfeiffer. „Reine Stressreaktion. Sie wird Ihnen später dankbar sein. Und vielen Dank für den Rundgang, das war sehr faszinierend."

Schnell lief der den beiden hinterher.

Patte saß schon hinter dem Steuer und Margret auf dem Beifahrersitz, trommelte mit den Fingern auf die Verkleidung der

Tür und starrte geradeaus. Vincent ließ sich auf die Rückbank fallen.

„Das wird ja immer schlimmer. Hast du was geahnt? Hat dein Mann was davon erwähnt? Dass er Kinder wollte und du nicht oder so?"

Margret schüttelte den Kopf. „Nein, wir waren uns einig, dass wir keine wollen. Aber bevor ich ausgezogen bin, hat er davon angefangen. Ich dachte, er wollte mich ins Bett bekommen und eins machen. Dass da eins wächst, wusste ich nicht."

Patte startete den Motor und fuhr von Klinikgelände. „Bist du schon mal so explodiert wie eben? Das passte gar nicht zu dir."

„Zu ihr vielleicht nicht, aber zu Sophie", kam es von der Rückbank.

Überrascht drehte Margret sich um. „Du meinst, das war deine Schwester, die da so ausgeflippt ist? Sie scheint einen äußerst aktiven Adrenalinhaushalt gehabt zu haben. Das fühlte sich sehr – ich weiß nicht, wie ich es sagen soll – kraftvoll an. Wie ein Luftballon kurz vor dem Platzen, den man loslässt und der durch den Raum fliegt. Gut, dass ich dazu nicht schon früher in der Lage gewesen bin. Ich hätte sicherlich das eine oder andere Instrument zertrümmert."

„Sophie neigte zu unkontrollierten Wutanfällen. Mit denen hat sie unsere Eltern manipuliert, die das nur schlecht aushalten konnten. Mir hats eher Spaß gemacht, sie bis dahin zu treiben. Also, Margret, wenn mich der Kummer überfällt, komm ich zu euch und piesack dich, bis du eine Tasse nach mir wirfst, okay?"

Kapitel 20

Sie setzten Vincent bei der Werkstatt ab und fuhren nach Hause. Margret fühlte sich ruhelos und lief im Zimmer auf und ab, bis Patte sie packte und aufs Sofa drückte. „Lass die Rennerei. Wie fühlst du dich jetzt? Besser?"

Margret bewegte ihre Hände und kratzte sich am Bein. „Ja und nein, ich hab etwas mehr Gefühl als vorher, glaub ich. Aber du hast ja gehört, es kann jeden Moment Schluss sein und ich bin in meinem Kopf gefangen." Sie sprang erneut auf und lief in die Küche, kam wieder zurück und stützte sich mit beiden Händen auf die Rückenlehne des Sessels. „Und wenn ich schwanger bin, tatsächlich ein Kind erwarte, dann ... dann kann ich nicht mehr ohne weiteres über meinen Körper bestimmen. Wenn ich mir das Leben nehmen will, bring ich es mit um." Sie drückte die Hände auf den Bauch, als ob sie das, was dort vielleicht in ihr wuchs, herauspressen könnte.

„Das darf jetzt erstmal keine Rolle spielen. Ich muss was tun in der Zeit, die mir noch bleibt. Ich muss das Ganze stoppen, ich muss die beiden bremsen. Das kann so nicht weiter gehen. Aber was? Was kann man machen?" Wieder nahm sie ihre Tour durch das Zimmer auf. Patte ließ sich stöhnend zurückfallen. „Du läufst noch 'ne Rinne in den Teppich. So kann man sich doch nicht konzentrieren. Also. Was geht alles? Willst du ihn um die Ecke bringen? Da, wo ich herkomme, würde kurzer Prozess mit ihm gemacht. Ich hätte da auch wenig Hemmungen. Er ist 'ne Gefahr für die Allgemeinheit."

Margret bremste abrupt. „Wieso für die Allgemeinheit?"

„Weil er sich rausnimmt, zu entscheiden, wessen Hirn lebt und wer 'ne Ganzkörperspende geben muss. Das könntest du ganz schnell beenden. Hast du doch selbst gesagt, schon vergessen?"

„Nein, natürlich nicht. Mal davon abgesehen, dass das ein Verbrechen wäre, würde Pfeiffer weitermachen."

„Stimmt schon, der wäre ebenfalls fällig. Aber du würdest weitere Morde verhindern und dich träfe keine Strafe mehr. Du kannst sozusagen machen, was du willst."

„Warum, weil ich sowieso sterbe? Dann dürfte jeder Krebskranke Selbstjustiz verüben. Das kann es ja wohl nicht sein."

„Nein? Hattest du nie darüber nachgedacht, als du wusstest, dass du krank bist, ob du nicht jemanden mitnimmst? Irgend 'nen Nazi oder Kinderficker, einen von den Drogenbossen oder Luden? Ich hätte da 'ne Menge Ideen. Hab mir immer gewünscht, dass es irgendwo eine geheime Organisation gibt, die Todkranke fragt, ob sie ein Selbstmordattentat begehen würden, zum Wohle aller oder so. Und denen könnte ich meine Abschussliste geben, ohne selbst in den Bau zu gehen."

„Ach, Patte das ist doch Unsinn. Und nein, solche Gedanken hat nicht jeder. Ich würde Karl nicht umbringen wollen." Es folgte eine lange Pause. Margret setzte sich auf die Kante des Sessels und stützte den Kopf auf die Hände. „Egal, wie mies er sich im letzten halben Jahr oder auch Jahr verhalten hat, was er mir angetan hat, davor hatten wir eine glückliche Ehe, wir hatten gute Zeiten. Das könnte ich nie vergessen. Er liebt mich wirklich, das hab ich immer gespürt und glaub mir, das ist viel wert."

„Okay, aber du kannst doch nicht nur den Ausschnitt von ihm sehen, der sich bei euch zu Hause gezeigt hat. Denk mal an die anderen. An die, die vor dir waren, an die Experimente, an die Fehlschläge. Was würden die wohl gern mit ihm machen? Ich schätze mal, auf kleiner Flamme rösten. Oder kreuzigen. Hab in 'ner Doku gesehen, dass das ziemlich fies sein soll und lange dauert. Wollte er nicht mal Priester werden? Wie verträgt sich das eigentlich mit dem, was er gerade macht?"

Margret zuckte mit den Schultern. „Keine Ahnung. Ich hab das Gefühl, er hat sich schon lange vom Glauben abgewendet und in der Klinik war er jemand, den ich nicht kannte. Ein Fremder. In meinen Augen war er immer ein Wohltäter, ein Segen für alle, die Hilfe brauchten. So hat er sich selbst dargestellt und ich habe nie an dem Bild gezweifelt. Über den Weg dahin hab ich mir nie Gedanken gemacht. Gott, was war ich blind!"

„Er wird niemandem seine Fehler auf die Nase gebunden haben. Macht doch kein Arzt."

„Nein, dabei ist es so naheliegend, bei dem ganzen Stress und dem Druck. Sie sind lieber die Halbgötter in Weiß, die Lebensretter. Ach, was sag ich da. Sie sind ja nicht alle so."

„Wie auch immer. Jetzt mal Butter bei die Fische. Was willst du konkret unternehmen? Umbringen fällt aus. Was dann? Anzeigen? Den Laden in die Luft jagen?"

Margret saß ganz ruhig auf dem Sessel und starrte vor sich auf den Tisch. „Vielleicht könnte ich nochmal mit ihm reden, an sein Gewissen appellieren. Ich würde ihm versprechen, sein Kind auszutragen und zu ihm zurückzugehen, wenn er seine Forschungen aufgibt. Ich würde dafür alles tun, was er will. Er kann mich untersuchen, dokumentieren. Aber er darf danach keine Gehirne mehr anrühren und er muss Pfeiffer ebenfalls davon abhalten."

Patte balancierte einen Aschenbecher auf ihrem Bauch und angelte nach ihrer Zigarettenpackung. „Du verarschst mich grade, oder?"

„War nur ein Gedanke. Aber ich hab das Gefühl, keine Zeit zu haben. Jeden Moment kann Ende sein und er macht ungehindert weiter."

„Macht er nicht, keine Sorge."

Margret fuhr herum und sah ihre Freundin ungehalten an. „Auf keinen Fall darfst du irgendwas unternehmen. Du bist auf Bewährung. Wenn du jemanden umbringst, egal aus welchen Gründen, ist dein Leben gelaufen. Das ist mein Job, verstanden?"

„Huch, spricht da wieder Sophie aus dir? Hallo, Sophie, bist du da drin? Kannst du mich hören? Ich lass mir keine Vorschriften machen, Margret weiß das eigentlich.“

„Hör auf damit Patte, das ist mein Ernst. Du hast dein Leben vor dir und bist auf einem guten Weg, verdirb dir das nicht.“ Seufzend ließ sie sich zurückfallen. „Ich bin müde, aber ich hab das Gefühl, meine restliche Zeit nicht mit Schlaf verplempern zu dürfen.“

Patte rückte näher an sie heran und legte ihr einen Arm auf die Schulter. „Kann ich verstehen. Aber wenn wir müde sind, haben wir keine guten Ideen. Ich arbeite morgen einen halben Tag und dann schauen wir mal, was machbar ist. Der Herr Doch-Nicht-Anwalt hat ja vielleicht auch noch was beizutragen.“

Kapitel 21

Der Wind fuhr kühl am Morgen durch Margrets kurze Haare, während sie darauf wartete, dass die Apotheke in ihrer Nachbarschaft öffnete. Zwei Schulkinder, denen sie nachdenklich hinterher sah, rannten mit hüpfenden Ranzen an ihr vorbei. Aber noch bestand ja Hoffnung, dass sie kein Kind erwartete. Sie wollte sichergehen, daher bestellte sie zwei Schwangerschaftstests von verschiedenen Herstellern und ging mit weichen Knien wieder nach Hause.

Patte wartete bereits mit einer Tasse Kaffee in der Hand und der Frühstückszigarette am offenen Fenster in der Küche.

Margret wusste nicht, wovon ihr jetzt übel war, vom Qualm, von der Aufregung oder der möglichen Schwangerschaft, aber sie musste immer wieder die aufsteigende Magensäure unterdrücken.

„Los, jetzt geh schon pinkeln, sonst machst du dir noch in die Hose. Ich muss langsam los und will wissen, ob ich Tante werde." Patte drückte die Zigarette in dem silbernen Kugel-Aschenbecher vom Flohmarkt aus und stellte ihre leere Tasse in die Spüle.

Seit fast zehn Minuten las Margret die Bedienungsanleitung, die im Grunde nur aus ein paar eindeutigen Bildern bestand.

Test aus der Packung nehmen, in den Urinstrahl halten, kurz warten, ablesen.

Breitbeinig setzte sie sich auf die Toilette, pinkelte sich erst vor Aufregung auf die Hand, bevor sie mit dem Test den warmen Strahl erwischte, der aus ihr herausschoss. Als sie ihn hervorholte, sah sie gleich, dass ein weiterer Versuch oder irgendwelche Wartezeiten überflüssig waren. Ein deutliches Plus-Zeichen prangte in der Mitte und ließ keine Zweifel aufkommen.

Sie wusch sich gründlich die Hände, warf den Test in den Eimer unter dem Waschbecken und ging ins Wohnzimmer.

Patte fragte erst gar nicht nach dem Ergebnis. „Mein Gyn ist okay, da kannst du hingehen, wenns nötig ist. Ich komm gegen drei zurück. An deiner Stelle würde ich nicht aus dem Haus gehen, nicht, dass der wieder vor der Tür steht. Und mach niemandem auf."

Bis zum Mittag hatte Margret bergeweise Altpapier produziert, Listen geschrieben, Pläne geschmiedet und wieder verworfen. Alle endeten mit Karls Triumph oder seinem Tod, wodurch Pfeiffer mehr ins Rampenlicht gerückt wurde. Die Zerstörung der Serverfarm mit starken Magneten, ein Feuer in der Klinik, selbst die komplette Sprengung hatte sie schon in Erwägung gezogen. Sie hatte im Internet recherchiert, die absurdesten Ideen entwickelt und war auf ihrem Stuhl zusammengesunken. Was in der digitalen Welt war, wurde gesichert und solche bahnbrechenden Erkenntnisse würden mehrfach gesichert sein.

Müde rieb sie sich die Augen und sah aus dem Fenster. Die Sonne schien einladend und lockte sie nach draußen. Entgegen Pattes Rat zog sie eine leichte Jacke über, leerte ihre Kaffeetasse und ging ans Mainufer. Die frische Luft tat ihr gut, es war noch nicht zu heiß und sie genoss die warmen Strahlen auf der Haut. Von weitem sah sie den Jogger von neulich, der sie angesprochen hatte. Ein Lächeln stahl sich auf ihr Gesicht, verschwand aber gleich wieder.

Sie bekam ein Kind. Ein Kind von Karl. Es hatte keinen Sinn, das weiter zu leugnen. Ein paar kurze Recherchen hatten die ersten Symptome zutage gebracht, die sie bei sich selbst bereits bemerkt hatte. Ziehende Schmerzen im Unterleib, verursacht durch die Dehnung der Mutterbänder, Druck in den Brüsten, die jetzt wieder etwas wuchsen, der Bauch war schon leicht gewölbt und sie nahm Gerüche deutlicher wahr. Zigaretten störten sie nicht so sehr wie der abendliche Duft von Petunien, die ihr Nachbar auf seinem Balkon pflegte. Plötzlicher Heißhunger auf Eier in jeder Form überkam sie ebenso wie ein ausgemachter Ekel vor Zimt. Sie hatte das bisher auf Fehlschaltungen im Gehirn geschoben und nicht beachtet. Jetzt konnte sie die Signale besser einordnen. Immer wieder überfiel sie Panik vor der Gewissheit, dass ein fremdes Leben in ihr heranwuchs und in absehbarer Zeit sich den Weg nach draußen bahnen würde. Von mütterlichen Gefühlen war sie weit entfernt, und die Vorstellung, ein Kind an ihrer Brust zu nähren, erschien ihr bizarr.

Seufzend steckte sie die Hände in die Taschen und lief mit gesenktem Blick weiter. Sie wollte nicht mehr in die Gesichter der Frauen mit Kinderwagen sehen, ihre müden Augen, die milchigen Flecken auf den Shirts und die Resignation, wenn sie ein brüllendes Baby hochhoben.

Ihre Eltern hätten sich über einen Enkel gefreut, aber sie hatten ihre Entscheidung akzeptiert, dass für ein Kind kein Platz in ihrem Leben war. Ihre Karriere hatte Vorrang gehabt.

Das hatte auch Karl eingesehen, als sie ihn vor die Wahl gestellt hatte. Sie wäre dem doch gar nicht gerecht geworden. Entweder sie hätte das Baby vernachlässigt und nur bei Nannys gelassen oder sie wäre, wie andere Kolleginnen, zu Hause geblieben und hätte dem Würmchen die Schuld daran gegeben.

Und trotzdem konnte kein Zeitpunkt widriger sein als jetzt. Der kleine Mensch würde womöglich mit ihr sterben. Was hatte sich dieser Mann nur dabei gedacht?

Erschrocken zuckte sie zusammen, als jemand ihren Arm von hinten packte. Spontan fiel ihr der nette Jogger ein und sie drehte sich mit einem Lächeln um, aber vor ihr stand Karl, seine Hand hielt sie wie ein Schraubstock. Noch bevor sie sich wehren konnte, schreien, losreißen, fühlte sie eine kalte Spitze, die sich durch die Jacke und das dünne Shirt zwischen ihre Rippen bohrte.

„Ein Ton, eine falsche Geste und ich steche zu“, murmelte er in ihr Ohr. „Das bringt dich nicht um, wird aber das Leben nicht einfach machen, glaub mir.“

Rasch zerrte er sie über den Schotterweg zur Treppe, die oben in die Uferstraße mündete. Immer wieder stolperte sie, ließ sich testweise fallen in der Hoffnung, dass jemand bemerkte, dass hier etwas nicht mit rechten Dingen vorging. Beim Versuch zu sprechen, sich hilfesuchend umzusehen und den Daumen hinter ihrem Rücken in die Faust zu stecken, um Aufmerksamkeit zu erregen, packte Karl sie fester und verdrehte ihr schmerzhaft den Arm.

Viel zu schnell erreichten sie die Straße, wo schon ein Wagen mit Warnblinklicht wartete, am Steuer Pfeiffer, starr geradeaus blickend. Unsanft stieß Karl sie auf die Rückbank. „Hast du wirklich geglaubt, ich bemerke nicht, wenn du in meiner Abwesenheit in die Klinik kommst? Du musst nichts sagen, Pfeiffer hat alles gestanden.“

Schwer atmend ließ er sie endlich los und fuhr sich mit einer Hand über das Gesicht. „Unfassbar. Erst meine Frau, dann mein Kollege. Ich bin von Verrätern umgeben, ich kann niemandem mehr trauen. Und was hab ich nicht alles für euch beide getan. Los, schnall dich an.“

Speicheltröpfchen trafen sie und sie wich angeekelt zurück.

„Stell dich nicht so an.“

Pfeiffer zuckte und sah kurz in den Rückspiegel.

„Halten Sie bloß die Klappe und schauen Sie auf die Straße, Sie Idiot. Zu Ihnen komm ich später.“ Dann drehte er sich wieder zu Margret, die in der Zwischenzeit nach dem Türgriff getastet hatte.

„Kindersicherung. Versuchs erst gar nicht.“

„Karl, könnten wir ...“

„Kein Wort mehr. Pfeiffer, lassen Sie uns hinter der Klinik raus.“

Pfeiffer fuhr um das Gebäude herum, so nah wie möglich an den Eingang und sah zu, wie Karl seine Frau hinein zog wie ein unwilliges Kind. Margret sah niemanden, den sie auf sich aufmerksam machen konnte und ließ sich widerwillig mitschleifen.

Nur kurz versuchte sie, ihm zu entwischen, spürte aber auf der Stelle wieder die Klinge, die diesmal schon schmerzhaft ihre Haut anritzte. An seinem Büro angekommen schloss er auf und stieß sie in den großen Raum hinein. Sofort verriegelte er die massive Holztür.

„So, hier kannst du schreien und rumtoben, auch wenns bisher nicht deine Art war." Er zögerte kurz und lächelte leise vor sich hin. „Die deiner Körperspenderin schon. Wie dem auch sei, es hört dich niemand." Betont lässig schlenderte er zu einem der Schränke, öffnete ihn und entnahm ihm ein bauchiges Glas und eine Flasche mit einer bernsteinfarbenen Flüssigkeit, die er fingerbreit einschenkte.

„Auch was? Ach nein, du bist ja in Umständen." Er schenkte ihr einen provozierenden Seitenblick. „Das hättest du auch nicht gedacht, oder? Hast du schon einen ersten Ultraschall machen lassen? Wird langsam mal Zeit."

Margret biss sich kurz auf die Unterlippe, ging zum Fenster und setzte sich auf einen Stuhl daneben.

„Karl, ich mach dir ein Angebot. Ich komme zu dir zurück, trage dein Kind aus, soweit ich kann, und du schwörst im Gegenzug, keine Experimente mehr mit Menschen zu durchzuführen." Noch konnte sie reden und handeln, aber sie fühlte, wie die Wände näher kamen und es eng wurde in ihrer Brust.

Belustigt sah er sie an und prostete ihr zu. „Ja, das klingt ganz nach dir. Ein durchdachter Plan voller Finessen, ein Angebot, zu dem doch niemand Nein sagen kann."

Sie sah die Ironie in seinen Augen blitzen.

„Du hast aber schon mitbekommen, in welcher Situation du gerade bist, oder? Natürlich trägst du mein Kind aus. Eigentlich unser Kind, aber dazu wird es ja nicht kommen durch deine Blödheit!" Plötzlich war er laut geworden und brüllte ihr den letzten Teil des Satzes entgegen. Er war rot und eine Ader pulsierte an seiner Schläfe. „Ja, du hast richtig gehört. Es hätte anders kommen können, wenn du bei mir geblieben wärst. Ich hätte die Stelle an dem Nervenstrang so versorgen können, dass du noch Jahre gelebt hättest, voll funktionstüchtig. Mit mir und unserem Kind." Er sackte in sich zusammen. „Jetzt ist es zu spät. Für dich, nicht für das Baby. Das wird leben, dafür sorge ich."

Margret sah ihn nur kopfschüttelnd an. „Ich wusste nicht, dass du so sehr ..."

Er zuckte wieder hoch. „So sehr was? Mir so sehr ein Kind gewünscht habe? Eine Familie? Mit dir? Doch, das habe ich! Das ist nicht das alleinige Vorrecht der Damenwelt! Und ich wollte es nicht mit irgendeiner, Margret, keine Leihmutter, keine andere Frau, ich wünschte es mir mit der Liebe meines Lebens, mit dir! Aber dir warst du selbst ja wichtiger. Deine Karriere, der Erfolg, der Jubel, die Leute, die dich umkrochen haben, deinen Speichel leckten und deine Wünsche von den Augen ablasen. Ich hab das alles ertragen, weil du mich vor die Wahl gestellt hast, und ich wollte dich nicht verlieren, ich konnte mir kein Leben ohne dich vorstellen."

Margret wurde blass bei seiner Rede. Er klang wie immer überzeugend, absolut sicher, frei von Selbstzweifeln. Schwer atmend machte er eine Pause. Was für ein Prediger er geworden wäre. Hatte er womöglich recht? War sie ihm jetzt eine Schwangerschaft schuldig? Hätte sie den Entschluss nicht fassen dürfen? Sie zögerte kurz, verunsichert von seinen Argumenten, grübelte, bevor sie sich selbst die Antwort gab. Doch, sie durfte, sie hatte nie einen Hehl aus ihren Lebensplänen gemacht und ihm rechtzeitig die Trennung angeboten, als er ein anderes Leben hätte wählen können. Es war ihr Körper und ihr Recht. Er hatte seine Entscheidung für sie getroffen.

„Dass du in unserer Ehe so unglücklich warst, das tut mir leid", sagte sie leise. „Das war mir nicht bewusst."

„Natürlich nicht! Du hattest für solche Gedanken gar keine Zeit! Bei all den Konzerten und Aufnahmen. Ich hätte auch damit weiter leben können, aber ich hatte die Chance, dir ein neues Leben zu schenken und damit auch die Aussicht auf einen neuen Anfang. Du hattest dein Wunschleben gehabt, jetzt hast du ein neues und da waren meine Wünsche mal an der Reihe. Aber nein, die gnädige Frau hatte ja beschlossen, lieber zu sterben. Oder schmollend abzuhauen. Und dann zu sterben. Hast du eigentlich in all den Jahren mal einen Gedanken daran verschwendet, wie es mir damit ging? Oder in der letzten Zeit?"

Margret sah mit ausgebreiteten Armen an sich herunter.

„Ja, ich hab dich in den letzten Monaten betrogen. Ich bin auch nur ein Mann und hatte Bedürfnisse. Und diese Hülle ist ja wohl nicht schlecht. Glaub mir, besser als die, die Pfeiffer für dich ausgesucht hatte."

„Aber es war Mord, nicht nur an ihr, auch an denen vorher. An den Experimenten, an den Menschen, die ihr benutzt habt."

Karl schüttelte nur den Kopf und drehte sich von ihr weg. „Was weißt du denn schon. Du stellst es ja so dar wie die Versuche in den KZs früher! Ja? Glaubst du das?" Eine fleckige Röte kroch seinen Hals hoch, als er wieder lauter wurde. Mit einem Schluck leerte er das Glas, beherrschte sich mühsam und fuhr fort. „Keinem von denen geht es jetzt schlechter als vorher. Kaum einer von ihnen hätte überhaupt überlebt. Also komm mir nicht damit. Wir haben nichts Unrechtes getan, nur einigen eine Chance gegeben. Sie wussten, dass es zu Komplikationen kommen konnte."

„Eine Komplikation nennst du das? Gefangen zu sein im eigenen Kopf, ohne sich äußern zu können, ohne ein selbstbestimmtes Leben, immer abhängig vom guten Willen anderer und der Technik? Ohne die Chance, das Ganze zu beenden?" Sie beschrieb ihre Zukunft, das wurde ihr schlagartig klar und es drohte ihr wieder die Luft abzuschnüren. „Und wie macht ihr weiter? Immer einen retten, einen töten? Hast du denn gar kein Gewissen mehr?"

„Doch, das habe ich. Gerade deshalb darf es hier nicht enden, nicht für uns und nicht für die Wissenschaft! Was wäre gewesen, wenn man den überragenden Intellekt eines Stephen Hawking in den Körper eines Mafiabosses hätte stecken können? Es gibt Menschen, die sind die Luft nicht wert, die sie atmen, und dann die, die viel zu früh von uns gehen." Er sah sie mit schräg gelegtem Kopf an.

„Und wer es wert ist und wer nicht, bestimmst du? Die Kinder des Mafiabosses würden das anders sehen als du. Und Amerikas Kreationisten verorten Hawking in der Hölle für seine Lehre. Es gibt niemanden, der das entscheiden könnte."

„Wenn man die Maßstäbe des Humanismus anlegt, geht es. Man muss nur den Mut dazu haben und sich nicht vor den Fehlschlägen fürchten." Kopfschüttelnd sah er wieder hinaus auf das Gelände, wo nur noch sein und Pfeiffers Wagen parkten. „Einige Patienten, deren Gehirne wir transplantiert haben, leben. Bewegungsunfähig, ja. Sie müssen künstlich beatmet werden, aber sie haben alle Gesichtssinne und können sich verständlich machen. Sie fühlen noch ein paar Regionen ihrer Körper. Nach welchem Schema einige Nervenstränge resistenter gegen den Verfall sind, wissen wir erst seit kurzem. Mit diesen Erkenntnissen haben wir dich behandelt und den Verfall gestoppt. Deswegen stehst du hier. Aber es hätte weiterer Behandlung bedurft. So wirst du werden wie sie."

Geistesabwesend spielte er mit seinem Autoschlüssel.

Margret saß auf der Kante des Stuhls, so angespannt, dass ihre Nackenmuskeln zu schmerzen begannen. Ihre Gedanken rasten, ohne auch nur die Spur einer Idee zu produzieren. Wieder stieg diese nur schwer zu kontrollierende Wut in ihr hoch, aber diesmal gelang es ihr, sie niederzukämpfen. „Und was hast du jetzt vor? Willst du mich die restlichen Monate im Keller einsperren, bis die Wehen einsetzen?"

„Nein", sagte er ruhig „das Risiko ist mir zu groß. Zuerst wollte ich dich wieder ins Koma versetzen, aber das könnte dem Kind schaden. Nein, ich denke, ich werde den Verfall deiner Nervenstränge ein bisschen beschleunigen und dich ganz offiziell auf die Intensivstation verlegen. Dort wirst du optimal versorgt, bis ein Kaiserschnitt vertretbar ist." Er blickte sie starr an. „Du wirst nicht leiden, fall dir das Sorgen macht. Unterhalb des Halses hast du dann kein Schmerzempfinden mehr. Und du wirst unser Kind noch sehen können."

Möglichst unauffällig scannte Margret den Raum nach einem Ausweg ab, nach einer Stichwaffe, einem schweren Gegenstand, irgendetwas, was ihr helfen könnte, zu fliehen. Die Schranktür, hinter der sich die Flaschen verbargen, war nur angelehnt. Als Karl einen Moment abgelenkt war von einem Hupen und anschließendem Geschrei draußen vor dem Fenster, ergriff sie die Chance und überließ sich völlig der berserkerhaften Wut, die sie wie eine Woge überrollte, ihr Zögern und ihren Verstand in die Tiefe zog. Sie ließ die Kraft des jüngeren Körpers die Kontrolle übernehmen.

Wie von einer Bogensehne abgeschossen sprang sie auf den nahen Schrank zu, ergriff eine der schweren Flaschen, umklammerte den Hals, schlug den unteren Teil auf den Tisch. Es schepperte ohrenbetäubend, denn durch die Wucht des Schlags ging auch die Tischplatte zu Bruch. Karl schrie auf und duckte sich. Jetzt hielt sie nur noch den scharfkantigen Rest in der Hand. Hocherhoben, wie ein Racheengel, ein Dämon aus einer anderen Dimension stürzte sie sich, ohne zu zögern auf ihn. Die Waffe zielte auf sein Gesicht und er wich ihr mit einem Fluch aus, stolperte, fiel. Sie riss mit der freien Hand das Fenster auf.

„Bleib, wo du bist", stieß sie zwischen gefletschten Zähnen aus.

Immer noch ihm zugewandt, schob sie sich auf das Fensterbrett, schwang die Beine hinaus und sprang aus dem Hochparterre mehr als zwei Meter in die darunter liegenden Büsche. Karl beugte sich oben aus dem Fenster und rief ihr etwas zu, verschwand.

Zäher Wacholder hatte ihren Fall gedämpft, zerkratzte ihr das Gesicht und die Hände, sie hörte ihre Bluse reißen. Aber noch hatte der Adrenalinrausch sie fest im Griff und sie kämpfte sich aus den harten Zweigen und rannte Richtung Hauptgebäude, wo Taxis auf Kunden warteten.

Unterwegs befreite sie sich von Blättern und Spinnweben, warf einen kurzen Blick zurück und kam langsam wieder zu sich.

Aufatmend ließ sie sich auf den Rücksitz eines Fahrzeugs fallen. Ihr Puls beruhigte sich erstaunlich schnell. Von weitem sah sie ihren Mann, wie er seinen Lauf, mit dem er ihr gefolgt war, stoppte und aufgab. Ohne ihn aus den Augen zu lassen, nannte sie dem perplexen Chauffeur ihre Adresse. „Sind Sie überfallen worden?", fragte er neugierig.

Sie schüttelte den Kopf. „Nein, ich bin gestürzt. Fahren Sie bitte."

Zunächst zögerte er, doch er sah, dass sie sich nach anderen Taxen umschaute und fuhr los.

Kapitel 22

Hungrig stopfte sie sich den von Patte mitgebrachten Kuchen in den Mund und erzählte in den kurzen Pausen zwischen den Bissen, was passiert war. Vincent saß bei ihnen und hörte mit gefalteten Händen zu.

Schließlich ließ sie sich gesättigt in die Kissen zurückfallen. „Das Schlimmste daran war dieses Gefühl, ihm ausgeliefert zu sein." Sie strich über die Schürfwunde am Unterarm. „Er wollte meine Nerven im Hals zerstören, damit ich mich nicht mehr bewegen kann bis zur Geburt. Er wollte, dass ich ..." Ein Laut drang aus ihrer Kehle und sie schnellte nach vorne, die zitternden Hände zu Fäusten geballt vor dem Gesicht.

„Was?", schrie sie. „Was kann ich tun? Ich will nicht so enden! Ich will nicht wie ein Brutkasten monatelang da liegen und nur noch an die Decke starren können. Das halt ich nicht aus." Jetzt war ihre Stimme nur noch ein Flüstern.

Patte stocherte mit ihrer Gabel in den Kuchenresten auf dem Teller. „Ich sag ja, mach kurzen Prozess mit ihm. Dann hast du Ruhe. Und du kannst mir sagen, was du willst, er hats verdient."

„Damit ist mir nicht geholfen! Ich bin demnächst bewegungsunfähig, verstehst du das denn nicht? Egal, ob er es beschleunigt oder nicht." Sie rang nach Luft, sprang auf und ging ins Bad. Dort ließ sie sich Wasser über die Schrammen laufen und wischte vorsichtig das nachlaufende Blut ab. „Das ist mir da in seinem Zimmer erstmal so richtig bewusst geworden. Wie lebendig begraben."

Vincent räusperte sich. „Ich weiß nicht, ob ich es überhaupt erwähnen soll, aber die Spione im Zweiten Weltkrieg hatten eine Zyankalikapsel in einer Zahnlücke, um sich umbringen zu können, bevor sie Geheimnisse verrieten oder gefoltert wurden."

Margret und Patte hielten inne und starrten ihn an.

„Ist ja krass. Und hat das jemand benutzt?", fragte Patte mehr fasziniert als abgestoßen.

„Angeblich hat sich Heinrich Himmler damit umgebracht, als er in Gefangenschaft geriet. Und noch einige Nazis mehr."

Margret tupfte sich trocken und blieb im Türrahmen stehen. „Gift in einer Zahnlücke. Gar nicht mal so abwegig. Ich hab das auch gelesen und ich glaube sogar in der Schule damals davon gehört. Damit bliebe ich wenigstens selbstbestimmt. Meinst du, wir finden einen Zahnarzt, der mir sowas einbaut? Erlaubt ist das sicher nicht."

Vincent sah nachdenklich zur Seite. „Na ja, ich hab im Gefängnis 'ne Menge komischer Typen kennengelernt, die alles Mögliche mit den Zähnen anderer Leute angestellt haben, aber die sind ungeeignet. Ich frag mal meinen Kumpel Wilson, der saß länger und auch in verschiedenen Einrichtungen. Er kennt mit Sicherheit jemanden."

Patte sah ihn lächelnd an und strich sich langsam die Haare aus dem Gesicht. „Stimmt, du warst ja auch im Bau. Ich könnte da mal ..."

„Du nicht!", schnitt Margret ihr das Wort ab. „Auf keinen Fall. Vincent, wenn das möglich wäre, ohne dass du gegen Bewährungsauflagen oder so verstößt, das wäre mir eine große Beruhigung."

Kapitel 23

„Die Alte will 'ne Zahnlücke voller Zyankali? Ist die doch noch ganz dicht?" Wilson lehnte mit verschränkten Armen an der Werkbank.

„Ist ihre Sache und glaub mir, in ihrer Situation würdest du das auch wollen. Die ist krank."

„Ja, schon, aber Zyankali ist nicht grad die schönste Möglichkeit in die ewigen Jagdgründe zu gehen. Das Zeug frisst dich von innen auf, lähmt die Atmung, du hast Schmerzen wie ein gekochtes Schwein, wenn du nicht wirklich viel davon schluckst und ordentlich mit Wasser nachspülst." Er drehte sich um und nahm einen Topf Kettenfett vom darüber hängenden Regal. „Aber wenn sie will. Ja, ich kenn 'nen Zahnarzt, der verknackt wurde, weil er auch gesunde Zähne gezogen hat für Kohle. Der macht alles, solange man ihn bezahlt. Ich hatte ihn mal gefragt wegen ‚nem Goldzahn vorne. Is aber zu teuer." Er rührte das Fett mit einem Finger um und strich es am Rand ab.

„Gut, der ist unser Mann. Hast du 'ne andere Idee, was man statt Zyankali nehmen könnte? Sollte fix gehen und nur mit dem Mund funktionieren."

Wilson sah auf. „Was will sie denn überhaupt? Nur abnippeln?"

„Ja, schnell, schmerzlos und möglichst ohne dass man was

dagegen unternehmen kann. Kein Gegengift oder so." Vincent verbot sich, selbst genauer darüber nachzudenken, über was sie hier eigentlich sprachen und versuchte, an die Nazi-Spione zu denken. Es gelang ihm aber nicht. Immer wieder tauchte das Bild von Sophie vor seinem inneren Auge auf.

Sein Freund rührte weiter in dem Fetttopf. „Sei ehrlich Mann. Willst du deine Schwester abmurksen?"

Überrascht sah Vincent hoch. „Was? Wie kommst du denn darauf?"

„Ey, komm. Erst suchst du sie und dann fragst du nach Gift. Du hasst sie und sie ist verschwunden. Sie könnte verschwunden bleiben. Hältst du mich für blöd oder was?"

„Das traust du mir zu? Wozu soll ich sie umbringen?" Mit offenem Mund starrte er seinen Freund an.

„Was weiß denn ich? Versetz dich mal in mich und wie sich das alles anhört."

Vincent dachte einen Moment nach. „Na gut, kann schon sein, dass das schräg klingt. Ich will keine Missverständnisse zwischen uns, okay? Ich frag die Frau, für die das ist, ob du sie kennenlernen kannst."

Wilson nickte. „Mach das. Und Alter", er sah ihn aufmerksam an, „deine Schwester hat dich dein Leben lang abgenervt. Aber Rache ist der bekloppteste Grund, jemanden zu killen und dafür den Rest seiner Tage im Bau zu hocken."

Eine Weile arbeiteten sie schweigend weiter, während im Hintergrund das Radio plärrte, ohne das Wilson mitsang. Ein Kunde kam rein und holte sein repariertes Fahrrad, bezahlte und wollte noch etwas fachsimpeln, aber Vincent war so wortkarg, dass er sich schnell verzog.

„Was hast du deinen Eltern gesagt?"

Vincent hielt kurz inne, dann schraubte er weiter. „Noch nichts. Hab noch keine Idee."

„Und was ist mit der Braut? Ist die jetzt abgeschrieben, ich mein, wo du die Prinzessin wieder gefunden hast?"

Vincent ließ einen Schlauch langsam durch die Finger gleiten. „Nein. Ich glaub nicht. Im Gegenteil." Er lächelte vor sich hin. „Die wird immer aktueller. Willst du sie mal sehen? Ich hab heimlich 'n Foto von ihr gemacht."

Er zog sein Handy aus der Tasche und hielt Wilson ein Bild von Patte hin, als sie zur Seite sah. Eine Haarsträhne hatte sich gelöst und wehte ihr ins Gesicht, ihr Mund zeigte die Spur eines Lächelns und die Frühsommersonne hatte ihrer Haut eine zarte Bräune gegeben mit ein paar Sprenkeln auf dem geraden schmalen Nasenrücken.

Wilson sah sie lange an. „Die hat was Besonderes. Frag mich nicht was, aber die hat was. Sag Bescheid, wenn du das Interesse an ihr verlierst."

Vincent nickte und konnte den Blick ebenfalls nicht von dem Bild abwenden. „Mach ich, Bro, aber das wird, glaub ich so schnell nicht vorkommen, es sei denn, sie will nichts von mir wissen."

„Seid ihr schon? Du weißt, was ich meine …"

„Nein, gar nichts. Sie denkt, ich war nur hinter ihr her, um Sophie zu finden. Da muss ich jetzt erstmal wieder Boden gut machen. Aber ich kann sie nicht richtig fassen, weiß noch nicht, wie man mit ihr flirtet."

„Hm, die sieht nicht aus wie so'n Flirthase. Ich würd's mal ganz direkt probieren. Nicht gleich in die Kiste oder so, sondern, dass du sie cool findest und gern 'n Date mit ihr hättest."

Vincent nickte. „Ist wahrscheinlich das Beste. Ich sag Bescheid, wenns schief geht."

„Warum will er mich kennenlernen? Wir brauchen doch nur die Adresse von dem Zahnarzt." Margret fühlte sich unwohl bei dem Gedanken, sich einem weiteren Fremden anzuvertrauen. Vincent hatte ja zumindest ein eigenes Interesse an ihrem Fall gehabt.

„Er ist mein bester Freund und jetzt glaubt er, ich will meine Schwester töten. Nicht, dass ihn das stören würde, sie hat ihn deutlich spüren lassen, was sie von People of Color hält, aber ich will ehrlich zu ihm sein. Wir können ihm zu hundert Prozent vertrauen." Vincent sah sie bittend an. Als sie nickte, holte er sein Handy aus der Tasche und rief in an. „Alles klar, kannst rauf kommen."

Nur Sekunden später klopfte es an der Tür und Patte öffnete. Wilson trat zögerlich ein und stutzte, als er Margret sah.

„Wollt ihr mich verscheißern?"

„Hallo, Wilson. Setzen Sie sich doch. Kaffee?"

„Seit wann sind wir per Sie? Bei unserer letzten Begegnung waren wir beim Du und bei Nigger."

Margret schluckte. „Das tut mir leid, davon weiß ich nichts."

„Ist das jetzt dieses Amnesiedings?" Wilson stand immer noch vor ihr.

„Bitte setzen Sie sich doch. Nein, das mit der Amnesie war eine Ausrede. Ich bin nicht Sophie. Sophie ist tot." Sie erklärte ihm, was es damit auf sich hatte und warum sie sich das Leben nehmen können wollte.

Wilson hörte ohne eine Zwischenfrage zu. Nur kurz sah er seinen Kumpel an, als ihm die Geschichte zu absurd erschien. Aber der bedeutete ihm, dass alles stimmte.

„Das ist das Krasseste, was ich je gehört hab und ich hab schon viel krassen Scheiß gehört." Mit einer Hand strich er sich über Mund und Kinn. „Und Sie wollen sich jetzt jederzeit umbringen können? Mitsamt den Kids im Bauch?"

„Na, ich hoffe doch, dass es nur eins ist." Margret lächelte unsicher. „Ich will einen Notausgang haben."

„Meine Schwester hatte 'ne künstliche Befruchtung und da waren vier unterwegs. Haben se auf zwei reduziert. Aber ich glaub, das ist üblich. Wie auch immer, es geht mit drauf."

Margret legte eine Hand auf den Bauch und ihr Blick verhärtete sich. „Darüber werde ich spontan entscheiden und nicht mit Ihnen jetzt diskutieren."

Wilson zog erstaunt die Augenbrauen hoch und wich ins Sofa zurück. „Schon gut, ich wollte Ihnen nicht zu nahe treten." Eine unangenehme Stille entstand. „Ich mach da nicht mit."

„Wie bitte?" Alle im Raum sahen ihn an.

„Die Kids, ich mach da nicht mit. Ich will nicht mitschuldig sein, wenn Sie die Babys umbringen. Das ist falsch." Wilson war aufgestanden und trat unschlüssig von einem Bein aufs andere.

„Ey Mann, das ist doch ihre Entscheidung, nicht deine!", fuhr Patte ihn an.

„Ist mir egal. Die Kids leben, man sieht schon Ihren Bauch.

Und echt jetzt? Das ist mir alles zu schräg hier. Sie sind 'ne junge Frau und schwanger. Wenn Sie die Kids nicht wollen, lassen Sie sie adoptieren von Leuten, die sich eins wünschen."

„So lange lebe ich wahrscheinlich nicht, verstehen Sie das nicht? Entweder sterbe ich vorher oder werde gelähmt. Das haben wir Ihnen doch erklärt." Margret spürte wieder die aufkeimende Wut im Bauch.

Wilson musterte sie abschätzig. „Wenns passiert, passiert's. Das ist die gottverdammte Natur, aber wenn die Kleinen zu retten sind, dann geben Sie ihnen eine Chance."

Vincent ging zu ihm und legte ihm die Hand auf den Arm. „Ist dein gutes Recht Alter, 'ne andere Meinung zu haben. Kein Thema."

Aber Wilson war so leicht nicht zu bremsen. „Ich kann nicht glauben, was hier passiert. Ich mein, ich kenn auch Leute, die für 3000 Euro den Typ verschwinden lassen. 5000 für beide. Wär das nichts? Die sind doch die Pest, die zwei."

Margret runzelte die Stirn. „Die zwei haben immerhin ein Verfahren entwickelt, mit dem Querschnittsgelähmte wieder laufen können. Ich glaube, dafür haben sie allen Respekt verdient."

Wilson schwieg betreten und nahm eine der Zigaretten, die Patte ihm anbot. Beide stellten sich ans offene Fenster.

„Sie wollen sich und die Babys umbringen, aber die Typen, die das verbockt haben verschonen. Lady, das müssen Sie anders regeln. Ich bin raus." Heftig sog er an der Zigarette und schnippte die Asche nach draußen.

Margret seufzte. „Ist bestimmt schwer für Außenstehende zu begreifen. Ich bin mir ja selbst nicht sicher, wo das Ganze hinführen soll." Ihre Unterlippe begann zu zittern. „Glauben Sie, ich treffe solche Entscheidungen leichtfertig? Ich habe Angst, verstehen Sie das? Angst! Ich bin keine Kindermörderin. Wenn es irgendwie möglich ist, werde ich es natürlich bekommen, sonst hätte ich es ja auch abtreiben lassen können. Das entspricht nicht meinen Werten, meiner Grundeinstellung zum Leben. Und glauben Sie mir, ich bin mir nicht sicher, dass das richtig ist. Wenn Sie eine bessere Idee haben, raus damit, ich bin für alles offen. Sagen Sie mir, was ich tun soll, wenn ich nur noch an die Decke starren kann, beatmet werde und an Schläuchen häng." Sie war immer lauter geworden und atmete schwer.

Vincent konzentrierte sich jetzt wieder auf sie. „Du musst deine Entscheidungen treffen und wenn dir ein Zahn voller Gift ein besseres Gefühl gibt, dann klingt das zwar ziemlich abgefahren, aber nachvollziehbar. Vergiss, was andere denken."

Sie nickte mit geschlossenen Augen. „Er hat ja recht. Ich könnte das Kind nicht umbringen. Nicht, wenn es einen anderen Ausweg gibt. Es ist so abstrakt. Man hat mir gesagt, ich sei schwanger, aber mir fehlt jeder Bezug dazu."

Patte schnippte ihre Zigarette nach draußen, warf Wilson einen bösen Blick zu, setzte sich wieder neben sie. „Vielleicht solltest du mal zum Gyn gehen."

Aber ihre Freundin schüttelte den Kopf. „Noch nicht. Ich bin noch nicht soweit."

Kapitel 24

Patte und Vincent schlenderten die Bergerstraße entlang, wo zahllose Bars, Restaurants und Bistros ihre Tische auf der Straße stehen hatten. Es roch nach Pizza, Joints und Bier, aus den Fenstern dudelte Musik und auf den Bänken hockten Leuten jeden Alters. Außer den Bedienungen, die mit Tellern und Tabletts durch die Reihen flitzten, waren alle recht entspannt mit Freunden zusammen oder hatten ein Date. Im besten Fall vergaßen sie die Welt um sich herum und hatten nur Augen für das Gegenüber.
Andere hatten allerdings nur Augen für ihr Smartphone, obwohl sie in einer Gruppe unterwegs waren.

Patte stellte sich vor, so mit Vincent hier zu sitzen, wenn die Fingerspitzen sich das erste Mal wie zufällig berührten und mit einem verlegenen Grinsen zurückgezogen wurden. Blicke, die im anderen versanken, der Kopf um wenige Zentimeter zur Seite gelegt, die Augenbrauen nur Millimeter gehoben, ein Lächeln wie ein Blitz im Mundwinkel. Sich fallen lassen in alte Rollenmuster. ER musste den ersten Schritt machen, sie sich ein bisschen zurückziehen, verheißungsvoll zwinkern.

Alles Neuland für sie, alles nur perfekt choreografiert und warm ausgeleuchtet und doch so heiß gewünscht, dass sich ihr Innerstes zusammenzog.

Stattdessen diskutierten sie über Wilsons Ansichten zu Margrets Anliegen, gestikulierten, statt ihren Händen die Chance zu geben, sich zu finden.

„Komm, lass uns hier was trinken." Vincent zeigte auf eine freie Bierbank vor einem Szenelokal. „Ich seh das doch genauso wie du, aber Wilson hat das Recht, eine eigene Meinung zu haben. Er will Margret ja an nichts hindern, er will sie nur nicht unterstützen."

„Was in dem Fall heißt, sie zu bevormunden." Patte war unversöhnlich, was das betraf. „Da, wo ich herkomm, gab es kaum eine Frau, die noch nicht abgetrieben hatte und genauso viele ungewollte Kids, die keine Chance haben, so zu leben wie ...", sie sah sich um, „... wie die hier alle. Die sind nur ein paar Straßen weiter. Die haben keine Väter, fixende oder saufende Mütter und keinen, der sich um sie kümmert. Und ich kapiers nicht. Das weiß dein Kumpel doch alles. Warum macht er so ein Theater darum?"

„Wilson ist unter Drogen Auto gefahren und hat einen Unfall verursacht. Dabei kam eine junge Frau mit Kind um." Vincent sah sie eindringlich an. „Das hast du aber nicht von mir. Das weiß außer mir und dem Richter niemand. Ich hätte nicht gedacht, dass er so reagiert, aber ich kann ihn verstehen. Und ich hoffe, du jetzt auch."

Patte nippte an dem Apfelwein, der ihnen gebracht worden war, und schwieg.

„Deswegen war er im Gefängnis. Und er sagte mir mal, dass er am liebsten noch länger geblieben wäre, weil die paar Jahre ihm nicht reichten als Buße. Er hat das Gefühl, eine viel härtere Strafe zu verdienen."

Patte nippte noch einmal, verzog das Gesicht und stellte das Glas ab. „Schmeckt wie Pippi vom toten Kamel. Ich frag mich echt, warum das alle hier trinken. Ist das so'n kulturelles Ding wie Löwen erlegen bei den Massai? Finden alle Scheiße, aber keiner wehrt sich?"

„Woher weißt du das mit den Löwen?"

„Ich guck gern die Abenddokus. Schlangen, Krokodile, Löwen, Haie. Ich kann dann besser schlafen."

Vincent grinste. „Nein, ich glaub, wenn man hier geboren

ist, schmeckt das. Den Inuit schmeckt Seehundleber, den Aborigines dicke weiße Maden, den Frankfurtern Apfelwein. Eher sowas. Warum bestellst du ihn denn?"

Patte setzte zu einer Antwort an, zögerte kurz und sah ihn direkt an. „Den bestellen hier alle. Ich will mich nicht als Underdog outen, wenn ich 'nen Bier trink."

Zweifelnd sah Vincent sich um. Niemand würde darauf achten, wer was trank. „Machst du vieles, weil du kein Underdog sein willst?", fragte Vincent.

Sie zuckte mit den Schultern. „Schätze ja. In jedem Stadtviertel gibts andere Regeln, wenn man nicht auffallen will."

Vincent umfasste sein Glas mit beiden Händen und strich mit dem Daumen über die beschlagene, gerippte Oberfläche. „Darf ich dich nach deiner Vergangenheit fragen? Wie du so warst?"

Patte stützte das Kinn auf eine Hand. „Warum? Ist das wichtig?"

„Ich will mehr über dich wissen. Du bist so widersprüchlich, das würde ich gern verstehen."

Sie presste kurz die Lippen zusammen. „Okay. Du willst wahrscheinlich wissen, ob ich 'ne Nutte war oder 'n Junkie. Richtig?"

Er hielt den Blick. „Egal. Einfach nur, wie dein Start war, dein Leben vor heute. Aber wenn du das nicht erzählen willst, ist das auch okay. Reden wir über die Dinge, die dir jetzt wichtig sind. Was dich interessiert, was du noch vor hast mit deiner Zeit."

Sie atmete tief ein und sah einen Moment nachdenklich an ihm vorbei, dann wieder zu ihm. „Da, wo ich herkomm, fragt man nicht danach, was man noch vorhat im Leben, außer, man will ein Märchen hören. Da geht es höchstens um den nächsten Tag. Ich war keine Nutte und auch kein richtiger Junkie, hab nur rumprobiert. Ich war 'ne Kriminelle. Einbruch, Raub, Körperverletzung." Sie sah ihn forschend an und suchte in seinem Gesicht nach einer abwertenden Reaktion, richtete sich auf und breitete die Arme aus. „So. Und jetzt kannst du mich verurteilen. Wärst nicht der erste."

Vincent schüttelte langsam den Kopf. „Hab ich nicht vor. Aber wie passt das zu dem Job im Cafe und Margret?"

„Gar nicht. Das eine war ein anderes Leben, auf einem anderen Planeten, mit einer anderen Lebensform. Ich war ‘ne andere Lebensform. Das hier ist mein Leben jetzt. Das, das ich mir ausgesucht hab, in das ich rein will. Ich hatte keinen Bock mehr auf das andere, auf den Knast und den Dreck, auf Häuser, die nach Pisse stinken und Leute, die abkratzen, weil die einzigen guten Gefühle, die sie kennen, aus ‘ner Spritze oder ‘ner Pfeife kommen." Sie zuckte mit den Schultern. „Ich wollt mal ausprobieren, wie ihr hier so lebt und ob ich das auch kann. Ohne Margret hätte ich das nie geschafft."

Vincent sah immer noch nicht abwertend aus. Vielmehr interessiert. „Erklärst du es mir? Was ist daran schwer?"

„Meine Wurzeln stecken im Dreck, ich red wie die, kann mit den Leuten dort umgehen, nehm die, wie sie sind, kenn deren No-Gos. Ich weiß, wo ‘ne Couch steht, auf der ich mal pennen kann und wen ich notfalls um ‘nen Zehner anschnorren kann. Was die cool finden, gilt hier als unmöglich, als Grund die Nase zu rümpfen und ein paar Meter wegzurücken. Hier stand ich erstmal komplett allein. Bis auf Margret, die war für mich da. Immer. Wenn sie nicht grad auf Tournee war. Kennst du die Fernsehserie "Westfalen Sippschaft"? So wollte ich auch sein. So normal. Die wissen gar nicht, was echte Sorgen sind. Deren Probleme hab ich mir gewünscht. Was man zur Hochzeit der Freundin anzieht und nicht, ob der Arsch, der meine Schwester vögelt, sie demnächst anschaffen schickt."

Er nickte. „Ich verstehe langsam."

„Nein, tust du nicht. Du hast davon jetzt gehört. Aber du hast nie gefühlt, wie das ist, wenn du übersehen wirst, wenn in der Schule niemand auch nur auf die Idee kommt, dass aus dir was anderes werden könnte als ein Wrack. Du musstest nie klauen, weil du das Gleiche haben wolltest, was andere in deinem Alter hatten. Nur das Gleiche, nicht mehr, nichts Besseres." Wütend schüttelte Patte eine Zigarette aus der Schachtel und zündete sie mit zitternden Händen an. Er schob ihr einen Aschenbecher hin.

„Das versteh ich nicht, schon klar. Aber ich versteh, warum du so widersprüchlich wirkst. So ganz anders, als alle Menschen, die ich kenn. Und glaub mir, ich kenn nicht nur Leute, denen es gut geht."

„Und? Stört dich das?" Sie zog so heftig an dem Glimmstängel, dass der Filter heiß wurde und sie sich die Lippen verbrannte.

„Im Gegenteil." Er lächelte und nahm ihre Hand, deren Finger einen nervösen Takt auf die Platte getrommelt hatten. Patte verschluckte sich am Rauch und hustete so heftig, so dass er sie loslassen musste, bis sie Luft bekam.

„Tschuldigung." Entschlossen schob sie die Hand wieder in seine Richtung und lächelte verlegen.

Schweigend saßen sie voreinander und beobachteten ihre Finger, die sich langsam miteinander verschränkten, miteinander spielten und sich streichelten. Die Welt versank für sie rundherum und Patte wurde es warm, als sie nichts mehr sah, nur noch Vincent. Die Gespräche der anderen Leute waren nur ein Murmeln im Hintergrund.

„Erzähl mir von dir", sagte sie, hörte aber nur auf seine Stimme, spürte seine Hand, die über ihre strich und sah sein Lächeln, das nur ihr galt. Wie konnte sie dieses Gefühl behalten? Mitnehmen? Auspacken, sobald sie es brauchte? Würde es ab jetzt so bleiben? Jedes Mal, wenn sie zusammen waren? Würde es mehr werden, wenn sie Sex hatten? War mehr zu ertragen? Würde es danach aufhören? Schwächer werden? Sie sah seinen Mund an, weich und lächelnd, seine Augen, die auf ihr ruhten.

„Hörst du mir eigentlich zu?", fragte er leise.

„Nein. Geht grad nicht." Wieder lächelte sie verlegen, Mimik, die ihr Gesicht noch nicht kannte und Muskeln in Bewegung bringen musste, von denen sie nicht wusste, dass sie sie hatte.

„Komm, ich bring dich nach Hause." Er hatte die Getränke bezahlt und Patte fühlte sich immer noch ganz berauscht davon, dass ihr Wunsch so schnell in Erfüllung gegangen war. Mitleidig sah sie auf die anderen Paare, die zusammensaßen und auf Handys starrten, schwiegen und sich nicht berührten.

Sie gingen Hand in Hand, die Finger zu einem großen Ball verschränkt, sahen sich die Schaufenster an, redeten Unsinn und lachten über Dinge, die am Tag zuvor noch nicht lustig gewesen wären.

Schließlich standen sie vor der Haustür.

„Gute Nacht", sagte Patte, ohne sich zu rühren.

„Gute Nacht", sagte Vincent und beugte sich vor zu ihr. Sein Mund streifen sanft ihre Wange, sie spürte seinen warmen Atem auf der Haut und drehte den Kopf eine Winzigkeit ihm entgegen, bis ihre Lippen sich trafen. Er duftete nach einem rauchigen Rasierwasser. Wonach duftete sie? Nur kurz tupfte seine Zungenspitze auf ihren Mundwinkel, dann löste er sich von ihr, zwinkerte ihr zu und hauchte: „Bis bald."

Ohne auf ihre Antwort zu warten, wandte er sich um und ging mit federnden Schritten davon.

Drehte er sich nochmal zu ihr?

Ja. Er winkte ihr zu.

Patte schloss sie die Tür auf und ging verträumt die Treppe hinauf, beinah ein Stockwerk zu hoch. Ob er darauf gewartet hatte, dass sie ihn noch zu einem Kaffee bat? Nein, er wusste, dass nicht nur sie hier lebte, und dann wäre Margret wieder in den Vordergrund gerückt. Zum ersten Mal wünschte sie sich, allein zu wohnen, um solch einen Abend nicht vor der Haustür ausklingen lassen zu müssen. Aber in den Filmen war es auch so. Immer kam was dazwischen, wenn die Liebenden kurz davor waren, sich zu finden, Zeit für sich brauchten. Und nach einer Ewigkeit war es endlich soweit und vielleicht noch viel besser, als es beim ersten Mal gewesen wäre.

Mit einem breiten Grinsen schloss sie die Wohnungstür auf, voller Vorfreude, Margret jedes kleine Detail des Abends zu erzählen und damit erneut zu erleben. Hoffentlich schlief sie nicht und war wieder gut genug drauf, um sich mit ihr freuen zu können.

Margret schlief nicht. Sie schloss soeben einen prall gefüllten Koffer und sah Patte schuldbewusst an.

„Was ist los?", fragte Patte grußlos. Sie setzte sich auf das Sofa und strich mit einer Hand über die raue Oberfläche des Bezugs.

Margret ließ sich erschöpft in den Sessel fallen. „Kurz nachdem ihr weg wart, hat jemand an der Haustür geklingelt. Minutenlang, ohne aufzuhören." Sie rieb sich mit den Händen übers Gesicht. „Ich hatte panische Angst, dass er das ist. Ich war mir sogar sicher." Sie sah ihre Freundin traurig an. „Ich kann hier nicht bleiben, seit er weiß, dass ich bei dir wohne. Er wird wieder versuchen, mich zu holen."

„Und jetzt? Wo willst du hin?"

„Ich geh morgen in ein Hotel, für ein paar Tage mal ausspannen und nachdenken. Und anschließend in eine Ferienwohnung. In dem Hotel kann ich mich kurz erholen und in der Ferienwohnung bleiben, bis alles vorbei ist. Die Zeit hier hat mich stärker gemacht, am Anfang hätte ich das auf keinen Fall gekonnt."

Patte sah sie grübelnd an. „Schade. Aber ich kann dich verstehen. Sagst du mir denn, wo du bist?"

„Ja sicher, allein pack ich das doch nicht. Hier sind meine Autoschlüssel. Ich schenk ihn dir. Nein, nicht widersprechen. Ich kann ihn sowieso nicht fahren. Viel zu auffällig, ich nehm mir einen Mietwagen." Sie schob ihrer Freundin die Schlüssel für das Cabrio über den Tisch zu.

„Mietwagen? Du kannst nicht fahren! Schon vergessen?"

„Doch, es ist durch die Spritze besser geworden."

Patte dachte kurz an Wilson. „Und was machst du, wenn's wiederkommt und du einen Unfall baust? Und jemand anderer verletzt ist? Oder tötest?"

Margret seufzte. „Na komm, wie soll ich denn Karl stoppen, wenn ich irgendwo festhänge? Ich höre wieder auf, sobald ich merke, dass es nicht mehr geht."

„Wie du denkst." Nach einer kurzen Pause setzte sie erneut an. „Ich könnte mir ab nächster Woche frei nehmen. Wo ist diese Ferienwohnung genau?"

„In Bergen-Enkheim, ganz in der Nähe. Karl hat dort nie was zu tun und geht dort nicht aus, also glaube ich nicht, dass er mich findet. Ich freu mich, wenn du mir weiter zur Seite stehst. Wie war denn euer Abend?"

Patte grinste breit, ohne es zu wollen. „Ziemlich schön. Ich glaub, er mag mich."

Kapitel 25

Am nächsten Morgen verließ Patte als Erste das Haus und inspizierte gründlich die Umgebung. Nachdem sie sicher war, dass niemand den Eingang beobachtete, sagte sie Margret Bescheid und hielt ein Taxi an. Sie packten zwei Koffer und eine Tasche in den Wagen und Margret gab dem Fahrer die Adresse.

Noch mehrere Minuten lang sah sie in den Rückspiegel, aber keiner folgte ihr. Erst dann lehnte sie sich beruhigt zurück und schloss für einen Moment die Augen.

Sie hatte schlecht geschlafen, da sie die ganze Zeit befürchtete, dass es schon zu spät war und Karl die Tür aufbrechen würde, um sie zu holen.

Patte hatte ihre Unruhe bemerkt und ihr einen alten Baseballschläger neben das Bett gestellt. Außerdem hatte sie die Tür zu ihrem Zimmer offengelassen, um sofort eingreifen zu können.

Doch die Angst vor Karl war nicht das Einzige gewesen, das ihr den Schlaf geraubt hatte. Sie fragte sich, ob sie es sich erlauben konnte, ein paar Tage, drei um es exakt zu sagen, auszuspannen. Sie war so aufgeregt, so rastlos und angespannt, dass sie keinen klaren Gedanken mehr fassen konnte.

Erst zur Ruhe kommen, die Angst vor Verfolgung abschütteln

und später wieder Pläne schmieden. Und wenn es in der Zeit zum Kollaps kam, war das eben nicht zu ändern, hektische Betriebsamkeit hätte auch nichts daran geändert und sie keinen Schritt weiter gebracht.

Das Taxi rollte durch eine Allee, eine mit Kopfstein gepflasterte geschwungene Auffahrt hoch und hielt vor einem Portal, aus dem sofort ein dezent gekleideter Mitarbeiter auf sie zukam, ihr die Tür aufhielt und ihre beiden Koffer auf ein Wägelchen umlud. Nachdem sie den Fahrer bezahlt und in der imposanten Eingangshalle eingecheckt hatte, schaltete sie ab und kümmerte sich um nichts mehr. Sie ließ sich zu ihrem Zimmer bringen, eine freundliche Frau packte ihr Gepäck aus und sortierte ihre Wäsche in einen verspiegelten Schrank. Während dessen setzte sich Margret auf das einladende Sofa und sah die Nachrichten auf ihrem Handy durch.

Ein Aufenthalt wie dieser war nicht neu für sie. Früher hatte sie auf Konzerttourneen immer mal solche Auszeiten gebucht, um wieder aufzutanken, kurzen Abstand bekommen, von den durchgetakteten Abläufen, in denen sie verwaltet und verplant wurde, um zur richtigen Zeit am richtigen Ort zu funktionieren. Sie hatte diesen Kontrast genossen, von der Anspannung der Konzerte, der Aufregung und dem überwältigenden Gefühl auf einer Bühne zu stehen vor hunderten, teilweise tausenden Menschen, die nur gekommen waren, um sie zu hören. Dann die totale Ruhe, Massagen, Schwimmen, in der Sonne liegen und über nichts nachdenken müssen. Bis ein Taxi vor der Tür wartete, die Koffer gepackt und zu einem Ort gebracht wurden, der im Plan stand, den sie nicht geschrieben hatte. Wo Bühnen waren und Menschen, die sie verehrten. Totaler Stress und vollkommene Ruhe.

In diesen Auszeiten war Karl manchmal an ihrer Seite gewesen, aber das verdrängte sie jetzt. Sie wollte sich nur der Entspannung hingeben, um funktionieren zu können, um ihre Batterien aufzuladen, die so leer waren, wie kaum zuvor.

Sie sah sich um in dem großen Zimmer, das einen durch einen Raumteiler vom Bett getrennten Wohnbereich hatte. Es wirkte, als ob niemand vor ihr hier gewohnt und der Innenarchitekt gerade erst letzte Hand angelegt hätte.

Aber etwas war anders, als sie es kannte, nur Kleinigkeiten. Die Angestellten lächelten sie freundlich an, wo sie früher strahlten. Auf dem Tisch stand nur ein Strauß Frühlingsblumen, statt eines Extratisches mit einer Auswahl an Blumen, die sie bei der Aufführung erhalten hatte, inklusive der dazugehörigen Karten. Der Geschäftsführer hatte sie nicht persönlich begrüßt, und es gab keinen Sektkühler mit Eis und einer Flasche Champagner als Geschenk des Hauses.

Es hatte ihr durchaus gefallen, prominent zu sein, hatte sie für vieles entschädigt, für die fehlende Zeit mit ihrer Familie, die Unsicherheit, ob die entgegengebrachte Zuneigung ihrer Musik oder ihr galt. Nicht von Karl, nicht von Patte, da konnte sie sich sicher fühlen. Aber bei allen anderen, die vorgaben sie zu verehren und mit denen sie viel mehr Zeit verbrachte als mit denen, die sie liebten.

Seufzend stand sie auf und betrat die beschattete Terrasse mit Ausblick auf einen weitläufigen Park. Zwei junge Frauen mit Kinderwagen gingen dort spazieren. Das versetzte ihr einen kleinen Stich. Unwillkürlich legte sie eine Hand auf ihren Bauch und zog sich wieder in das Zimmer zurück.

Gleich fing ihr dreitägiges Wellnessprogramm an, beginnend mit mindestens drei Saunagängen und anschließender einstündiger Ganzkörpermassage.

Der Spabereich war in unterschiedlichen Türkistönen mit schwarzen Rahmen und goldenen Akzenten gehalten. Der Außenbereich mit verschiedenen Holzhütten war wie ein japanischer Garten angelegt.

Es waren nur wenige Gäste zu sehen, hauptsächlich Frauen mittleren Alters, die ihre dünnen, haarlosen Glieder auf den bereitgestellten ergonomisch geformten Liegen ausstreckten, bedeckt von senffarbenen oder rotbraunen Leinentüchern, die an die Mauern marokkanischer Altstädte erinnerten.

Auch sie bekam ein solches Tuch gereicht. Unter der Dusche lauschte sie den Klängen der meditativen Musik und mit dem schaumigen Wasser schienen die ersten Anspannungen im Abfluss zu versickern. Mit einem Lächeln betrat sie die Kräutersauna, legte das rostrote Tuch unter sich und sog tief den Duft nach Zitronenmelisse und Minze ein. Erst jetzt bemerkte sie die Blicke der beiden ebenfalls anwesenden Frauen, die nur kurz über ihren Bauch und ihren Oberkörper glitten und wissend lächelnd ihr zunickten. Die kleine Wölbung, ihre Narben unter den Brüsten. Die Entnahme der Silikonkissen lag erst wenige Wochen zurück und auch wenn ihr junger Körper eine erstaunliche Heilgeschwindigkeit hatte, waren sie doch deutlich zu sehen.

Es wurde ihr schnell zu warm in der Kräutersauna, viel wärmer, als es sein sollte, und die feuchte Luft erschwerte ihr das Atmen. Hastig raffte sie das Handtuch um sich und verließ den kleinen dämmrigen Raum, ließ ihre Sandalen stehen und sprang in das Kaltwasserbecken, ohne sich vorher den Schweiß abgeduscht zu haben. Ein Fauxpas, aber jetzt unbedingt nötig. Der eisige Schock weckte sie aus den unerwartet aufkommenden negativen Gefühlen und mit ein paar Zügen tauchte sie bis ans andere Ende des weitläufigen Pools. Aus der Wand ragte eine breite Stufe, über die ein Wasserfall fiel. Sie hörte nur noch das prasselnde Wasser auf ihrem Kopf, den verspannten Schultern und um sich herum, keine Chance mehr für einen Gedanken.

Wieder im Trockenen, legte sie sich auf eine der Liegen, die Brüste bedeckt von dem Leinentuch, die aufkeimenden Gefühle fest im Griff. Was hatten sie schon gesehen? Narben, na und? Was sie gestört hatte, wusste sie nicht genau. Vielleicht der deutliche Hinweis darauf, in dem noch immer fremden Körper zu stecken.

Seit sie bei Patte wohnte, hatte sie dies nach und nach als unabänderlich hingenommen. Ihre Abscheu war gewichen, solange Karls Blicke sie nicht mehr trafen. Das Gefühl, nicht in die Welt der Lebenden zu gehören, war verschwunden, nachdem sie es als Sinn ihres Daseins betrachtete, seine Forschungen zu stoppen.

Der nächste Saunagang war schon deutlich entspannter. Sollten sie doch hinschauen und sich ihre Gedanken machen.

„In ihrem Zustand müssen Sie in der Sauna vorsichtig sein. Nicht zu lang und nicht zu heiß." Die Badeaufsicht zwinkerte ihr zu. Und schon war sie wieder angespannt. Das hatte sie sich anders vorgestellt.

„Ich habe einen Blähbauch. Meinten Sie das mit Zustand?"
Sie sah die Frau im weißen Overall herausfordernd an.

Diese wurde rot und entschuldigte sich sofort. Aber die Stimmung war dahin. Sie verschob den Massagetermin auf den Nachmittag, zog sich an und ging in dem weitläufigen Park spazieren. Nichtstun, nur dasitzen und vor sich hinblicken hätte den Ärger, den sie empfand, nur verstärkt.

Es hatte bisher immer funktioniert. Drei Tage Wellness, reibungsloser Ablauf, keine Störungen, gesundes Essen, viel Schlaf, viel Aufmerksamkeit, damit sie sich regenerieren konnte.

Aber es war erst ein halber Tag vergangen und es konnte nur besser werden.

Das Buffet am Mittag war vorzüglich, nur am Anfang fragte ein älterer Mann mit eingezogenem Bauch, ob er sich zu ihr setzen dürfte, was sie lächelnd verneinte. Ohne Grund, nur nein. Danach hatte sie ihren Frieden und genoss die Aussicht auf die Umgebung. Sie ließ sich das frische Gemüse, das auf den Punkt gebratene Steak und den anbetungswürdigen Nachtisch schmecken. Langsam kehrte die innere Ruhe ein, die sie so vermisst hatte. Nach einem kurzen Mittagsschlaf und der anschließenden Massage war sie mit dem Aufenthalt wieder versöhnt.

Am Abend telefonierte sie mit Patte, die ihr ausgiebig von Vincent berichtete, der ihr Blumen ins Café gebracht und sich nach ihr, Margret, erkundigt hatte.

Sie erzählte ihr von dem Hotel, stellte alles eher lustig dar und sah dabei zu, wie eine Mitarbeiterin ihr die Fußnägel lackierte.

Der folgende Morgen begann vielversprechend, mit einem ausgiebigen Frühstück im Bett, einer Tageszeitung auf einem handlichen Tablett und im Abstand von genau dreißig Minuten frischem Milchkaffee. Sie krümelte hemmungslos in die weißen Kissen, in der sicheren Gewissheit, das gleich eh alles neu bezogen wurde.

Tagespolitik interessierte sie kaum, aber nachdem sie während ihrer Krankheit fast nichts vom Weltgeschehen mitbekommen hatte und nach dem Koma andere Interessen verfolgte, war es recht interessant zu sehen, wie wenig sich die Welt in den letzten Monaten verändert hatte.

Es klopfte an der Tür und ein Zimmermädchen kam herein, um abzuräumen. Margret war in einen hoteleigenen Bademantel gehüllt, um ins hauseigene Schwimmbad zu gehen, als scheppernd ein Löffel zu Boden fiel.

„Sophie? Echt jetzt?"

Margret sah die Frau unschlüssig an und suchte nach Worten.

„Erkennst du mich etwa nicht? Hab gehört, dass du dein Gedächtnis verloren hast."

„Ähm, ja das stimmt", sie räusperte sich, „Wer sind Sie noch gleich? Oder du?"

„Oje. Ich bin Jutta, deine beste Freundin. Dich hats ja wirklich erwischt. Konnte das kaum glauben, als deine Eltern das erzählt haben und dann hat dein Arzt verhindert, dass wir dich besuchen durften. Bezahlt der das hier alles?" Sie sah an Margret hoch. „Das war doch auch dein Lover, oder, Sophie? Der Typ, der dir den geilen Schlitten gekauft hat?"

„Ja, ähm, nein, nicht ganz. Ich weiß nicht, was ich dazu sagen soll. Könnten Sie mich bitte durchlassen?" Verlegen zupfte sie am Ärmel des Bademantels und sah sich nach etwas um, was ihr aus der Situation helfen könnte.

„Nicht dein Ernst, oder? Machst du jetzt einen auf reiche Schickse?"

Das Zimmermädchen sah sie verstimmt an.

„Nein, ich sag doch, ich kann mich an niemanden aus meiner Vergangenheit erinnern. Was wollen Sie von mir?" Der langsam aufsteigende Ärger in ihr ließ sie sich aufrichten und den Kopf heben.

„Nichts. Gar nichts. Tut mir leid." Sie warf ihr einen Blick zu, der das Gegenteil zeigte und ging mit dem vollen Tablett aus dem Zimmer.

Nur eine Sekunde später streckte sie ihren Kopf wieder rein. „Du bist und bleibst Sophie. Egal, was für eine Show du hier abziehst." Sie zog die Tür fest hinter sich zu.

Margret setzte sich auf das Bett und ließ sich zurückfallen. So viel zum Thema Ausspannen. Müde schloss sie für einen Moment die Augen. Ein Gedanke rauschte vorbei, eine Idee, die sie zunächst nicht fassen konnte.

Seufzend stand sie erneut auf und ging ins Schwimmbad. Während sie nachdenklich ihre Bahnen zog, bemühte sie sich, immer wieder den aufblitzenden Einfall zu packen, ihn festzuhalten, aber je mehr sie es versuchte, desto weiter verschwand er.

Erschöpft stieg sie nach einer Stunde aus dem Wasser und ging auf eine Glastür zu, um in den Ruheraum zu gelangen. Sie sah sich in dem Glas. Von Kopf bis Fuß. In den letzten Wochen hatte sie sich immer nur partiell gesehen, das Gesicht während des Zähneputzens, die Haare beim Föhnen. Jetzt betrachtete sie sich ganz, sie sah Sophie. Und mit einem Mal war die Idee wieder greifbar. Sie war Sophie, sie würde zu Sophie werden.

„Morgen Mittag bin ich in der Ferienwohnung. Kannst du Vincent dazu bitten? Ich habe einen Plan. Nein, jetzt noch nicht, ich muss mir erst die Details überlegen, vielleicht ist das ja auch Unsinn. Drei Uhr? Gut, ich schreib mir das auf. Die Adresse hast du ja." Margret drückte das Gespräch mit Patte weg. Hatte sie etwa eine Lösung gefunden? Eine Idee, mit der sie das ganze Projekt ohne Gewalt stoppen konnte? Ohne selbst in die Hände von wissbegierigen Wissenschaftlern zu kommen? Bitte, lieber Gott, mach, dass ich diesen Weg gehen kann. Mit diesem Mantra im Kopf ging sie zur Rezeption. „Heute Morgen war eine Kollegin von Ihnen bei mir zum Abräumen, ich kenne leider nur ihren Vornamen: Jutta. Ist sie noch im Haus? Ich würde gern kurz mit ihr sprechen."

Nur wenige Minuten später kam Jutta auf sie zu, mit verschlossenem Gesicht und verkniffenem Mund. „Was ist denn noch? Willst du dich über mich beschweren, weil ich nicht nett genug war? Keinen Knicks vor der gnädigen Frau gemacht hab?"

„Nein, ich wollte mich bei dir entschuldigen. Ich kann mich wirklich an fast nichts erinnern, aber als du weg warst, wusste ich wieder, dass wir mal beste Freundinnen waren. Ein anderer Arzt, nicht mein Ex, hat gesagt, ich soll viel mit Leuten von früher sprechen und mir davon erzählen lassen. Dann kämen die Erinnerungen schon wieder."

Jutta grinste schräg, schien aber versöhnt. „Okay, kein Problem. Kannst ja nichts dafür."

„Danke. Hast du Lust, heute Abend mit mir essen zu gehen? Wir verprassen das Geld von dem alten Knacker und lassen es uns richtig gutgehen. Was meinst du?"

„Keine schlechte Idee, du hörst dich zwar wirklich nicht nach Sophie an, aber wenn ich helfen kann, bin ich gern dabei." Sie boxte ihr leicht mit beiden Fäusten gegen die Schulter. „Das hast du auch vergessen, oder?"

„Ähm, ja. Was muss ich machen?"

„Das gleiche."

Margret boxte sie unbeholfen ebenfalls und verabredete sich mit ihr für sieben Uhr vor dem Eingang.

Zurück auf ihrem Zimmer nahm sie den bereitgestellte Hotelbriefblock und schrieb Listen, Listen von allen Dingen, die sie wissen wollte und was im Groben der Plan war. Grübelnd kaute sie auf dem Druckknopf des dicken Kulis, den sie besser halten konnte als die üblichen dünnen, und notierte sich Stichpunkte, was genau passieren sollte, in welcher Reihenfolge und wer helfen konnte. Ihr war klar, dass sie ein solches Projekt nicht allein stemmen könnte. Aber da sie schon immer ein Team um sich gehabt hatte, an das sie Aufgaben delegierte, fiel ihr dies hier nicht schwer.

Kapitel 26

Kaum stand sie vor dem Hoteleingang, wo Jutta bereits wartete, kam auch schon das bestellte Taxi. „Zum Goldenen Löwen bitte.“

Jutta nickte beeindruckt. „Nobel, nobel, da war ich noch nicht drin.“ Sie trug ein kurzes, mit tiefvioletten Pailletten besticktes Kleid und hohe Riemchensandalen, die ihre kleinen Zehen an den Seiten so quetschten, dass sie immer wieder von der Sohle rutschten. Mit einem geübten Handgriff schob sie sie unter das Band und fragte: „Jetzt erzähl mal, woran kannst du dich denn erinnern?“

„An fast nichts. Nur an Vincent ein bisschen, da war irgendwas.“

„Irgendwas ist gut, ihr habt euch gehasst. Du und Graf Kotz von Superschlau.“

Einer plötzlichen Eingebung folgend fragte Margret. „Warst du nicht mal verknallt in ihn?“

„Nein, nicht wirklich.“ Sie sah kurz aus dem Fenster. „Oder okay, ja schon. Kein Wunder, dass das bei dir hängen geblieben ist. Hab dich ja auch monatelang damit genervt. Aber ich war ihm nicht fein genug. Dem Fatzke. Ich hoffe, im Knast haben sie es ihm so richtig gegeben. Schade, dass wir davon nie was rausbekommen haben.“

„Ja. Schade. Jutta, wie war ich früher? Alle sagen mir, ich wäre ganz anders."

„Naja, du warst 'ne coole Bitch, genau wie ich. Wir sind an unseren freien Abenden um die Häuser gezogen, haben gefeiert, sind shoppen gegangen, haben Yoga gemacht. Echt alles weg? Alles leer da oben, außer ausgerechnet Vince?"

Margret hatte im Restaurant nicht nur einen Tisch bestellt, sondern am Telefon auch klar gemacht, dass alle alkoholischen Getränke für sie als alkoholfreie Variante gemeint waren, ohne dass die Freundin etwas bemerkte.

Sie hatte es auf die Schwangerschaft geschoben, von der keiner wissen sollte und war auf viel Verständnis gestoßen.

Und so fingen sie gleich mit zwei Aperitifs an. Sie stießen an auf ihr Wiedersehen und den hoffentlichen Neubeginn ihrer alten Freundschaft, die schon seit Grundschulzeiten existierte. Ihre Handys lagen auf dem Tisch und so konnte Margret in Ruhe eine Aufnahme-App mitlaufen lassen, ohne dass Jutta etwas bemerkte.

„Fang mal vorne an. Wie war ich in der Schule?" Sie nippte an ihrem Sherry, der aus Apfelsaft bestand.

„Du warst echt grottig, ums mal deutlich zu sagen. Und zu Hause wurde dir immer der Musterschüler vorgehalten. Was für ein Theater. Du hast Rotz und Wasser geheult, wenns miese Noten gab. Die waren dir an sich egal, aber das Grinsen von Vince, der nie was Schlechteres als 'ne Zwei nach Hause brachte und die Hinweise deiner Mutter darauf und ob er dir nicht helfen sollte, haben dich total fertig gemacht. Der Arsch hat das auch jedes Mal gefeiert."

„Hatten wir noch mehr Freunde? Waren wir eine Clique?"

„Ja, sicher, da waren die beiden Sannes, Katja und Tina. Die hast du immer um ihre tollen roten Haare beneidet, und als sie dich gefragt hat, ob du ihr den Pony mal schneiden könntest, hast du ihn total kurz geschnitten. Gott, was haben wir gelacht. Also außer Tina."

„Das klingt ja furchtbar. Hab ich auch nette Seiten gehabt?"

„Ja, sicher, die war dir nicht lange böse. Das war keiner. Du warst eh die Hübscheste von uns und hast uns Schminktipps gegeben und von Jungs erzählt. Und gesagt, wann Vinces

Freunde da waren. Die haben wir alle angeschmachtet. Wenn ich an diesen Matthias denke, bekomm ich immer noch ein feuchtes Höschen. Weißt du noch? Diesen Stillen, der nur mit den Kumpels gesprochen hat. Wir dachten, der wär schwul, weil er uns nicht beachtet hat, dabei hatte der 'nen Model als Freundin. Hab ich irgendwann mal bei Insta gelesen." Sie seufzte verträumt.

„Nein, ich weiß nichts mehr. Hatte ich vor Karl schon mal einen Freund gehabt?"

„Machst du Witze? Einen nach dem anderen, meinst du wohl. Und dann hast du dich in diesen Arzt tatsächlich verguckt. Ich dachte, du wolltest den nur um ein bisschen Kohle erleichtern, aber der hatte es dir angetan."

„Und er? Hab ich dir davon mal was erzählt? Wie haben wir uns kennen gelernt?"

Jutta überlegte kurz und spielte auffällig mit ihrem leeren Sherryglas, bis Margret ihr lächelnd ein neues bestellte. „Kann er dir das nicht sagen?"

„Nein, ist ein bisschen komisch gelaufen in letzter Zeit. Erzähl ich dir ein ander Mal."

Jutta nickte. „In irgend 'ner Bar glaub ich. Du hast da nach reichen Typen geguckt und er hat davon gefaselt, dass er nur mal seinen Marktwert checken wollte und gar nichts gesucht hat. Aber dann hätte er dich kennengelernt und es sei Liebe auf den ersten Blick gewesen und so gar nicht geplant oder so ähnlich."

„Weißt du, wann das war?" Margret unterdrückte den Drang, ihre Stoff-Serviette zu zerreißen.

Jutta überlegte kurz. „Och, das ging schon länger. So fast zwei Jahre, würde ich mal sagen. Ich weiß gar nicht, ob seine Frau da schon krank war. Jedenfalls war da nicht die Rede davon, dass er sie verlässt. Dir war das da noch egal. Während einer ihrer Tourneen ist er mit dir nach Florida geflogen. Hat an irgendeinem Ärzte-Ding teilgenommen und du hast dich in der Zeit am Strand rumgewälzt."

Margret erinnerte sich. Es war ihre letzte Konzertreise gewesen und er untröstlich, weil er sie nicht begleiten konnte, sondern zu diesem Fach-Kongress musste.

Jutta bemerkt ihren inneren Aufruhr nicht und sprach ungerührt weiter. „Als sie krank wurde, hast du ihn getröstet und er sagte immer wieder, dass er das ohne dich nicht durchstehen würde. Ich fand das schwach, du fandst das total süß von ihm. Und da hat's bei dir so richtig gefunkt."

„Ich kann mich an einen Typen im Urlaub erinnern, das war nicht Karl."

„Ach der, das war nur 'n Flirt. Keine Ahnung, wie der hieß, hat dich noch ewig angerufen. An den erinnerst du dich, aber nicht an mich?"

„Nein, ich hab nur ein Bild von ihm und mir in meiner Wohnung gesehen. Sah nett aus. Hat Karl mit mir über seine Frau geredet?"

„Ja, manchmal wohl, aber das hast du mir nicht erzählt. Hat mich echt nicht interessiert. Nur als die länger lebte als zuerst gedacht und er sie nicht verlassen wollte, bist du sauer geworden und da hat er dir diese geile Karre gekauft. Hast du die noch?"

„Das blaue Auto? Ja, das hab ich noch."

„Das blaue Auto? Das ist ein 4er BMW Cabrio!"

„Natürlich. Wie ging's weiter?"

„Na ja, du hattest gemeint, er wolle nur warten, bis seine Frau stirbt und dich danach heiraten. Was hat er denn gesagt, nachdem rauskam, dass du dich an nichts erinnern kannst?" Sie nippte an ihrem neuen Glas und sah sie sensationssüchtig an.

„War kompliziert. Im Moment brauche ich mal ein bisschen Abstand von ihm, deswegen bin ich hier. Er wollte mich heiraten?" Mühsam unterdrückte Margret ihren aufkeimenden Ärger.

„Und Kinder wollte er. Hat seine Frau nicht gewollt, sagte er, und sie habe nur ihr Klavier im Sinn gehabt."

„Soso, das hat er mir also erzählt. Ja, ähm, das wird wohl so gewesen sein." Margret nahm einen großen Schluck Wasser und zählte innerlich bis fünf. „Was noch?"

Jutta zuckte mit den Schultern. „Weiß nicht. Wir waren in den letzten Jahren auf Ibiza. Feiern, in der Sonne liegen, chillen. Meinst du, das können wir wieder machen? Aber nee, wahrscheinlich fliegst du ja mit ihm irgendwo hin, wo es schicker ist."

„Ach, warten wir mal ab. Was fand ich noch cool, außer Ibiza und Karl?"

Es folgte eine endlose Liste an Netflix-Serien, deren Darstellern, Parfum-Sorten, Markenartikeln und Cocktails, Bars, Influencerinnen und Musiktiteln, die ihr allesamt nichts sagten. Innerlich bedankte sie sich bei sich selbst für den Einfall mit der Aufnahme-App, um das alles später nachschauen zu können.

„Weißt du eigentlich, warum mein Bruder im Gefängnis war? Er war doch immer so ein Öko, oder? Und hatte irgendwas studiert." Sie nippte an ihrem vermeintlichen Wein und sah Jutta ermunternd an.

„Öko ist gut. Der hat sich auf jeden Baum gehockt, gegen den 'nen Schreiner auch nur gepinkelt hat. Klebte auf der Straße und ach, keine Ahnung, hat überall mitgemischt, wo es um irgendwelchen Klimakram ging. Am Schluss hatten er und seine Kumpels was gegen irgendeine Firma geplant, die Tropenholz verarbeitet hatte. Da hast du deine Chance gesehen und hast den Lappen verpfiffen. Tja, ein Jahr Knast und nix mehr mit Anwaltskarriere. Da war er nicht mehr so großkotzig."

„Ich hab ihn verpfiffen? Weiß der das?"

„Um Himmels willen, niemand außer mir weiß das. Deine Eltern würden dich enterben und keine Ahnung, zu was er fähig wär. Hat ihn schwer getroffen. Seitdem backt er kleinere Brötchen."

Margret aß schweigend ihr Steak und versuchte, die aufkommende Fremdscham zu bekämpfen. Schließlich hatte sie ja nicht das Geringste verschuldet. Sollte sie Vincent davon erzählen? Seine Schwester war tot und was würde ihm die Information jetzt noch bringen? Jutta plapperte unterdessen weiter und zerrte immer mehr an ihren Nerven. Vom Nacken her kündigte sich ein scharfer Kopfschmerz an, der eine Zeitlang anhalten würde. Doch da musste sie jetzt durch.

Sie fragte noch vieles, erfuhr aber nur Belanglosigkeiten und überredete Jutta schließlich dazu, das Restaurant zu verlassen, obwohl diese gern den Dessertwagen geplündert hätte.

„Früher hast du länger durchgehalten, da wäre das hier
nicht mal als Vorglühen durchgegangen. Müssen wir unbedingt mal wieder machen. So richtig feiern gehen, ja?"

„Bestimmt. Aber ich sollte sorgfältig auf mich aufpassen, hat
man mir gesagt. Das kann noch sehr lange dauern, bis ich fit
bin."

„Schon klar. Geil, dass es dir aber so gut geht. Hab dich vermisst, Babe. Kannst mich ja mal wieder zum Essen einladen.
War cool hier in dem Laden."

Zurück in ihrem Zimmer war Margret zu aufgewühlt, um
sofort einzuschlafen. Wenn sie in diesem Moment hätte entscheiden müssen, ob es nicht doch leichter wäre, Karl umbringen zu lassen, hätte sie sich womöglich für diese Lösung entschieden. Aber da wäre immer noch Pfeiffer gewesen.

Sie schaltete den Fernseher ein und zappte durch die verschiedenen Kanäle, blieb bei einer Opernaufführung von Verdi
hängen. Die Sätze der Streicher spielte sie auf ihrem Kissen mit
und wartete auf die Müdigkeit, die aber erst mit Hilfe einer
Tablette kam.

Kapitel 27

„Oh, Jutta die Giftspritze. Von ihr hast du bestimmt so einiges über meine Schwester erfahren. Warum bist du mit ihr essen gegangen?" Vincent zog seine Jacke aus und warf sie auf das Sofa neben der Wohnzimmertür.

„Hängt mit meinem Plan zusammen. Wann kommt Patte?"

Margret hatte am Morgen nach dem Frühstück aus dem Hotel ausgecheckt und war in die Ferienwohnung in Bergen-Enkheim eingezogen. Vincent kam pünktlich und brachte ihr Blumen mit, um die neuen Räumlichkeiten etwas wohnlicher zu gestalten. Sie waren mit hellen skandinavischen Möbeln eingerichtet, an den Wänden hingen Drucke der New Yorker Skyline, der Oper von Sydney und dem Eiffelturm, wie man sie inklusiv der farbigen Rahmen in jedem Baumarkt kaufen konnte.

„Sie kommt ein bisschen später. Nimm nicht alles für bare Münze, was Jutta dir erzählt hat. Sie ist nicht der hellste Stern im Universum und dramatisiert gern schon mal."

Margret lächelte angestrengt und stellte ein Tablett mit Apfelkuchen auf den Tisch des kleinen Balkons. Von hier aus hatte sie einen freien Blick auf die schmale Straße, war jedoch gleichzeitig geschützt vor der Neugier anderer durch einen Sichtschutz aus Schilf. Von oben tropfte Wasser herunter, weil die dortige Bewohnerin es zu gut mit dem Blumengießen meinte.

„Ja, mein Fall war sie auch nicht. Aber sie war sehr gesprächig und hat ein gutes Gedächtnis." Sie wich den Tropfen aus und holte aus der winzigen Küche ihre Zettelsammlung, auf der sie ihren Plan skizziert hatte. Die Ferienwohnung war perfekt geeignet für ihre Bedürfnisse, Parterre, vollständig eingerichtet, modern und sauber, eine Bushaltestelle in unmittelbarer Nähe sowie ein Supermarkt und eine Apotheke.

Sie sahen den blauen Wagen kommen und wie Patte ihn schwungvoll rückwärts einparkte. Beide hielten gleichzeitig die Luft an und mussten darüber lachen.

„Habt ihr über mich gelacht?", fragte Patte, als sie reinkam.

„Über dein Parkmanöver.", sagte Margret und nahm die Freundin in den Arm. Sie ging kurz in die Küche, um Vincent und sie bei ihrer Begrüßung nicht zu stören.

Als sie zurückkam, saßen sie sich gegenüber und bedienten sich an den Gebäckteilchen.

„Erzähl mal, wie war es in dem Wellnessschuppen?", fragte Patte mit vollem Mund.

Margret berichtete nur kurz von dem Hotel.

„Ich hab einen Plan." Sofort hatte sie die ganze Aufmerksamkeit der beiden und verkündete: „Ich werde Sophie."

„Das ist der Plan? 'N bisschen dürftig, oder?"

„Du verstehst nicht. Ich lasse alle Welt wissen, dass ich Sophie bin. Nicht Margret. Ich bestätige das offizielle Narrativ, dass ich einen Unfall hatte, Karl mich gerettet hat, Koma, Amnesie und so weiter. Und jetzt kommts. Ich werde sagen, dass Karl versucht hat, mich zu bestechen. Damit ich zu allen den Kontakt abbreche, er mich Margret nennen darf, und eigentlich wollte er, dass ich behaupte, dass er das Gehirn von seiner Frau in meinen Kopf gesetzt hat. Betrug also. Aber dann habe ich ihn verlassen. Was sagt ihr?"

Patte sah sie nachdenklich an und zog Linien auf dem Tisch, wo einer der Tropfen von oben hingefallen war. „Ich versteh noch nicht ganz, was der Plan dabei ist."

„Er hat mich damit nicht mehr in der Hand! Wenn ich ihn anzeige, oder mich einfach widersetze, kann er mir nicht damit drohen, dass ich eine wissenschaftliche Sensation werde. Er hat keinen Triumph, er wird als Lügner bloßgestellt!"

Vincent ließ sich zurücksinken und sah grübelnd einem Motorrad nach, das vorbeiraste. „Es gibt nur anonyme Aufzeichnungen über die Eingriffe. Das hatte mir Pfeiffer bei dem Rundgang erzählt. Und zu einer offiziellen Untersuchung kann er dich nicht zwingen, zumal nicht, wenn ich bestätige, dass du meine geliebte Schwester bist, die in den Schoß der Familie zurückkehrt."

„Richtig", bestätigte Margret „und damit ist dann noch viel mehr möglich. Zum Beispiel Kontakt zu den anderen Patienten aufnehmen, die vor mir diesen Eingriff hatten. Pfeiffer sagte ja, dass sie nicht alle tot sind."

„Hab ich auch so verstanden. Warum haben die anderen Opfer ihn eigentlich nie angezeigt?" Patte warf ein paar Krümel in den Vorgarten, wo sich gleich eine Horde Spatzen darauf stürzten.

„Gute Frage. Vermutlich mussten sie irgendwas unterschreiben, damit sie keine Ansprüche hatten", antwortete Margret.

„Schon.", sagte Vincent. „Aber zu den Experimenten gehörten ja immer zwei. Einer, der was unterschrieben hat und einer, der starb, und der hatte seinem Tod ganz sicher nicht zugestimmt."

Einen Moment herrschte Stille am Tisch und man hörte nur Vogelgezwitscher und das Rauschen einer nahen Autobahn.

„Wenn wir so ein Opfer finden, das noch lebt und womöglich auch einen, der starb, könnten wir die Angehörigen fragen, was ihnen versprochen wurde und wie die Bedingungen waren. Man könnte die Bestatteten exhumieren und die Angehörigen vielleicht überreden, zu klagen. Die beiden würden sehr lange Zeit hinter Gittern verschwinden. Und die Opfer würden Entschädigungen bekommen."

„Genau das ist der Plan", sagte Margret. „Damit ist endgültig Schluss mit ihrem Verfahren und sie bekommen ihre gerechte Strafe."

Vincent legte die Handflächen aneinander und senkte den Kopf. „Ihr könnt euch nicht vorstellen, was ich darum geben würde, wenn ich in dem Prozess die Opfer vertreten dürfte."

Margret sah ihn mitleidig an und dachte an das, was Jutta ihr erzählt hatte. „Hast du denn gar keine Möglichkeit mehr, Anwalt zu werden?"

„Doch, in zwei Jahren wird meine Vorstrafe gelöscht und danach stehen die Chancen gut, dass ich nach dem Studium eine Zulassung bekomme. Ich war mir nur nie so sicher, ob ich das überhaupt noch anstrebe." Er sah sie direkt an. „Ich hab damals am Rechtsstaat gezweifelt und wollte nicht Teil dessen werden. Hab das Ganze abgebrochen. Jetzt sieht es schon anders aus, vielschichtiger. Aber ich mag auch meine Werkstatt mit Wilson. Ich kann ihn nicht im Stich lassen. Nun kümmern wir uns erstmal um dich und dann schauen wir weiter."

Patte hatte ihm nur zugehört und nichts gesagt. Ihr Gesicht war verschlossen und Margret wusste, dass es in ihr arbeitete, aber nicht warum. „Vincent, sei doch so lieb und koch uns nochmal Kaffee. Alles, was dazu nötig ist, steht rum."

Er ging und sie wandte sich an ihre schweigende Freundin. „Was ist los? Stört dich was?"

Patte richtete sich auf. „Ne, nicht wirklich. Ich hab mir nur vorgestellt, wie das ist mit ‚nem Anwalt zusammen zu sein und krieg das nicht auf die Kette. Mit dem Fahrradschrauber eher. Das ist kein Problem. Aber wenn der so'n Schickimicki wird, passt er einfach nicht mehr zu mir. Auch wenn ich mir das immer so gewünscht hatte."

„Oh, du denkst ja schon weit. Lass das doch mal auf dich zukommen."

Aber Patte schüttelte den Kopf. „Der könnte mir mal bös wehtun, das spür ich. Falls der mich sitzenlässt oder ich nicht mehr gut genug für ihn bin."

„Seid ihr denn schon zusammen? Ich mein' habt ihr schon ...?"

„Wir haben uns geküsst und das fühlte sich an wie ... keine Ahnung, wie im Himmel. Das war zu viel und wenn der dann noch ... Ich halt ihn im Moment auf Abstand und er akzeptiert das. Sagt er."

„Du glaubst, jemanden wie ihn nicht verdient zu haben. Richtig?"

Patte nickte und biss sich auf die Lippen.

„Du hast jemanden wie ihn verdient. Und er jemanden wie dich. Gib ihm doch eine Chance. Wenn es nichts wird, tut das zwar furchtbar weh, verheilt aber auch wieder. Aber bis dahin hattest du, wie du sagst, den Himmel."

Vincent kam zurück und sah sich unsicher um, weil die beiden abrupt verstummten.

„Ähm, ja. Wie kannst du Angehörige finden? Hat er mal von Leuten erzählt, die in irgendeinem Zusammenhang damit stehen könnten? Hast du Adressen oder Namen?", fragte er, um das Schweigen zu durchbrechen.

Margret wiegte den Kopf hin und her. „Ich kann eh niemanden finden und ihr wahrscheinlich auch nicht. Dazu haben wir auch gar keine Zeit. Ich dachte daran, eine Detektei zu beauftragen. Karl stand mit verschiedenen Hilfsorganisationen in engem Kontakt und war auch das eine oder andere Mal in irgendwelchen sehr armen Winkeln diverser osteuropäischer Länder, um dort Menschen zu behandeln. Ehrenamtlich. Mein Gefühl sagt mir, dass er dort seine Opfer getroffen hat. Diese Menschen dort kennen sicherlich nicht ihre Rechte und haben ihm, dem Arzt aus Deutschland, alles geglaubt."

Sie breitete ihre Zettel aus und ihre beiden Besucher beugten sich darüber. Dabei verrutschte Pattes Shirt und gab den Blick frei auf einen frischen Bluterguss um den Oberarm. Schnell zog sie den Ärmel runter, aber es war schon zu spät. Margret zog den Stoff vorsichtig wieder hoch und Vincent gab einen erschrockenen Laut von sich. „Was ist das denn? Bist du überfallen worden? Hast du noch mehr Verletzungen?" Fürsorglich wandte er sich zu ihr, strich zart über die blau und rot verfärbte Haut.

Sie schüttelte den Kopf und zog den Arm zur Seite. „Ist nichts. Alles okay."

„Patricia!" Margret klang plötzlich wie eine Gouvernante aus dem strengsten Internat Englands. „Was ist passiert?"

Patte war schon zusammengezuckt, als sie ihren Geburtsnamen hörte. „Hör zu, es ist nichts, womit ich nicht fertig werden könnte."

Dem rauen Ton folgte ein so eisiger Blick, dass sie nachgab.

„Okay, Karl stand gestern mit irgend so ,nem Typen vor der Tür und wollte wissen, wo du bist. Ich hab sie rausgeworfen."

Margret schnappte nach Luft, während Vincent auf den Tisch schlug, dass die Tassen klirrten. „Das darf ja wohl nicht wahr sein. Den musst du anzeigen! Sofort!"

„Echt jetzt? Ich, die ehemalige Kriminelle mit 'ner Vorstrafe wegen Körperverletzung zeigt den renommierten Arzt an? In welchem Universum lebst du? Ich hab mich verteidigt und hab keine Angst vor solchen Schnullis."

„Doch nicht vor dem Schnulli, sondern vor denen, die der Schnulli bezahlt, um dich in die Mangel zu nehmen! Patte, du kannst nicht dahin nicht zurück!" Margret hatte ihre Sprache wieder gefunden. „Am besten du bleibst sofort hier. Oh mein Gott, das tut mir so leid, ich wollte dich doch nicht in Gefahr bringen!"

Patte hob an, etwas zu sagen, aber Vincent unterbrach sie sofort. „Sie hat recht. Und den Wagen solltest du ganz weit weg parken."

Margret sah ihr an, dass ihr die Situation überhaupt nicht passte und sie sich nur mühsam beherrschte, was viel Übung erforderte.

„Ich weiß, dass du dich gut selbst verteidigen kannst, aber ich nicht. Und wenn Karl klug ist, versucht er nicht noch einmal dich zu überwältigen, sondern folgt dir einfach, verstehst du das?"

Sie bekam ein Nicken zur Antwort, das ihr genügte. Patte atmete aus, dehnte ihren Nacken ein wenig und zerknüllte das Kuchenpapier zu einer festen Kugel.

Vincent nahm ihre Hand und sah ihr forschend in die Augen, bis sie ein lang gedehntes „Jaaahaaa.", von sich gab.

„Wie willst du vorgehen?"

Er hatte sich wieder den Papieren zugewendet und beugte sich vor. Sein rechtes Bein wippte auf und ab und ein angespannter Zug lag auf seinem Gesicht.

„Tja, wir müssen entscheiden, ob wir deine Eltern einweihen." Margret wandte sich an Vincent. „Sie glauben ja immer noch, dass Sophie lebt. Und ich will sie jetzt wieder in Erscheinung treten lassen. Was denkt ihr?"

Patte entspannte sich ein bisschen und sah Vincent an. „Können sie dichthalten und die Rolle als Eltern weiter spielen, wenn sie Bescheid wissen? Wenn nicht, ist das keine gute Idee."

Er hielt den Kopf gesenkt, kaute auf seinen Lippen und dachte nach.

„Das ist ein Faktor, das stimmt", sagte Margret, „Aber die Frage ist auch, ob du das willst. Es sind eure Eltern. Eigentlich hätten sie ein Recht auf die Wahrheit. Ihr Kind ist tot. Das sollten sie wissen."

Doch Vincent schüttelte langsam den Kopf. „Nein und ja. Sie könnten nicht in der Rolle bleiben und ja, sie hätten eigentlich ein Recht darauf, aber ich hätte es ihnen erzählen müssen, sobald ich davon wusste. Es ist ein mieses Gefühl, aber da es dabei hilft, ihren Mörder zu überführen, und das ist er ja, ist es besser nichts zu sagen. Ich würde mich Pattes Meinung anschließen."

Nachdenklich schwieg Margret und sah auf die Straße. Sie musste sich daran gewöhnen, ihren Mann als Mörder zu sehen. Bisher lag ihr Fokus mehr auf dem, was er ihr angetan hatte, aber die tote junge Frau sollte künftig im Mittelpunkt stehen. Sie war die Hauptleidtragende gewesen.

Und nicht nur Sophie, es waren noch andere Menschen Karl zum Opfer gefallen, getötet, ermordet worden. Er hatte einigen eine Chance geben wollen und andere vorsätzlich umgebracht, anders konnte man es nicht sagen. Er hatte so viel mehr Leid verursacht, dass ihres dagegen gering erschien. Eine plötzliche Furcht überfiel sie, Furcht vor dem, was alles ans Tageslicht kommen würde, wenn sie anfangen würden, in der Vergangenheit zu graben und weitere Fälle bekannt werden würden, Namen, Menschen, Schicksale, die Karl geopfert hatte. Für was? Für einen höheren Zweck? So hatte vermutlich Mengele im KZ Auschwitz gedacht bei seinen Experimenten an hilflosen Opfern. Sie erschrak bei diesem Gedanken und verbot ihn sich gleich. Keine Vergleiche, das führte zu nichts.

„Ich werde heute noch die Detektei beauftragen. Vincent, könntest du mir ein bisschen mehr über Sophie erzählen? Dann kann ich besser so tun, als ob ich mich an ein paar Dinge erinnere. Emotionale Dinge vielleicht, wie Weihnachten in der Kindheit, Geburtstage, Themen, die zu Streit führten und so weiter."

Sie erhob sich und wollte hineingehen, stolperte jedoch und ließ ihre Kaffeetasse fallen. Sofort stand Patte bei ihr und half ihr auf die Beine. Der heiße Kaffee war ihr auf den Fuß gelaufen, aber sie zuckte noch nicht einmal, als sie über die verbrühte Haut wischte. Sie sahen sich wortlos an, beide wussten, was das bedeutete und Margret seufzte tief.

Kapitel 28

Alles, was ihr noch eingefallen war, lag in einer Mappe gesammelt auf dem Tisch des Detektivs. Er blätterte kurz darin, nickte und sagte: „Das ist ein guter Ausgangspunkt, wir werden die Leute finden. In diesen Ländern haben wir Partner, die sich darum kümmern werden. In ein paar Tagen sollten Sie erste Ergebnisse erwarten können."

Margret lächelte erleichtert. „Das klingt gut. Ich habe es auf einem der Zettel zusammengefasst. Abgelegene Krankenhäuser mit Intensivstationen oder zumindest einer Ausstattung, die die Pflege vollständig Gelähmter ermöglicht, werden am ehesten in Frage kommen."

„Machen Sie sich keine weiteren Gedanken, junge Frau. Wir finden die Patienten schon." Mit diesen Worten begleitete der schlanke Mann im dunklen Anzug und eleganter Brille sie zur Tür, vorbei an einer telefonierenden Sekretärin und einer offensichtlich wartenden Frau, die auf einem kleinen Besuchersofa saß und in einer Zeitschrift blätterte.

Zurück auf der Straße entdeckte sie auf der gegenüberliegenden Seite ein ansprechendes Restaurant, ging hinein und ließ sich einen kleinen Tisch am Fenster zuweisen. Nachdenklich sah sie nach draußen. Vincent würde am Abend kommen. Wo Patte gerade war, wusste sie nicht genau. Sie hatte jetzt

Urlaub vom Café und Sommerferien in der Abendschule.

Unschlüssig rührte sie mit ihren Pommes frites in ihrer Steak-Sauce. Sie fühlte sich wieder fast so unsicher auf den Beinen, wie vor der Spritze von Pfeiffer und eine weitere würde sie nicht bekommen, ohne in Karls Visier zu geraten, schließlich hatte der Arzt sie verraten. Was könnte sie jetzt erledigen, außer auf eine Nachricht des Detektivs zu warten?

Nachdenklich strich sie sich mit einer Hand über den gewölbten Bauch. Seit ihre Hosen sich nicht mehr schließen ließen, konnte sie ihren Zustand nicht weiter ignorieren. Noch ein paar Wochen, und eine Frühgeburt wäre überlebensfähig. Würde sie bis dahin durchhalten? Und was geschähe mit dem Kind? Auf keinen Fall sollte Karl es in die Hände bekommen. Egal, ob er der Vater war, oder nicht. Zumal er, wenn alles wie geplant verlief, zu dieser Zeit ja hoffentlich schon hinter Gittern saß.

Das Kind. Anders dachte sie nicht von dem kleinen Lebenskeim in ihr. Die Hormone bescherten ihr keinerlei mütterlichen Gefühle, keine Liebe zu dem winzigen Wesen in ihrem Körper, das sich demnächst bemerkbar machen würde.

Sie fühlte sich wie durch eine Vergewaltigung geschwängert und wünschte sich am ehesten, dass es sich als Irrtum herausstellte.

Sie hegte keine Abneigung, nur Pflichtbewusstsein, und wenn sie länger in sich hinein hörte, war sie damit überfordert und es tat ihr leid. Es würde auf jeden Fall ohne Mutter, vermutlich ohne den verantwortungslosen Vater aufwachsen, ausgestattet mit einem großen Vermögen, aber nicht der Geborgenheit eines Elternhauses.

Patte könnte höchstens eine Art Patentante sein, als Pflegemutter kam sie nicht in Frage, dazu hatte sie vermutlich auch gar keine Lust, sonst hätte sie schon längst etwas in dieser Hinsicht gesagt.

Ihre Gedanken schlichen um die naheliegendste Lösung herum, ohne den Mut zu finden, sie zu benennen: Sophies Eltern. Sie waren jung genug, im Gegensatz zu ihren eigenen, die jenseits der achtzig waren. Sie würden sich liebevoll um das Kuckuckskind kümmern und es wäre ihnen ein Trost. Vermutlich würden sie sogar darauf bestehen, wenn sie sie besuchte und sie von ihrem Zustand erfuhren. Nein, auf keinen Fall. Vincent sollte nach ihrem Tod die Wahrheit sagen. Sie weiter zu belügen und auch noch das Kind des Mörders ihrer Tochter großziehen zu lassen, war undenkbar.

Seufzend stand sie auf, hielt sich an der Stuhllehne fest, um ins Gleichgewicht zu kommen, bezahlte und ging in Richtung U-Bahn. Hier fühlte sie sich nach wie vor so fremd wie in einer unbekannten Stadt. Selbst als Kind hatte sie keine öffentlichen Verkehrsmittel benutzt, höchstens mal einen Zug, und um diese Fahrten hatte sich ihre Managerin gekümmert. Die körperliche Nähe der Menschen, die gleichzeitige Ignoranz und der synchrone Blick aufs Handy wirkten bizarr. Nicht, dass sie Kontakt und Aufmerksamkeit gesucht hätte, beileibe nicht. Jedoch hatte sie dieses Phänomen so nie wahrgenommen.

Den Blick konzentriert auf die Straße vor sich gerichtet, lief sie an wilden Graffitis und zahllosen Veranstaltungsplakaten vorbei, bis ihr bewusst wurde, dass sie das Gesicht auf einem davon kannte: Igor Levit. Ein Pianist der Extra-Klasse, ein Wunderkind genau wie sie, hatte er der klassischen Musik ebenfalls eine neue Stimme gegeben und vor allem, er war ihr Freund gewesen. Endlose Stunden hatten sie sich Stücke gemeinsam erschlossen, an Nuancen gefeilt, gearbeitet, gelacht, Wein getrunken und in dem Bewusstsein, das gleiche Leben zu leben, sich gegenseitig gewärmt. Er hätte ihr Sohn sein können und es gab Momente, in denen sie sich das hatte bewusst machen müssen.

Aufgeregt sank sie auf einen der plastikbezogenen Sitze in der Bahn und rief in ihrem Smartphone den Kartenvorverkauf für Levits Konzerte auf. Es gab nur ein einziges in ein paar Wochen in Frankfurt und es war fast ausverkauft, aber sie konnte eine Karte ergattern, in der zweiten Reihe, genau in der Mitte. Zufrieden lächelnd steckte sie das Smartphone ein und sah sich um.

Eine Reihe vor ihr saß eine junge Frau, deren Schwangerschaft sichtbar schon weiter fortgeschritten war und die ein kleines Mädchen bei sich hatte, das ununterbrochen ihre Aufmerksamkeit forderte. Die Mutter schien mit endloser Geduld gesegnet, nur tiefe Schatten unter ihren Augen verrieten, dass sie es im Moment nicht leicht hatte.

Im Gegensatz zu ihr ging es Margret mit dem Baby noch gut. Nicht einmal die sonst häufige Morgenübelkeit hatte sie geplagt. Was sich jedoch nicht zu vermeiden ließ, war der Gang zum Gynäkologen. Bei dem Gedanken daran sträubte sich alles in ihr, doch um sich nicht weiter in diese Aversion hineinzusteigern, rappelte sie sich wieder hoch und zückte das Handy erneut, um nach der am nächsten gelegenen Adresse zu suchen. Kurz wurde ihr bewusst, dass sie sich genauso verhielt wie die, die ihr eben noch als bizarr erschienen. Kopfschüttelnd rief sie dort an, um einen Termin zu vereinbaren. Es war der Beginn der Ferienzeit und daher ließ man sie schon zwei Tage später kommen.

Erleichtert, etwas geschafft zu haben, sah sie aus dem Fenster.

Endlich in ihrem vorübergehenden Heim angekommen, legte sie sich auf die Couch. Müdigkeit und Unruhe wechselten sich in ihrem Inneren ab. Immer wieder richtete sie den Blick auf die Haustür. Wo war Patte? Sie hätte sie gern gebeten, einkaufen zu gehen. Der blaue Wagen war fort, wie besprochen. Sicherlich hatte sie ihn weit außerhalb von Frankfurt geparkt, um ihn vor Karl zu verstecken.

Patte kam erst am frühen Abend. Sie schob mit der Schulter die Tür auf und trug einen schweren Rucksack und einen Karton hinein. Margrets Sorge und Freude verwandelte sich schlagartig in Ärger, als sie sah, was ihre Freundin mitgebracht hatte.

„Du warst bei dir zu Hause! Verdammt, wir hatten doch gesagt, dass das zu gefährlich ist! Was, wenn Karl dich beschatten ließ und jetzt weiß, wo wir sind? Dann müssen wir schon wieder umziehen." Die ganze Anspannung, die sich in ihr aufgestaut hatte, entlud sich auf einmal.

„Chill mal." Patte stellte die Sachen ab und ging auf den Balkon, um zu rauchen. „Er hat mich tatsächlich beobachten lassen und ich hab die durch die ganze Stadt gescheucht." Sie grinste bei der Erinnerung. „Das war der Knaller! Aber keine Sorge. Ich weiß, wie man solche Leute abschüttelt. Schon vergessen, was ich früher gemacht hab? Ich hab ganze Legionen von Bullen hinter mir gelassen." Kurz war sie in den alten Slang gefallen und klang stolz auf ihre kriminelle Vergangenheit. Aber sie fing sich wieder. „Ich meine, ich wusste, was ich tat. Also keine Sorge." Sie schnippte die Asche in einen der Blumenkästen neben sich.

Margret stand im Türrahmen und ihre Kiefermuskeln verspannten sich, aber sie sagte nichts mehr.

„Hier, in der Kiste sind ein paar Vorräte, ich war eben noch einkaufen. Was ist denn los? Hast du dir etwa Sorgen um mich gemacht? Musst du nicht. Ich pass schon auf uns beide auf." Sie drückte die Zigarette aus, zwinkerte ihr zu und drängte sich an ihr vorbei in die Küche, um das Mitgebrachte auszupacken. „Was hat denn der Detektiv gesagt?"

Nur widerwillig ließ Margret sich von ihrem Ärger ablenken. „Er sucht."

Patte drehte sich zu ihr um. „Hey, jetzt krieg dich ein. Das hat Spaß gemacht! Adrenalin, so wie früher! Ich brauch das manchmal."

Ihre Freundin sah sie nur von der Tür aus an. Kritisch und missbilligend. „Das ist das Leben, das du wolltest. Du hast es dir ausgesucht und monatelang eingeübt. Wenn dir Adrenalin fehlt, geh Bergsteigen oder spring im Schwimmbad vom Zehnmeterbrett."

„Ach, Margretchen." Patte kam zu ihr und knuffte sie in die Seite. „Ich kann doch gar nicht schwimmen und zu viel Natur ist ungesund. Und ich machs auch nie wieder, versprochen. Soll ich uns Nudeln kochen?"

Es hatte keinen Sinn, Patte war zu gut drauf, um mit ihr zu streiten.

„Sie wollen dich so bald wie möglich treffen. Mama ist schon ganz aufgeregt, sie hat geweint vor Freude." Vincent vergrub sein Gesicht in den Händen. „Gott, ich fühl mich so beschissen."

„Bringen wir es morgen schnell hinter uns." Margret versuchte, pragmatisch zu sein. Sie räumte den Tisch nach dem Essen ab und holte ihre Zettelsammlung.

„Schnell? Glaubst du, die lassen dich wieder aus ihren Fingern, wenn sie dich einmal haben? Du warst die Prinzessin, das langersehnte eigene Kind, du wurdest auf Händen getragen."

„Das klang aus Juttas Mund ganz anders. Ist doch auch egal. Ich werde so gut wie möglich meine Rolle spielen, sie gelegentlich besuchen, aber auf meiner Unabhängigkeit bestehen."

Vincent sah sie kopfschüttelnd an. „Du bist schwanger. Weißt du, wie hysterisch meine Mutter die Aussicht auf ein Enkelkind finden wird? Sie wird unverzüglich anfangen zu stricken, Klamotten zu kaufen, lebensgroße Teddybären anschaffen, der Ferrari unter den Kinderwagen wird nicht gut genug sein." Seine Stimme überschlug sich fast.

Patte kicherte, bis sie bemerkte, dass er das ernst meinte. Die werdende Mutter fand das überhaupt nicht lustig.

„Gibt es denn gar keine Chance, das vor ihnen geheim zu halten? Wollen wir ihnen nicht sagen, dass meine Lebenserwartung nur noch ein paar Wochen beträgt? Und das Kind das vielleicht nicht überleben wird?"

„Noch mehr Lügen?" Er ließ sich nach hinten fallen und sah Patte zu, die auf den Balkon ging, um zu rauchen. „Ich weiß es nicht. Wie geht es jetzt eigentlich weiter?"

„Ich warte auf den Bericht des Detektivs und wenn wir mindestens ein Opfer, beziehungsweise ein Doppelopfer gefunden haben, setzen wir alles daran, dass er oder sie Karl verklagt. Und dieser Klage schließ ich mich gleich an, dass er versucht hat zu betrügen und mich bestochen hat, damit ich die Unwahrheit sage. Das ist das Geld, das er mir auf das Konto deiner Schwester überwiesen hat. Es war eigentlich mein eigenes Vermögen, das er geerbt hatte. Und mein Anteil am gemeinsamen Haus."

„Musst du das denn überhaupt alles erzählen?"

„Auf jeden Fall, sonst lässt er verbreiten, dass er bei mir Erfolg hatte. Und hat trotz Gefängnis den Ruhm. Noch bevor ich tot bin, werden sich die Wissenschaftler auf mich stürzen. Sie werden bestätigt finden, was er sagte, und er wird die Unsterblichkeit erlangen, die er sich wünscht. Der Erste, der ein menschliches Gehirn transplantiert hat. Und dann werden sie weiter machen. Nicht er und Pfeiffer, sondern seine Studenten, andere, die Einsicht in die Ergebnisse und Unterlagen bekommen. Und es wird noch mehr Tote geben. Ich bin der einzige lebende Beweis, dass es funktionieren kann." Sie atmete schwer und ihre Finger, die eben noch einer unhörbaren Melodie gefolgt waren, krallten sich in das nächste Kissen.

Kapitel 29

„Der Mitarbeiter aus Osteuropa hat sich gemeldet. Seine Ergebnisse waren etwas überraschend, muss ich sagen." Der Detektiv lehnte sich in seinem knarrenden Lederstuhl zurück und legte die Fingerspitzen aneinander.

Margret konnte kaum stillsitzen vor Aufregung. Sie war sofort nach seiner Nachricht, dass es erste Resultate gebe, mit einem Taxi zu ihm gefahren. An einen Mietwagen war leider nicht mehr zu denken. Die Ausfallerscheinungen an ihren Beinen wurden immer gravierender. Sie spürte ihre Fußsohlen kaum noch. Zur Unterstützung hatte sie Walking-Stöcke dabei.

„Haben Sie jemanden gefunden? So schnell?"

„Die Organisationen, die Sie uns genannt haben, bestehen nicht aus professionellen Geheimnisträgern. Mein Mann vor Ort musste nur ein bisschen Druck ausüben, um zu finden, was Sie suchen." Er sah, dass Margret zusammenzuckte bei dem Wort Druck. „Keine Sorge, es ist niemandem was passiert. Der Patient gilt dort als besessen, die Leute sind abergläubisch." Er zögerte kurz, bevor er fragte: „Es geht mich ja nichts an, aber das klang schon ziemlich abenteuerlich, was der Kerl erzählte. Er sei im Kopf eines Fremden aufgewacht und könne sich seitdem nicht mehr bewegen. Er braucht manchmal Sauerstoff und wird künstlich ernährt. Halten Sie das für möglich?"

Das tat Margret allerdings. „Wo finde ich den Mann?"

Patte wuchtete den Treckingrucksack vom Sofa. „Das sollte für uns beide reichen. Vincent müsste gleich da sein. Wann kommt das Taxi?"

„In zwanzig Minuten. Ich bin so aufgeregt, dass mir schlecht ist."

„Hast du genug Medikamente dabei? Proteinriegel? Desinfektionsspray?"

Margret nickte und durchwühlte zum wiederholten Mal ihrer Schultertasche. „Außerdem Tauchsieder, Taschenmesser, Pflaster, Ladekabel, Steckdosenadapter, Videokamera. Alles was auf dem Zettel stand. Warte mal, das Taschenmesser muss zu dir, sonst wird es uns beim Sicherheitscheck abgenommen. Ist der Rucksack auch nicht zu schwer für dich?"

„Zwölf Kilo. Ich habe bei den Einbrüchen oft wesentlich mehr rausgeschleppt. Und musste damit rennen." Sie bremste sich, als sie Margrets Gesichtsausdruck sah. „Nein, ist nicht zu schwer, wollte ich sagen."

Margret hatte vor der Abreise noch den Arztbesuch hinter sich gebracht und wusste jetzt, dass es höchstwahrscheinlich ein Mädchen werden würde. Seitdem versuchte sie zu verdrängen, was sie auf dem Ultraschallbildschirm gesehen hatte. Das kleine Würmchen mit dem großen Kopf, den winzigen Händen und Füßen. Sie hatte das kleine Herz schlagen gehört und eine Bewegung wahrgenommen, die wie ein Winken aussah. Noch schlimmer war der Besuch bei Vincents Eltern gewesen, der so emotional war, dass ihr immer noch die Tränen kamen, wenn sie daran dachte. Die beiden hatten sie behandelt, wie jemanden, der von den Toten auferstanden war. Sophies Lieblingsessen stand auf dem Tisch, abgeliebte Kuscheltiere, Freundebücher und Fotoalben sollten ihren Erinnerungen auf die Sprünge helfen. Bilder von gemeinsamen Urlauben, von Familienfeiern und Ausflügen. Sie war ein bildhübsches Kind gewesen, gekleidet wie eine kleine Prinzessin und stets im Mittelpunkt. Sophie am Strand, auf einem Pony, in einem Pool, an einem geschmückten Tisch mit anderen Mädchen, im Zoo mit kleinen Ziegen, mit Schultüte und auf einem rosa Fahrrad.

Immer wieder strahlten die beiden sie fassungslos und unter Tränen an vor Dankbarkeit, dass ihr Kind wieder bei ihnen war, während Vincent verlegen vor sich auf den Tisch sah und mit dem Zuckerstreuer spielte. Auch er war auf den Bildern zu sehen, nicht ganz so oft, nicht ganz so fröhlich, so pummelig, dass Margret ihn erst nicht erkannt hatte.

Es war ihr unendlich schwergefallen, ihre Rolle zu spielen und die beiden zu belügen. Schon nach einer Stunde hatte sie einen Schwächeanfall vorgetäuscht und sich von ihm zurückfahren lassen.

Es klingelte und Patte öffnete. Auch Vincent hatte einen großen Rucksack dabei. „Wilson ist nicht gerade begeistert, dass ich ausgerechnet jetzt verschwinde. Aber er versteht's wohl. Hier, das hat er mir für dich mitgegeben." Er hielt Margret einen verschlossenen Umschlag hin.

„Will er mir nochmal schriftlich ins Gewissen reden? Ich werde das Kind nicht umbringen. Die Kapsel ist für danach. An dem Mann, den wir besuchen, sieht man ja, wie lange man noch am Leben erhalten werden kann, ohne eine Chance, selbst zu entscheiden. Das ist es, was ich verhindern will."

Sie griff nach dem Brief und öffnete ihn entschlossen. Es war nur ein kleiner Zettel darin. Mit einer Telefonnummer und einem kurzen Satz, dass Margret vertrauenswürdig sei und von ihm, Wilson komme. Ihre Hand fing an, leicht zu zittern.

„Der Zahnarzt. Er hat mir die Adresse doch gegeben. Das ist ... das ist wirklich großartig von ihm. Ich werde ihm schreiben, wenn wir zurück sind. Und mit dem Arzt mache ich am besten jetzt gleich einen Termin. Er wird ja nicht dauernd Zeit haben."

Sie ging in das kleine Schlafzimmer und schloss die Tür hinter sich.

„Gib mir mal euren Rucksack." Vincent wog ihn kurz am ausgestreckten Arm. „Okay, wir tauschen. Dann kannst du dich noch ein bisschen um Margret kümmern, wenn sie mal stolpert oder so."

„Mach das nicht."

„Was?" Erstaunt sah er sie an.

„Bestimmen. Frag mich, oder mach einen Vorschlag. Aber bestimme nicht."

Patte musste den aufkommenden Ärger unterdrücken. Jetzt wusste sie, wie Margret sich gefühlt hatte, als sie ihr die Autoschlüssel abgenommen hatte.

Er sah sie kurz fragend an, dann wurden seine Züge weicher. „Tut mir leid, ich finds gut, dass du das gesagt hast und nicht einfach runtergeschluckt, bis du sauer wirst." Ein kleines Lächeln lag in seinem Mundwinkel. „Ich achte drauf, okay? Und wenn ich es vergess, erinnere mich bitte daran."

Sie nickte. „Okay, ich geh mal davon aus, dass du gefragt hast, und ich stimme zu, du kannst gerne den schweren Rucksack tragen."

Margret kam zurück und sah aus dem Fenster. „Da ist das Taxi. Habt ihr die Tickets auf dem Handy? Pässe? Geld hab ich dabei, das Hotel ..."

„Jetzt komm. Es ist alles da." Patte schob die beiden aus der Tür und schloss hinter ihnen ab. Sie war nervöser, als sie zugeben wollte. Vincent und Margret waren in Gedanken schon bei der Adresse des Krankenhauses, die sie von dem Detektiv hatten. Sie noch nicht. Sie war jetzt erstmal beim Flughafen und danach im Flieger. Es würde ihr erstes Mal werden und ihr wurde flau im Magen. Aber das hatte sie ihren Reisebegleitern nicht gesagt.

Terminal 1 war eine große, beeindruckende Halle, die Patte schon öfters im Fernsehen gesehen hatte. Aber das war nichts im Vergleich zur Realität.

Überall liefen Menschen unterschiedlichster Hautfarbe mit kleinen Rollköfferchen zielstrebig in eine Richtung oder Familien standen mit buntem Gepäck vor der riesigen Anzeigetafel mit den Abflügen. Offensichtlich wussten alle genau, wo sie hinmussten, und machten sich gezielt in diesem Gewirr von Durchgängen und Schildern auf den Weg. Vincent fand sofort den Automaten, an dem sie online eincheckten, den Schalter für das Gepäck und lotste sie anschließend souverän zum Sicherheitscheck.

Eine wilde Vorfreude überfiel sie bei der Vorstellung, mit ihrer besten Freundin und dem Mann, in den sie sich verliebt hatte, ein solches Abenteuer zu bestehen.

Margret hatte Business-Class gebucht, da ansonsten kein Platz mehr so schnell zu haben gewesen wäre. Heimlich beobachtete sie die anderen Fluggäste, die alle entspannt mit ihren Sitznachbarn plauderten, Zeitung lasen oder ihre Laptops auspackten. Vincent murrte leise über die überflüssigen Flüge und den CO2-Abdruck, den sie hinterlassen würden, aber Patte hatte nicht die Absicht, sich den Spaß an der ersten Reise ihres Lebens verderben zu lassen. Seufzend ließ sie sich in ihren Sitz sinken.

Der Start nach Bukarest war aufregend und sie konnte den Blick nicht von der unter ihr sich entfernenden Erde abwenden. Die Landung verlief dramatisch. Schon kurz vor dem Ziel hatten Turbulenzen ihr den Tomatensaft aus der Hand geschüttelt. Es war windig, was das Flugzeug hin und her schaukeln ließ, als ob es betrunken wäre und in der festen Überzeugung, dass sie abstürzten, wartete Patte darauf, dass ihr verkorkstes Leben an ihr vorbei ziehen würde.

Dass die Landebahn dazu noch holprig war, machte die Situation nicht erfreulicher. Vincent versuchte sein Bestes sie zu beruhigen, und wies sie auf die Flugbegleiter hin, die vorne saßen und entspannt plauderten. Trotzdem klammerte sie sich an das Geländer, als sie ausstiegen, damit ihre weichen Knie unter ihr nicht nachgaben.

Sie waren jetzt im Flughafen Bukarest der Hauptstadt Rumäniens, aber noch lange nicht am Ziel. „Du bist noch nie geflogen, richtig? Da hab ich nicht dran gedacht, es tut mir so leid", sagte Margret.

„Geht schon, mir ist nur ein etwas schlecht geworden."

„Leider wartet die nächste Maschine schon auf uns. Das könnte noch ein bisschen aufregender werden."

„Noch aufregender?" Patte wurde blass.

„Naja, dir fehlt doch das Adrenalin, hast du gesagt. Ich fürchte, jetzt wirst du davon einiges bekommen." Sie fuhren ihre Koffer und Taschen mit einem Gepäckwagen aus dem Flughafen auf eine heiße staubige Straße, auf der jede Menge Taxis auf Gäste warteten und gingen gleich ins nächste Gebäude nebenan. Direkt hinter der Blechtür standen sie in einer großen Halle, einem Hangar mit fünf kleinen Flugzeugen, die mehr oder weniger anständig gewartet aussahen.

Ein Mann kam auf sie zugeschlurft und bevor Patte nach ein paar Münzen greifen konnte, um sie ihm für ein warmes Essen zu spendieren, gab er sich in gebrochenem Englisch als ihr Pilot zu erkennen. Er führte sie zu einem Doppeldecker, der aussah wie aus einem historischen Film aus dem Zweiten Weltkrieg. „This is Anna. Good Girl. Old girl, but good girl. My big love." Er tätschelte den Flügel und lachte, während er einem anderen Mann winkte, der eine Leiter herantrug.

Während Vincent Margret die Stufen hoch half, blieb Patte hinter ihm stehen und betrachtete die geflickten Tragflächen, die wie mit Pflastern übersät aussahen. Die unterschiedlich breiten Reifen und der Sprung in einer der Seitenscheiben addierte sie dazu und kam zu dem Schluss, dass ihre Überlebenschancen ungefähr so hoch waren wie die einer Ente im Chinarestaurant.

In Gedanken verabschiedete sie sich von ihrer Schwester und folgte den beiden in das Blechungetüm, das von innen nicht vertrauenserweckender aussah. Sie waren die einzigen Passagiere und saßen auf an den Boden geschweißten Autositzen. Vor und hinter ihnen lagen Kisten und Säcke in sämtlichen Größen, mit Schnüren und Gurten an allem befestigt, was Widerstand bot.

Der Flug dauerte vier endlose Stunden, die sich zogen wie ein Verhör nach einer schlaflosen Nacht. Margret neben ihr war trotz des Maschinenlärms eingenickt, Vincent las einen Roman. „Der letzte Sessellift" von John Irving. Klang nicht sehr spannend, trotzdem war er wie gebannt und lachte hin und wieder.

Endlich sah Patte aus dem Fenster eine breite Schneise hinter grünen Feldern auftauchen. Im Hintergrund entdeckte sie eine Siedlung und einzelne Höfe. Je näher die Landebahn kam, desto mehr Schlaglöcher und Steine konnte sie erkennen. Aber der Lärm hatte sie bis dahin so betäubt, dass sie kaum rechtzeitig die Zunge zwischen den Zähnen zurückzog, um sie sich nicht abzubeißen, bei dem Geruckel, das unweigerlich folgte.

Patte verstaute eine Chips-Tüte mit ihrem Erbrochenen unter der verzurrten Ladung hinter ihrem Sitz und stieg mit wackeligen Knien die erneut herangetragene Leiter herunter.

Hier stand kein Flughafengebäude, hier gab es nichts, nur schmale grüne Felder und in der Ferne eine Handvoll Häuser, die sich in den Staub drückten, als ob sie sich verstecken wollten. In der Luft lag der Geruch von Kerosin und Holzfeuer, neben der Piste grasten zwei magere Pferde, etwas entfernt stand ein Jeep, dessen Fahrer betont lässig an der offenen Tür lehnte und rauchte. Auf der Rückbank konnte man einen weiteren Mann erkennen, der auf sein Smartphone hämmerte wie auf eine alte Schreibmaschine.

Als sie sich näherten, stieg er aus und kam breit lächelnd auf sie zu. „Guten Tag, ich bin Anton, ihr Dolmetscher. Kommen Sie, fahren wir zu Hotel, Sie können essen und schlafen, morgen wir fahren zu Hospital." Er schob sie in das Fahrzeug, während der Chauffeur ihr Gepäck verstaute und losfuhr.

Schnell machte sie ein Foto von der Szene und schickte es ihrer Schwester. „Rate, wo ich bin!"

Vergeblich suchte sie nach Sicherheitsgurten, gab schließlich auf und sah aus dem Fenster. Eine Idylle zog an ihr vorbei, Menschen auf den Feldern winkten ihnen zu, Kinder spielten am Straßenrand und Häuser und Zäune waren bunt gestrichen. Sie fotografierte immer wieder und schickte die Bilder gleich weiter.

Anton plapperte in einem fort und wies in alle Richtungen, in denen seine Familie, Freunde und andere, die er kannte, lebten. Aber sie sah auch, dass die Arbeiter ärmlich gekleidet, die Kinder schmutzig und die Häuser baufällig waren.

Schließlich erreichten sie den nächsten Ort. Es waren nur wenige Autos unterwegs, dafür sah Patte ein Pferdefuhrwerk, dass von einem braunen, knochigen Pferd gezogen wurde und auf dessen Ladefläche eine Frau in einem farbenfrohen Kleid mit einem roten Kopftuch mit zwei kleinen Kindern saß. Der Mann auf dem Kutschbock nickte freundlich, Anton sah zur Seite, als ob er ihn nicht bemerkt hätte. „Zigeuner. Haltet euch von denen fern. Die klauen alles, was sie in die Finger bekommen, vor allem die Kinder."

Die ersten Häuser bestanden hauptsächlich aus eintönigen, gesichtslosen Betonkästen, deren einziger Schmuck die trocknende Wäsche auf den kleinen Balkonen war. Sie waren verbunden durch ein Gewirr aus Stromkabeln sowie ganzen Büscheln aus Antennen und Satellitenschüsseln.

Dahinter folgte ein endloser Bretterzaun, nur unterbrochen von bunten phantasievoll gestalteten, schmiedeeisernen Toren, hinter denen kleine Häuser und Schuppen in allen Phasen der Fertigstellung oder Renovierung standen, ohne dass jemand sichtbar an ihnen gearbeitet hätte. Die Hauptstraße war zwar asphaltiert, jedoch jeder abzweigende Weg schmal und mit Schotter belegt.

Immer wieder sah sie kleine Läden und Imbissbuden, konnte aber nicht lesen, was auf den Schildern darüber stand. Auf dem Gehweg davor sahen Gruppen von Männern dem Wagen nach und winkten gelegentlich, was von Anton erwidert wurde. Frauen mit Kopftüchern trugen Plastiktüten voller Gemüse, ein paar barfüßige Kinder kickten mit großem Enthusiasmus einen abgenutzten Ball zwischen sich hin und her. Zwischendrin streunten magere Hunde und Katzen und suchten in den zahlreichen Schutthaufen nach Essbarem. Die Rinnsteine links und rechts der Straße waren so tief wie Kanäle und manchmal führte ein kleiner Holzsteg zu dem dahinterliegenden Tor.

In fast jeder Baulücke waren Stände aufgebaut mit Honig, Käse, Gemüse, Schnaps und bunten Teppichen. Anton erzählte ihnen, dass die Frauen diese Teppiche zuhause selbst webten und dass die Gegend dafür berühmt sei. Irritierend fand Patte, dass sie an die Wand gehängt wurden und nicht auf dem Boden liegen sollten.

Zwischen den trostlosen Zäunen stand wie aus einer anderen Zeit und Welt eine Kirche mit einem gepflegten Park, makelloser Fassade und einer weitläufigen Anlage drumherum, die an eine Burg erinnerte. Anton berichtete, es sei ein altes Kloster aus dem achtzehnten Jahrhundert, mit EU-Mitteln bis ins kleinste Detail restauriert und das Schmuckstück der Region. Die Prioritäten waren eindeutig verteilt.

Sie fühlte sich wie auf einen anderen Planeten versetzt, es erschien ihr unwirklich, was sie sah. An ihr zog eine Fernsehdoku über Südosteuropa vorbei, die nach Rauch und Abwasser roch, nach Staub schmeckte und sich wie ein Film auf die Haut legte, den sie dringend abwaschen wollte. Sie konnte nicht erkennen, ob es den Leuten gut oder schlecht ging, ihre Muster und Schubladen funktionierten hier nicht.

Eine alte Frau winkte ihnen freundlich hinterher, hatte jedoch weniger Zähne im Mund als ein Crack-Junkie. War sie arm? Offensichtlich, sie trug geflickte und zerfranste Kleidung. Aber ging es ihr deshalb mies? Sie wirkte zufrieden, saß vor einem kleinen Haus und schälte Kartoffeln. Würde sie im Winter immer noch so zufrieden wirken oder frieren?

Sie versuchte, sich vorzustellen, hier zu leben, hatte aber keine Ahnung, wo sie sich am Rand der Straße platzieren sollte und fotografierte weiter, um später darüber nachzudenken. Jetzt hieß es Eindrücke sammeln.

Endlich kamen sie zu einem großen Hotel, das wie ein Fremdkörper zwischen all der Tristesse herausragte. Der Bau war aus dem vorletzten Jahrhundert, mit einer weißen stuckverzierten Fassade, Blumenkästen und einer breiten Treppe mit geschwungenen niedrigen Mauern statt einem Geländer. Ein Teil des Daches war mit Holzschindeln gedeckt. Es sah aus, wie ein Palast und hätte als Kulisse für einen Film dienen können, in dem Adel und glückliche Dienerschaft gute alte Zeiten verklärten, die es so nie gegeben hatte.

Leider sah man zahlreiche gescheiterte Ausbesserungsarbeiten, die den ursprünglichen Schaden noch deutlicher machten. Oben, vor der großen goldgerahmten Glastür stand ein Page, der heruntergerannt kam, als er sah, dass der Wagen vor der Treppe hielt. Ein weiterer kam mit einem klapprigen Gepäckwagen und lud ihre Rucksäcke auf, während Anton sie mit einem Redeschwall anmeldete und ihnen ihre Zimmerschlüssel aushändigte.

Die Eingangshalle war eine Mischung aus abgeschabten Antiquitäten, die bei den entsprechenden Auktionshäusern ein Vermögen gebracht hätten, einem plärrenden Fernseher, in den niemand schaute und einem großen Kühlschrank mit Cola, Wasser und Plastikflaschen mit undefinierbaren Flüssigkeiten.

Genauso eine holte der Portier jetzt heraus und goss fünf kleine Gläser bis zum Rand voll. „Hat sein Großvater gebrannt, ist von Mirabellen. Ist Begrüßung. Noroc."

Anton nahm eines der Gläser und kippte den Inhalt komplett runter.

Patte schnupperte erst vorsichtig an ihrem. Es erinnerte sie an den Pinselreiniger aus der Werkstatt, von dem sie wusste, dass er blind machen konnte. Man hatte sie zu Beginn der Ausbildung mehrfach davor gewarnt. Vincent neben ihr hustete und war rot angelaufen, er hatte versucht, den Schnaps genauso zu trinken wie Anton. Margret verneinte und deutete auf ihren Bauch. Patte sah, dass das als Ausrede durchging und deute auch auf ihren. Daraufhin klopfte der Portier Vincent immer wieder auf die Schulter und redete auf ihn ein, während er nachschenkte.

„Er denkt, dass du der Vater beider Kinder bist, und gratuliert", übersetzte Anton grinsend.

Patte sah sich nur kurz im Zimmer um, das sie mit Margret teilte, was diese erstaunte, aber nicht kommentierte. Die Betten und Matratzen stammten noch aus der Zeit der Grundsteinlegung des Hauses, die grünseidenen Tapeten hatten sich an einigen Stellen von den Wänden gelöst. In den Ecken lauerte schwarz-bunter Schimmel, der den Putz schon abgesprengt hatte. Aber sie war so müde, dass sie auch in der rostfleckigen Badewanne geschlafen hätte. Sie legte sich auf ihre Seite und schlief auf der Stelle ein.

Der Morgen begann früh mit Geklapper im Hof, lautem Lachen und durch das Fenster zogen Gerüche herein nach Gebratenem und bereits Verdautem. Patte fühlte sich wie in einem Urlaub, den sie nie gehabt hatte, und sah zu Margret, die noch schlief.

Eine Zeitlang blieb sie liegen und versuchte Bilder in den Schimmelflecken zu erkennen, bis ihre Bettnachbarin ebenfalls wach wurde. Schnell huschte sie ins Bad und wusch sich mit kaltem Wasser, anscheinend gab es keinen Strom, und überließ es danach Margret. Sie nutzte die Zeit, stellte sie sich auf den Balkon und rauchte ihre Frühstückszigarette. Dabei beobachtete sie die

Leute unten, die Wäschekörbe aus einem Transporter luden, die Frauen mit bunten Kopftüchern, die ihre Haare zurückhielten und die sich offensichtlich über den Fahrer lustig machten, was der mit einem Brummeln kommentierte.

Als Margret soweit war, gingen sie nach unten und genossen das üppige Frühstück. Anton kam dazu und erzählte zu jedem Stück Käse, zu jeder Scheibe Wurst und dem Maisbrei die Geschichte der Herkunft. Er beschrieb das Feld, auf dem die Tomaten wuchsen und die Bäume, auf denen die Oliven reiften. Das wunderbare Omelett stammte von Hühnern, die hinter dem Hotel im Garten lebten, der Schinken von den Schweinen des Nachbarn.

Sie lachten zusammen, als Besucher kamen und sie besichtigten, während der Hotelmanager sie an der Tür des Frühstückszimmers darüber aufklärte, dass Vincent mit zwei schwangeren Frauen reiste, die aber nicht mehr das Zimmer mit ihm teilen wollten. Über die Übersetzungen Antons, der berichtete, dass man ihm ein größeres Omelett bringen wollte, um ihn zu unterstützen.

Nebenbei sah Patte auf ihr Handy. Babsi hatte nicht geantwortet. Das erste Bild hatte sie noch mit einem Herzchen markiert, die weiteren gesehen, das letzte anscheinend nicht aufgerufen. Was sollte das denn? Sie rief die Nummer auf, aber es meldete sich nur die Mailbox, auf der sie eine Nachricht hinterließ.

Kurz darauf stand ihr Fahrer wieder im Hotelfoyer und brachten die drei zu der Klinik, wo sie vom örtlichen Mitarbeiter des Detektivs erwartet wurden. Margret fühlte sich beschämt, weil sie einen so sorglosen Morgen verbracht hatten, obwohl der Anlass ihres Besuchs so tragisch war. Sie saß wortkarg und aufgeregt im Fond des Jeeps.

Kapitel 30

Die Klinik erinnerte sie an eine Ansammlung verschieden großer Schuhschachteln, einige Fenster standen offen und Patienten in Schlafanzügen lehnten sich auf die Fensterbretter und
rauchten. Vor dem Eingang saß eine Familie in der warmen
Sonne auf einer Picknickdecke um einen dicken Mann herum,
der einen Ständer mit Tropf und Urinbeutel neben sich hatte
und aus einer Flasche trank, die der des Portiers verdächtig
ähnlich sah.

Daneben stand ein Mann in einem grauen Anzug und am
Kragen offenen weißen Hemd mit gepflegtem schwarzen Bart,
der trotz der sicherlich mehr als vierzig Jahre kein einziges helles Haar aufwies. Seine Miene zeigte ein neutrales höfliches
Lächeln unter dunklen Augen, die vermutlich durch Wände
sehen konnten.

„Frau Nieß? Mein Name ist Sergej. Ich spreche Deutsch, ich
bin in Hannover geboren", stellte er sich vor. „Der Arzt wartet
schon. Kommt."

Er führte sie durch den Eingang, wo überall Menschen mit
Verbänden und Gestellen mit Tropfbeuteln saßen und sie ansahen. Am Ende eines Flurs mit flackernden Leuchtstoffröhren,
die sich im gebohnerten Linoleum spiegelten, gelangten sie in
ein stickiges kleines Zimmer.

Margret setzte sich, während Vincent und Patte sich umsahen, auf den Urkunden an den Wänden aber nichts entziffern konnten. Einige Minuten später kam ein unrasierter Mann mit gehetztem Blick herein, gab ihnen die Hand und ließ sich schwer hinter den Schreibtisch auf einen ächzenden Drehstuhl fallen. Hastig wechselte er ein paar Worte mit Sergej, der übersetzte.

„Das ist Dr. Dretzu. Er betreut seit etwa einem Jahr einen Patienten von Professor Nieß. Der Mann ist Mitte dreißig und völlig verwirrt. Er behauptet, im falschen Körper zu sein, und kann sich nicht an seine Angehörigen erinnern. Deswegen wurde er im letzten Jahr kaum noch besucht. Alle denken, er ist von einem Dämon besessen. Er liegt hier auf der Intensivstation, wird beatmet und künstlich ernährt. Sie können ihn jetzt besuchen. Aber das Krankenhaus erwartet dafür eine kleine Spende."

„Wie klein?", fragte Margret und presst die Lippen aufeinander. Sie war darauf vorbereitet, dass sie nur mit Korruption an ihr Ziel gelangen würde. Sie zog ihren Geldbeutel aus der Tasche und zählte langsam ein paar Scheine ab, bis Sergej nickte. Auch er würde von diesem Geldbündel profitieren, da war sie sich sicher.

Schwerfällig erhob sich der Arzt, ging ohne ein weiteres Wort hinaus und brachte sie in ein Krankenzimmer. Das Erste, was sie - bemerkten, war die gegenüberliegende Wand, die von modern aussehenden Geräten bedeckt war, von denen Schläuche und Kabel zu der dazwischen liegenden schmalen Gestalt auf einem hohen Bett aus dickem Stahlrohr führten. Die übrige Einrichtung bestand aus einem Holztisch und unterschiedlichen Stühlen, wie man sie manchmal in alten Kneipen fand. Der einzige Schmuck im Raum war ein übergroßes Holzkreuz mit einer Jesusfigur daran, dessen Leid nicht zu über- sehen war und das über dem Tisch hing. Eine herbeieilende Krankenschwester fuhr den oberen Teil des Bettes hoch, so dass der Mann in eine fast sitzende Position kam.

Margret zuckte zurück, als sie in das hagere Gesicht blickte mit den tiefliegenden Augen, das dem des Gekreuzigten erschreckend ähnelte, sie aber voller Hass und Verzweiflung anblickten.

„Können Sie sprechen?", fragte sie zaghaft und der Detektiv übersetzte.

„Ja, man versteht ihn nur kaum. Wir sollen der Stationsschwester Bescheid sagen, wenn wir gehen."

Der Arzt nickte freundlich und verließ das Zimmer.

„Können Sie sprechen?", wiederholte Margret und schaute den Mann im Bett an.

Er flüsterte nur und der Detektiv übersetzte zögerlich. „Er fragt, wer Sie sind und ob sie was mit dem Arzt zu tun haben, der ihn operiert hat."

Margret nickte beklommen und zog einen der wackeligen Holzstühle neben das Bett. „Sagen Sie ihm, dass wir den Arzt verklagen wollen und ihm seine Geschichte glauben. Er soll sie uns ganz erzählen." Sergej guckte sie einen Moment an, dann sprach er wieder mit dem Patienten. Vincent startete währenddessen ein Aufnahmegerät und hielt sich mit Patte im Hintergrund. Es schien, als ob Jesus und der Mann im Bett sich nun direkt ansahen.

„Er hatte irgendeine Art von Krebs und war schon fast am Ende seines Lebens", sagte Sergej. „Professor Nieß kam zu ihm nach Hause und hat ihm und seiner Familie erzählt, dass er ihm vielleicht helfen könnte. Was er genau mit ihm vorhatte, hat er ihm nicht verraten. Sie mussten viele Papiere unterschreiben und ihnen wurden hohe Strafen angedroht, wenn sie mit irgendwem über die Abmachung sprechen würden, da alles noch geheim war."

Der Mann im Bett holte ruckartig Luft, flüsterte wieder und hielt den Blick starr auf das Kreuz gerichtet, wie in Zwiesprache mit seinem Gott.

„Er hatte nur noch Schmerzen und die Familie konnte sich die Medikamente nicht mehr leisten. Wirksame Schmerzmittel gab es nur gegen Bezahlung. Seine Frau war mit dem zweiten Kind schwanger und hatte keine Energie mehr. Professor Nieß war die Erlösung, er beglich die Schulden und stellte ein neues Leben in Aussicht, das Ende des Elends. Er sieht immer wieder vor sich, wie seine Mutter sich vor den Professor kniete und ihm die Hand küsste vor Dankbarkeit. Dann hat er ihn mit einem Flugzeug abholen lassen, er bekam etwas, das sein Gedächtnis vernebelte. Als er aufwachte, steckte er in einem anderen Körper, den er nicht kannte. Er hatte einen Schock, aber er war schmerzfrei und konnte sich bewegen. Es war kaum zu glauben, er dachte, es wäre ein Wunder geschehen."

Margret zuckte zusammen, sie konnte nicht verhindern, dass ihr Tränen in die Augen traten und langsam an ihrer Nase entlang über Lippen und Kinn liefen. Kurz sah der Mann im Bett sie an, schließlich wieder den Gekreuzigten.

„Weiß er, wo er war?"

„Er vermutet Deutschland, das sagte der Dolmetscher am Anfang. Alles war sehr sauber und hell. Er hat mit seiner Familie telefoniert, sie haben ihn gesehen. Sie haben ihn für einen Betrüger gehalten, weil sie seine Leiche bekommen und in der Woche zuvor beerdigt hatten. Seine Mutter hat geweint, seine Frau hat ihn verflucht und das Gespräch beendet."

„Wie heißt er?" Sie griff vorsichtig nach seiner mageren Hand, die schlaff neben ihm auf der Decke lag. Sie fühlte sich heiß und trocken an.

„Er heißt Juri, sein Körper heißt Cosmin."

„Wie ging es weiter?"

Juri erzählte wieder und Sergej übersetzte.

„Schon nach einem Tag fühlte er seine Hände und Füße nicht mehr. Nach einem weiteren Tag konnte er sich kaum bewegen. Professor Nieß versetzte ihn ins Koma und versuchte eine erneute Operation. Er erinnert sich an einen Raum mit einer riesigen Maschine an der Decke."

Margret drehte sich zu Vincent und Patte, dann wieder zurück. „Ja, er war in Deutschland, ich kenne den Raum."

„Er wurde erneut wach, fühlte aber nur Teile seines Körpers, schnell immer weniger. Professor Nieß machte sich nicht mehr die Mühe, einen Dolmetscher bereitzustellen, um ihm zu erklären, was er tat. Er führte verschiedene Tests durch, ließ ein Übersetzungsprogramm auf seinem Handy immer wieder sagen, alles wird gut, alles wird gut. Keine Sorge, alles wird gut'. Aber nichts wurde gut. Es gab noch einen anderen Arzt. Pfeife."

„Pfeiffer", verbesserte Margret ihn. Wieder sah Juri sie an.

„Die beiden unterhielten sich über ihn, als ob er nicht im

Raum wäre, als ob er ein Tier wäre, kein Mensch mehr. Nach wochenlangen Untersuchungen, quälenden Tests und seiner Unsicherheit, was aus ihm würde, lud man ihn in einen Krankenwagen und fuhr ihn hierher. Tagelang. Der Fahrer und sein Beifahrer übernachteten unterwegs in Hotels, er in dem Wagen. Sie wechselten seinen Tropf und gaben ihm Sauerstoff, wenn er ihn brauchte, aber mehr nicht."

„Hat er sie seitdem wieder gesehen?", fragte Margret mit erstickter Stimme. Sie versuchte mit aller Kraft zu verdrängen, dass sie ihre Zukunft vor sich sah, gleichzeitig tat ihr der Mann unendlich leid.

„Ja, Nieß tauchte noch zwei Mal auf und gab ihm Spritzen und Medikamente. Er beantwortete keine Fragen mehr, machte nur Tests."

„Gab es dadurch einen Fortschritt?", fragte Vincent von hinten.

„Ja, manchmal konnte er einen Arm bewegen oder hatte plötzlich unerträgliche Schmerzen im Rücken, weil er sich wund gelegen hatte und das wieder merkte. Seine Muskeln verkrampften sich oder seine Haut juckte wie von Mückenstichen, ohne dass er kratzen konnte. Im Moment spürt er nur seinen linken kleinen Zeh und manchmal tun ihm die Oberschenkel weh. Aber er weiß nicht, ob das echt ist oder er sich das nur einbildet. Wie Phantomschmerz bei Amputierten."

Juri ließ einen Redeschwall aus, Tränen liefen ihm über die Wangen.

„Er sagt, sie interessieren sich auch nur für seinen Körper. Was ist mit seiner Seele? Er kann reden, aber seine Angehörigen hören ihm nicht zu, er weiß nicht, wie sein zweites Kind aussieht, ob es gesund ist, wie es seiner kleinen Tochter geht, ob seine Mutter lebt, wie seine Frau das alles allein schafft!"

„Das werden wir für ihn herausfinden. So schnell wie möglich. Das verspreche ich", sagte Margret und war froh, etwas für ihn tun zu können, was in ihrer Macht stand. „Er soll Ihnen Namen und Adressen nennen und ich rufe Ihren Chef an, damit er sich um die Auskünfte und vielleicht ein paar Fotos kümmert."

„Er fragt, was mit der Familie von Cosmin ist."

„Wir brauchen von ihm dringend die Kontaktdaten. Wir

wollen auch mit dieser Familie Kontakt aufnehmen. Kennt er sie?"

Juri schwieg einen Moment, schließlich sprach er wieder.

„Sie waren hier, kurz nachdem er ankam. Er weiß nicht, wer sie benachrichtigt hatte. Er konnte den Leuten nicht erklären, was passiert war, sie verstanden nicht, dass er nicht der Sohn war, der Bruder, den sie vor sich sahen. Sie dachten, er wäre besessen und haben einen Priester mitgebracht, um ihm den Dämon auszutreiben. Jetzt haben sie Hausverbot. Soweit er es sich zusammenreimen konnte, war Cosmin vorher stumm und geistig behindert. Wie sie davon erfahren haben, dass er hier ist, weiß er nicht. Er vermutet, dass jemand vom Personal Cosmin erkannt hat und die Familie benachrichtigt hatte. Er … er sagt, er kann diesen Zustand nicht mehr ertragen."

„Natürlich nicht", murmelte Margret und putzte sich die Nase. „Sagen Sie ihm, dass ich ihn gut verstehen kann."

Sergej sprach ein paar Sätze, woraufhin der Mann sie diesmal länger ansah.

„Er fragt, ob Sie in dem Körper sind, in dem Sie geboren wurden."

Margret sah ihn an und schüttelte langsam den Kopf.

Juri schloss die Augen und sprach nur noch ein paar Worte.

„Er ist erschöpft, so lang hat er seit Monaten nicht mehr gesprochen. Kommen Sie wieder?"

„Ja, wir kommen morgen. Und wir lassen ihn nicht im Stich."

Kapitel 31

Schweigend verließen sie die Klinik und stiegen wieder in den Jeep. Sergej wechselte mit Anton ein paar Worte und verabschiedete sich bis zum nächsten Tag.

Margret saß auf dem Beifahrersitz und schrieb auf ihrem Handy eine Nachricht an den Detektiv, während hinter ihr Vincent und Patte nebeneinandersaßen und aus dem Fenster sahen. Schließlich wischte sich Patte die Nase mit einer zusammengeknüllten Serviette ab.

„Krass, einfach nur krass. Man sollte Karl da mal hinlegen und für ein paar Monate ans Bett fesseln. Fuck! Das tut man doch selbst dem letzten Schwein nicht an." Sie verstummte und Vincent drückte ihr die Hand.

„Halten Sie da vorne an der Gaststätte", sagte Margret leise und deutete auf einen Hof mit gelben Sonnenschirmen am Straßenrand. „Ich brauch frische Luft und einen Kaffee. Kommen Sie mit, ich lad Sie ein."

Anton nickte und sie hielt neben dem Eingang mit den bunten Blumen und einer freundlich lächelnden rundlichen Frau, die sie einladend hereinwinkte. Margret stolperte, als sie ausstieg und humpelte zu ihrem Tisch, gestützt von Anton, während ihr Fahrer im Haus verschwand. Sie bestellten Getränke.

Vincent wrang die Hände, als ob er sie sich gründlich waschen würde. „Das ist ein Kapitalverbrechen, aber das wissen wir ja schon. Wir müssen jetzt die Staatsanwaltschaft in Frankfurt benachrichtigen. Meint ihr, Juri ist transportfähig, um in Deutschland eine Aussage zu machen?"

„Was, wenn nicht?", fragte Patte.

Er zuckte mit den Schultern. „Dann kommt die Staatsanwaltschaft hierher und nimmt ein Protokoll auf. Aber in Deutschland hätte er die Chance, etwas menschenwürdiger untergebracht zu werden. Man könnte vor Gericht erstreiten, dass er ein Aufenthaltsrecht bekommt und sich mit einem Rollstuhl fortbewegen kann. Vielleicht darf sogar seine Familie nachziehen." Er ließ sich in dem klapprigen Stuhl zurücksinken und seufzte. „Ich habs mir ehrlich gesagt nicht so dramatisch vorgestellt. Meine Güte." Er verbarg kurz das Gesicht in den Händen. „Was können wir denn jetzt sofort für ihn tun?"

„Ich hab Bilder und Nachrichten von seiner Familie erbeten. Die Detektei wird sich so schnell wie möglich darum kümmern und einen Kontakt herstellen." Margret rührte in dem soeben gebrachten Kaffee und versuchte, das Zittern ihrer Hand unter Kontrolle zu bringen. „Mir will nicht in den Kopf, dass Karl zu so was fähig ist. Ich habe einen Menschenfreund geheiratet, einen Mann, der helfen wollte und Respekt vor Gottes Schöpfung hatte, der sich der Nächstenliebe verschrieben hatte. Wann ist er so ein Monster geworden?"

Patte nahm ihr den Löffel aus der Hand und legte ihn neben die Tasse. „Vielleicht ist er 'n gottverdammter Rassist und glaubt, dass die Leute hier nichts wert sind. Ein arroganter Fatzke war er schon immer. Der hätte uns Häftlinge bestimmt auch für seine Versuche benutzt, wenn er gekonnt hätte. Wenn ich ihn in die Finger bekomm, lasst mich mal einen Moment mit ihm allein, dann vergess ich für ein paar Minuten meine guten Vorsätze."

Anton hatte die ganze Zeit geschwiegen, bis die Kellnerin ihm einen klaren Schnaps brachte, den er mit einem Schluck herunter kippte. Aus seinen leisen Fragen während der Fahrt und dem, was er sich zusammenreimte, hatte er sich ein eigenes Bild von dem Geschehen gemacht.

„Haben wir jetzt Cosmins Adresse? Ist das sehr weit von hier?"

Margret wandte sich mit der Frage an den Dolmetscher, der nur noch vor sich hin stierte und nickte. „Etwa zwei Stunden Fahrt. Ist nicht weit."

Der Fahrer roch nach dem gleichen Schnaps wie Anton und wurde neben ihn auf die Rückbank verbannt, wo die beiden Vincent flankierten. Patte fuhr mit GPS, Margret saß auf dem Beifahrersitz und sah aus dem Fenster. Ein paar Wolken waren aufgezogen, die Felder wirkten karg und sie sah einen toten Hund im Straßengraben, der von Schwaden schwarzer Fliegen umschwirrt wurde. An den bunten Zäunen blätterte die Farbe ab und das Pferd vor dem Karren, den sie langsam überholten, hatte blutige Scheuerstellen an den Schultern, wo die krumme Deichsel das Fell aufrieb.

Nichts war mehr schön, alles hatte Dellen und Flecken wie ein Korb voller alter Äpfel, der nur von weitem appetitlich aussah. Sergej und Anton schnarchten hinten, während Vincent mit einer steilen Falte auf der Stirn auf sein Handy starrte und tippte. Patte versuchte konzentriert, den Schlaglöchern auszuweichen und keine auf der Straße pickenden Hühner zu überfahren.

Das Navi führte sie schließlich von der geteerten Fahrbahn ab, in geschotterten Serpentinen einen Hügel hinauf, vorbei an Ansammlungen von Hütten und Schafherden, die von riesigen, übellaunigen Hunden bewacht wurden. Die Schäfer sahen ihnen hinterher, mit Sehnsucht im Blick und hängenden Schultern. Um sie herum blühten Gräser und Sommerblumen in allen Farben, tanzten Schmetterlinge, während Geier am Himmel ihre Bahnen zogen und nach einem verendeten Tier Ausschau hielten, das als Mahlzeit taugte.

Das Haus, in dem Cosmins Familie lebte, stand hinter einem grünen Bretterzaun, umgeben von knorrigen Bäumen, bewacht von einem mageren Hund, der all seine Energie ins Bellen steckte. Sie parkten am Straßenrand auf einem Stück stoppeliger Wiese und stiegen aus. Anton sah wieder etwas nüchterner aus. Noch verschlafen ging er auf das mittlere Haus zu, dass aus Stein erbaut war und dessen Tür offen war.

Margret sah sich auf dem Hof um. Links und rechts von dem Haupthaus standen eine Ansammlung von Holzverschlägen,

Unterständen für Brennholz und Käfigen mit Kaninchen. In einem kleinen abgezäunten Gehege suchten Hühner den Boden nach Körnern ab, bewacht von einem zerzausten, langbeinigen Hahn. Ein alter Traktor und Stapel von verblichenen Brettern waren umwuchert von Brennnesseln und wie ein Fremdkörper aus einer anderen Welt stand ein glänzendes rotes Motorrad unter einem Wellblechdach. Patte fotografierte die Szene.

Anton kam mit einer hochgewachsenen, gebeugten Frau aus dem Haus. Ihr dunkles Haar war von grauen Strähnen durchzogen und zu einem so strengen Dutt gesteckt, dass er ihre Stirn glatt zog. Ihre Hände steckten tief in einem Kittel, dessen fröhliches Blumenmuster so gar nicht zu ihrer düsteren Mimik passte. Er zeigte auf Margret, die sich bemühte, freundlich zu lächeln, obwohl sie das Gefühl hatte, nie wieder lachen zu wollen. Die Frau deutete mit dem Kinn auf eine Holzbank, wo ein paar kniehohe Baumstümpfe aufrecht standen und als Sitzgelegenheit dienten. Ihre dunklen Augen musterten sie nacheinander, danach ging sie wieder rein und kehrte mit einem Tablett voller Gläser und einer Flasche klarer Flüssigkeit zurück. Kein Wasser, wie Margret mit Bedauern feststellte. Auf ihren Hinweis auf die Schwangerschaft übersetzte Anton ihre Antwort, dass das dem Kind guttäte, es würde nicht mehr so treten, sondern sich mit der Enge im Mutterleib leichter abfinden.

Als sich alle zu prosteten, tauchte sie nur ihre Lippen ins Glas und stellte es ab. Anton fing an zu übersetzen. „Cosmin war nicht wie ihre anderen Kinder, wie kein anderes Kind im Dorf. Er sprach nicht, sah niemandem in die Augen. War schon als kleiner Junge immer nur bei den Tieren, egal welchen. Hat sich nachts zu denen gelegt, statt ins eigene Bett, als ob er dazu gehören würde. Und wenn eins geschlachtet wurde, hat er geschrien, als ob es ihn selbst treffen würde. Er stellte sich vor die Rinder, die Schweine, versteckte die Hühner und Hähne, ließ die Kaninchen frei und fütterte die Straßenköter mit seinem eigenen Essen, bis er ganz abgemagert war. Sie haben ihn an Schlachttagen eingesperrt und schlugen seinen Hund, wenn er nicht aß. Das half besser, als ihn zu bestrafen.

Als er größer wurde, konnten sie ihn nicht mehr einsperren. Er brach aus und prügelte sich so oft mit dem Metzger, bis der nicht mehr kommen wollte. Die Bauern in der Umgebung mussten ihr Vieh selbst schlachten oder heimlich zu einem anderen Dorf bringen, wo der Metzger auf sie wartete. Er weinte und gab schreckliche Laute wie die Tiere von sich, wenn ein Bauer mal wieder ein Schwein fortbringen wollte. Klammerte sich an das Vieh, als ob es die eigene Mutter wäre. Sie haben eine Menge Ärger bekommen, weil sie ihn nicht unter Kontrolle hatten, wurden von einigen gemieden im Dorf, von anderen bemitleidet. Der Einzige, der zu ihm hielt, war der Pfarrer, der ihm zuliebe immer wieder von Franz von Assisi predigte, der mit den Tieren sprach. Das hielt die Bauern davon ab, ihn mit Steinen zu bewerfen, wenn er kam. Aber was aus ihm werden sollte, wusste niemand. Es war eine schwere Prüfung, die der Herr ihnen geschickt hatte."

Während Anton übersetzte, hielt die Frau ein Kreuz, das sie um den Hals trug umklammert, die Miene zu einer starren Maske versteinert.

„Sie will wissen, ob wir Cosmin gesehen haben, ob es ihm besser geht, ob der Dämon ihn verlassen hat und sie wieder zu ihm können."

Margret suchte Hilfe in den Gesichtern von Vincent und Patte, dann fragte sie: „Was hat Karl ihnen gesagt, was mit Cosmin geschehen würde?"

„Er hat ihnen gesagt, dass sie ihn an einen Ort bringen, wo noch andere sind wie er. Dass er dort leben könnte, zur Schule gehen, einen Beruf erlernen. Er war eine Belastung für sie, hat immer Ärger gemacht, kein Geld verdient, viel gekostet, dauernd war die Polizei im Haus."

„Hat Karl sie bezahlt?", wollte Margret wissen und warf einen deutlichen Blick auf das rote Motorrad.

Die Frau blickte sie aus stechenden Augen an, zischte ein paar Worte zwischen den Zähnen durch und reckte das Kinn hoch.

„Sie hat ihren Jüngsten nicht verkauft. Sie wollte nur, dass er gut untergebracht ist. Das Motorrad gehört ihrem ältesten Sohn, der im Moment auf einer Baustelle zwei Dörfer weiter arbeitet."

Margret nickte rasch. „Und dann? Was hat Karl dann gesagt?"

„Er hat gesagt, Cosmin sei in dem Heim verstorben, an einer Pilzvergiftung. Er hat ihnen Bilder von einem Grab und seinem Grabstein gezeigt. Sie haben ihm geglaubt, aber kurz darauf erreichte sie die Nachricht, dass er in einem Krankenhaus liegt und sie ist hingefahren. Sie hat ihn erkannt, auch wenn er viel Gewicht verloren hatte. Er konnte plötzlich sprechen, aber das war nicht ihr Sohn, es war ein Dämon, der durch ihn sprach und der Cosmin gelähmt hatte. Sie schmuggelte Weihwasser ins Krankenzimmer und bespritzte ihn damit, woraufhin er zu fluchen begann und sie beschimpfte. Am Tag darauf kam sie noch einmal mit dem Pfarrer, der einen Exorzismus versuchte. Leider wurde sie hinausgeworfen und bekam Hausverbot. Sie hatten ihm eine Dornenkrone aufgesetzt und die Wundmale Christi zugefügt, um ihn vom Kopf bis zu den Füßen in den Schutz des Herrn zu stellen und dem Dämon keinen Rückzugsort im Körper zu lassen. Seitdem hat sie ihn nicht mehr gesehen und nichts von ihm gehört. Sie haben sich an Karl gewendet und der hat sie beruhigt, dass das nicht ihr Sohn sei und ihnen eine großzügige Spende geschickt, um ihre Trauer ein bisschen zu mildern.“

Betretenes Schweigen senkte sich über die Runde, das Cosmins Mutter zum Anlass nahm, die Gläser erneut aufzufüllen.

„Sagen Sie ihr, dass wir ihren Sohn gesehen haben, und versuchen Sie, ihr zu erklären, was wirklich geschehen ist.“

Anton wiegte den Kopf nachdenklich hin und her und begann stockend zu reden. Cosmins Mutter hörte aufmerksam zu, ihre Augenbrauen bewegten sich. Abwechselnd ging ihr Blick zu Margret, zurück zu Anton. Sie unterbrach ihn nicht und verharrte noch Minuten in Schweigen, als er endete. Erneut schenkte sie sich einen Schnaps ein und starrte auf den Hofhund, der in einem großen Bogen um sie herum über den Hof trabte, bevor sie wieder sprach.

„Sie will wissen, welcher der beiden Männer jetzt tot ist. Der, dessen Körper beerdigt wurde, oder der, dessen Hirn im Grab liegt.“

Margret räusperte sich und sah Patte und Vincent an. „Sollen wir ihr sagen, dass ich auch so bin? Dass ihr Sohn tot ist? In gewissem Sinn ist er das ja nicht.“

„Hast du das Gefühl, dass irgendwas von meiner Schwester

in dir steckt? Ich hab Gott sei Dank noch nichts bemerkt", antwortete Vincent.

Margret zögerte. „Doch, hab ich. Als Karl mich aus dem Park entführte und ich anschließend in seinem Zimmer saß, hab ich gespürt, wie eine ganz andere Kraft mich überflutete."

„Adrenalin. Nichts weiter als eine hormonelle Reaktion auf Gefahr."

„Ja, aber in meinem eigenen Körper hätte ich angefangen zu zittern, wäre vor Angst wie gelähmt gewesen. Aber ich hab ihn angegriffen und bin geflohen. Das passte gar nicht zu mir."

Patte schaltete sich ein. „Du warst ja vorher auch nie in einer solchen Situation. Wer weiß, was du dann gemacht hättest. Dir hätte halt die Kraft gefehlt, aber du wärst bestimmt nicht auf dem Sofa sitzen geblieben."

Die Mutter mischte sich ein und Anton übersetzte. „Ihr Sohn ist nicht nur Kopf, seine Seele ist in seiner Brust und sie lebt in ihm." Sie nickte nachdrücklich.

„Dann leben beide noch. Ein Stück von ihnen. Und ein Teil von jedem ist tot. Vom einen mehr, vom anderen weniger", warf Patte ein und roch an dem Schnaps, ohne ihn zu trinken.

„Sie sollte trotzdem als Nebenklägerin auftreten", sagte Vincent. „Vielleicht kann man ja noch eine Entschädigung oder Wiedergutmachung herausschlagen."

Während Antons Übersetzung wurden Margrets Augen schmaler und ihre Kiefermuskeln arbeiteten.

„Sagen Sie ihr, dass das keine Schande ist, dass sich damit nichts ändert, und sie mit der Klage ein gutes Werk tun würde, damit keine andere Mutter mehr um ihren Sohn trauern muss."

Ihre Worte schienen ein Umdenken zu bewirken.

„Sie meint, dass ein Gericht aber niemals einen deutschen Arzt verurteilen würde."

„Der Prozess findet in Deutschland statt und dort wird er sehr wohl verurteilt", wandte Vincent ein.

„Würde sie ebenfalls nach Deutschland gebracht werden, um vor dem Gericht was zu sagen? Und könnten ihr Mann und ihr Sohn ebenfalls mitkommen? Und auch Cosmin?"

„Cosmin wahrscheinlich nicht", antwortete Margret. „Er ist

sicher nicht transportfähig. Aber der Rest der Familie schon, oder?" Sie sah Vincent fragend an.

Er zuckte mit den Schultern. „Keine Ahnung, das entscheidet der Staatsanwalt. Vermutlich reicht eine beglaubigte schriftliche Aussage, aber das kann man nicht wissen."

„Sie würde in Deutschland bleiben wollen."

„Ich glaub nicht, dass jemand, der hier groß geworden ist, sich in Frankfurt zurechtfindet. Was will sie dort?", fragte Patte.

„Sie will eine warme Wohnung mit einem Kühlschrank, einen Laden, in dem sie alles kaufen kann und einen Arzt in der Nähe für die Zähne und den Husten ihres Mannes. Sie sind hier Ausgestoßene, alle haben Angst, dass Cosmin wieder zurückkommt."

„Das ist nicht unsere Sache. Wenn sie dortbleiben will, soll sie das versuchen", unterbrach Margret. „Sie soll nur klagen, wenn ich das richtig verstanden habe. Hat sie Telefon? Kann man sie irgendwie erreichen?"

Cosmins Mutter zog stolz ein neues Handy aus der Kittelschürze und gab ihnen ihre Nummer. Alle drei hatte schon vorher festgestellt, dass, egal, wie klein das Dorf auch war, der Handyempfang funktionierte.

Zurück im Hotel gingen alle früh schlafen. Margret war erschöpft, rief aber trotzdem noch die Nachrichten des Detektivs ab, der mit der Familie gesprochen hatte. Er schickte Fotos von zwei kleinen Kindern und eine Frage von Juris Frau, von der sie wusste, dass nur er sie beantworten konnte. Dann würde sie ihnen glauben.

Kapitel 32

Am Morgen rief der Arzt der Klinik an, in der Juri beziehungsweise Cosmin lag. Sie sollten so schnell wie möglich kommen, es habe sich etwas Unvorhergesehenes ereignet. Mehr wollte er nicht sagen.

Voller Befürchtungen und mit den wildesten Spekulationen ließen sie sich und den verkaterten Anton hinfahren. Der Arzt erwartete sie in seinem Zimmer, blass und nervös hin und herlaufend. Anton übersetzte mit schwerer Zunge und gelegentlichem Gähnen.

„Er hat Professor Nieß gestern angerufen, da dieser ihm aufgetragen hatte alles, was den Patienten betraf, zu melden."

Margret schnappte nach Luft, ihr Magen verkrampfte sich schmerzhaft, sie sah, dass Patte die Fäuste ballte. Nur Vincent blieb scheinbar gefasst an den Türrahmen gelehnt und sah den Arzt aufmerksam an.

„Er ... er drückt sich etwas komisch aus, ich versuch's mal zusammenzufassen."

Der Professor habe ihm wohl gesagt, er solle irgendwelche Maschinen abstellen, damit Juri sich nicht weiter quäle. Das sei ja schließlich schon lange sein Wunsch gewesen. Er habe ihm dafür eine hohe Summe versprochen, sozusagen als Abschlussprämie für das Projekt, wie er sich ausgedrückt habe.

Ohne es zu merken, hatte Margret sich auf die Lippen gebissen und fragte mit zitternder Stimme. „Und? Hat er das getan?"

Er verneinte. Er habe gesagt, er habe mal einen Eid geschworen, Leben zu erhalten. Juri müsse schnell hier weg. Er glaube zwar nicht, dass jemand vom Personal dazu in der Lage wäre, aber das Krankenhaus werde nicht bewacht, jeder könne ein- und ausgehen, ohne kontrolliert zu werden, bis auf Cosmins Mutter. Auf die würde geachtet. Er könne einen Krankentransport zum Flughafen organisieren, am besten noch heute.

„Was? Heute? Das geht zu schnell! Wie sollen wir das denn machen?"

Aber der Doktor war schon aufgestanden und schob sie zur Tür hinaus. Ohne ein Abschiedswort hetzte er den Flur entlang in die entgegengesetzte Richtung von Juris Zimmer. Mit hängenden Schultern stand Margret mit ihren Begleitern an der Wand und wartete auf eine Idee, auf jemanden, der kam, und ihr sagte, dass er das in die Hand nehmen würde, dass alles geregelt sei. Die Gerüche nach billigem Reinigungsmittel und Kohl verursachten ihr Kopfschmerzen, ein vorbeigeschobener Wagen mit Medikamenten weckten plötzlich Erinnerungen an ihre eigene Zeit im Krankenhaus, wenn sie zur Chemotherapie dort war. Von Schwindel erfasst griff sie nach Pattes Arm.

„Lasst uns mal in der Cafeteria schauen, ob die halbwegs vernünftigen Kaffee haben."

Patte zog sie mit sich über das quietschende abgetretene Linoleum. Vincent ging vor und fand schnell den großen Raum, der voller plappernder Menschen war, schreiender Kinder, Lachen, Streit und Stühlerücken. Es roch nach Kaffee und Gebäck, ungewaschenen Körpern und schwerem Parfum. Patte zog Margret quer durch den Raum zu einer Gruppe von Tischen außerhalb des Gebäudes auf einer geschotterten Terrasse. Vincent stellte sich in der Schlange an, die sich vor der Theke gebildet hatte, mit Anton, der sofort ein Gespräch mit den Umstehenden anfing.

Margret setzte sich und stützte die Stirn auf beide Hände. „Wie konnte er nur so tief sinken. Das kann alles nicht sein! Was für ein Scheusal ist er geworden?"

Vincent und Anton waren mit einem Tablett voller Tassen und Wasser zu ihnen gekommen. „Könnte man den Arzt auch aussagen lassen? Das ist doch eine Aufforderung zum Mord."

„Ja, aber er wird nicht aussagen. Damit würde er seine Rolle bisher erklären müssen, und die würde ihn ebenfalls strafrechtlich belasten. In den letzten Jahren ist sehr viel gegen Korruption unternommen worden. Er hat Karl ja die ganze Zeit unterstützt." Vincent rührte im Kaffee und griff nach seinem Handy. „Lasst uns mal lieber ein bisschen suchen. Ob es nicht irgendwo eine Organisation gibt, die uns helfen kann."

Schweigend nahmen alle ihre Smartphones und tippten los. Patte starrte ratlos auf ihres und fragte: „Ich weiß nicht, wonach ich suchen soll. Gab es sowas überhaupt schon mal?"

Margret zuckte die Schultern, ohne aufzusehen. „Nicht genau das, aber dass jemand möglichst schnell in ein deutsches Krankenhaus muss, um in einem Prozess auszusagen, bestimmt."

„Wisst ihr was? Ich ruf jetzt die Staatsanwaltschaft in Frankfurt an und erklär denen das. Die müssen doch am ehesten wissen, wie wir vorgehen sollen." Vincent setzte eine entschlossene Miene auf. Aber es wurde Nachmittag, bis er jemanden erreichte.

In der Zwischenzeit besuchte Margret in Antons Begleitung Juri und zeigte ihm die Bilder seiner Familie. Er sah ein Foto an, auf dem beide Kinder zu sehen waren. Sie wechselten sich ab, es ihm vor das Gesicht zu halten, bis ihnen die Arme lahm wurden.

Juri sprach nicht viel, flüsterte nur ihre Namen. Anton las ihm die Frage vor, die seine Frau gestellt hatte, die nur er beantworten konnte und übersetzte. „Wer ist Milo?"

Juri lächelte, das erste Mal, seit sie ihn getroffen hatten. Margret sah auf einmal nicht mehr das Opfer vor sich, den gequälten Menschen, sondern einen jungen Mann, der mal ein ganz anderes Leben gehabt hatte, der eine Geschichte, eine lebenswerte Vergangenheit hatte. „Er sagt, dass sie ihr erstes Kind Milo genannt hatten, bevor es geboren war und sie sich auf einen Namen einigen konnten. Das Lustige daran war, dass es ein Mädchen wurde und sie die ganze Zeit an einen Jungen gedacht haben. Er hatte zu ihrem Bauch gesagt, Milo, tritt deine Mutter nicht so. Milo, lass Mama schlafen. Und Milo, iss nicht so viel, wenn seine Frau gar nicht mehr satt wurde. Sie sollen ihr sagen, dass sie den Geruch von Petunien gehasst hat, als Milo unterwegs war. Aber es waren die Lieblingsblumen seiner Mutter, die jeden Topf und jede Schale auf dem Hof damit bepflanzt hatte und seine Frau deshalb nichts gesagt hatte. Er hat daraufhin die Petunien mit Salzwasser gegossen bis sie eingingen. Seine Mutter konnte sich das nicht erklären."

Margret schrieb sich lächelnd die Geschichte auf und schickte sie per Mail an Juris Frau. Sie erzählte ihm davon, dass er noch heute verlegt werden musste, in ein Krankenhaus in Deutschland am besten. Juri murmelte etwas mit geschlossenen Augen, und der bittere Zug um seine Mundwinkel erschien wieder.

Anton sagte: „Er will das nicht, er will hier sterben. In Frieden, schnell und schmerzfrei, wenn es geht. Die Verlegung ist für ihn eine Tortur."

Margret senkte den Blick. „Es ist so wichtig, dass er mitkommt, dass er aussagt! Bitte! Wir müssen den Arzt stoppen, er darf nicht weiter machen. Er ist ein Verbrecher!"

Juri sagte zu Anton: „Er sagt gut, aber danach ist Schluss."

Margret nickte nur und verließ das Zimmer.

Vincent seufzte. „Die Staatsanwaltschaft sagt, sie kommen, um ihn zu vernehmen, wenn es Beweise gibt, Hinweise auf ein Verbrechen, das kann aber dauern, das geht nicht von heute auf morgen. Wir sollen die hiesige Polizei benachrichtigen, damit sie ihn beschützen, wenn er bedroht wird. Auf jeden Fall wissen sie jetzt schon mal, dass da was auf sie zukommt und ich ihnen einen genauen Bericht schicken werde. Das sollten wir so rasch wie möglich angehen. Trotzdem muss Juri von hier weg."

Pattes Telefon klingelte, sie nahm ab. „Schnell, schnell! Juri ..." Antons Stimme klang gehetzt, schließlich brach er ab.

Alle drei rannten ins Gebäude zurück, durch die Cafeteria, schoben Besucher zur Seite, hetzten die Treppe hoch. Margret versuchte zu folgen, stürzte, rief ihnen zu, weiterzulaufen. Sie rappelte sich auf, humpelte hinterher, stieß Türen auf und sah, wie die beiden mit zwei Männern kämpften, direkt vor Juris Zimmer, Anton saß zusammengesunken auf dem Boden.

Pattes Gegner hatte nicht die geringste Chance. Nach einem ungebremsten Tritt in die Weichteile klappte er vornüber, sie packte seinen Arm, drehte ihn auf seinen Rücken und statt ihn dort zu halten, zog sie ihn mit einem harte Ruck hoch, der ihn aus der Schulter kugelte.

Vor Schmerz brüllend sank der Mann in die Knie.

Der andere hatte Vincent mehrmals mit Faustschlägen getroffen, die dieser kaum abwehren konnte. Aus der Nase und einer Platzwunde über dem Auge blutend versuchte er immer wieder seinen Gegner zu Fall zu bringen, bis Patte diesen von hinten herumriss und mit einem gezielten Schlag vor den Hals in die Ohnmacht schickte. Im vorderen Teil des Flurs hatten sich zahlreiche Schaulustige eingefunden, die einen sicheren Abstand hielten. Als der Kampf vorbei war, bahnten sich zwei Pfleger und eine junge Ärztin einen Weg durch den Pulk und gingen auf die Verletzten zu.

Die Ärztin rief mit ihrem Handy Verstärkung hinzu und schnell schob jemand fahrbare Tragen heran, auf die die beiden Angreifer verladen wurden. Vincents Platzwunde wurde mit vier Stichen genäht und ein Beutel Eis kühlte seine geschwollene Nase. Sirenen waren zu hören.

Juris Arzt kam mit Anton ins Zimmer gestürmt. „Wir müssen gehen. Juri ist in einem Krankenwagen im Hof, Los! Wir sollen ihn und uns in Sicherheit bringen." Hektisch klopfte er gegen den Türrahmen.

Wieder liefen sie durch die Gänge, hinter dem Doktor her, der ihnen den Weg zu einer als Notausgang ausgewiesenen Tür wies und verschwand. Draußen in einer zugigen Durchfahrt stand ein Transporter mit laufendem Motor, dessen Chauffeur hektisch winkte. Anton und Margret sprangen hinein.

„Fahrt mit unserem Wagen zum Flughafen."

„Und unser Gepäck?", fragte Patte.

„Bleibt hier oder wird nachgeschickt", antwortete Margret

und schloss die Tür mit einem Knall, während der Wagen schon losfuhr, eine blaugraue Rauchwolke zurücklassend.

„Erklären Sie ihm, dass er den Kranken mitnehmen muss", sagte Margret zu Anton, während der Pilot nur abwartend an seinem Flugzeug lehnte und den Kopf schüttelte.

„Er behauptet, er hat kein Kerosin."

„Dann soll er welches kaufen."

„Er hat kein Geld, die Preise sind gestiegen."

„Wie viel, Herrgott nochmal?"

„Das Dreifache."

Margret schloss voller Wut die Augen, aber sie wusste, sie hatte keine andere Chance und zückte ihre Geldbörse. Ihr Bargeld war fast aufgebraucht.

„Kann ich ihm das Geld überweisen?"

Der Pilot lachte.

„Packen Sie Juri schon mal ein und fahren Sie mich zu einem Geldautomaten."

Patte und Vincent kamen an und die beiden Frauen fuhren gleich wieder los.

Als sie zurückkehrten, standen alle immer noch ratlos vor dem Flugzeug, Juri lag auf einer schmalen Bahre, mit Sauerstoffflaschen, einem kleinen blinkenden Gestell mit Monitor und zwei Tropfgalgen um sich, in der Mitte.

„Wir bekommen die Trage nicht in den Flieger, sie ist genau zwölf Zentimeter zu lang."

„Hochkant? Juri ist doch eh angeschnallt. Wir können ihn noch fester binden und die Trage kippen, oder?", fragte Patte.

Margret wollte widersprechen, als sie weit weg jedoch deutlich eine Staubwolke auf der Straße zum Flughafen entdeckten, die sich näherte. Keiner hätte sagen können, warum sie wussten, dass das nichts Gutes bedeutete, aber die Blicke, die sie tauschten, waren eindeutig.

„Hochkant", sagte Anton. Sie zurrten gemeinsam Juri mit Koffergurten und allem, was sie im Flieger finden konnten fest und schoben ihn mit vereinter Kraft durch die enge Tür, mitsamt den angeschlossenen Maschinen und Sauerstoffflaschen. Er selbst hatte die Augen geschlossen und verzog nur manchmal den Mund, wenn sein Kopf zu sehr hin und her schaukelte.

Die Staubwolke entpuppte sich als zwei dunkle Fahrzeuge, die auf der unebenen Straße viel zu schnell fuhren und direkt auf sie zuhielten.

Der Pilot ließ die stotternde Maschine an, während Patte und Vincent versuchten, das behelfsmäßige Bett und die Gerätschaften zu fixieren. Anton war schon zu dem wartenden Fahrer ins Auto gesprungen und in entgegengesetzte Richtung verschwunden.

Margret zog an der klemmenden Tür und zerrte sie mit Gewalt zu, als die Autos mit knirschenden Reifen zum Stehen kamen und vier Männer ausstiegen und wild gestikulierend und rufend auf sie zuliefen.

Der Pilot fuhr auf die Startbahn und gab sofort Gas. Margret sah aus dem Fenster nach ihren Verfolgern, während ihre beiden Begleiter sich um Juri kümmerten und die Schläuche zu den Maschinen überprüften. Die Männer wurden auf der Startbahn immer kleiner. In einem Film hätten sie dem Flugzeug hinterher geschossen, das schien aber glücklicherweise nicht zu ihrem Auftrag zu gehören.

„Der Sauerstoff ist ganz schön knapp", sagte Vincent stirnrunzelnd vom Bett her. „Die Reserve-Flasche ist höchstens halb voll, die, die dran ist, ist fast leer. Wenn ich das richtig sehe, hat er damit doch das gemacht, was Karl wollte, ohne sich selbst die Hände schmutzig zu machen. Wir haben kaum eine Chance, ihn lebend nach Deutschland zu bekommen, ohne unterwegs neue Flaschen zu besorgen."

Noch bevor sie lange darüber nachdenken konnten, wo sie den Sauerstoff herbekommen sollten, sank das Flugzeug auch wieder. Die ganze Zeit hatte der Pilot über Funk gesprochen.

„Was ist denn jetzt los?", fragte Patte und stöhnte genervt. „Kein Sprit, muss der Flieger aufs Klo, erwartet ihn die Mutti zum Abendessen? Echt, langsam reichts mir hier mit diesem Scheiß."

„Meinst du, mir macht das Spaß?", fragte Margret gereizt. „Ich will einfach nur die Beine hochlegen und was essen."

„Hört auf", sagte Vincent. „Eure Probleme sind Pillepalle

gegen seine hier. Er bekommt in ein paar Minuten keine Luft mehr."

Als die Maschine hart aufsetzte, ging Juris Atem schwer und er sah sie nur mit großen Augen an. Auf dem Rollfeld wartete schon ein Krankenwagen. Zuerst war Margret erleichtert, aber nur kurz.

„Woher wissen die, dass wir sie brauchen?"

„I called them. Good for him", sagte der Pilot und zeigte auf Juri.

Die drei tauschten vielsagende Blicke. Vincent schüttelte leicht den Kopf, dem Patte sich mit hochgezogenen Augenbrauen anschloss. Margret ließ sich stöhnend aus der Tür über die Tragfläche auf den Boden gleiten, da noch keine Leiter zur Verfügung stand, und ging zu dem wartenden Fahrzeug.

„Everything okay, we don't need you", rief sie in das offene Fenster dem Fahrer zu.

Der sah sie einen Moment an und trommelte mit den Fingern an sein Lenkrad. Schließlich zog er ein Handy hervor und telefonierte kurz.

„Rabdator", antwortete er und zeigte auf das Flugzeug.

Wieder schüttelte sie den Kopf und wedelte mit den Händen. „No, no patient."

Vincent kam mit dem Piloten von hinten und stieß ihn leicht an. „Come on, tell him!"

Der ließ einen Wortschwall los, dem sie ohne Anton nicht folgen konnten. Die Auseinandersetzung zog sich hin und Margret wurde immer nervöser, da sie an Juri dachte, der stetig weniger atmen konnte und in der Maschine auf Hilfe wartete. Ärgerlich sah sie zu Patte, die im Hintergrund stand und telefonierte.

Plötzlich erschien, wie aus dem Nichts, ein weiterer Notarztwagen und hielt direkt neben dem Flugzeug. Patte winkte die Besatzung zu sich und deutete auf die Flugzeugluke. Jemand kam mit einer Leiter und sie stiegen ein. Der Ton zwischen Pilot und erstem Krankenwagenfahrer verschärfte sich, wurde lauter, schneller und von immer ausladenderen Gesten begleitet.

Vincent zwinkerte ihr zu und sie zogen sich Schritt für Schritt zurück, um den anderen zu helfen, Juri aus dem Flieger zu tragen. Er atmete nur noch flach und schien seine Umgebung nicht wahrzunehmen. Kaum war er im Rettungsfahrzeug, erhielt er eine neue Flasche Sauerstoff und kam langsam zu sich.

Der andere Wagen fuhr dicht an ihnen vorbei davon, der Pilot zeigte den Mittelfinger und ging zu einigen Männern in Overalls, die sich an einem Stehtisch eine Kanne Kaffee teilten.

„Was jetzt?" Margret war am Ende ihrer Kräfte. Ein Kloß hatte sich in ihrem Hals gebildet und ihr war schwindelig.

„Das hier ist die Hauptstadt", sagte Vincent. „Hier haben die Antikorruptionsmaßnahmen ganz anders gegriffen, als auf dem Land. Wenn er hier in ein Krankenhaus kommt, sollte er vorläufig sicher sein. Wie wäre es, wenn ich hierbleibe, bis sich die Justiz um ihn kümmert, und ihr fliegt nach Hause? Dauert bestimmt nicht lange. In ein paar Tagen sollte die Staatsanwaltschaft hier sein und ihn vernehmen. Ihr könnt ja morgen einen ganz normalen Flug nehmen und bis dahin mach ich mir Notizen und stimm das mit dir ab." Er sah Margret an.

Sie nickte und überließ es den beiden, die Formalitäten zu regeln, die Juris Einlieferung in ein örtliches Hospital mit sich brachte. Auf der einen Seite hatten sie keinerlei Papiere für ihn, auf der anderen war sein Zustand so schlecht, dass er nicht abgewiesen werden konnte.

Margret fuhr mit einem Taxi in ein nahes Hotel, buchte Zimmer und legte sich hin. Wie mit bleiernen Knochen lag sie bewegungslos auf dem breiten Bett und starrte die mit einem der üblichen Webteppiche behangene Wand an. Darüber hingen Keramikteller mit bunten Mustern.

Karl, immer wieder Karl. Er ließ sie nicht schlafen, wirbelte durch ihre Gedanken, sie fragte sich, ob sie so in der Welt der Musik gelebt hatte, dass ihr seine Umtriebe entgangen war. Aber so sehr sie auch versuchte, sich zu erinnern, sie fand keine Anzeichen. Oder vielleicht doch? Nach den ersten Erfolgen mit der Heilung der Querschnittslähmung hatte er plötzlich, genau wie sie, in der Öffentlichkeit gestanden und hatte die Bewunderung und den Beifall genossen.

Hatte er nicht mehr als einmal angedeutet, dass seine Popularität ja aus dem Dienst für die Menschheit entstanden war, während ihre nur durch Musik? Sie hatte das als kleinliche Eifersucht abgetan, weil sie von so vielen gefeiert und geliebt worden war und nebenbei auch wesentlich mehr verdient hatte als er.

Der Ruhm der Fachwelt hatte zwar angehalten, aber das Interesse der breiten Masse hatte nachgelassen. Hatte ihn das dazu bewegt, um jeden Preis etwas Neues präsentieren zu wollen? Er war Arzt gewesen, hatte mehr erreicht als die meisten Menschen seines Berufs, er war als Empfänger eines Nobelpreises gehandelt worden, hatte Auszeichnungen, Orden und alle Ehrungen, die in Frage kamen, erhalten.

Wie hatte das zu seinen ursprünglichen Ambitionen gepasst, Priester werden zu wollen? Margret hatte die Augen geschlossen. Es hatte ein Gespräch gegeben, mit Wein und Käsewürfeln auf einer Decke an einem Strand an der französischen Atlantikküste bei Sonnenuntergang.

Mit Begeisterung hatte er ihr davon erzählt, so begeistert, dass sie schon befürchtet hatte, dass er seinen Entschluss, das Priesterseminar zu verlassen, bereut hatte. Es sollte nicht beim Priesteramt bleiben. Einer seiner Onkel war Kardinal in Rom gewesen und sein großes Vorbild.

Neben allem anderen hatte ihn dessen Macht fasziniert, Rom war auch sein Ziel gewesen. Einer kleinen Gemeinde in der Provinz vorzustehen, hätte weder die Kirchenmitglieder noch ihn auf Dauer befriedigt. An persönlichem Besitz hatte er kein großes Interesse gehabt, Gehorsam wäre ihm schwergefallen, aber als Notwendigkeit auf dem Weg nach oben akzeptabel gewesen. Nur das Gebot der Demut hatte seinen wöchentlichen Gang zur Beichte gerechtfertigt. Das war seine Schwäche gewesen und letztlich, neben seiner Liebe zu Margret, einer der Gründe, die es ihm leichter gemacht hatten, die Karriere in der Kirche nicht weiter zu verfolgen.

Aber mangelnde Demut konnte auch für Ärzte ein Problem werden. Demut vor dem Leben, vor den eigenen Grenzen, vor der Moral und dem Gesetz.

Kapitel 33

Sie war doch eingeschlafen und wurde wach, als sie ihr Handy brummen hörte. Die Nummer auf dem Display kannte sie und ließ sie an ihrem Verstand zweifeln. Es war Karls, als ob er ihre Gedanken gehört hätte. Schlagartig verengte sich ihr Hals und sie bekam schweißnasse Hände. Hastig drückte sie die das Gespräch weg und stand auf.

„Was mach ich jetzt?", fragte sie Patte, die Vincent in der Klinik zurückgelassen hatte.

„Blockieren, was denn sonst? Oder willst du mit ihm reden?" Ihre Freundin wippte auf Margrets Matratze auf und ab.

Margret sackte auf dem Stuhl vor dem kleinen alten Schreibtisch zusammen. „Nein, ich will nicht mit ihm reden. Am besten nie mehr. Aber ich kann nicht aufhören, über ihn nachzudenken. Wo hat er eigentlich meine neue Nummer her? Die kennen doch nur du und Vincent. Meinst du, er hat mich irgendwie gehackt?"

„Die hat er natürlich von dem Arzt. Juris Arzt, dem hattest du sie doch gegeben. Außerdem haben sie noch Anton, der Detektiv, Juris Frau, Cosmins Mutter und ich glaub sogar der bekloppte Pilot. Weißt du das nicht mehr?"

Margret schüttelte den Kopf. „Hatte ich vergessen. Tja, dann weiß er, dass wir hier waren, und er kann sich auch denken warum." Sie sah Patte ernst an. „Bei der ganzen Aktion haben wir nicht bedacht, dass er jetzt fliehen wird."

„Meinst du? Alles zurücklassen, und sich absetzen? Die Kohle dazu hat er, aber wird er nicht eher versuchen, sich rauszureden?" Patte hörte auf zu wippen und zog die Schublade des Nachttisches auf. Darin lag ein Buch, auf dem ‚Biblia' stand.

Margret zuckte die Schultern. „Nicht ohne weiteres, aber er wird sich auf keinen Fall verhaften lassen, sondern wenn, vom Ausland aus korrespondieren. Ach, Patte, dann war alles umsonst."

"Vincent kommt in einer Stunde her zum Essen. Juri liegt auf der Intensivstation und wird versorgt. Da kommt, wenn ich das richtig verstanden habe, kein Fremder rein. Er ist nur noch zur Polizei gefahren, um sie zu bitten, ein Auge auf ihn zu haben. Dass die hier alle Englisch sprechen, ist 'ne echte Erleichterung." Wohlig streckte sie sich noch einmal aus. „Jetzt chill mal. Komm, unten ist ein Restaurant, das todgeil riecht, ich sabber schon." Sie stemmte sich nicht ohne Anstrengung hoch und zog ihre Freundin aus dem Raum.

Am folgenden Tag flogen Patte und Margret zurück nach Frankfurt. Noch am Flughafen wurden sie von zwei Polizisten empfangen, die sie in einen kleinen Raum baten, um ein paar Fragen zu stellen. Margret folgte ihnen mit einem mulmigen Gefühl im Magen. Patte benötigte erst einen Schubs und einen eindringlichen Blick, um ebenfalls mitzukommen, obwohl sie ihre Zigaretten und ein Feuerzeug schon in der Hand hatte. Zuvorkommend öffnete man für sie ein Fenster und ließ sie dort rauchen.

„Frau ...", eine Polizistin in Zivil sah auf ihre Unterlagen. „… Kaminski? Sophie Kaminski? Ist das richtig?"

„Ja." Margret nestelte an ihrer Tasche und zog ihren Reisepass raus. „Wir haben nur eine Flasche Schnaps mitgebracht für den Eigenbedarf. Das muss nicht verzollt werden."

„Nein, nein schon gut. Frau Kaminski, Sie sind mit zwei Reisebegleitern nach Rumänien gereist und haben dort einen Mann namens Juri besucht. Ist das ebenfalls richtig?"

„Ja, das stimmt."

„Können Sie mir sagen, was der Anlass war?"

„Mein Bruder, Vincent Kaminski, hat das doch in der Anklageschrift geschrieben. Juri ist ein Opfer von Karl Nieß."

Die Polizistin sah wieder auf ihre Papiere und blätterte einmal um. „Das stimmt, aber wir würden gern von Ihnen wissen, wie Sie darauf kamen."

Mit der Frage hatte sie nicht gerechnet. „Tja, ich war die Geliebte von Professor Nieß und hab da das eine oder andere mitbekommen."

Die Polizistin sah sie nur an und sagte nichts.

Gut, ihre Geschichte musste also jetzt schon erzählt werden. Margret hoffte, dass Patte den Mund halten würde. „Professor Nieß arbeitete daran, Gehirne zu transplantieren. Aber leider klappte das nicht wie gedacht und sein Geldgeber wurde unzufrieden. Vor ein paar Wochen sagte er mir, dass ich behaupten solle, dass ich das Gehirn seiner Frau in meinem Kopf habe. Dafür hat er mir sehr viel Geld überwiesen. Das kann ich belegen. Ich sollte für ihn lügen und meiner Familie erzählen, ich habe eine Amnesie."

Die Polizistin verschränkte die Arme vor der Brust und wechselte einen Blick mit ihrem Kollegen, der neben der Tür stand. „Ah ja. Gehirntransplantation und Amnesie."

Margret zuckte mit den Schultern. „Eine Amnesie hatte ich tatsächlich, weil ich gestürzt war. Aber die verschwindet langsam."

Patte bewegte sich jetzt doch, nachdem sie schweigend und rauchend am Fenster verharrt hatte. „Genau. Gehirntransplantation, das ist das, was dieser kranke Typ mit Juri in Rumänien gemacht hat. Deshalb waren wir da. Hat nicht geklappt und jetzt kann der sich nicht mehr bewegen. Ist vom Hals abwärts gelähmt."

„Sie sind nochmal?", fragte die Polizistin.

„Die Freundin von Sophies Bruder."

„Soso ..."

„Haben wir was verbrochen?" Patte saß jetzt auf der Kante ihres Stuhls.

„Nein, natürlich nicht."

„Haben Sie Professor Nieß und Doktor Pfeiffer inzwischen verhaftet?", fragte Margret und legte Patte beruhigend eine Hand auf den Arm.

„Doktor Pfeiffer ist in Untersuchungshaft. Professor Nieß ist nicht auffindbar. Sie wissen nicht zufällig, wo er sein könnte, oder haben ihn vor dem Zugriff gewarnt?"

Margret war weiß geworden. „Nein. Natürlich nicht, weder noch. Oh mein Gott, der Arzt in Rumänien muss ihn gewarnt haben oder der Pilot." Sie sprach mehr zu sich als zu ihrem Gegenüber. „Das ist ja furchtbar. Kann ich vor ihm beschützt werden? Er bringt mich um." Plötzlich brach sie in Tränen aus.

Der Stress, der lange Flug und die Anspannung drückten sie nieder und saugten alle Kraft aus ihr. Patte legte einen Arm um sie, die Polizistin reichte ihr ein Taschentuch, schüttelte den Kopf. „Einen Grund für Polizeischutz haben wir nicht vorliegen. Benachrichtigen Sie uns, wenn er sich bei Ihnen meldet. Es liegt ein Haftbefehl gegen ihn vor."

Zitternd verließ Margret an Pattes Seite den Flughafen. Zusammen stiegen sie in ein Taxi und ließen sich in die Innenstadt fahren. Hier nahmen sie ein anderes Taxi, fuhren in eine benachbarte Stadt und von dort aus mit dem Bus zu einem kleinen Hotel.

„Meinst du, das ist wirklich nötig?", fragte Patte nach dem Einchecken, als sie in der Lobby saßen.

„Natürlich! Entweder er hat am Flughafen auf mich gewartet, vor meiner Wohnung oder vor deiner. Er wird mich jagen. Er will das Kind, meinen Kopf ..." Hektisch stand sie auf, ging stolpernd zum Eingang und sah auf die Straße.

„Jetzt beruhig dich mal. Er wird gesucht, wo soll er denn mit dir und dem Kind hin? Der muss erstmal seinen eigenen Hintern retten."

Inzwischen flogen Juristen aus Frankfurt nach Bukarest und nahmen Juris Aussage auf. Sie bekamen die Genehmigung für die Exhumierung und Identifizierung seines Körpers. Seine Frau war mit den Kindern jetzt bei ihm in der Hauptstadt und versuchte, ihn zu überreden, am Leben bleiben zu wollen, während er alles daran setzte, dass jemand endlich den Stecker der lebenserhaltenden Maschinen zog.

Schnell war unstrittig, dass Juri die Wahrheit sagte. Daraufhin suchte und fand man weitere Opfer. Keines lebte mehr, sie hatten höchstens ein paar Tage gehabt, manche nur Stunden. Alle waren schwer erkrankt und stammten aus sehr armen Verhältnissen, die Angehörigen hatten Karls Aussagen geglaubt, niemand war misstrauisch geworden.

Margret lag quer auf dem Bett des inzwischen zweiten Hotelapartments und bewunderte die Stuckverzierungen der Decke. Trotz der sommerlichen Temperaturen gluckerte es in der gusseisernen, von dicken Lackschichten verkrusteten Rippenheizung, die aber zum Glück kalt blieb. Aus ihren Kopfhörern erklang Musik. Beethoven, eine Aufnahme eines ihrer Konzerte. Sie war ganz versunken und erholte sich von dem kleinen Eingriff an ihrem Gebiss vom Vormittag.

Trotz der Aufregung um Karls Flucht hatte nach ihrer Ankunft der Zahnarzt Doktor Stabler Margret angeboten, den neuen Stiftzahn einzusetzen und das unter einer kurzen Narkose durchgeführt. Er war äußerst stolz auf sein Werk und schien enttäuscht, dass es niemand sah und er davon auch nicht erzählen durfte.

Das kleine Wunderwerk musste erst mit der Zunge gedreht werden, bevor der darin enthaltene Sprengstoff durch einen Biss freigesetzt werden konnte. Damit wurde verhindert, dass sie sich versehentlich schon vor der Geburt sprengte. Sie hatten sich nach einem Beratungsgespräch mit Stabler gegen Zyankali entschieden, da erst mit einer kleinen Explosion niemand mehr Zugriff auf ihren Kopf haben würde. Damit hatte sie zwei Fliegen mit einer Klappe erschlagen.

Auf dem Flur hörte sie die Putzkolonne, wie sie sich redend und lachend von einem Zimmer zum nächsten voran arbeiteten. Margret versuchte, die Sprache zu erkennen. Türkisch? Arabisch? Keine Ahnung. Laut, lustig, durch die Wände dringend. Ein bisschen wie im Urlaubshotel, wenn man zu lang geschlafen hatte. Zu ihr würden sie heute nicht kommen, sie wollte nicht gestört werden.

Neben ihr lag ein Stapel Zeitungen. „Dr. Frankenstein und seine Monster", „Medizinische Ethik im Fokus: Arzt unter Anklage", „Versuche an Menschen: Untersuchung gegen Arzt eingeleitet" „Schockierende Vorwürfe gegen Doktor Grausam. Jetzt spricht die Mutter eines Opfers."

Die Polizei hatte am Nachmittag zuvor in einer Pressekonferenz den Fall an die Öffentlichkeit gebracht, hauptsächlich, um Hinweise auf Karls Verbleib zu bekommen und von weiteren Opfern zu erfahren. Sämtliche Blätter stürzten sich auf den Stoff, galt es doch ein Sommerloch zu stopfen.

Alle Facetten wurden in den Artikeln beleuchtet, wobei sie selbst ebenfalls erwähnt wurde, sowie sein Werdegang und die Bilanz seines Schaffens. Ein bisschen hatte sie das Gefühl, wie einer seiner Erfolge dargestellt zu werden, als wäre es eine Leistung seinerseits, mit ihr verheiratet gewesen zu sein.

Fotos aus der Vergangenheit von ihnen zusammen bei einem Empfang, von ihm in Momenten größter Triumphe, die Verleihung des Bundesverdienstkreuzes, bei der er strahlte wie ein Olympiasieger bei der Übergabe der Goldmedaille. Er blickte dabei direkt in die Kamera.

Die Putzkolonne kam immer näher, jemand klopfte vorsichtig an ihre Tür, eine Stimme rief etwas von weiter weg, Schritte entfernten sich schnell. Margrets Puls raste. Ständig erwartete sie, dass Karl hier auftauchte, obwohl niemand außer Patte und Vincent wusste, wo sie war. Die Polizei hatte ihre Telefonnummer, schien aber kein Interesse mehr an ihr zu haben. Sie hatten ihre Story geglaubt, dass sie Sophie sei. Die erste Hürde hatte sie genommen.

Sie nahm sich die nächste Zeitung vor. Auch hier stand nichts Neues drin. Die Empörung war groß, dass Karl die Armut und Korruption so für sich ausgenutzt hatte. Das Mitleid mit den Opfern wurde demonstriert, indem Spendenkonten eingerichtet wurden durch die Versuche, den Angehörigen eine Plattform zu bieten, auf der sie ihre Trauer zeigen konnten.

Vor allem Cosmins Mutter war oft zu sehen, wurde viel zitiert und erzählte immer wieder, wie ihr geliebter Sohn ihr von Karl genommen worden war.

Juris Frau hielt sich zurück, schirmte sich ab gegen die

Bestrebungen, sie zu fotografieren, und sagte nichts. Seine Töchter waren beliebte Fotomotive, niedlich, für deutsche Verhältnisse ärmlich gekleidet und leicht zum Lächeln zu bringen.

Die Angehörigen der anderen Opfer kannte sie nicht, es wurden jedoch ausführliche Porträts veröffentlicht. Das Sommerloch der Presse bot ausreichend Platz und Aufmerksamkeit, um wirklich jedes Detail, die Krankengeschichten, die Versprechungen und die Trauer der Hinterbliebenen auszubreiten.

Pfeiffer war ebenfalls auf manchen Bildern zu sehen, der Blick starr immer hinter der goldgerahmten Brille, die Falten um seinen Mund ein bisschen tiefer, die feinen Haare standen in alle Richtungen ab, was ihm etwas Ätherisches gab. Er lächelte auf einigen hilflos, war noch gebeugter als vorher. Es gab ein Interview mit seiner Frau, die beteuerte, nichts gewusst zu haben, ihm solche schrecklichen Verbrechen nicht zuzutrauen. Bestimmt habe er das nur gemacht, weil Karl ihn unter Druck gesetzt habe.

Margret schnaubte abfällig, als sie das las. Doch sie riss sich wieder zusammen. Sie war genauso überrascht gewesen und wenn sie selbst nicht das Opfer wäre, sie könnte nicht sagen, wie sie sich verhalten hätte.

Die Bewohner des Nachbar-Appartements betraten türenknallend ihr Zimmer und diskutierten laut über irgendein zu kalt serviertes Essen. Jetzt war es vorbei mit der Ruhe.

Sie stemmte sich leise ächzend von ihrem Stuhl hoch, um sich einen Tee zuzubereiten, wofür ein Wasserkocher im Zimmer bereitstand. Auf dem Weg ins Bad hielt sie sich sorgfältig fest. Ihre Knie gaben häufiger nach, was zusammen mit dem fehlenden Gefühl in den Fußsohlen das Laufen zusätzlich erschwerte. Nebenbei ergriff sie ihr kürzlich erworbenes Tablet, das auf dem kleinen Schreibtisch lag, um in ihren Online-Kalender zu schauen, was für Termine noch anstanden. Als Erstes sprangen ihr aber die aktuellen Nachrichten entgegen. Sie war entsetzt, als sie sie las:

Karl habe offensichtlich schon zu zwei neuen Kranken in Rumänien Kontakt aufgenommen.

Hatte sich erstmal die Meute der unterbeschäftigten Journalisten an einem Thema festgebissen, gab es kein Verstecken mehr.

Nachdem ihm Margret durch die Lappen gegangen sei, wolle er anscheinend möglichst bald den Eingriff wiederholen. In dem Artikel hieß es, es handle sich zum einen um einen jungen Feuerwehrmann, der nach einem Unfall bei einem Einsatz ans Bett gefesselt sei. Der andere solle von einem Mann im gleichen Alter stammen, der seit langer Zeit im Wachkoma liege.

Der Feuerwehrmann sehe gut aus, sympathisch und mit einer herzzerreißenden Hintergrundgeschichte. Er habe, laut dem Bericht, ein Kind aus einem brennenden Haus gerettet, dann sei das Dach über ihm eingestürzt und ein glühender Balken habe ihn unter sich begraben.

Lebenswichtige Organe seien dabei beschädigt worden und er würde nicht mehr lange leben. Das alles kurz bevor er habe heiraten wollen. Seine Verlobte habe ihn daraufhin verlassen, da sie sich eine Ehe ohne Kinder nicht habe vorstellen können und die Möglichkeit, dass er diese noch zeugen würde, sei gering, wie sie unter Tränen dem Reporter mitgeteilt habe.

Margret konnte kaum weiterlesen, so sehr triefte die Geschichte vor Pathos und Klischees.

Der Mann, dessen Körper verwendete werden solle, ein Wachkomapatient, lag schon zwei Jahre in einem Pflegeheim. Seine Eltern brachten für seine Unterbringung monatlich über dreitausend Euro auf, den Rest zahlte der Staat. Die Chance, dass er wieder aufwachen würde, war kleiner, als die Wahrscheinlichkeit im Lotto zu gewinnen.

Er lag mit offenem Mund, an die Decke starrend in seinem Pflege-Bett, zeigte nicht die geringste Regung. Auslöser für seine Lage war eine medizinisch unnötige Operation an seiner Nase gewesen, deren Form ihm nicht gefiel.

Er war aus der Narkose nie wieder aufgewacht, hatte zu wenig Sauerstoff bekommen, hatte das Narkosemittel nicht vertragen, allergisch darauf reagiert. Das Mitleid mit ihm hielt sich in Grenzen, zwischen den Zeilen war deutlich zu lesen ‚selbst Schuld', auch wenn es niemand aussprach.

Mit den Fingerspitzen massierte Margret ihre Schläfen. Die Geschichten klangen wie aus einem schlechten Drehbuch für eine geskriptete Realityshow, die Patienten gecastet für diesen Zweck. Es war eindeutig, dass er die beiden ausgewählt hatte, um an die Öffentlichkeit zu gehen. Die Gefahr, dafür moralisch verurteilt zu werden, war weitaus geringer als bei seiner Frau und seiner Geliebten. Wenn er die Einverständniserklärung der Angehörigen des Komapatienten hatte, wäre er womöglich sogar einer Strafe wegen Mord entgangen.

Diese Exklusivnachricht kam durch die Recherche eines großen Nachrichtenmagazins ans Licht und wurde erst nach dem Erscheinen an die Staatsanwaltschaft weitergegeben.

Kapitel 34

Was hatte sie bisher mit Karls Aufdeckung erreicht? Dass das Dahinsiechen des Komapatienten verlängert wurde? Dass der Feuerwehrmann sein kurzes restliches Leben im Rollstuhl verbringen würde?

Nachdenklich schnipste sie ein paar Krümel vom Tisch. Nebenan war plötzlich Ruhe eingekehrt und seufzend wartete sie darauf, dass das Bett anfangen würde zu quietschen und das Stöhnen sich zu immer lauteren Schreien steigerte, beendet durch einen juchzenden Aufschrei von ihr und einem Grunzen von ihm.

Fast wäre ihr die Teetasse aus der Hand gefallen, als die Zimmertür nach nur einem Mal anklopfen geöffnet wurde. Patte hatte noch immer einen Schlüssel, auch wenn sie inzwischen wieder in ihrer eigenen Wohnung wohnte. Sie kam trotzdem täglich, um Margret ein bisschen Gesellschaft zu leisten, für sie einzukaufen, da diese wegen ihrer Unsicherheit auf den Beinen nichts mehr in das Apartment tragen konnte.

„Na? Wie geht's?" Patte stellte eine Einkaufstüte auf den Tisch und eine Platte Kuchen daneben. „Hier. Ist im Café heute übrig geblieben."

Wortlos schob Margret ihr das Tablet mit dem Artikel zu und begann die Einkäufe in ein leeres Fach ihres Kleiderschranks zu räumen.

„Heilige Sch... Schande. Das hat der sich doch nicht ausgedacht, nachdem du ihn abserviert hast. Da sitzt der doch schon länger dran." Patte griff nach einem Stück Apfelkuchen.

„Mit Sicherheit. Ich war die Generalprobe, würde ich mal sagen. Seine Geldgeber hätten sich mit dem offenen Ergebnis bestimmt nicht zufriedengegeben." Margret setzte sich in den viel zu tiefen Sessel und richtete sich mühsam wieder auf. „Und jetzt läuft er da draußen rum und hat alles verloren, was ihm wichtig war im Leben. Ihm bleibt nur noch sein Kind", sie klopfte leicht auf ihren Bauch. „Und sein einziger Nachweis, dass er erfolgreich war." Sie tippte sich an ihre Stirn.

„Vergiss das. Er wird hier nicht auftauchen. Viel zu gefährlich. Vince sagte, ihr seid gestern Abend bei seinen Eltern und die seien ganz aus dem Häuschen gewesen." Patte nahm ein weiteres Stück Kuchen.

„Es war furchtbar." Margret presste die Faust gegen die Stirn. „Sie haben meine Schwangerschaft wie ein Wunder gefeiert, haben geweint vor Freude. Beide. Sie haben die Ultraschallaufnahmen des Babys kopiert und noch während des Besuchs gerahmt und zwischen die Familienbilder im Regal aufgestellt. Oh Patte, ich hab mich so unendlich mies gefühlt, es war so falsch, so gemein, ich war kurz davor, ihnen die Wahrheit zu sagen. Aber das ging auch nicht mehr, das hätte sie komplett zerbrochen."

Tief und schwer holte sie Luft und zupfte gedankenverloren an ihrem stramm sitzenden Shirt. „Jetzt kann ich wieder nicht in den Spiegel schauen, da hilft auch keine neue Haarfarbe." Langsam schüttelte sie den Kopf. „Meinst du, das war alles richtig, was ich gemacht habe?"

„Ja, sicher. Du glaubst doch wohl nicht, dass der Feuerwehrtyp der Letzte gewesen wäre. Der sollte nur das Vorzeigeprojekt sein, wie 'ne Werbeanzeige für mögliche Kunden. Und er wäre, wie du schon sagtest, wieder gefeiert worden."

„Und danach? In ein, zwei Jahren? Die nächste Idee? Das geht doch nicht unendlich so weiter."

Patte zuckte mit den Schultern. „Ich hab den ja nur mal kurz kennengelernt, aber wenn du mich fragst, will der einfach nur so hoch, wie die großen Hunde pinkeln. Die ganz großen und dazu braucht er 'ne Menge Kohle und jemanden, der ihn in diese Kreise bringt. Er hat ja nicht den richtigen Stallgeruch. Bisher warst du das und das wird jetzt der geheimnisvolle Geldgeber sein. Du sagst doch, er will Macht. Die bekommt er bei diesen Leuten."

Margret sah sie schweigend an.

„Okay, das ist Vincents Theorie. Fand ich aber einleuchtend."

„Gut, das ist ja jetzt auch vorbei." Sie zupfte an den Falten ihres Ärmels.

„Nicht ganz. Wenn er dich erwischt und um die Ecke bringt, kann er zumindest seinen Erfolg nachweisen. Vincent meint, dass seine Kollegen die Umstände schnell vergessen würden und nur noch scharf auf deinen Obduktionsbericht wären."

Mit hochgezogenen Augenbrauen sah Margret sie an. „Ja, schönen Dank auch, eben hast du noch gesagt, er kommt nicht hierher."

„Ich versuch's realistisch zu sehen. Hat er nochmal angerufen?"

„Mit unterdrückter Rufnummer, ja, wahrscheinlich. Es ruft dauernd jemand mit unterdrückter Nummer an. Ich geh aber nicht ran. Was soll das auch bringen? Soll ich mir seine Drohungen anhören? Seinen Hass? Mir gehts so schon schlecht genug. Hoffentlich ist es bald vorbei. Ich kann nicht mehr." Schwer ließ sie sich nach hinten an die Lehne sinken.

„Na, komm schon, Kopf hoch, sonst siehst du nicht, was vor dir liegt."

„Vor mir liegt die Geburt eines Kindes, das ich nicht wollte, noch mehr Lügen, Lähmung und wenn ich nicht aufpasse, eine postletale Karriere als medizinische Sensation, also verschone mich mit Kalendersprüchen."

„Mann, bist du heute beschissen drauf. Nur weil sie diesen Feuerwehrheimer gefunden haben? Man könnte glatt glauben, dass du die Einzige bleiben wolltest."

Margret erwiderte nichts, stand auf und ging raus. Auf dem Balkon blieb sie mit verschränkten Armen stehen und spielte in Gedanken die ersten Takte einer Sinfonie.

„Sorry, sollte 'n blöder Scherz sein. Ich geh dann mal." Patte tauchte hinter ihr auf und grinst schief.

„Schon okay. Komm, setz dich noch ein bisschen. Ich hab das Gefühl, dass alles umsonst war. Er ist nicht im Gefängnis, wird nicht verurteilt und ist weiterhin eine Gefahr. Zumindest für das Baby, wenn es da ist.“

„Willst du aufgeben?“

„Auf keinen Fall. Ich lasse ihn suchen. Die Polizei fahndet mit Hochdruck und verfolgt alle Hinweise, die ich ihnen gegeben habe. Gestern Nachmittag musste ich mir erstmal eine Strafpredigt von denen anhören, weil ich zusätzlich die Detektei mit der Suche nach ihm beauftragt hab. Aber ich hab nicht die Zeit zu warten. Die sind unterbesetzt, müssen sich an die absurdesten Vorschriften halten und haben noch andere Fälle zu bearbeiten.“

„Holla, was ist denn mit dir passiert? So kenn ich dich gar nicht. Ich musste mich immer an alle Gesetze halten, hast du mir gepredigt. Ich durfte ja nicht mal mehr die kostenlose Abkürzung über den Zaun ins Freibad nehmen.“

Der Spruch brachte ihr nur einen langen Seitenblick von Margret ein.

„Du siehst dir übrigens erschreckend ähnlich, wenn du so guckst. Mal was anderes, wie geht es dem Zahn?“

„Gut, drückt nur ein bisschen auf die daneben. Aber ich muss mich zusammenreißen, um nicht an der Sperre rumzuspielen und ihn versehentlich zu entriegeln. Meine Zungenspitze ist schon ganz wund.“

„Du brauchst eine Beschäftigung. So ein selbstverletzendes Verhalten kennt man auch von Zirkuselefanten und Pferden. Eindeutiges Zeichen von Langeweile.“

„Nein, lass mal gut sein. Ich brauch dringend Krücken, um raus gehen zu können, sonst dreh ich durch, aber keine weißen, die fand ich schon immer hässlich. Meinst du, es gibt dunkelblaue? Ach ja, demnächst ist ein Konzert mit Igor Levit. Ich hab schon lange eine Karte. Auch wenn ich nicht mit ihm sprechen kann, will ich ihn unbedingt nochmal live hören. Gibt es bei dir was Neues?“

Patte schüttelte bedrückt den Kopf. „Ich konnte Babsi immer noch nicht erreichen. Langsam mach ich mir echt Sorgen. Und mit Vincent weiß ich auch nicht weiter. Er ist total lieb, wir treffen uns und er drängelt auch nicht. Aber er guckt mich an, als ob er gekifft hätte."

Margret verbrachte die nächsten Tage damit, ihr Vermächtnis auf ihre ungeborene Tochter zu übertragen und ihr einen Brief zu schreiben, der ihr erst an ihrem achtzehnten Geburtstag überreicht werden sollte. In der nahegelegenen Stadtbibliothek hatte sie einen Ort gefunden, an dem sie in Ruhe arbeiten konnte, ohne störende Geräuschkulisse. Nur das Murmeln der anderen Besucher und das Lachen der Kinder aus der oberen Etage drangen zu ihr durch. Außerdem hatte sie einen Tisch in der hinteren Ecke für sich entdeckt, sodass sie den Raum überblicken konnte und mitbekam, wer auf sie zuging. Der Geruch nach alten Büchern vermischte sich mit dem Duft einer blühenden Linde, die vor einem der geöffneten Fenster stand.

In dem Brief versuchte sie, ihrer Tochter so gut es ging zu erklären, wie sie zu ihr gekommen war und wer ihre Eltern waren. Sie erzählte über sich, um ihr die Chance zu geben, ihre biologische Mutter kennenzulernen und auch von Karl, wie er früher war.

Ein leises Bedauern regte sich in ihr, Trauer darüber, ihrem Kind das alles nicht selbst erzählen zu können, nicht in das kleine Gesichtchen sehen zu können und Fragen zu hören, die sie bestimmt hatte.

„Hormone", dachte sie, als sie eine Träne aus ihrem Augenwinkel wischte. Ob sie wohl so musikalisch werden würde wie sie selbst? Konnte sie testamentarisch festlegen, dass die Pflegeeltern für Klavierunterricht sorgen mussten? Sie würde sie nie hören, nie mit ihr gemeinsam spielen können. Eine weitere Träne rann über ihr Gesicht und sie putzte sich die Nase.

Was sollte sie erzählen? Dass sie nie Kinder wollte? Dass die Musik in ihrem Leben im Vordergrund stand? Was sagte man einer Jugendlichen, einem jungen Erwachsenen, der seine Wurzeln suchte, um sich selbst besser zu verstehen, um für seine Zukunft gerüstet zu sein? Sie hatte schließlich nichts von ihr, außer Genen, die sie sich mit denen von Karl teilte, ohne zu wissen, welche in ihr zum Vorschein kamen. Dazu noch ein finanzielles Polster, jede Menge Konzertaufzeichnungen und

Artikel über sie, wie sie von der Öffentlichkeit gesehen wurde, als sie bereits erfolgreich war.

Nachdenklich kaute sie auf ihrem Stift und malte Notenmännchen auf das Blatt. Schließlich fing sie an, im Stil von Freundebüchern aufzulisten, was sie mochte und was nicht, was ihr Angst und was ihr Freude bereitete, was sie glaubte, was sie aufregte und was sie sich immer gewünscht hatte. Nicht sehr poetisch, aber es zeichnete nach und nach ein Bild von ihr selbst, in dem sich ein anderer Mensch suchen und wiederfinden konnte. Was war ihr Peinliches passiert und Ungewöhnliches? Wer hatte sie geprägt? Je mehr sie schrieb, desto mehr Fragen und Antworten fielen ihr ein und doch wusste sie, dass selbst tausend Fragen sie nie ersetzen würden.

Was wünschte sie ihrem Kind, wollte sie ihm auf den Weg geben? Sie wünschte ihm eine solche Leidenschaft, wie sie sie gehabt hatte, ausleben zu dürfen. Menschen, die es so liebten, wie sie war, ohne ihre Zuneigung von etwas abhängig zu machen. Danach saß sie wieder vor dem Papier und grübelte. Was noch? Gesundheit natürlich, aber darauf hatte sie keinen Einfluss und konnte nur hoffen, dass ihre schwere Krankheit nicht in den Genen verankert war, die sie weiter geben würde. Reichte das vielleicht schon? Leidenschaft und Liebe, Kraft um das, was es bewegte, zu einem Teil ihres Handelns zu machen. Das waren die Zutaten für ein erfülltes und glückliches Leben.

Einen Moment starrte sie noch auf die Zeilen. Das war alles, was auch Karl gehabt hatte und was ihn antrieb. War Karl glücklich? War das das Glück, das sie ihrem Kind wünschte? Sie wollte schon ansetzen, weiter zu schreiben, hielt aber inne. Entweder es würde einen gut ausgerichteten moralischen Kompass haben, dann war es überflüssig, das zu erwähnen. Die Berichterstattung über seinen Vater würde es lesen. Wenn es dieses Gewissen nicht hatte, würde eine Belehrung auch nichts bringen. Also sollte sie sich eine solche lieber sparen und darauf vertrauen, dass sie der Welt einen guten Menschen hinterlassen würde.

Ein leises Hüsteln ließ sie aufblicken. Eine der Bibliothekarinnen stand an der Treppe und bedeutete ihr, dass sie bald schließen würden. Seufzend sah sie auf ihren Brief, überlegte kurz, ob sie ihn nochmal überarbeiten wollte, faltete das Blatt und steckte es in einen Umschlag. Zusammen mit ihren anderen Papieren und Stiften packte sie alles in eine leichte Umhängetasche und ging auf ihre Krücken gestützt zum Aufzug.

Vor der Tür des modernen Gebäudes hielt sie einen Moment inne und genoss die Strahlen der warmen Nachmittagssonne auf ihrem Gesicht. Die Kinder, die eben noch in der Bibliothek getobt hatten, liefen jetzt johlend an ihr vorbei, begleitet von zwei Frauen, die laut hinterherriefen, nicht auf die Straße zu laufen.

Margret fühlte sich zufrieden. Der Brief war eine schwere Aufgabe gewesen, die sie lange vor sich hergeschoben hatte. Er war nicht perfekt, aber ein Anfang. Jedes Mal, wenn ihr noch etwas einfiel, konnte sie ihn ergänzen. In einem der Geschäfte, an denen sie jetzt vorbeilief, sah sie eine Sammlung dekorativer Kartons. Spontan kaufte sie einen, der mit türkisem Samt bezogen war und zarte goldene Ornamente hatte. Viel hatte sie nicht, dass sie hineinlegen konnte. Sie konnte Patte bitten, aus ihrer letzten Wohnung, die sie noch nicht gekündigt hatte, ein paar der Kisten zu holen, in denen sie ihre persönlichen Sachen bei dem Auszug aus dem gemeinsamen Haus mit Karl verstaut hatte. Viel war nicht übriggeblieben, da sie vor ihrem Koma fast alles vernichtet hatte.

Aber es gab noch ihre Lieblingsbücher, ein paar Fotos, Briefe, die Karl ihr geschrieben hatte, Briefe von ihrem ersten Freund Oliver, der ihr kleine Aquarelle auf Notenpapier gemalt hatte. Karten aus vergangenen Urlauben, ein Schmuckkästchen mit einer Kette und Ringen ihrer Großmutter. All das hatte im Keller gelegen und war ihr entgangen.

Ihr eigener Schmuck brauchte eine weitere Schatulle. Es war so viel, was Karl ihr im Lauf der Jahre geschenkt hatte, dass es diesen Karton überfüllt hätte. Ihren Ehering wollte sie hinzufügen. Ihr erstes Notenheft und den Füller, mit dem sie ihre Autogramme unterschrieben hatte. Sie lächelte bei dem Gedanken an all diese Erinnerungsstücke, die sie über die Jahre aufbewahrt hatte.

Kapitel 35

Pfeiffer wurde aus der Untersuchungshaft entlassen. Es bestand keine Fluchtgefahr und er hatte glaubhaft versichern können, dass er nicht der Hauptschuldige war. Außerdem hatte er ein umfassendes Geständnis abgelegt, soweit er sich als Beteiligter sah, und mit zahlreichen Informationen zur Bearbeitung des Falls beigetragen.

Margret war fassungslos, als ein Mitarbeiter der Polizei ihr das am Telefon mitteilte. Nur Stunden später stand er schon vor der Presse und beschrieb in aller Ausführlichkeit, dass sein Kollege Professor Karl Nieß das Gehirn seiner sterbenden Frau in den Kopf seiner Geliebten transplantiert habe, und das, betonte er nachdrücklich, mit Erfolg. Sie würde sich bester Gesundheit erfreuen, ein Kind erwarten und frisch und munter, wie er sich ausdrückte, auf eigenen Beinen durch die Welt laufen. Dabei strahlte er, als wäre es doch sein Verdienst.

Warum? Warum nur? Warum tat er das? Margret, Patte und Vincent hatten sich die Stellungnahme Pfeiffers wieder und wieder auf dem Computer im Büro der Fahrradwerkstatt angeschaut, das Teil seiner Wohnung war. Eigentlich hatten sie geplant, im Hof zu grillen, aber als Wilson dazu stieß und die Aufzeichnung der Konferenz aufrief, war das Essen erst angebrannt, dann kalt geworden.

Jetzt saßen sie um seinen niedrigen Wohnzimmertisch und spekulierten, was das zu bedeuten hatte, welchen Vorteil er sich davon versprach. Wollte er Karl aus der Reserve locken? War das der Deal gewesen, um so schnell wieder auf freien Fuß zu kommen? Eigenes Renommee konnte es nicht sein, da er seine Beteiligung an der Tat vehement abstritt.

„Ich muss jetzt ebenfalls an die Öffentlichkeit und es klarstellen. So bald wie möglich. Dazu brauch ich euch als Zeugen. Vor allem dich und deine Eltern", sagte Margret an Vincent gewandt und sah die Flasche Wein auf dem Tisch sehnsüchtig an.

„Klar. War ja so auch geplant. Moment." Sein Handy summte. „Meine Eltern." Er ging vor die Tür und sie konnten noch hören, wie er beschwichtigend auf sie einredete. Sie hatten den Beitrag ebenfalls gesehen, er war in den Nachrichten erschienen.

Auch Margrets Telefon klingelte. Die Polizei.

„Haben Sie es schon gehört?"

„Ja, gerade eben. Das ist natürlich Unsinn. Das werde ich auch der Presse mitteilen. Meine Eltern und mein Bruder werden sich ebenfalls dazu äußern. Nein, ich hab keine Ahnung, was er damit bezwecken will." Sie lauschte einen Moment. „Sie berufen eine Pressekonferenz ein? Gut. Morgen Nachmittag? Ich denke, das lässt sich einrichten. Ich rede noch mit meiner Familie. Bis später." Aufatmend sah sie in die Runde, zu der auch Vincent wieder dazu gekommen war. „Morgen Nachmittag. Die Polizisten am Flughafen haben mir die Geschichte ja abgenommen, aber wenn die ganzen Kameras auf mich gerichtet sind ... Gott, ich hoffe, das geht gut." Sie zitterte leicht, als sie ihr Glas Wasser an den trockenen Mund führte.

„Lass mal meine Mutter reden. Die ist total sauer. Ich werde das schon hinbekommen. Zieh was Enges an, damit man deinen Bauch sieht. Mit schwangeren Frauen hat jeder Mitleid und wenn dir irgendwann die Gesichtszüge entgleisen, wird man es darauf schieben."

Margret wusste nicht, warum ihr seine Worte gegen den Strich gingen, schließlich hatte er recht. Aber sie wollte nicht auf ihre Schwangerschaft reduziert werden, nachsichtiges Lächeln sehen und übertriebene Rücksicht. Wenn es jetzt jedoch von Nutzen war, würde sie es hinnehmen. Ihr graute davor, von

Vincents Mutter umsorgt zu werden und dem Blick seines Vaters, der auf ihrer Körpermitte festhing, als könnte er es kaum erwarten, Großvater zu werden.

„Wollen wir meine frühere Freundin Julia noch dazu bitten?", fragte sie, um von sich abzulenken.

Vincent überlegte. „Meinst du, sie war wirklich überzeugt? Nicht, dass sie querschießt, um sich interessant zu machen. Zuzutrauen wäre es ihr."

Sie nickte langsam. „Du hast recht. Lieber nicht. Und du, Patte?"

„Ich komm mit und bestätige, dass du auf keinen Fall Margret bist. Deine Eltern sollten wir damit in Ruhe lassen. Die sind jetzt bestimmt total aufgelöst." Sie nahm sich etwas von dem Brot, das als Beilage gedacht war.

„Oh Gott, stimmt." Margret sank zurück in ihren Sessel. „Die Armen, aber wer sollte sie jetzt kontaktieren? Soll ich etwa ..."

„Auf keinen Fall. Du hast ihren Schwiegersohn gepimpert, als ihre Tochter noch lebte. Du bist die Letzte, von der sie hören wollen. Vincent auch nicht. Ich vielleicht. Ich kenn sie ja noch. Soll ich mal?"

Margret nickte dankbar. „Das wäre gut. Sag ihnen was Nettes. Ach, Mensch, ich würde sie so gern besuchen und ihnen sagen, dass alles gut ist. Das wirft sie jetzt völlig aus der Bahn." Sie umfasste ihr Kinn mit einer Hand und starrte nachdenklich zur Seite. Dabei schüttelte sie immer wieder den Kopf und seufzte.

„Komm, Augen zu und durch." Vincent beugte sich vor und strich über ihren Arm. „Das wird dem Professor morgen den Rest geben. Die Klinik ist versiegelt, die Software und Geräte alle beschlagnahmt, hab ich von der Staatsanwaltschaft erfahren. Damit ist dieses Kapitel seiner Karriere endgültig beendet. Er wird nur noch mit diesem Skandal in Verbindung gebracht werden und nicht mehr mit seinen zugegebenermaßen großartigen Errungenschaften. Das wird zwar nicht Strafe genug sein für das, was er dir angetan hat, ihn aber schwer treffen. Meinst du nicht?"

Margret nickte und lächelte dünn. Sie war in Gedanken schon beim nächsten Tag.

So kalt und abweisend das neue Polizeipräsidium von außen aussah, so modern und ansprechend war es von innen. Helles Parkett und bodentiefe Fenster schufen eine angenehme Atmosphäre, in der Luft hing der Geruch nach Kaffee und Gebäck, das für die geladenen Gäste bereitstand. Vincent hatte seine Eltern mitgebracht, die sich sofort an Margrets Seite stellten und alle Umstehenden mit Blicken durchbohrten.

„Hast du genug getrunken? Soll ich dir ein Wasser holen?“ Seine Mutter umfasste ihre Schultern, was ihr die Luft nahm. Sie nickte nur und ließ sie gewähren, da es eine aussagekräftige Geste zu ihren Gunsten war, die auch gleich begeistert abgelichtet wurde, als die ersten Journalisten den großen Raum betraten.

Ein Polizist führte sie zu einer Tischreihe mit Namensschildchen und wies ihnen ihre Plätze zu, während sich die Reporter auf den Stuhlreihen davor niederließen. Eine Gruppe Fotografen verteilte sich im Raum und lichteten alle Beteiligten aus den unterschiedlichsten Perspektiven ab.

Der leitende Staatsanwalt Seiler fasste den Fall, soweit ihm bekannt war, zusammen und endete mit der Aussage Pfeiffers, die die Wahrheit enthielt, die niemals ans Licht kommen durfte.

Margret hatte die ganze Zeit aus dem Fenster zu ihrer Linken geschaut und sich an dem kühlen Wasserglas festgeklammert. Der Kaffeeduft verursachte ihr plötzlich Übelkeit und die Nähe zu Vincents Eltern war kaum zu ertragen. Seine Mutter saß so eng bei ihr, dass ihre Beine sich berührten, und sie traute sich nicht, sich zu rühren, um sie nicht zu irritieren.

„Hier haben wir jetzt Frau Sophie Kaminski, ihre Eltern und ihren Bruder, die sich zu den Behauptungen von Doktor Pfeiffer äußern möchten und die sich ihren Fragen stellen werden“, endete die Ausführung von Seiler.

Noch bevor Margret ihre vorbereitete Stellungnahme vorlesen konnte, platzte Vincents Mutter heraus. „Das ist ungeheuerlich, was dieser Mensch da behauptet. Unglaublich. Das hier ist unsere Tochter, ich habe sie geboren, wir haben sie groß gezogen und jede andere Behauptung ist bodenloser Unsinn, völliger Quatsch! Da will sich jemand auf Kosten von Sophie einen Namen machen! Er will Aufmerksamkeit, nichts weiter.

Und mit der Geschichte auch noch Geld verdienen. Wissen Sie, was der verdient? Nichts! Einen Dreck verdient er! Sehen Sie denn nicht, dass unsere Tochter schwanger ist? Muss man sich wirklich auf Kosten einer werdenden Mutter bereichern? Hat niemand mehr Anstand?"

Schwer atmend machte sie eine Pause und wurde von ihrem Mann beschwichtigt und zurückgezogen. Die Journalisten waren begeistert.

„Lass gut sein, Mama", presste Margret hervor und sah nach vorne. „Ich bin Sophie Kaminski. Bis vor ein paar Wochen war ich die Geliebte von Professor Karl Nieß und wurde von ihm schwanger." Eine neue Welle Übelkeit stieg in ihr hoch und sie nahm einen kleinen Schluck Wasser. „Im Flur von seinem Krankenhaus ..." Sie stockte und bemühte sich, weiterhin Sophies Tonfall zu treffen, den sie kurz zuvor mit Vincent erneut geübt hatte. „... hatte ich einen schweren Unfall und bin mit dem Kopf auf eine Treppenstufe gefallen. Er hat mich sofort operiert, damit ich keinen Schaden beibehalte, mein Genick war angebrochen und ich hatte einen Schädelbasisbruch. Ich hatte mein Gedächtnis verloren, das kommt jetzt erst teilweise zurück. Von seinen Experimenten an Menschen wusste ich nichts, bis er mir viel Geld anbot, damit ich irgendwann mal behaupte, seine tote Frau zu sein. Ich hab das Geld genommen, was ein Fehler war, wie ich jetzt weiß, und hab ihn verlassen, weil ich das alles nicht wollte. Doktor Pfeiffer kenn ich auch aus dem Krankenhaus. Er lügt."

„Haben Sie Professor Nieß das Geld zurückgezahlt?" Die Frage kam von den Journalisten.

Margret schüttelte nur den Kopf. „Nein, ich hab's behalten. Er war Schuld an meinem Unfall, weil er mich gestoßen hatte. Dadurch und die durch Zeit bei ihm zu Hause, als ich nichts mehr wusste, hab ich meinen Job verloren und musste von etwas leben."

„Wie viel hat er ihnen gezahlt?"

Margret zögerte. „Das sag ich nicht."

„Welche Verbindung haben Sie zu Patricia Hahn? Sie stand Frau Nieß sehr nah."

„Ja, und sie ist die Freundin meines Bruders. Ich find sie nett." Sie warf Vincent einen Seitenblick zu, der das Wort übernahm.

„Meine Schwester hat Kontakt zu mir hergestellt, als sie bei Nieß ausgezogen war. Meine Freundin hat sie erstmal bei sich aufgenommen. Sophie hatte Angst vor Nieß.“

Eine Journalistin war aufgestanden. „Stimmt das? Hatten Sie Angst? Warum? Hat er sie bedroht?“

Margret schluckte trocken. „Ja, er hat mir gedroht, wenn ich die Geschichte nicht bestätige, dass er mir was antut. Er hatte einen Artikel in einer Fachzeitung geplant und wollte mit mir als medizinische Sensation auftreten.“

„Wie kamen Sie darauf, dass in Rumänien Opfer ihres Freundes waren, an denen er Versuche unternommen hatte?“ Alle Augen waren jetzt auf sie gerichtet.

„Ich war mal in seinem Arbeitszimmer und hab da Papiere gesehen, auf denen von Juri die Rede war. Das war der Mann, den wir später in Rumänien besucht haben. Da stand auch, dass das Experiment nicht geklappt hat. Es gab Fotos von ihm, das war alles schrecklich.“ Das Glas glitt ihr aus der Hand und als sie dem Wasser auswich, dass die Tischkante herunterlief, stürzte sie vom Stuhl.

Sofort war eine Menschentraube um sie herum, die sie aufhob, stützte und fotografierte.

„Schluss jetzt!“, rief Vincents Vater. „Keine Bilder mehr, verschwinden Sie.“

Der Staatsanwalt beendete die Runde mit ein paar abschließenden Worten und wandte sich an Margret, die von einem herbeigerufenen Sanitäter untersucht wurde.

„Wie geht es Ihnen?“

Sie nickte schwach. Schwächer, als sie sich tatsächlich fühlte. Es war gut für sie gelaufen, dachte sie. Die notwendigen Informationen waren gegeben, die Bilder waren mitleiderregend und zu weiteren unangenehmen Fragen konnte es vorerst nicht mehr kommen.

Es lief überhaupt nicht so glatt, wie sie gedacht hatte. Margret war am Morgen in den nahegelegenen Park gegangen. Es war jetzt schon sehr warm und draußen an einem Picknicktisch unter den ausladenden Bäumen fühlte sie sich wesentlich wohler als im Hotel. Sie stellte ihren Kaffeebecher ab, legte eine Brötchentüte daneben und versuchte dabei zu ignorieren, dass sie beim Bäcker sich selbst auf einem der Titelblätter einer lokalen Tageszeitung gesehen hatte.

Unschlüssig starrte sie auf ihr Handy, das immer wieder surrte, weil Patte und Vincent ihr im Minutentakt Nachrichten schickten. Entschlossen biss sie in ihr Brötchen, öffnete die erste von Patte und folgte dem Link, den diese sowie fünf weitere ohne Kommentar geschickt hatte. Die Verknüpfungen führten alle zu verschiedenen Nachrichtenportalen. Langsam kauend durchforstete sie die Seiten. Einige Schreiber glaubten ihr und brachten die Geschichte als rührselige Story heraus, in der sie das sympathische schwangere Opfer im Mittelpunkt war, so wie sie es geplant hatte.

Andere waren deutlich kritischer und wurden nur gebremst durch die Aussagen von Fachleuten, denen zufolge es vollkommen unmöglich war, dass jemand eine solche Transplantation überlebte. Trotzdem witterten sie eine dramatische, verborgene Geschichte dahinter, da sie Margret nicht glaubten.

Frustriert scrollte sie weiter und folgte den Links, die von Vincent kamen. Es waren die Websites mit Kommentarfunktion, die Foren und Social media-Kanäle, auf denen wild spekuliert wurde. Hier gab es kein Halten mehr. Lügen, Verleumdungen und Hetze, daneben aber auch Vermutungen, die verdammt nah an der Wahrheit waren, genauso wie äußerst unangenehme Fragen, die sie nicht hätte beantworten wollen. Allen voran der Vorschlag nach einem DNA-Test ihrer Hirnflüssigkeit. Zum Glück konnte niemand sie zu so etwas zwingen.

Auch die Tatsache, dass Juri ja zumindest noch lebte, wurde aufgegriffen mit der zwangsläufigen Frage, ob die Transplantation offensichtlich nicht doch möglich sei.

Von einem großen Verlagshaus, das bekannt war für seine Sensationsgeschichten, wurde eine Belohnung ausgesetzt für das Auffinden von Angestellten, die an dem Projekt mitgearbeitet hatten und zu einer Aussage bereit waren. Schließlich konnten Nieß und Pfeiffer das ja nicht alles allein bewerkstelligt haben.

Und als ob das nicht gereicht hätte, meldete sich Jutta in einem Interview zu Wort. Sie war davon überzeugt, dass Sophie auf keinen Fall Sophie war. Ausgiebig erzählte sie von dem gemeinsamen Essen und dass Margret sie zuvor nicht erkannt hatte. Das konnte niemals die Freundin seit Kindertagen sein. Die Persönlichkeit, der Charakter habe nicht gestimmt. Auch wenn Sophie sich an nichts mehr erinnere, sie sei doch der gleiche Mensch geblieben und das sei sie eindeutig nicht gewesen.

Margret legte seufzend ihr Handy auf den rissigen Holztisch und sah gedankenverloren einigen Hunden zu, die auf der Wiese spielten. Zwei Frauen mit Walkingstöcken liefen an ihrem Tisch vorbei. Eine der beiden zögerte, als sie sie sah und in ihrem Gesicht spiegelte sich Erkennen wider. Schnell ging sie weiter und beugte sich zu der anderen, um ihr leise etwas zu sagen. Diese drehte sich daraufhin um, starrte Margret ungeniert an. Zeit für eine neue Haarfarbe, besser noch eine Perücke, und vielleicht auch eine getönte Brille.

Kapitel 36

Margret war nicht die Einzige mit Problemen. Patte erreichte seit Tagen ihre Schwester Babsi nicht. Konnte sie bisher noch Nachrichten hinterlassen, schien ihr Handy jetzt nicht im Netz zu sein, jedenfalls kam kein Signal mehr durch.

Frustriert rief sie bei Margret an. „Hi, können wir uns treffen? Ich komm heut Abend bei dir vorbei und bring Döner mit, ja?"

„Tut mir leid, heute ist doch das Konzert. Und jetzt versuch nicht schon wieder, mir das auszureden. Du hast keine Chance."

„Oh, Mann, jetzt brauch ich dich einmal und dir ist dieser Klavierheini wichtiger!" Patte war gereizt. Natürlich wusste sie, dass das Konzert Margret sehr viel bedeutete.

„Was soll das jetzt? Was ist passiert?" Margret klang eher besorgt als verärgert.

„Schon gut. Ist ja nur meine Schwester, die verschwunden ist."

„Patte. Das ist schlimm, aber daran kann ich jetzt nichts ändern. Morgen früh überlegen wir, was wir unternehmen können, in Ordnung?"

„Du solltest da nicht hingehen. Karl kann dich da finden, der weiß doch auch, dass du da hingehst."

„Bitte, das hatten wir doch jetzt zur Genüge. Woher soll er das wissen? Ich lass mich nicht von dir davon abbringen."

„Fuck, muss das sein? Ich hab Angst um dich, ich mach mir Sorgen um meine Schwester. Was soll ich machen? Euch einsperren? Margret? Hallo?"

Sie hatte aufgelegt. Fluchend warf Patte das Handy neben sich und warf ein Kissen gegen den Schrank. „Fuck, ihr verdammten Bitches!"

Sie konnte nur nach einer sehen. Margret würde in einem Pulk von Leuten unterwegs sein, also würde sie Babsi suchen.

Langsam fuhr sie mit dem blauen Cabrio durchs Bahnhofsviertel zu ihrem einstigen Zuhause, um nach ihr zu sehen. Vorher wollte sie aber ein paar alten Bekannten auf den Zahn fühlen, ob sie etwas über den Typ wussten, mit dem sie jetzt zusammen war.

Sie fuhr mit offenem Verdeck. Bei der Gelegenheit konnte sie vorführen, dass es ihr besser ging, als alle glaubten.

Sie sah sich in der vertrauten Umgebung um, roch die Mischung aus Joints, Urin und Küchendünsten, vermied aber Augenkontakt zu den Menschen, die allein oder in kleinen Gruppen auf der Straße herumlungerten.

Das vertraute Gefühl stellte sich diesmal nicht ein, zu groß war ihre Sorge, dass der Freund kein Freund war, sondern ihre Schwester als potentielle Einnahmequelle benutzte.

Nachdem einige Bekannte sie gesehen hatten, fuhr sie ein paar Straßen weiter, wo sie sicher sein konnte, dass der Wagen keine Kratzer oder Dellen bekam, wenn sie ihn dort parkte, und lief das Stück zurück. Nur der Vollständigkeit halber klingelte sie an der Tür ihrer Mutter, aber wie erwartet öffnete niemand.

Ihr nächster Besuch galt einer 24 Stunden-Strip-Bar in einem Keller, wo ein Ex-Lover arbeitete und oft Tagesschichten übernahm, seit er Vater geworden war. Sie hatte Glück und setzte sich auf einen der Hocker am Tresen.

„Mach mir doch 'ne Cola, Großer." Sie zwinkerte ihm zu und übersah sein genervtes Gesicht.

Er füllte ein Glas mit Spülwasser und Eiswürfeln und stellte es vor sie. „Geh, wenn du ausgetrunken hast."

Mit einem zuckersüßen Lächeln drehte sie sich zu ihm um. „Nicht doch, Daddy, ich tu dir doch gar nichts. Aber hey, wenn wir schon mal so schön plaudern: Wer ist der neue Typ von meiner Schwester? Er heißt Theodore."

„Schwester?" Er polierte ein Bierglas und sah sie dabei nicht an.

„Babsi, schon vergessen? Sie hat dich mal in die Eier getreten, als du sie an den Hintern gegrabscht hast."

Sie ließ ihren Blick durch den Raum schweifen, vorbei an den Tänzerinnen, die gelangweilt in einer Ecke hockten, da kein Kunde da war und über eine Gruppe breitschultriger Lederjacken, von denen sie wusste, dass ihnen ein Teil des Ladens gehörte.

Die Musik war nicht so laut wie später am Abend und die Scheinwerfer strichen über die leere Tanzfläche, als ob sie jemanden suchen würden.

„Die bekommt im Moment, was sie verdient. Nämlich den Arsch versohlt, wenn sie nicht spurt. Und jetzt guck nicht so, ich hab damit nichts zu tun. Such dir den Kerl, der sie anschaffen schickt und hau den in die Fresse, nicht mich."

„Wo find ich den?"

„Weiß ich doch nicht. Bin ich die Auskunft? Und jetzt schieb ab. Sonst hab ich gleich Mitarbeitergespräch der handgreiflichen Art." Er stellte das polierte Glas ins Regal und warf einen vielsagenden Blick zum Tisch der Lederjacken.

„Wo, du Schisser?" Sie sah ihn drohend an und fragte sich im gleichen Moment, was sie an ihm jemals gefunden hatte.

„Frag Freddi. Der heult dir immer noch hinterher." Er nahm das nächste Glas.

„Du doch auch, gibs zu. Aber ich steh nicht auf Waschlappen. Schönen Gruß an Frau und Kind." Sie ließ sich vom Hocker gleiten und ging zurück auf die Straße.

Freddi. Hausmeister im ältesten Puff des Viertels, Herr über vier Etagen und zwölf Überwachungsmonitore, gutmütig wie ein Pitbull und ausgestattet mit zahlreichen Argumenten im Gespräch mit aufsässigen Freiern. Warum er seit Jahren hinter Patte her war, wusste niemand, auch er selbst wahrscheinlich nicht. Aber er hatte mal einem üblen Schläger ein ganzes Monatsgehalt dafür gegeben, dass er ihm eine Haarsträhne von ihr brachte und ein Foto von ihr in einem herzförmigen Bilderrahmen stand auf dem Tisch unter den Bildschirmen.

Mit zusammengekniffenen Lippen und hochgezogenen Schultern klopfte sie an einer Tür ohne Klinke mit einem kleinen Fensterchen in Augenhöhe. Diese war unauffällig an der Seite zum Treppenhaus, das zu den zahlreichen, von Damen unterschiedlichster Spezialitäten belegten Zimmern führte. Grelles Neonlicht, Leuchtkästen mit Bildern von Frauen, die hier sicherlich nicht zu finden waren und eine nicht zu übersehende Überwachungskamera umgaben sie, ohne von ihr beachtet zu werden. Statt eines Brummens riss er selbst die Tür auf und strahlte sie mit seinem lückenhaften Gebiss unter der schief geschlagenen Nase an.

„Püppchen! Ich wusste, dass du kommst zurück!"

Er öffnete weit die Arme, aber sie schlüpfte zwischen ihm und der Wand durch und ging direkt in sein Büro.

Schnell lief er hinter ihr her, vorbei an einem müffelnden Klo und einem jungen Typen, den er nur mit einer Geste vor die Tür schickte.

„Mäuselchen. Setz dich doch, willst du was trinken? Was essen? Ich kann dir bringen lassen, was du willst!" Mit strahlenden Augen ließ er sich auf seinem fleckigen Schreibtischstuhl nieder. „Kann ich in einer Stunde Vertretung besorgen, wartest du so lange in Restaurant auf mich? Komm ich zu dir."

Das würde nicht leicht werden. „Freddi, ich bin hier wegen meiner Schwester. Babsi. Du kennst sie."

„Sicher, ich kenn sie. Hat neue Freund, sagt man." Seine Schultern sackten ein wenig nach unten.

„Ja, sie meint, er heißt Theodore. Was ist das für ein Typ? Sie klang komisch am Telefon, als sie von ihm gesprochen hat und das ist ewig her. Ich kann sie nicht mehr erreichen."

Kribbelig rutschte sie auf dem Holzstuhl hin und her. Sie durfte ihm jetzt weder Hoffnungen machen noch zu sehr enttäuschen. Vorsichtshalber schickte sie den Worten ein Lächeln hinterher. Aus ihrer Jackentasche zog sie ihre Zigaretten und schüttelte eine aus der Öffnung, die sie ihm hinhielt.

Freddie lehnte sich zurück und sah sie traurig an. Aber er riss sich zusammen, nahm die angebotene Fluppe und zündete erst Pattes, dann seine an.

„Ist Lude, mieser Typ." Tief sog er den Rauch ein, „Sieht aus wie arabischer Märchenprinz und wenn Mädchen verliebt, er schickt sie auf Straße, nicht hier in unsere Zimmer. Schlägt sie, wenn sie nicht genug bringen." Er hustete. „Du machst mich traurig."

„Ach, Freddi. Du weißt, dass ich dich gern hab. Aber mehr wird nicht. Da haben wir doch drüber gesprochen. Wo find ich den Arsch?" Patte lächelte ihm so unverbindlich zu, wie sie konnte, zu und zog ebenfalls an ihrer Zigarette.

Er seufzte tief. „Jaja. Mach nur lustig über alte Mann. Nachmittags er kommt manchmal in Turm-Bar oder ist in Fitnessbude an Taunusstraße. Trinken Champagner an Maschine beim Pumpen. Kannst du warten, aber tu nichts. Er hat Kumpels dabei. Du hast keine Chance."

Schrill klingelte eines der Telefone. Freddie ging schnell ran, legte seine Zigarette in einem der halb vollen Aschenbecher ab und holte einen kurzen, abgenutzten Holzknüppel aus dem Schrank hinter ihr.

„Geh nicht weg, bin gleich wieder da."

Und schon war er aus der Tür. Patte kannte das System. Die Prostituierten im Haus riefen ihn so zur Hilfe, wenn ein Freier Ärger machte.

Um sich die Zeit zu vertreiben, griff sie nach einer Zeitung, die auf dem Fensterbrett lag und sah die Fotos der Pressekonferenz vom Vortag auf dem Titel, daneben auch ein Bild von Pfeiffer.

Bevor sie dazu kam, den Artikel zu lesen, stürmte Freddi schon wieder rein.

„Alles geklärt. Ah, hast du gelesen? Arzt ist doch Scheiße, oder? Hier, der hier ... er zeigte auf das Bild von Pfeiffer ... der war gestern Abend hier unterwegs. Hat gesucht Knarre. Glaube nicht, dass er damit schießen kann."

Alarmiert sah Patte auf. „Bist du sicher? Hat er eine bekommen?"

„Schätzchen. Schon vergessen, wo wir sind? Wenn du brauchst Stoff, du bekommst Stoff, wenn du brauchst Frau, du bekommst Frau und wenn du brauchst Knarre, du bekommst Knarre. Natürlich hat er bekommen Knarre." Genüsslich zog er an der Zigarette, die schon fast den Filter erreicht hatte, und drückte sie aus.

„Natürlich." Patte rieb sich die Schläfen. Was jetzt? Schnell schrieb sie eine Nachricht an Margret, damit sie auf keinen Fall das Haus verließe.

Die Nachricht von der Waffe würde sie hoffentlich umstimmen. Pfeiffer wusste vielleicht nicht, wo sie wohnte, aber er ahnte sicherlich von ihrer Leidenschaft für Pianisten von Weltklasse. Dazu musste man nicht lange überlegen.

„Könntest du Babsi von mir ausrichten, dass sie sich bei mir melden soll? Bitte, ist echt wichtig. Ich komm in den nächsten Tagen nochmal her. Sie soll dir sagen, wo ich sie treffen kann ja?"

Nach einem anstrengenden und viel zu innigen Abschied von Freddi, stand sie ratlos auf der Straße.

Was jetzt? Im Gehen rief sie Vincent an, aber sie wusste schon, dass das aussichtslos war, da er sich mit Wilson heute zusammensetzen wollte, um über die Zukunft der Werkstatt zu sprechen, wenn er wieder studierte. Sein Handy war in dem Fall abgeschaltet. Trotzdem schrieb sie ihm eine Nachricht, dass Pfeiffer eine Pistole hatte und Margret trotzdem ausging.

Kapitel 37

Margret hatte nach einer schlaflosen Nacht und fruchtlosen Fahrten im Gedanken-Karussell den Tag in der Innenstadt verbracht. Heute wollte sie sich von nichts und niemandem stören lassen.

Als Erstes hatte sie einen Friseur gesucht, der sie sofort dran nahm und ihr die Haare kastanienbraun färbte. Um Zeit zu sparen, ließ sie sich auch noch schminken. Mit geschlossenen Augen überließ sie sich den fachkundigen Händen, genoss das warme Wasser und den Duft der Pflegemittel. Sie saß die ganze Zeit in einem Massagesessel, spielte auf der Lehne eines der Musikstücke, die sie heute Abend hören würde. Dabei belauschte sie das Gespräch zwischen dem Friseur und der Kosmetikerin, die sich über die Teilnehmer einer Castingshow unterhielten, als ob es sich um die eigene Familie handeln würde.

Als die beiden fertig waren, sah sie im Spiegel Sophie. Einen Moment blieb sie sitzen, um den Anblick zu verdauen, zu lange hatte sie sich an das von hellblonden Haaren umrahmte Gesicht gewöhnt, das eine gewisse Neutralität hatte.

Fest entschlossen, sich nicht die Stimmung verderben zu lassen, ließ sie sich von einer Fahrradrikscha in Richtung Goethestraße mit den edleren Läden fahren. Hier verbarg sich irgendwo ein Traumkleid, sie musste es nur noch finden.

Aber wie fand sie ein Kleid, das sie glücklich machte, wenn sie nicht in den Spiegel schauen wollte? Es war wieder da, dieses Gefühl, diesen Körper nicht schmücken zu wollen. Lustlos kaufte sie das Erste, das trotz des beginnenden Babybauchs passte, nahm auch die empfohlenen Schuhe dazu und eine kleine Handtasche zur Freude des Verkäufers, bezahlte den Gegenwert eines gebrauchten Kleinwagens und fuhr niedergeschlagen mit dem Taxi zu ihrem Hotel.

Ihr Handy hatte den ganzen Tag gebrummt und geklingelt, da Patte versuchte, sie zu erreichen. Sie wusste, ihre Freundin würde sowieso nur versuchen, sie davon abzuhalten das Konzert zu besuchen. Aber das würde sie sich nicht nehmen lassen. Sie schaltete ihr Handy aus. Heute nicht, heute war ihr Tag, ihr Abend der Musik.

Karl wusste nicht, wo sie wohnte, und er würde ganz sicher nicht zu dem gleichen Klavierkonzert gehen. Wenn sie dieses ungewünschte Leben lebte, wollte sie sich nach all den Plagen etwas Wunderbares gönnen. Und wer konnte schon sagen, welche positiven Auswirkungen ein solches Erlebnis auf das Ungeborene haben würde.

Wütend marschierte Patte die Kaiserstraße entlang. Wütend auf Margret, die unnötige Risiken einging, auf Babsi, die untergetaucht war, auf sich selbst, weil sie sich verantwortlich fühlte, was sonst nie ihr Ding gewesen war. Im Knast hatte die Psychologin ihr beigebracht, dass sie für sich selbst verantwortlich sei und sonst niemanden.

Die Waffe, Pfeiffer hatte eine Knarre, und ihr war klar, was er damit vorhatte. Ihre Wut im Bauch verwandelte sich in ein mulmiges Gefühl.

Es war doch kein Zufall, dass er das Ding ausgerechnet gestern gekauft hatte. Sah das denn niemand?

Es war nicht weit von hier aus zur Alten Oper, sie konnte hinlaufen, sie lief schon längst in die Richtung, erst unbewusst, jetzt zielstrebig. Für ihre Schwester konnte sie im Moment nichts tun, aber sie konnte sich vor die Oper setzen und darauf achten, ob Karl und Pfeiffer ebenfalls kämen.

Margret fädelte einen Ohrring ein, was mühselig war. Es waren nicht ihre Ohren und das linke Loch fast zugewachsen, außerdem war sie aufgeregt wie vor einem ihrer eigenen Konzerte.

Entschlossen schaute sie in den Spiegel, entfernte das Make-up aus dem Friseursalon und trug ihr eigenes auf. Sie wählte ein Collier aus, das sie sich während einer Asientournee gekauft hatte, als ihre Welt noch in Ordnung gewesen war. Jetzt sah ihr nicht mehr Sophie entgegen, jetzt sah sie sich, jedoch 30 Jahre jünger. Zum ersten Mal seit Monaten lächelte sie sich an.

Das Kleid war mitternachtsblau und ein Traum, dem Anlass angemessen, fand sie, und die Vorfreude auf das musikalische Ereignis wuchs wieder von Minute zu Minute. Die Schuhe fühlten sich eng an, aber sie konnte darin ein Stück laufen. Sie musste ja nur den Weg vom Taxi zu ihrem Platz und später zurückgehen. Was sie benötigte, passte so gerade in die kleine, elegante Handtasche und da hupte auch schon der Fahrer, den sie bestellt hatte. Sie wollte früh dort sein und alles genießen, die Atmosphäre, die Architektur, die Menschen.

Patte erreichte den Opernplatz und suchte nach einem geeigneten Ort von wo aus sie den Haupteingang im Auge behalten und jeden sehen konnte, der hineinging.

Schon von außen war die Alte Oper ein imposantes Gebäude, das genug Raum um sich herum hatte, um seine ganze Wirkung zu entfalten. Auf dem großen Platz davor ging es lebhaft zu, auf der Mauer eines eindrucksvollen Springbrunnens saßen junge Leute, die Geschäfte waren noch geöffnet, Restaurants und Cafés voll, der warme Abend lockte viele auf die Straße.

Patte setzte sich dazu und brummte gereizt, wenn ihr immer wieder Gruppen und Paare die Sicht nahmen.

„Wartest du auf jemand bestimmten? Auf deinen Freund oder so?“ Der Fragesteller hatte sich zu ihr gesetzt und lächelte sie an. Der Blick, den er sich von Patte einfing, ließ ihn mit erhobenen Händen aufstehen und wortlos verschwinden.

Noch im Taxi überlegte Margret, ob sie sich doch bei Patte melden sollte, steckte aber ihr Handy wieder ein. Sie würde sie gleich nach dem Konzert anrufen.

Vorsichtshalber hatte sie sich eine der blauen Krücken mitgebracht, um nicht auf die Hilfe anderer angewiesen zu sein, auch wenn diese nicht zum Abendkleid passte.

Neben der Treppe zur Tiefgarage stieg sie die Rampe zum Seiteneingang hoch, der behindertengerecht war und sofort zu den Aufzügen führte.

Von dort fuhr sie in den ersten Stock.

Die hellen Lichter, die elegante Einrichtung und die gutgekleideten Menschen ließen sie strahlen, ein warmes Rieseln breitete sich in ihrem ganzen Körper aus und sie richtete sich kerzengrade auf. Es war ein Gefühl, wie nach Hause zu kommen.

Die Bar hatte schon geöffnet und beinah hätte sie sich ein Glas Sekt bestellt, ließ es aber doch lieber bei Orangensaft. Ein Mitarbeiter bemerkte ihre Unsicherheit beim Stehen und brachte ihr einen Stuhl, von dem aus sie die eintreffenden Besucher beobachten konnte. Es war ein einziges Flanieren, gesehen werden, Smalltalk und taxieren. Die Atmosphäre war prickelnd und entspannt, die Menschen waren im Moment an sich gegenseitig interessiert.

Nach ein paar Minuten ging Margret zu ihrem Eingang, gab ihre Gehilfen ab und ließ sich zu ihrem Platz begleiten. Sie saß genau in der Mitte, weit vorne. Noch war das Saallicht an und die Stimmen verschwammen zu einem einzigen gedämpften Hintergrundton.

Aufmerksam sah sie sich um, nahm jedes Detail auf, die roten, samtigen Stoffe, die goldenen Akzente, die warme Holzvertäfelung, an den Seiten die Logenplätze und die Bühne mit dem großen Steinwayflügel, an dem sie bei ihrem letzten Konzert gesessen hatte. Bei seinem Anblick kamen ihr die Tränen und schnell drehte sie sich um und sah das Publikum wie ferngesteuert gemeinsam nach vorne schauen, da die Orchestermusiker herein schritten. Das Saallicht wurde gedimmt, bis es dunkel war und Margret sah die zahllosen, frontal beleuchteten Gesichter hinter sich jetzt fast so, wie von der Bühne aus.

Sie klatschte mit und lauschte den Klängen, als die Instrumente gestimmt wurden. Ihre Aufregung steigerte sich. Um sie herum mischten sich die verschiedensten Parfüms, nur noch Flüstern kam von hinten, vereinzeltes Husten.

Ein weiteres Mal drehte sie sich um, da sie dachte, zuvor jemanden im Publikum entdeckt zu haben, den sie kannte. Aber jetzt kam der Pianist auf die Bühne und der Applaus brandete auf.

Wie üblich trug er nur ein schlichtes dunkles Hemd über einer schwarzen Hose, verbeugte sich kurz und setzte sich. Faltete die Hände vor dem Gesicht. Sehnsucht überflutete Margret, nach ihrem alten Leben, nach der vergangenen Zeit, nach den unbeschwerten Stunden, die sie mit Levi erlebt hatte.

Aber sie war ein bisschen abgelenkt, ihr Nacken kribbelte. Saß da doch jemand, den sie kannte? Manchmal kitzelten die nachwachsenden Haare auf der Narbe, das musste es sein. Sie strich mit den Fingerspitzen darüber und zog die Schultern leicht hoch. Doch dann hörte sie die ersten Töne und gab sich ganz der Musik und ihren Erinnerungen hin.

Er war ein Meister und sie genoss jeden einzelnen Ton, jede Überraschung, wann immer er eine Stelle anders interpretierte, als sie es getan hatte. Sie fieberte mit, sobald er sich schwierigen Passagen näherte, und atmete auf, wenn er sie mit leichter Eleganz meisterte.

Doch nach dem ersten Stück machte sich Unruhe in ihr ihr breit, störte sie, unterbrach sie. Seufzend ließ sie die Schultern fallen. Sie musste zur Toilette. Der Orangensaft war ein Fehler gewesen. Angestrengt wartete sie noch, aber der Drang wurde immer stärker und lenkte zu sehr von der Musik ab. Nach den Rücklehnen der Reihe vor ihr greifend schob sie sich an den zur Seite gedrehten Beinen entlang, das empörte Schnauben und entnervte Brummen ignorierend.

Nach einer gefühlten Ewigkeit erreichte sie den Ausgang, hinter dem die Musik nur noch gedämpft zu hören war, nahm ihre Gehhilfen entgegen und strebte zum Aufzug, der sie ins Untergeschoss zu den barrierefreien WCs bringen würde. Der verspiegelte Lift zeigte sie von allen Seiten, sie sah hinreißend aus, nur ihr Gesicht war verspannt, da sie doch zu lang gewartet hatte.

Mit einem sanften Ruck öffnete sich die Schiebetür und sie hastete auf die Tür für die Damen zu. Hier unten war sie vollkommen allein, aus verborgenen Lautsprechern konnte sie das Konzert hören, außerdem ganz entfernt das Brummen von

Autos in der nebenliegenden Tiefgarage, Schritte und leise Gespräche der Mitarbeiter auf den Treppen und oberen Etagen.

Erleichtert wusch sie sich Minuten später die Hände, überprüfte ihr Make-up, rieb die Lippen aneinander, um den Lippenstift zu verteilen und ging hinaus.

Sie hatte die Aufzugtür noch nicht erreicht, da sah sie auf der Treppe jemanden die Stufen hinunter hasten. Die letzten drei sprang er auf sie zu. Vor ihr stand Karl, atemlos, packte sie am Oberarm.

„Ich muss mit dir reden, warum gehst du nicht ans Telefon?" Zu dem Klavier gesellten sich jetzt die Streicher.

„Lass mich in Ruhe, ich will nicht." Sie versuchte, sich loszureißen und an ihm vorbei zu huschen, aber er hielt sie fest. Ganz nah stand sie vor ihm, sah die kleinen geplatzten Äderchen auf seiner Nase, die Falten in den Augenwinkeln und die trockenen, aufgesprungenen Lippen, roch Rasierwasser und zu lang getragene Unterwäsche, Kaffee und ungeputzte Zähne.

„Pfeiffer ist hinter dir her. Er ist auch hier. Ich hab so getan, als ob wir dich zusammen suchen. Ich will dich doch nur vor ihm warnen!" Er sah sie eindringlich an, während leise grollend eine Pauke zu hören war.

„Vor ihm? Du willst mich vor Pfeiffer warnen? Sag mal, bist du noch bei Sinnen? Lass mich jetzt los oder ich schreie!" Margret zerrte an ihrem Arm, schlug mit der Krücke nach ihm, drohte das Gleichgewicht zu verlieren.

Karl schüttelte sie. „Hör auf! Ich bin am Ende, dafür hast du ja gesorgt, aber er will noch den Beweis haben. Du bist dieser Beweis, das ist dir doch klar." Er ließ lockerer. „Ich verzeih dir, dass du mich hast auffliegen lassen. Wahrscheinlich ist das meine gerechte Strafe. Aber du sollst wissen, dass ich dich nur aus Liebe zu dir operiert habe." Er sah sie an mit dem Blick, an den sie sich erinnerte, wenn sie an ihre glücklichen Zeiten dachte.

Das Piano war jetzt allein zu hören, eindringlich und leise.

„Lass gut sein. Da gibt es nichts zu verzeihen. Du bist verantwortlich für das, was du getan hast. Du hast Gott ins Handwerk gepfuscht und ..."

„Hör auf! Das macht doch jeder Arzt, der einen Herzschrittmacher einsetzt! Wenn wir alle auf das gottgegebene Ende warten würden, dürften wir keine Antibiotika mehr nehmen."

Die Musik steigerte sich wieder, das Orchester setzte ein.

Margret schüttelte nur den Kopf. „Gib auf. Du hast nichts Gutes damit erreicht und es kann nur unheilvoller werden, wenn dieser Fortschritt in die falschen Hände gelangt."

Ein Räuspern ließ sie auffahren. Pfeiffer stand am oberen Treppenabsatz.

„Hier, ich hab sie gefunden." Karl deutete mit dem Kinn auf sie und zuckte bedauernd mit den Schultern.

Erstaunt sah Margret ihn an. Diesen plötzlichen Rollenwechsel konnte sie noch nicht ganz nachvollziehen.

„Woher wusstet ihr eigentlich, wo ich bin?", fragte sie, um Zeit zu gewinnen und Kraft zu sammeln.

„Dieser Fatzke gibt nur ein einziges Konzert. Ich kenn dich doch, war klar, dass du hingehst und ihn anhimmelst." Er packte sie grob am Arm. „Jetzt komm."

Pfeiffer ging ein Stück zur Seite und zu einem kleinen Glaskästchen an der Wand mit einem roten Alarmknopf.

„Lassen Sie das, das ist jetzt nicht mehr nötig, wir haben sie doch auch so bekommen", fauchte Karl ihn an, in dem gewohnt herablassenden ungeduldigen Ton und zog Margret einen Schritt nach vorn. Applaus scholl aus den Lautsprechern.

„Doch, ist es." Pfeiffer schlug das Glas ein und drückte den Knopf. Sofort schrillten Sirenen ohrenbetäubend los und unmittelbar danach entstand über ihnen ein lautes Getümmel zwischen zu den Ausgängen drängenden und sich stauenden Besucher.

Gleichzeitig zog er eine Pistole mit Schalldämpfer aus dem Hosenbund und richtete die Waffe auf Karl. Es sah absurd aus, wie der gebeugte, dürre Pfeiffer die viel zu schwere Waffe in seiner Hand hielt, in der sonst nur ein Skalpell lag. Immer wieder kippte der Lauf nach vorne und er musste seine zweite Hand dazu nehmen, um die erste zu stützen. Seine Halsmuskeln waren angespannt, sein Kopf rot.

„Was? Was machen Sie da? Sie sollen sie nicht erschießen, Sie Idiot, wir brauchen sie lebend! Das haben wir doch besprochen."

Karl riss Margret vorwärts, die an der ersten Stufe hängen blieb und stolperte.

„Ihre Frau brauche ich, aber Sie nicht, Professor", rief er mit dünner Stimme und schoss. Beim ersten Schuss fiel der Schalldämpfer scheppernd auf den Boden. Gips rieselte von der Decke. Der zweite ließ Karl vornüber kippen und sich schreiend den Bauch halten. Der dritte traf seine Brust, wo sich schnell ein roter Fleck auf seinem Hemd ausbreitete.

Ungläubig sah er erst Pfeiffer dann Margret an, öffnete den Mund, ohne etwas zu sagen, und kippte um. Das Getümmel in den oberen Etagen steigerte sich zu einer Panik mit hysterischen Schreien.

Margret lag auf der Treppe und konnte nicht fassen, was passiert war. Sie starrte ihren reglosen Mann an und wartete darauf, dass er wieder aufstand, stieß ihn vorsichtig an. Eine dunkelrote, zähe Pfütze hatte sich unter ihm gebildet, deren Geruch sie zum Würgen brachte. Sein Gesichtsausdruck war zu einer überraschten Maske erstarrt und sein Blick auch nach dem Sturz noch auf Pfeiffer gerichtet. Sein Mund stand offen, als ob er seiner Erschießung widersprechen wollte.

Das konnte doch nicht sein, niemand schoss sofort, erst wurde endlos lang erklärt und im letzten Moment erschien die Polizei, ein Retter, ein Superheld, Patte, die Kugel klemmte, irgendwas. Aber nichts dergleichen. Karl zitterte, seine Augenlider flatterten. Ob gerade sein Leben an ihm vorbeizog? Was sah er? Sah er sie gemeinsam? Margret schluchzte auf, in dem Moment war vergessen, was er ihr angetan hatte, sie sah nur noch den Menschen vor sich, mit dem sie ihr Leben verbracht hatte und der auf den kalten Stufen hilflos verblutete.

„Karl", flüsterte sie und berührte seine Schulter, „Karl, hörst du mich?"

Längst vergessene Gefühle wallten wieder auf, Tränen verschleierten ihren Blick, wie durch Watte nahm sie die Schreie in den oberen Etagen wahr und dass Pfeiffer sich wie in Zeitlupe ihr näherte. Karls Lippen bewegten sich, er öffnete kurz die Augen, sah sie unter Tränen an, Fassungslosigkeit im Blick und wisperte: „Sophie." Dann hörte er auf zu atmen.

Margret glaubte, einen Schlag in den Magen erhalten zu haben.

Kurz dachte sie, Pfeiffer hätte auch auf sie geschossen. Hatte sie sich das eingebildet? War das sein letztes Wort gewesen? Die berühmten letzten Worte großer Männer und seines war der Name seiner Geliebten? Ihr wurde schlagartig übel und sie war kurz davor sich neben den Leichnam ihres Gatten zu übergeben.

Karl war tot. Pfeiffer stand vor ihr und versuchte, sie am Arm hochzuziehen.

„Los, kommen Sie schon. Ich tue schwangeren Frauen nicht gern weh." Er sah sie mit seinen hellen ausdruckslosen Augen an, seine Stimme klang jetzt fester. Er meinte es ernst. Er brauchte sie.

Schwer atmend stützte Margret sich mit den aufgeschürften Händen auf die nächste Treppenstufe und stockte. Da war es wieder, dieses Gefühl von Wut und Energie überflutet zu werden, bersten zu können vor Kraft. Mit einem Aufschrei aus Hass und Enttäuschung, gepaart mit den Hormonen, die Müttern die Kraft von Stieren gaben, sprang sie auf und warf sich gegen Pfeiffer.

Überrascht keuchend griff er mit beiden Händen nach ihr, rutschte aber in Karls Blut aus, fiel mit ihr gemeinsam ein paar Stufen hinunter und verlor die Pistole. Wie in Zeitlupe kreiselte sie um sich selbst und schlitterte einen Meter weiter, bevor sie mit der Mündung zu ihr liegen blieb. Sofort robbte Margret auf allen vieren darauf zu, zerriss dabei das lange Kleid, verfing sich in dem dünnen Stoff und krallte sich in den rauen Stein der Treppe, um sich vorwärts zu ziehen. Sie spürte nicht die Fingernägel brechen, die Fingerspitzen im eigenen Blut abrutschen. Ihr Blick war nur auf die Waffe gerichtet. Die Energie zu schreien, sparte sie sich, es hätte sie niemand gehört. Pfeiffer bekam einen ihrer Füße zu fassen und zog sie zurück.

Patte zündete sich mit dem Stummel ihrer Zigarette die nächste an, kaute an ihren Fingernägeln und lief vor dem Eingang hin und her.

Kaum hatte sie sich wieder auf dem Brunnenrand unter den Bäumen niedergelassen, schrillten Sirenen los. Die ersten Menschen stürmten aus dem Haupteingang auf den großen Platz und drehten sich danach um, um zu sehen, was passiert war. Rundherum blieben Passanten stehen und richteten ihre

Handys auf das Haus, in Erwartung eines unterhaltsamen Unglücks. Patte rannte auf den seitlichen Künstlereingang zu. Das Hauptportal war jetzt verstopft von fliehenden Menschen. Ein bitterer Geschmack machte sich in ihrem Mund breit. Ihr Herz klopfte wild. Margret, wo war sie? Vielleicht schon draußen, aber ihr Bauchgefühl sagte etwas ganz anderes.

An den Musikern und Bühnenarbeitern, die ihr entgegenkamen, drängte sie sich vorbei, hielt einen älteren Mann in Blaumann fest und fragte, was genau passiert sei. „Irgendwas im Keller! Feuer, Schüsse, was weiß ich!", stammelte er, riss sich los und rannte weiter.

Patte roch keinen Rauch. Sie rempelte die Fliehenden zur Seite und erreichte die Treppe nach unten. Erste Polizeibeamte sorgten dafür, dass die Menschen durch die Notausgänge und das Hauptportal hinaus kamen.

Patte hörte nichts, da das Geschrei immer noch ohrenbetäubend war, einige Leute waren gestürzt, verletzt durch Nachkommende, die rücksichtslos über sie hinweg trampelten. Ein weiterer Schuss fiel. Jetzt war sie sich sicher, es konnte nur um Margret gehen. Patte rannte, sprang die letzten Treppen des Absatzes hinunter, bog um die Kurve und sah Karl, reglos auf den Stufen liegend. Margret saß mit dem Rücken zur Wand auf dem Boden, schneeweiß, die Augen aufgerissen und starr, den Mund zu einem stummen Schrei geöffnet. Sie hatte die Arme auf ihre angezogenen Knie aufgestützt und richtete die Waffe auf Pfeiffer, der auf allen vieren vor ihr hockte und mit einer Hand einen ihrer Füße umklammert hielt. Die andere Hand schnellte nach vorn, um sie ihr zu entreißen. In dem Moment schoss sie ihm in die Stirn.

Patte schlitterte atemlos die restlichen Stufen hinunter, kam neben Margret auf und riss ihr sofort die Waffe aus der Hand. Hastig wischte sie sie an ihrem Shirt ab und legte sie Karl in die Hand. Dann drückte sie mit seinem Finger erneut ab.

Margret starrte bewegungslos wie eine Puppe den toten Pfeiffer an, Patte packte sie entschlossen und zog sie unter ihm hervor zur Seite. „Schmauchspuren. Er muss sie haben. Er hat Pfeiffer erschossen, nicht du. Verstanden?", flüsterte sie ihr beschwörend ins Ohr.

Margret nickte mechanisch, zusammengesackt und sah immer noch nicht auf. Patte hielt sie fest im Arm und streichelte sie beruhigend.

Jetzt stürmten die ersten Polizisten die Treppe hinunter, ihre Waffen im Anschlag, die sie aber sofort senkten, als sie die beiden Frauen auf dem Boden sahen und die toten Männer daneben, wovon einer die Pistole in der Hand hielt.

Kapitel 38

Einige Monate später.

In seinem Testament hatte Karl seine ungeborene Tochter anerkannt und ihr alles vererbt, was er besaß. Hatte er geahnt, dass er ein frühes Ende finden würde? Das ging nicht aus dem Schriftsatz hervor. Nur dass es sein Wunsch gewesen war, dass sie seinen Namen trug.

Margret wohnte mit ihr wieder in ihrem alten Zuhause. Sie hatte es rollstuhlgerecht umbauen lassen und neu eingerichtet. Das ehemalige gemeinsame Schlafzimmer war ein puderrosa Kinderzimmer geworden, das Sophies Eltern gestrichen hatten und ihr manchmal Kopfschmerzen verursachte. Überhaupt hatten die beiden für alles gesorgt, was in den ersten Monaten benötigt wurde.

Und ihr Baby? Sie hatte es nur wenige Wochen nach den Vorfällen in der Alten Oper durch einen Kaiserschnitt bekommen. Das Risiko einer natürlichen Geburt war zu groß gewesen. Den Ärzten und ihrer Hebamme hatte sie erzählt, dass Karl ihr gebrochenes Genick operiert habe, aber nicht erfolgreich gewesen sei. Von Anfang an habe sie daher Pflegekräfte zur Seite gehabt, die die Kleine versorgten, da Margret zu Recht befürchtete, sie fallen zu lassen.

Als Patte das nächste Mal die Fahrrad-Werkstatt betrat, überflutete sie ein eigenartiges Gefühl. Sie hörte Hip-Hop im Hintergrund, roch Schmierseife und Gummi, sah Wilson mit einem sympathischen jungen Typen diskutieren, während sie sich sein Mountainbike anschauten. An den Wänden hingen Bilder von Männern und Frauen in knallengen bunten Klamotten, die steile Hänge bergab rasten oder jubelnd vor einer gebeugten Gruppe anderer Radfahrer durch ein Ziel fuhren.

Langsam ging sie an der Werkbank entlang, tauchte einen Finger in den Topf mit dem Schmierfett und strich ihn an der Kette eines aufgebockten Rennrads ab. In der Grundschule hatte sie fahren lernen müssen, woran sie sich aber kaum mehr erinnerte. Irgendetwas in ihr rastete ein. Das hier fühlte sich richtig an.

„Wollen wir 'ne Runde fahren? Das verlernt man sein Leben lang nicht."

Vincent hatte ein dunkelblaues Mountainbike aus der hintersten Ecke hervorgezogen und hielt es ihr zusammen mit einem Helm hin.

„Bitte. Ich hab schon ausgeschlagene Zähne, gebrochene Jochbeine und Schädelbasisbrüche gesehen."

Mit einem genervten Stöhnen setzte sie ihn auf und ging hinter ihm her nach draußen.

Er nickte nur, schloss sein eigenes Rad auf und fuhr langsam vor. Patte stellte einen Fuß auf eins der Pedale, stieß sich mit dem anderen ab, wankte einen Moment hin und her, stabilisierte sich und folgte ihm. Bei einer Probebremsung fiel sie fast über den Lenker. Aber endlich wurde sie sicherer, überholte ihn, wurde schneller und schneller. Ein wildes Glücksgefühl stieg in ihrer Kehle hoch, während er hinter ihr rief, sie solle es langsamer angehen. Oh nein, das hier fühlte sich zu gut an, zu berauschend! Mit einem ruckartigen Schlenker verließ sie die Straße, hoppelte einen kurzen Schotterweg entlang und sauste einen Hügel bergab. Der Wind rauschte in ihren Ohren, sie sah nur den schmalen Pfad, fühlte sich befreit von allem. Kurz rutschte sie, als sie um eine Kurve fuhr, Adrenalin flutete sie und ebbte langsam wieder ab. Am Fuß des Hangs hielt sie an, außer Atem, verschwitzt und strahlend. Gleich neben ihr bremste Vincent und lehnte sich grinsend mit den Unterarmen auf seinen Lenker.

„Wow, du bist ja ein Naturtalent! Sieht so aus, als hätte es dir Spaß gemacht."

Patte nickt nur glücklich. Sie schob ihr Rad neben ihn und gab ihm einen langen Kuss.

„Wahnsinn! Einfach nur cool! Alles ist cool."

Sie lehnte sich gegen ihn und genoss seine Umarmung, ließ ihre Finger verträumt durch seine Haare gleiten.

Herzlich verabschiedete sie sich von Karin im Café Pumpkin. Sie wollte wiederkommen, aber nur noch als Gast. Die Abmeldung von der Abendschule verfasste sie mit Margrets Hilfe schriftlich. Röcke, Blusen und Ballerinas verbannte sie im Kleiderschrank und kramte ihre alten Jeans und Turnschuhe wieder aus. Shirts kaufte sie neue, aber als sie in ihre Klamotten stieg, war es ein Gefühl, wie nach Hause zu kommen, ihre angespannten Schultern sackten ein Stück nach unten.

Babsi war wortkarg, als sie sie anrief, um ihr die ganzen Neuigkeiten zu erzählen. Sie hatte es doch noch geschafft, sich von Theodore zu trennen, aber die Schule hatte sie trotzdem kurz vor dem Abschluss hingeworfen.

„Ey, ich komm nächste Woche und helf dir, was anderes zu finden, okay?" Patte hatte Mühe, beherrscht zu bleiben. Am liebsten hätte sie sie angeschrien.

Babsi klang nörgelig wie ein kleines Kind. „Wozu? Ist doch eh egal, was aus mir wird. Ich komm hier nicht raus aus dem Laden. Ich bin nicht wie du."

„Hoffentlich bis du nicht wie ich. Ich war ein Jahr im Bau. Das braucht kein Mensch. Jetzt reiß dich zusammen. Sag mal, bist du breit?"

„Was? Nein. Ich bin einfach nur lost. Mum hat 'nen neuen Lover, der stinkt wie ein Schwein und macht sich an mich ran."

„Wir suchen 'ne Wohngruppe für dich und du gehst wieder zu Schule, ja? Halt durch, wir packen das."

Das würde ein hartes Stück Arbeit werden.

Es hatte ewig gedauert, bis sie alles umorganisiert hatten, doch schließlich waren sich sie sich einig geworden: Vincent würde ab Oktober weiter studieren. Für die Werkstatt stellten sie eine Meisterin ein, um Wilson zu unterstützen, Patte wurde Lehrling. Mit dem kleinen Gehalt konnte sie in der eigenen Wohnung auskommen.

Sie horchte tief in sich hinein und fand keine schrägen Töne, keine innere Stimme, die sie warnte. Margret hatte sie bestärkt darin, nicht länger zu erzwingen, eine andere zu sein als sie war. Es war ein Versuch gewesen, und wenn sie diesen Umweg gebraucht hatte, um zu finden, was für sie richtig war, konnte man auch mal etwas nicht zu Ende führen, sondern einen neuen Anfang wagen. Immerhin hatte sie gelernt, wie man sich in einer Werkstatt verhielt und mit Kunden umging.

Sie horchte erneut tief in sich hinein und fuhr noch in derselben Nacht zu Vincent, klopfte, und statt zu reden verschloss sie ihm den Mund mit einem Kuss. Sie brauchten keine Worte.

Margret saß mit Livia im Schatten hinter dem großen Haus, schaukelte sacht den Stubenwagen auf der Terrasse und beobachtete den Gärtner, der weit entfernt auf dem weitläufigen Gelände den Rasen mähte. Als sie ihre Tochter leise glucksen hörte, lächelte sie sanft und zog den Wagen zu sich heran, um hineinschauen zu können. Vorsichtig strich sie mit den tauben Fingerspitzen über die zarte Wange und die winzige Stupsnase. Livia, einfach nur Livia, weil der Name schön klang und übersetzt das Leben bedeutete. Karls Wunsch war es gewesen, sie Aletta zu nennen, wenn es ein Mädchen wurde, nach der Ehefrau von Professor Christiaan Barnard, dem Chirurgen, der die erste Herztransplantation durchgeführt hatte. Nein, sie hieß Livia.

Livia verzog das kleine Gesichtchen und fing an, so laut zu schreien, dass selbst der Gärtner zu ihnen herübersah. Sofort hastete eine Pflegerin, die sie jetzt rund um die Uhr betreute, zu ihnen und brachte ein Fläschchen Milch. Livia brüllte immer nach dem Aufwachen, da sie offenbar schlagartig Hunger verspürte.

„Hier, ich halte sie fest." Die ältere Frau hob das Baby aus dem Wagen und legte es Margret in den einen Arm, achtete aber immer darauf, dass es nicht rutschte. Mit der freien Hand strich Margret mit dem Nuckel über die Lippen des krähenden Bündels, die sich sofort um den Gummi schlossen und gierig anfinden zu saugen. Dabei stieß sie kleine grunzende Geräusche aus.

„Langsam, Spätzchen, ist doch alles für dich. Niemand nimmt dir was weg."

„Sie hat einen starken Willen", sagte die Pflegerin und entwand die leere Flasche dem kleinen Mund, bevor sie zu viel Luft schluckte. Sofort verzog sich das Gesichtchen und brüllte wütend. Doch schnell beruhigte sie sich und sah ihre Mutter an, die Hände ruderten lebhaft herum, versuchten, nach ihr zu greifen.

„Bitte legen Sie sie in die Babyschale. Sobald es klingelt, können Sie gehen." Margret setzte sich wieder aufrecht hin und wischte einen Milchfleck vom Ärmel.

Ein warmer Wind streifte ihr Gesicht und trug den Duft der Petunien mit sich. Um sie herum leuchteten die Blumen, Insekten schwirrten und im Vogelbad neben der Terrasse badete eine Meise. Aus dem Wohnzimmer klang Bachs Sammlung von Klavierstücken, die sie seit Kindertagen begleitet hatte. Einen Moment noch genoss sie die Ruhe, das zufrieden brabbelnde Kind neben sich, das mit ihrer Hand spielte, versuchte, ihre Finger in den Mund zu stecken und daran zu saugen.

Die Babyschale stand auf Rollen und als es an der Haustür klingelte, drehte sie ihren Rollstuhl und zog sie neben sich her, um zu öffnen.

„Na, Livia, alles fit?" Patte kam rein und beugte sich über das Baby, das sie kieksend anstrahlte.

Vincent schloss hinter ihnen die Tür und begrüßte Margret. „Wie geht's dir?"

Ernst sah er sie an, als ob er etwas in ihrem Gesicht suchte. Sie lächelte nur und bat die beiden rein. Patte schob den Wagen mit Autogeräuschen in Schlangenlinien durch die Wohnung, was Livia mit begeistertem Kreischen begleitete.

Schwer ließ sich Vincent auf einen der Esszimmerstühle fallen, während Margret ihren Rollstuhl in die dafür vorgesehene Lücke bugsierte.

„Margret ...", begann er und sah sie flehend an. Doch sie schnitt ihm das Wort ab.

„Es ist alles gesagt. Da vorne stehen ihre Sachen, in der Kiste sind noch ein Winterschlafsack, ein Schaffell und ein paar Wickelunterlagen. Alles andere können die Pflegeeltern auch in ein oder zwei Wochen holen, wenn sie wollen. Hier liegen alle Schlüssel und den Ordner mit den Unterlagen hast du ja schon."

„Margret, ich ...", hob er erneut an.

„Nein. Bitte. Mach es nicht schwerer, als es sowieso schon ist." Tränen schimmerten jetzt in ihren Augen. „Habt ihr was von Juri gehört?"

Vincent schluckte und nickte mit zusammengepressten Lippen.

„Vor zwei Tagen wurden seine Maschinen abgeschaltet. Seine Frau war bei ihm", schaltete sich Patte ein und setzte sich mit an den Tisch. Dunkle Schatten lagen um ihre Augen und sie musste mehrmals tief durchatmen, bevor sie weiter sprach. „Vielleicht begegnet ihr euch ja."

Margret lächelte. „Wir begegnen uns alle wieder." Sie griff nach den Händen der beiden. „Wie war dein erster Tag? Kommst du mit Wilson zurecht?"

„Wilson ist cool. Er läßt dich und Livia grüßen", sagte Patte und kitzelte das Baby an den nackten Füßchen.

„Gut, dann wollen wir mal. Hat ja keinen Sinn, noch länger was rauszuzögern." Margret fuhr mit ihrem Elektrorollstuhl rückwärts. Vincent und Patte würden Livia zu sorgfältig ausgesuchten Pflegeeltern bringen. Es würde ein Abschied für immer werden.

„Wirklich? Jetzt schon?" Patte sah sie mit Tränen in den Augen an. „Dir geht es doch gut im Moment. Du wirst versorgt, hast die kleine Krabbe hier und uns."

„Ja, jetzt schon. Du kennst mich. Ich will entscheiden, wie ihr mich in Erinnerung behaltet. Und für Livia ist es das Beste, wenn sie so früh wie möglich zu ihren neuen Eltern kommt. Ich hab bereits viel zu lange gewartet, aber sie ist schon ein kleines Wunder." Liebevoll lächelte sie das Baby im Tragekorb an, dass zurück strahlte und krähte. „Hört zu, ich kann nicht mehr schlafen, kann nicht mal allein zur Toilette gehen und das Schlucken fällt mir immer schwerer. Ich will nicht vor mich hin vegetieren. In ein paar Tagen müsste ich beatmet und über einen Schlauch ernährt werden. Versteht ihr das denn nicht? Davor hab ich mehr Angst als vor dem Tod."

Vincent nickt nur, schob sich näher an sie ran und nahm sie kurz in den Arm. Danach stolperte er aus dem Zimmer und wartete im Flur auf Patte.

Lange drückten sich die beiden Frauen wortlos, fest und von Trauer erschüttert. Patte konnte sie nicht loslassen.

„Danke für alles", flüsterte Margret, „Ich wünsch euch eine glückliche Zukunft. Es ist so schwer euch alle zurück zu lassen. Viel schwerer als beim letzten Mal."

Aufschluchzend und verzweifelt krallte Patte sich in ihren Haaren und ihrer Bluse fest, wollte sie festhalten, mitnehmen, beschützen, von dem abhalten, was jetzt kommen würde.

„Bitte lass mich gehen. Bitte, Patte." Heiße Tränen liefen über Margrets Gesicht.

Nach Minuten löste sie sich von ihr und Patte schmiegte sich an den zurückgekehrten Vincent. Er hob den Korb mit dem Baby und ging vor die Haustür, Patte und Margret folgten ihm.

Margret warf einen letzten Blick auf Livia, hauchte einen letzten Kuss auf die zarte Wange. Dann schloss sie die Tür hinter den dreien.

Sie wusste nicht, wie lange sie dort noch stand, allein und umgeben von Stille, bevor sie umdrehte und ins Wohnzimmer rollte. Sie legte eine neue CD ein und wählte die Mondscheinsonate. Die Klänge erfüllten sie, als sie hinaus auf die Terrasse fuhr.

Als der letzte Ton verklang, entriegelte sie das Implantat in ihrem Mund.

ENDE

Danke!

Wenn die erste Idee für ein Buch heranreift, sind es die Familie und die Freunde, die sich immer wieder nicht nur eine Zusammenfassung nach der anderen anhören, sondern auch Zwischenschritte lesen und an der Gestaltung mitarbeiten.

Lieber Kurt, vielen Dank für deine Anmerkungen und Anregungen.

Liebe Alli, du bist der beste Schreibbuddy, den man sich wünschen kann.

Herzlichen Dank an meine tollen Testleserinnen: Doris Bender, Stefanie Fischer, Claudia Heiber und Andrea Schäfer! Jede einzelne von euch hat wertvolle Hinweise gegeben! Mit dem Läusekamm hat Andrea Uhink im Schlusskorrektorat das Manuskript durchforstet und mir noch einmal viel Mut gemacht, auch dafür vielen Dank.

Und dann waren da noch meine Mörderischen Schwestern, die mir mit viel Rat und Wissen zur Seite standen. Ihr seid großartig!

Bei Christiane Geldmacher will ich mich für das fachmännische Lektorat bedanken.

Ihr Lieben, nach dem Buch ist vor dem Buch und ich hoffe sehr, dass ihr beim nächsten wieder dabei seid!